Lieber Eduard, …

*Meinen drei Ziegen
Siggi, Frederike und Franziska*

… als wär's ein Stück von uns.

Dieser Briefroman basiert auf wahren Begebenheiten. Darüber hinaus ist jede Ähnlichkeit mit lebenden oder toten Personen rein zufällig und nicht beabsichtigt.

J. C. Liesecke

❧ Lieber Eduard, … ☙

Seufzer aus dem Roussillon

Bibliografische Information der Deutschen Bibliothek
Die Deutsche Bibliothek verzeichnet diese Publikation
in der Deutschen Nationalbibliografie;
detaillierte bibliografische Daten sind im Internet
über http://dnb.ddb.de abrufbar

Impressum
© 2020 by J. C. Liesecke, Argelès-sur-Mer
Alle Rechte vorbehalten

Herstellung und Verlag: BoD – Books on Demand, Norderstedt
Gesetzt aus der Adobe Garamond Pro
Satz und Layout: JB Bild | Text | Satz, Berlin
Umschlag © lynea/fotolia.de
ISBN 9783740769710

Crottaille, im Januar 1994

Lieber Eduard,

Grüße aus dem Chaos.

Ich sitze hier etwas nutzlos zwischen Pubertät und Klimakterium und ertränke meinen Kummer in ganz hervorragendem Landwein. Der Wein hat ein samtiges Bouquet und Charakter. Ich nicht. Aber der Reihe nach:

Am 15.01.1994 gegen 14:00 Uhr überschritten wir die Grenze zur französischen Republik, was generalstabsmäßig klingt, es aber nicht ist. Für Generalstab waren wir zu müde.

Die Nachbarn träumen noch als wir aufbrechen. Ab Koblenz sind wir fast alleine auf der Autobahn. Die Eifel ist dunkel und karg. Auf fast jede Äußerung ihrer Eltern kräht Emma für eine Achtjährige etwas reichlich altklug: „Interessante Hypothese". In Lothringen diskutiert sie dann mit Christine, die ihren baldigen 14. Geburtstag wohl lieber in Deutschland gefeiert hätte, das zeitlos faszinierende Thema „Bandwürmer". Das bildet und lenkt ab. Die mir angetraute Simone hört gar nicht hin. Vielleicht hat sie einen. Auf jeden Fall sieht sie so aus.

Weil es anfängt zu regnen, denke ich an das Finanzamt. Ich sollte da ein amtliches Formular für Deutsche im Ausland, erhältlich bei allen deutschen Finanzämtern, abholen. „Hamwinich" oder so ähnlich raunzte der Pförtner missgelaunt, denn Deutsche gehören nach Deutschland und damit basta. Aber ich brauche das Ding doch. „Hamwinich", wiederholt er gereizt und erzählt etwas von Lohnsteuer.

Den Weg dahin kenne ich von verflossenen, schönen Stunden. Doch da wird gebaut. Pappschilder weisen nach Zimmer 106. Ich klopfe an 106. 106 antwortet nicht. Ich öffne 106, und da sitzen sie brav Reihe um Reihe wie Klosterschüler in einem großen Saal und hüten den Staatsschatz. An der Tür lauert ein Typ, der früher mal aktiver Pirat gewesen sein muss und jetzt umschult; mit wildem Bart, Ring im Ohr und beutegierigem Blick.

Den frage ich verzweifelt nach dem amtlichen Formular für Deutsche im Ausland. „Eh", seufzt der Pirat nicht unelegant, aber wenig hilfreich. Ich wiederhole. Der Pirat auch. So kommen wir nicht weiter. Das weiß auch der Pirat und schnauzt: „Steuernummer?" Ich lese schüchtern vor. Er brüllt sie in den Saal. Ein blasser Jüngling hebt die Hand, blättert in einer Art Bibel und flüstert „204". Ich schreie nach „204". Dort sitzen zwei Blondinen. „Guten Tag, ich brauche ein amtliches Formular für Deutsche im Ausland." Die beiden kichern. Doch die etwas Fülligere fängt sich und gesteht: „Kennen wir nicht." Sie scheint einiges noch nicht zu kennen, aber sie muss mich mögen, denn sie telefoniert oft und lange, bis wir schon eine halbe Stunde später wissen, dass es dieses Formular nur in Baden-Württemberg gibt. Es lebe der Föderalismus. Von dem kränkelnden Amtsarzt, der meine Cholesterinwerte mit seinen Hypothekenzinsen zu verwechseln scheint, will ich nicht berichten. Es tut noch zu weh!

Dann lieber Zahnarzt. Der legt mich auf den Tisch und doziert so eingehend, dass ich bald selbst bohren kann. Seine Rechnung ist wie moderne Prosa, eindringlich aber unverständlich. Erstaunlich, was man so alles in einer Mundhöhle unternehmen kann, und das mit Kostenfaktor 2.3. Wahrscheinlich habe ich Stalaktiten.

Aber zurück zur Autobahn. Der Regen verstärkt sich. Vorne quietschen die Radfedern und hinten die Meerschweinchen. Nach acht Stunden landen wir in einem Motel in Burgund, wo wir die beiden Meersäue von Christine besser reinschmuggeln können. Da kommt sogar ein wenig Ferienstimmung auf, obwohl wir gar nicht verreisen, sondern auswandern. Simone macht auf mich weiterhin einen bandwurmschwangeren Eindruck. Ich fürchte, sie kehrt bald um.

Je südlicher wir kommen, umso stärker regnet es. Beim Schild „Vous êtes en Provence" begrüßt uns ein kleiner Wolkenbruch. „Der Midi pinkelt uns vor die Füße", seufze ich und nehme es als böses Vorzeichen. „Er brunzt", korrigiert Emma und kriegt einen Anflug von Heimweh. Aber dann bei Salses, der alten Festung, beim Übergang in das Roussillon, da strahlt die pralle Sonne im Januar. Der Ginster blüht, die Mandelbäume blühen und die Mimosen auch, nur meine drei Damen blühen nicht auf, wohl weil sie wissen, was ihnen blüht. Dabei liegt bereits der Frühling über der noch immer sattgrünen Landschaft.

Dann geht es in unser Domizil. Das Alter ist schwer bestimmbar und dürfte so etwa bei 100 Jahren liegen. Dem Dreck nach zu urteilen, müssen es 200 sein. Die Kinder nennen es mit ihrem ausgeprägten Realitätssinn „Villa Schrott", während Simone mehr an einen Rohdiamanten glaubt. Mir fällt es schwer, ihren Glauben zu teilen. Aber die „Villa Schrott" liegt mitten im Städtchen und hat trotzdem einen großen Garten, der leider nicht als solcher erkennbar ist, weil ihn hundert Jahre Dschungel überwuchern. Mittendrin steht eine Riesenpalme, die im Laufe der Zeit viele Ableger geboren hat. Ich bin sicher, dass hier Affen hausen.

Statt Affen sind wir inzwischen auf den Hund gekommen. Der Hund ist eine Hündin, weil Frauen lieber als Männer sind, was man gut an Alice Schwarzer sehen kann. Es ist mein erster Hund und wohl auch mein letzter. Sie heißt „Miss Molly" und ist ein etwas träger Labrador, der entweder knackt oder kackt, um es mal etwas neu-prosaisch auszudrücken.

Mein Handbuch für den Hundefreund ignoriert sie. Da ist kein „leichtes Kreisen vor der Lösung", Miss Molly geht direkt ins Ziel und feuert. Ich wische hinterher. Auch draußen hält sie sich nicht an die Regeln. Den rustikal gestalteten Kotplatz in landschaftlich schöner Umgebung missachtet sie und „löst" stattdessen flächendeckend. Ich folge mit der Schaufel. Der Garten ist bald umgegraben. Schon zur Begrüßung hatte Miss Molly unter den Küchentisch gepinkelt und zwar in solchen Mengen, als hätte sie die Nacht davor durchgezecht. In ihren Korb geht sie auch nicht. Stattdessen liegt sie unter meinem in der Küche aufgestellten Feldbett, von wo ich ihre Erziehung zur Sauberkeit kontrollieren soll (schnelles Aufgreifen und Tragen an den Kotplatz!), meist aber einschlafe, sodass Miss Molly die Küche zum Kotplatz umfunktioniert. Statt hier den Rudelführer zu spielen, spiele ich Klofrau und kriege kein Trinkgeld. Ich wische morgens mit reichlich „Eau de Javel", einem in Frankreich weitverbreiteten Chlorwasser, das einen herben Duft verbreitet, bei dem es meinen Damen schlecht wird. So habe ich etwas Ruhe in der Küche bis sie dann gut ausgeschlafen erscheinen und fröhlich nach Kotmenge und Kotkonsistenz fragen. Ich antworte etwas schläfrig, denn Lösen ist ein hartes Los.

Unser Verhältnis könnte man als ambivalent beschreiben. Jetzt begreife ich die alte, schwäbische Weisheit: „Das Leben fängt erst an, wenn die Kinder aus dem Haus sind, und der Hund tot ist."

Im Durchschnitt wird ein Labrador zwölf Jahre alt.

Familien, Feldzüge und Umzüge werden geplant. Deshalb gehen Familien auseinander, Feldzüge verloren und Umzüge in die Hose. Das kommt so: Karton 23 ist für Platz A vorgesehen, wird aber, da dort kein Raum, nach Platz B gebracht, wo er vollkommen fehl am Platze ist, weshalb er nach C abgeschoben wird, wo Platz ist, man ihn aber nicht braucht. Deshalb verbringt man Karton 23 nach D, in einen sogenannten Verfügungsraum. In D ist das Dach undicht, sodass Karton 23 in einer nächtlichen Rettungsaktion bei Sturm und Regen nach E gerettet wird. Genau in E sucht aber der Elektriker das Kabel, weshalb 23 nach F gelangt, zur Zwischenlagerung sozusagen. Platz F hat den Nachteil, dass die Verandatür nicht mehr ganz aufgeht. Deshalb wird Karton 23 nach G geschoben. Bei G wird sein Inhalt geprüft und festgestellt, dass Karton 23 verderbliche Lebensmittel enthält, die natürlich nach K wie Küche gehören. Doch bei K ist nicht Küche, sondern Chaos, weshalb Karton 23 im Garten landet. Dort locken die verderblichen Lebensmittel zwei Katzen, einen Hund und mehrere Vögel, die gestaffelt angreifen bis der Karton nur in Fragmenten erkennbar ist, also bei M wie Müll landet und Platz A nie erreicht. Aber da vermisst ihn auch keiner, weil inzwischen umgeplant wurde, und 23 nun eigentlich nach P gehört. Doch P ist aus Strukturgründen weggefallen, weshalb 23 von Glück reden kann, bei M wie Müll gelandet zu sein, denn sonst hätte Karton 23 gar keine Heimat.

Zum Glück enthält Karton 23 eine Flasche Korn die nicht nach K wie vorgesehen verbracht wird, sondern nach G wie Gurgel und zwar der eigenen. Prost!

Der Garten ist Dschungel satt. Da blüht und grünt es im Januar wie verrückt. Zwischen den unbekannten exotischen Gewächsen findet sich ein Sammelsurium von altem Werkzeug, leeren Flaschen, Autonummernschildern und gebrochenen Kacheln. Ich sehe hier Handlungsbedarf, schon beim Anblick fängt der Rücken an zu schmerzen. So gebe ich die Parole aus, möglichst alles natürlich zu belassen, was bei den Damen auf Unverständnis stößt. Ich stoße bei den Damen laufend auf Unverständnis.

Die mit viel Geld renovierte Heizung ist ein Furz im Weltall, denn der kalte Tramontane aus den Hochpyrenäen nimmt sie gar nicht zur Kenntnis und kriecht dir in die Pyjamahose. Aber der wohl fast hundert Jahre alte „poêle", ein Bollerofen, von Monsieur Godin nicht unelegant konstruiert, mit dem schwarzen Ofenrohr, das schamlos durch das ganze Treppenhaus zieht, der heizt alles bis kurz vor Barcelona. Nur nachts geht er aus. Dann gibt es morgens blauen Himmel und kalten Hintern.

Über allem liegt feiner Mörtelstaub, und ein paar Flusen spielen kindlich unschuldig über dem Heizlüfter, weil die Heizung mal wieder nicht geht. Dann muss man kräftig auf ihr herumklopfen, und schon röhrt der Brenner wie eine Rotte Asthmatiker beim Seniorenmarathon. Nie haben wir den Frühling sehnlicher erwartet.

Oh, diese alten Gemäuer, sie sind so romantisch, aber klamm. Sie haben Seele und verstopfte Abflüsse. Sie machen das Herz warm und die Hoden kalt. Sie sind wie manche schöne Frau, faszinierend, aber schwierig.

Schwierig ist es auch für Christine, die sich im Collège vorstellen muss, was mit gerade mal zwei Jahren Schulfranzösisch keine leichte Aufgabe ist. Jetzt kommen wir in die kritische Phase, der Schwachpunkt unserer ganzen Planung. Als aber Christine fröhlich erklärt, Madame Direktorin sei ein Arschloch mit Doppelkinn, atmen wir vorerst erleichtert auf.

Emma dagegen streikt. Sie ist deutsche Patriotin durch und durch. Außerdem hat sie undefinierbare Bauchschmerzen, die einen Schulbesuch nicht zulassen. Dabei kann sie schon „Bonjour!" sagen. Endlich geht sie aus Langeweile, und weil sie nun mal eine deutsche Patriotin ist, vermacht sie der Klasse als deutsches Kulturerbe unser schönes Wort „Scheiße". Die kleinen Franzosen sprechen es etwas weicher aus, aber mit derselben Hingabe.

Von meinem Schreibtisch erahne ich die nahen Albères durch die stark verschmutzten Fensterscheiben. Vielleicht darf ich sie eines Tages klar bewundern, aber der Tag scheint noch fern. Dabei haben sie Bewunderung verdient, denn sie sind im Sommer wie im Winter kräftig grün durch ihren starken Kork- und Steineichenbewuchs. Genau das hat uns so am Roussillon fasziniert, dies satte Grün der Berge, das eigentlich für den Midi untypisch ist.

Sie sind nicht ganz so hoch wie der Schwarzwald und bilden die natürliche Grenze zu Spanien. Hier wurden im 2. Weltkrieg die Emigranten auf alten Schmugglerpfaden über die rettende Grenze nach Spanien geschleust. Übermäßig mit Ruhm hat sich dabei keiner bekleckert. Aber davon später.

Wir wursteln hier so rum und haben Probleme mit der Planung. Aber wer hat die nicht. Keiner sang mir an der Wiege, dass ich eines Tages Palmen putzen werde, aber ich muss, sonst erwürgt sie das Efeu und Simone mich. In diesem Chaos spielt Christine „Für Elise" auf dem verstaubten Klavier, was irgendwie rührend wirkt. So genießen wir dann den ersten Sonntag mit frischem Baguette, schlendern in prallem Sonnenschein ans kitschig blaue Meer unter Palmen, entdecken ein kleines Lokal am Hafen und verspeisen genüsslich ein Fischmenü in der leichten Brise mit Blick auf den schneebedeckten Canigou. Heimgekehrt sitzt man etwas im Gartendschungel zum Lesen. Und das im Januar. Deutschland versinkt in Schnee und Eis und wir im sonnigen Chaos, wobei wir schnell begreifen, dass dies kein Klima für große Taten ist.

Du wirst es nicht glauben, aber ich „jogge" gelegentlich. Früher nannte man das Dauerlauf, und der Dauerlauf war allerseits verpönt, weil langweilig und nicht sehr elegant. Wer damals in der Ortschaft lief, hatte die Straßenbahn verpasst. Dann erfand man einen anderen Namen für dieselbe Sache, schnitzte ein paar schicke Sachen dazu, fand Sponsor und Promoter, und nun „joggt" alles. Kreuz und quer toben sie durch die Botanik. Dabei erinnern sie in ihrer zähen Zielstrebigkeit an schienenlose Dampfloks, so pusten und schnaufen sie. Der Heizer muss irgendwo im Hintern sitzen.

Einige kommen in Pulks und wirken wie die Wehrsportgruppe der PDS. Dabei sind es Familien, in denen irgendein autoritärer Tyrann die ganze Meute auf die Strecke schickt. Dem Gruppenzwang gehorchend machen sie grimmig mit, Kinn hoch, Lippen schmal. Man nimmt schließlich ab dabei. Sie machen viel Staub und nachdenklich. Die meisten aber sind Einzeljogger, sieht man mal von den joggenden Ehepaaren ab, wo es bei ihr oben und ihm unten hüpft, und die sich zweifellos in der anschließenden Dusche vereinen, nicht weil es schön, sondern weil es gesund ist. Danach gibt es Blattsalat in Joghurtsoße.

Der Einzeljogger ist entweder sportlich, süchtig oder ein Arsch. Die Sportlichen laufen lächelnd, weil es ihnen Spaß macht und sagen herzlich „bonjour!". Die Süchtigen brauchen die Laufschuhe wie der Fixer das Besteck. Es sind fanatisierte Asketen auf der Jagd nach einem Sponsor. Sie grüßen gelegentlich mit leichtem Lüpfen des kleinen linken Fingers (wegen des Luftwiderstands) und irrem Blick. Bei ihnen hüpft wegen der windschlüpfrigen, viel zu kurzen Hose nichts, außer das Herz und das meist arhythmisch. Die Ärsche schließlich haben einen solchen, weil sie nur im Urlaub joggen und natürlich gleichzeitig zur Freude der französischen Küche Diät machen, denn Urlaub ist Strafe. Sie schwitzen nicht, sie dünsten schrecklich aus und gucken beim Grüßen schamhaft weg. Ihr Hoppelhasenstil demotiviert jeden potentiellen Joggernachwuchs. Meist handelt es sich um sogenannte Führungskräfte der Wirtschaft oder Redakteurinnen von Frauenzeitschriften.

Wenn das Jogging wieder so langweilig wird wie unser alter Dauerlauf, erklären sie das Sackhüpfen zum „Bagging", was den Vorteil hat, dass man mit seinem „Bag", der dann natürlich kein Kartoffelsack mehr ist, sondern eine von Armani gestylte Umhüllung mit Nike-Logo, gleich zum Shopping hüpfen kann.

Ich aber laufe unbekümmert in Capri-Stimmung, denn die rote Feuersonne steigt aus dem Meer gleich hinter dem Künstlerort Collioure, und der Vollmond hängt noch über den dunklen Albères. Die Palmen rauschen in der Morgenbrise – und ich trete in reichlich Hundescheiße.

So ist das mit der Euphorie, lieber Eduard!

Crottaille, im Februar 1994

Lieber Eduard,

ihr habt ein gut funktionierendes Klo, und wir haben eine „Fuite". Eine „Fuite" ist ein Wasserrohrbruch mit Charakter. Unser war nicht zu bremsen.

Schon sah ich einen schnuckeligen Stalaktit im Badezimmer wachsen, aber dann kam Monsieur Leveugle, der Meister aller Rohre. Monsieur Leveugle hat eine glänzend braune Haut, als sei er durch eine Autowaschstraße mit Wachszusatz stolziert und musterte Simone wie ein gerade resozialisierter Triebtäter. Mich ignorierte er. Meister Leveugle spielt Rugby. Das ist ein Männermannschaftssport, bei dem sich einer auf einen eiähnlichen Gegenstand legt und die anderen darüber. Diese Tatsache und der Triebtäterblick hätten mich warnen müssen, aber es gab keinen anderen Installateur am Ort.

„Quelle catastrophe, Madame", sagte Leveugle mitfühlend und guckte Simone in Augen und Ausschnitt, „welch' veritable Scheiße." Dann senkte er den Blick, sein gestählter Körper sackte zusammen, sodass ich schon fürchtete, das Rugbyei werde herausfallen, und verkündete mit belegter Stimme Diagnose und Therapie zugleich: „Keine Chance, Madame, wir müssen alles rausreißen, von oben bis unten, von unten bis oben. Wir müssen das Übel an der Wurzel packen!" Dabei kratzte er sich intensiv zwischen den Oberschenkeln. „Alles ist morsch und verrottet. Jeden Moment kann die „Fuite" an anderer Stelle durchbrechen. Madame, es ist wie das Leben auf einem Vulkan." So viel freie Prosa hätte ich dem Schönling gar nicht zugetraut.

So träumten wir von einem romantischen Wochenende ohne Waschen und mit Notdurft im Garten, bis der Nachbarsohn vorbeischlenderte und fragte, ob er vielleicht helfen könne, denn er hätte viel in der alten Villa, er sagte tatsächlich Villa zur Ruine, gearbeitet, würde also die ganzen Eigenheiten und Macken kennen. Uns erschien dieses Faktotum vom Himmel geschickt, zumal Monsieur Peyras eigentlich alles konnte.

Leider sei er mal vom Gerüst gefallen, erzählte er, und arbeitete seitdem bei der Stadt. So wie er aussah, muss ihn wohl jemand gestoßen haben. Zumindest war er nicht auf seinem überdimensionalen Riechkolben gelandet, denn jetzt schnüffelte er erregt wie ein Trüffelhund, wobei er von seinen Wundertaten in der alten Villa berichtete, die ohne ihn längst nicht mehr wäre. Dann gebot er plötzlich mit herrischer Gebärde Ruhe, atmete zweimal ganz tief ein, zeigte an die feuchte Decke und flüsterte feierlich ergriffen: „Klo oben!". Also doch veritable Scheiße. Das Klo oben wurde abgestellt und das köstliche Nass konnte wieder im Rest des Hauses fließen. Aus der Traum vom romantischen Wochenende ohne Waschen und mit Notdurft im Garten.

Die Maler haben oben angefangen. Der Kleinste ist Portugiese und singt ständig mit vollem Herzen und leerer Stimme. Ob er auch malt, weiß ich nicht. Der andere ist Gallier mit Gauloise. Seine Lunge muss schwärzer sein als Schirinowkis Seele. Ich habe ihn malen gesehen. Der dritte sieht aus wie ein Vorstadtgigolo und scheint beim Streichen Sinnliches zu empfinden. Er streicht ständig.

Der Elektriker hat einen unaussprechlichen Namen und kommt aus Paris, weshalb man ihn nicht versteht. Das ist auch gut so, denn er redet ständig und laut. Dabei tänzelt er verzückt und fasst sich in die Trainingshose, als vermute er da eine Stromquelle. Sein Sohn sucht gerne mal den Kleinlaster auf. Vielleicht hat er da ein Mädchen drin oder eine Flasche Wein. Der Dritte im Bunde ist Katalane. Der rollt das „r" und denkt ans Mittagessen. Dieses Trio macht eine Menge Löcher in die Wände, aus denen bunte Drähte hängen, und behauptet ständig „pas de problème, alles kein Problem", auch wenn man gar nicht fragt. Die Sicherung fliegt nach wie vor raus, was die Burschen nicht stört, denn wenn es dunkel wird, gehen sie nach Hause.

Monsieur Chapuis war der einzige Fernsehinstallateur am Ort. Er sieht aus wie ein Professor für Nuklearphysik mit seiner weißen Mähne, der hohen Stirn (wegen der Speicherkapazität), den strahlenden Augen (wegen der Radioaktivität) und den schlechten Zähnen (wegen der kurzen Halbwertszeit). Mit einem Kompass bewaffnet wieselt er ums Haus, entert todesmutig seine Feuerwehrleiter en miniature und befestigt den Parabolspiegel dort, wo er am meisten stört. Einwände lässt er nicht gelten. Fernsehen oder Ästhetik. Beides geht nicht! Da muss man ihm recht geben. Oder?

Ein Maurer kommt auch. Er hat eine fast schon blendende rote Nase und lustige Schweinsäuglein. Morgen fährt er nach Cognac, aber nicht wegen des gleichnamigen Getränkes, wie er scheinheilig versichert, sondern wegen einer entfernten Kusine. Ich fürchte, wir sehen ihn nie wieder.

So viele Frohnaturen hält kein Mensch aus. Deshalb flüchten wir in ein schnuckeliges Dörfchen gleich um die Ecke, das mit seinen kleinen Häusern direkt am

Strand eigentlich nur im Sommer lebt und jetzt wunderschön ruhig und entspannend ist.

Hier geht dann der immer grobkörniger werdende Sandstrand in die Felsenküste über, mit bei den Fischern und Tauchern so beliebten Buchten, eingerahmt von schmalen Sand- und Steinstränden, wo Muscheln, Seeigel und kleine Fische leben, die wir interessiert betrachten, während die Franzosen sie verspeisen. Und damit sind wir beim Thema, diesem urfranzösischen Thema, dem Hauptthema, vor dem es kein Entrinnen gibt: das Essen.

Die Franzosen haben irgendwie ein anderes Verhältnis zur Natur. Sie empfinden sie weniger philosophisch oder neuerdings auch politisch als wir. Sie sehen in ihr, so fürchte ich, eher einen göttlichen Lebensmittelladen. So meint man manchmal, zweibeinigen Trüffelschweinen zu begegnen, so konzentriert bewegen sie sich durch die Landschaft. Dann plötzlich ein kurzer Griff in das Wasser, ein leichtes Knacken und genüsslich wird der rohe Seeigel ausgeschlürft. O köstliche Natur! Das Schmatzen beweist es und alles kostenlos.

Ihre Sinnesorgane wie Nase, Zunge und Gaumen scheinen ausgeprägter entwickelt zu sein. Aber auch die Ohren, denn was der Gaumen gekostet, die Zunge umschmeichelt und die Nase betört, wird prosaisch umgesetzt, was wiederum das Ohr entzückt, dessen verständliche Erregung an die vorgenannten Organe zurückgelenkt wird. Man nennt das kulinarische Rückkopplung oder einfacher: „Genieße und sprich davon!"

Wichtigstes Sinnesorgan aber ist die Gurgel, „la gorge", und so sagen sie „arroser la gorge" als handele es sich beim Trinken um das Benetzen auserwählter Rosen. Tatsächlich bietet diese „gorge" einen faszinierenden Facettenreichtum uns unbekannter Parfums, Unterparfums und Nebenparfums im Zusammenspiel mit der Nase, die durch die ganze Anstrengung und dauernde Erregung schamhaft rot geworden ist. Bei Einsatz der „gorge" fällt die Prosa weg und wird durch ein mehr oder minder intensives Leuchten der Augen ersetzt, quasi als Qualitätsprüfung auf Video, denn beim Schlucken schweigt selbst der Südfranzose.

Und so findet oben das große Fest statt, das dann unten zur Vollendung gerät – und damit ist keinesfalls der Darm gemeint. Ganz entspannt legt man den Sinnesschwerpunkt wieder nach oben, womit der neue Kreislauf beginnen kann. Derweil denkt der Deutsche an Mülltrennung.

Dann kam die Sache mit dem Fenster. „Das Fenster ist weg", schrie Simone verzweifelt, „das verdammte Fenster ist weg." Dieser schrille Schrei traf mich wie ein

Infarkt. Jetzt ist es soweit, durchzuckte es mich, jetzt ist sie durchgedreht. Vor meinem geistigen Auge sah ich, wie sich die schwer vergitterten Tore der Psychiatrie hinter ihr schlossen. Und ich mit zwei unmündigen Kindern als alleinerziehender Vater im fremden Land in dieser Bruchbude, wo ich Dosengerichte aufwärmte und Wäsche aufhing, um dann am Sonntag die Mutter mit gekauftem Kuchen in der Heilanstalt zu besuchen. Es war doch wohl alles zu viel für sie gewesen. „Ich werd' verrückt", stieß Simone gepresst hervor, „hier draußen ist ein kleines Fenster und drinnen sind zwei große."

Reichlich irritiert suchte ich von innen den von ihr fixierten Punkt. Ich gelangte durch einen Flur mit vielen Farbeimern in eine Abstellkammer, die mit alten Koffern gefüllt war. Von da erreichte ich die Küche, aus deren Abzug sich das Bratenfett auf die Tapete ergossen hatte und stark an menschlichen Auswurf nach Omelettegenuss erinnerte. In der Küche war das Werkzeug vom Installateur verstreut. Von hier ging es durch das Treppenhaus in einen mit Umzugskartons vollgestopften Salon, von wo ich über die Kartons in die Kammer robbte. Tatsächlich, da waren zwei große Fenster. Da war noch mehr. Da musste früher mal ein wunderschöner Wintergarten gewesen sein. Aber der Besitzer hatte einfach eine Wand durchgezogen, ein kleines Fenster gelassen und den Rest mitsamt den Fensterläden eingemauert. Über seinen Geisteszustand mochten wir nicht spekulieren, denn der Preis für die Villa Schrott war, na sagen wir mal, entgegenkommend. Erleichtert atmete ich auf. Keine Heilanstalt, kein gekaufter Kuchen. Wir würden wieder einen Wintergarten daraus machen, aber erst wenn der Installateur, die Maler, die Gipser, die Maurer und die Elektriker bezahlt worden waren, d.h. der potentielle Wintergarten würde noch so manchen Winter erleben, ohne einer zu sein.

Aber wer nicht mehr staunen kann, ist sozusagen tot, soll Einstein gesagt haben.*

---

*zitiert in Schneider, Wolf: Die Sieger, München 1996, S.176

Crottaille, im Januar 1995

Lieber Eduard,

die Liebe ist nun mal, wie bereits der alte Michel de Montaigne erkannt hat, „ein aufflackerndes und flüchtiges Feuer, unstet und veränderlich, eine Fieberhitze, die bald steigt, bald fällt, und die uns nur bei einem Zipfel hält."* Auch ich habe lange kein Fieber gehabt, und am Zipfel bin ich schon gar nicht gehalten worden. Aber das liegt nicht an Simone, sondern am Hund.

Selbiger wurde zur Nachimpfung zum Tierarzt getragen. Miss Molly lässt sich gerne tragen. Der Doktor hat einen Mastino Napoletano, das ist viel Hund an einem Stück. Der braucht das ganze Wartezimmer und sieht aus wie ein amnestierter Massenmörder. Ich nehme an, der Doktor ist Junggeselle.

Miss Molly löst weiter und ich kriege Auflösungserscheinungen, wenn die Damen süßlich von einer „Törtchennacht" sprechen, während ich die Tretminen entschärfe. An einem stürmischen Tag werde ich Miss Molly bei Wind aus dem Norden heimlich an einen Heißluftballon hängen und über die Pyrenäen schicken. Dann kann sie Andalusien aus der Luft düngen.

Apropos Pyrenäen. Die baden hier bei uns im Mittelmeer. In der Ferne leuchtet der meist bis in den Juni schneebedeckte Canigou (2.784 m), der heilige Berg der Katalanen, der herausgelöst aus dem ganzen Hochgebirgsmassiv eine eindrucksvolle Einzelsilhouette bildet. Von seinen Gletschern kommt nachts der Tramontane, der kalte Gebirgswind, und fährt dir in die Pyjamahose. Aber er bläst auch die Wolken weg, sodass wir angeblich auf 300 Sonnentage im Jahr kommen.

Dann besucht uns die erste Hummel in diesem Jahr, und wir wissen, jetzt geht es aufwärts. Vor lauter Glücksgefühl steige ich zum Tour de la Massane herauf, einem alten Steinturm, von dem man nicht so genau weiß, haben ihn die Araber errichtet oder erst später die Könige von Mallorca. Er ist Teil eines ausgeklügelten Nachrichtensystems, das sich entlang der Grenze bis weit ins Innere hinzieht und bietet einen atemberaubenden Blick auf das Mittelmeer, die Felsenküste runter bis Spanien, den Canigou und die Künstlerstadt Collioure.

* Michel de Montaigne: Essais, Zürich 1953, S. 223

Zuhause aber kämpft die Pubertät heftig gegen das Klimakterium, Tochter und Mutter liegen im Clinch, und ich gucke begeistert zu, weil man da viel lernen kann. Ich führe derweilen Miss Molly aus. Gelegentlich ist Miss Molly läufig oder „heiß". Dann nennen die Kinder sie „Hotdog", und es kann passieren, dass Miss Molly beim Anblick eines erigierten Hundegliedes, und sei es noch so klein, die Flucht ergreift. Außerdem schnüffelt sie in den Exkrementen ihrer näheren und weiteren Verwandtschaft, wobei sie in einigen Fällen Kostproben zu entnehmen scheint, was auf einen ausgeprägten Gemeinsinn schließen lässt, aber zu starkem Mundgeruch führt.

Dabei gibt es hier einen Einheitsmundgeruch. Der kommt nicht von der Zahnpasta, sondern vom Knoblauch. Knoblauch senkt in hohen Dosen zwar den Cholesterinspiegel und tötet gewisse Bakterien und Pilze, aber deine Arterienverkalkung verhindert er nicht. Entgegen aller wissenschaftlichen Erkenntnis spürt aber der, der eine ländliche Aioli aus Knoblauch und Olivenöl in Katalonien, Süd oder Nord, überlebt hat, dass ihn diese gleichermaßen von der Karies und dem Fußpilz befreit. Vom Wahnsinn und der Impotenz sowieso, wie die alten Griechen und Römer meinten, wobei zur Heilung der Impotenz der gemeinsame Genuss unbedingte Voraussetzung ist, ansonsten ist der Wahnsinn vorprogrammiert.

Dann verkündet Emma, dass sie am „Karl Freitag" frei hat. Auf die Frage, wer denn dieser Karl Freitag sei, meint Emma, nun schon seit ein paar Wochen französisch erzogen, es müsse sich wohl um einen Resistancekämpfer handeln, womit sie ja gar nicht so unrecht hat, oder war Jesus etwa keiner?

Was haben wir malocht, um die Ferienwohnung termingerecht hinzukriegen. Nach dem Wasserrohrbruch hatten wir hoffnungsvoll eine Annonce in den Reiseteil einer deutschen, überregionalen Zeitung gesetzt, die eine unerwartete Resonanz hatte.

Und dann, lieber Eduard, kamen sie, die ersten Gäste. Vor dem Haus hielt ein großer, alter Volvo. Die darin sitzende Dame war nett anzuschauen, wenn man bemalte Puppengesichter mochte, bis sie sich aus der schwedengestählten Wagentür wälzte. Sie als barock zu bezeichnen, wäre ein Akt der Höflichkeit gewesen. Als Walküre konnte man sie auch nicht beschreiben, denn dazu fehlte es ihr an Größe. Diese Größe oder besser diese Länge aber hatte ihr Gatte, der aussah, als müsse er ihr immer die Hälfte seiner Portion abgeben. Dieser Gatte gehörte zu den Typen, die immer lächeln, auch wenn ihnen jemand auf die Schuhe pinkelt. Sein matter, feuchter Händedruck erinnerte an Speisequark. Lächelnd wie ein tiefgekühlter Japaner wieselte er um sein Gefährt, während die Dame Konversation machte, wobei ihre

Sprachgeschwindigkeit von Rekord zu Rekord eilte, als hätte sie letztes Jahr Redeverbot gehabt. Nach eineinhalb Minuten war sie bei ihrer Pubertätsphase angelangt. Es muss eine sorglose Jugend gewesen sein.

Ihr wogender Busen war noch gewaltiger als ihr Redefluss.

Aber sie hatten ein märchenhaftes, kleines Geschöpf von etwa vier Jahren, die herrlich erfrischend aus dem dunklen Fond des Wagens krächzte, als hätte sie gerade eine saftige Tonsillitis hinter sich. Mit einem Blick auf die Eltern muss es sich um ein Adoptivkind oder eine Mutation gehandelt haben. Das schöne Kind hörte auf einen unaussprechlichen, fremdländischen Namen, der vielleicht aus irgendeiner misslungenen nordischen Saga stammte. Eines Tages würde sie ihre Eltern dafür hassen.

Inzwischen hatte sich die kleine Blonde nach vorne gearbeitet. Offensichtlich war sie etwas antiautoritär erzogen, denn sie hatte sich ihres Höschens entledigt und spielte konzentriert mit ihrem Pipi, wobei sie fröhlich „Möse, Möse" krähte, was der massigen Mutter ein perliges Lachen entlockte und sie glücklich schnurren ließ: „Aber, aber ..." und dann folgte wieder dieser unaussprechliche fremdländische Name. Ich fürchtete schon, die schnurrende Mutter könnte es ihrer Tochter gleichtun, und entfernte mich, indem ich dezent auf mein gigantisches Arbeitspensum hinwies.

Herr Dr. Langer, der als Philologe wohl mit einer Doktorarbeit über die Lust des Lispelns promoviert hatte, bekleidete dann die kleine nordische Sagendame wieder mit ihrem nicht ganz makellosen Höschen, worauf diese sich herzlich mit „Miss Molly" anfreundete, um analytisch klar zu konstatieren: "Is Frau, nich Mann, fehlt Pimmel." Herr Doktor ließ die Reisetasche fallen, Frau Langer lachte wieder satt perlend, und „Miss Molly" ließ vor lauter Begeisterung eine ihrer gefürchteten gasförmigen Darmentladungen ins All.

Jetzt wurde die Ferienwohnung eingeräumt, d.h. Herr Dr. Langer schleppte unzählige schwere Kunststoffkoffer, während sich Madame auf die frischgestrichene Gartenbank setzte. Das war eigentlich kein Setzen, das war mehr ein Fließen mit der Eleganz von Tubenmayonnaise auf hartgekochtem Ei. Mir blieb nur zu beten, dass die Farbe schon trocken war. Vom leicht belegten Küchenfenster sah ich, wie Frau Langer ihre überraschend schlanken Fesseln auf die Bank hob, dabei ihr Kleid, besser ihre Umhüllung, kurz lüpfte und eine Stellung einnahm, wie wir sie von den Gemälden der königlichen Mätressen des 18. Jahrhunderts kennen. Bei diesem wahrlich majestätischen Anblick schien mir etwas in Bewegung zu geraten, kaum wahrnehmbar, aber doch deutlich genug. Aufreizend langsam senkte sich die weiße Bank, die eigentlich als Küchensitzecke auf festen Fliesen gedacht war, aber so malerisch unter die Palme passte, in den feuchten Boden und mit ihr die noch immer plappernde Frau Langer, bis die Querstreben die Talfahrt stoppten, ohne zu bersten.

Die Vermietung ließ sich also ganz gut an, zumal die kleine Blonde mit dem perversen Namen sich inzwischen wieder ihres Höschens entledigt hatte, was „Miss Molly" zu intensiven Nachforschungen veranlasste, schnuppert sie doch je nach Körperpflegestatus intensiv an der Region, in der die Dichter fälschlicherweise das Herz vermuten.

Der Strand ist das Niemandsland zwischen Meer und Erde. Hier tummeln sich Tiere, Menschen und Menschenähnliche. Bei den Tieren gibt es zunächst die Hunde. Diese müssen an der Leine geführt werden und dürfen nicht baden, weil sie nicht wie der Mensch wissen, dass man nicht ins Meer pinkelt. Deshalb legen sie ihre Tretminen in den Sand. So hat mancher schon braune Füße, obwohl der Restkörper noch schüchtern rötlich leuchtet. Es gibt auch viele Spatzen, die heiter aber hinterlistig sind, indem sie die von den Badegästen reichlich dargebotenen Baguettekrümel als Stoffwechselprodukt wieder auf diese herabrieseln lassen.

Dasselbe Verhalten demonstrieren in noch größerem Ausmaß die Möwen, die wie Kampfbomber nach oben ziehen, aber nach unten fallen lassen, sodass es zu einem Klatscheffekt auf Autoscheiben und Karosserie kommt. Prompt erklärt ein Scherzkeks, das bringe Glück, und schon zieren diese Kunstwerke das Gefährt so lange wie möglich, außer bei uns Deutschen, da nur bis zum nächsten Samstag.

Selbst in der Hochsaison sind die Strände bis zehn Uhr kaum belegt. So tummeln wir uns bereits am Strand, wenn die Sportlichen kommen, um vor dem Frühstück kurz einzutauchen, gefolgt von den Sonnenanbetern, die täglich ihre Strahlendosis absorbieren, manchmal auch mehr, was unseren Hausarzt freut.

Dann erscheinen die Familien mit dem großen Gummikrokodil, den Eimerchen, den Plastikstühlen für Vati und Mutti, den Badetüchern, dem Beachballspiel mit fehlendem Ball, den sich verhärtenden Badetüchern, dem Wechselbadeanzug und der Sporthose für Vati, die aber nicht mehr passt, da er schon längere Zeit kein Beachball mehr gespielt hat, weil doch der Ball fehlt, und Mutti immer vergisst, einen zu kaufen, der Illustrierten für Mutti und der Zeitung für Vati, der Pumpe für das Krokodil, dem Kosmetikbeutel für Mutti, den bereits frankierten Postkarten, die auch heute nicht geschrieben werden, der großen Flasche Sonnenöl, das nach Kokosnuss riecht, und dem Bademantel zum Umziehen, der aussieht wir der Teppichboden bei Oma. Wenn die auspacken, packen wir ein.

Einpacken muss ich auch, wenn die frechen zierlichen Französinnen kommen, ihre kecken, kleinen Brüstchen wippen lassen und ich die Brille aufsetze. Ich denke über Kontaktlinsen nach.

Für Emma trifft schon der erste Liebesbrief ein, was auf eine erfolgreiche Integration schließen lässt: „Je t'aime. Ton Christoph." Ich werde mir Christoph etwas näher anschauen müssen. Aber statt dem Christopherus nun zu antworten, haut sie abends ihrer großen Schwester knochentrocken, aber heißen Blutes eine auf die Nase, was die Familienatmosphäre ungeheuer fördert.

Frankreich feiert seinen Nationalfeiertag, den Sturm auf die Bastille am 14.07.1789, der gar kein Sturm war, aber den „Helden" noch bis in die Mitte des 19. Jahrhunderts eine Ehrenpension bescherte. So lob ich mir Geschichte. Auf den Champs Elysées paradiert die Armee. Zum ersten Mal sind auch deutsche Soldaten dabei, was historisch beachtlich ist. Wie schön, dass sie in Paris sind. In Deutschland würden die Autonomen sie mit stützefinanzierten Bierdosen bewerfen. Auch in Crottaille defiliert man. Die Mütter strecken die Brust, die Väter den Bauch raus, und die Kleinen schwenken die Trikolore. Die Veteranen stolpern mit der Fahne voraus. Die Anzugsordnung der Bürger ist eher praktisch ausgerichtet bei dieser Hitze. Er in Unterhemd und Hosenträgern, sie schulterfrei. Da aber auch ein alternder Busen den Gravitationsgesetzen folgt, ist sie gezwungen, das, was sie ziert oder sagen wir zierte, wieder hochzuschieben. Das Volk klatscht Beifall, und ich klatsche dem Volk.

Dann hat uns der Alltag wieder. Ich kommuniziere seit einer Weile mit dem Finanzamt in Deutschland, d.h. ich versuche es erfolglos, weil das Finanzamt nicht begreifen will, dass zur Kommunikation mindestens zwei gehören. Es ist beeindruckend, wie viele hochbesoldete Beamte einem mitteilen, dass sie nicht zuständig sind, was wiederum Zustände verursacht. Ich schreibe in meiner Verzweiflung an das Nachrichtenmagazin „Frontal", das sich gern mit Verwaltungskomödien schmückt, mit einer „Mehrfertigung" an das Finanzamt. Schon ruft ein höherer finanzamtlicher Herr an, sagt etwas von Lähmung des Verwaltungsaktes (jede Lähmung des Aktes stimmt traurig) und erteilt mir Absolution. Jetzt bin ich wieder da, wo ich vor sechs Monaten sowieso hingehört hätte, und „Frontal" hat noch gar nicht geantwortet, geschweige denn gesendet. Oh Medien, seid gesegnet, auch wenn ich euch zuweilen verfluche.

Dann müssen wir zur Direction Régionale de l'Industrie, de la Recherche et de l'Environnement nach Rivesaltes, zu deutsch TÜV. Das ist so was wie das zweite Staatsexamen für das Auto. Hier entscheidet sich, ob unser alter VW würdig ist, eine französische Nummer zu tragen. Natürlich sind wir nervös. Unser Auto ist gewienert und gewachst. Nach längerer Warteschleife schlurft ein von der Natur benachteiligter Typ heran, überprüft die Plakette im Motorraum, zieht an meinem Sicherheitsgurt und fragt, wie sich denn die Kinder in der Schule machen. Dann überreicht er uns das Dokument. Wahrscheinlich ist das beim zweiten Staatsexamen ähnlich.

Erst jetzt dürfen wir die französischen Nummernschilder anlegen. Die sind vorne weiß und hinten gelb; bisschen Chic muss sein. Aber der Katalanenschädel in der Werkstatt rät zu den alten schwarzen, weil man die bei der Radarkontrolle nicht so gut sieht. Auf was man alles achten muss.

Doch dann erwischt mich eine Grippe. Ich bin richtig krank, im Gegensatz zu den Franzosen, die nicht krank werden. Sie haben Krisen. Deshalb haben sie auch keinen ordinären Kater, wenn sie voll wie ein Ei („plein comme un oeuf") waren, sondern eine Leberkrise („crise au foie"). Aber keine Panik. Mit einer Zirrhose hat das nichts zu tun. Unter leichtem Aufstoßen gesteht der Sünder mit gesenktem Blick, dass er sich bei der „paté au thon et aux anchois" vielleicht doch hätte zurückhalten sollen und vielleicht auch noch können, denn er sei eigentlich Willensmensch, aber bei der „sauce toulonnaise aux truffes", dieser getrüffelten Rotweinsauce, da sei es einfach geschehen. Dabei hält er sich den Bauch und schnalzt deprimiert mit der schweren Zunge an seine eingeschlafenen Geschmacksknospen, bis ein Lächeln seinen Schmerz kaschiert.

„Nein, auch beim Grand Vin de Château Latour, dem 90-iger wohlgemerkt, gab es kein Halten mehr", gesteht er freizügig. „Der roch", und hier beugt er sich vertraulich mit nicht ganz einwandfreiem Mundgeruch dem Hörer zu, „ja, der roch wie …" Er hält selig inne, verdreht die Augen wie ein orgiastischer Eisbär bis plötzlich das Sodbrennen sein Riechbild zerstört. Wir werden nie erfahren wie der Château Latour roch, denn jetzt ist seine „crise au foie" mit voller Gewalt ausgebrochen, ihm ist schlecht, pardon, er hat Herzleid („mal au coeur"), worunter wir etwas ganz anderes verstehen. Außerdem hat er einen gepflegten Kater, eine „Gueule de Bois", weil sein Maul sich so holzig anfühlt. Das kürzt er mit „GB" ab, was dem Nationalitätenkennzeichen eines außerkontinentalen, ehemaligen europäischen Mitgliedstaates der Europäischen Union und seiner Meinung über dessen Bewohner entspricht. Der 100-jährige Krieg muss tief sitzen. Da könnte man doch glatt eine „crise cardiaque" kriegen, aber das ist ein Herzinfarkt, und da hört der Spaß auf.

Zur Abwechselung machen wir einen Katzensprung in eine andere Welt, die uns karger und ärmlicher erscheint. Figueres, die Dali-Stadt, etwa 40 km hinter der Grenze.

Da stehen lange Schlangen vor dem Dali-Museum, das uns schon äußerlich umhaut. Genie, Wahnsinniger oder Gaukler? Emma sagt, er hat ein Rad ab und sie Hunger.

Deshalb stärken wir uns ganz in der Nähe. Der Patron kommandiert wie einst Franco und spritzt auserwählten Gästen, zu denen auch ich gehöre, einen widerlichen süßen Aperitifwein in den Schlund. Ich trinke für Deutschland. Ob der Menge und der Länge erhalte ich Applaus, was meine Töchter schockt. Dann haut mir „el patròn" anerkennend kräftig auf die Schulter und nimmt um die Ecke auf der Treppe Platz, wo er in Ermangelung eines Büros die Rechnungen schreibt, dieweil eine pralle Fröhliche Lutscher an alle verteilt. Gezahlt wird an der Treppe beim Patron, der mir auf Grund meiner Trinkleistung zuzwinkert, aber keinen Discount gewährt.

Dafür gibt es nebenan viele kleine Zinnsoldaten, vor allem deutsche Wehrmacht und sauber davon getrennt SS. Wenn das der Reemtsma wüsste! Vor allem, weil einen da auch der Herr Hitler grüßt, so wie es damals üblich war. Fairerweise steht Mister Churchill mit seiner Zigarre neben ihm. Das würde fast versöhnlich wirken, wenn sie nicht den forschen Duce Mussolini an seiner Seite platziert hätten. Aber von Franco keine Spur, denn die Schurken haben immer die anderen.

In Deutschland ist Weihnachten das Fest von Herz und Horten, für die Franzosen das von Gaumen, „gorge" (= der Schlund) und Galle. Mit Sucht im Blick schleppen sie kistenweise die Austern ab, den Champagner unterm Arm. Über die öffentliche Lautsprecheranlage dudelt schreckliche Weihnachtsmusik, sodass man sich auf Ostern freut. Aber an der Kasse wartet alles geduldig, auch als die Kasse nicht mehr klingelt, weil sie wohl überfüttert wurde. Das wäre bei Horten anders. Hier lachen sie und schnüffeln wie läufige Hunde an ihren Austern.

Schwupp sind wir in Neuen Jahr. An Stelle von Vorsätzen wählte ich mir als Jahreslosung etwas Hochintellektuelles, das Friedrich der Große an Darget schrieb: „Mein Lieber, pissen Sie gut und seien Sie fröhlich; das ist alles, was Ihnen auf dieser Welt zu tun bleibt!"* Damit hat der geniale Preuße praktisch die ganze Weltphilosophie in einem Satz zusammengefasst.

In diesem Sinne
Dein fröhlicher Pisser

*Oeuvres de Frédéric le Grand, Band 20, S. 47

Crottaille, im Dezember 1995

Lieber Eduard,

unsere Handwerker arbeiten etwas sehr individuell. Sie nehmen jeden Auftrag an und hetzen von Baustelle zu Baustelle, aus Angst sie könnten einen Auftrag verlieren. Heute lassen uns alle gemeinsam sitzen. Wir blicken über viel Werkzeug und noch mehr Unordnung und Dreck. Langsam haben wir das Berberdasein satt und träumen von der alten Zivilisation. So heben Simone und ich den Pokal, um unser Seelenleben zu ordnen. Leider heben wir zu oft, was eher wieder Unordnung schafft. So schleicht die Mutter am nächsten Tag mit reichlich Restpromille in einem nicht über alle Zweifel erhabenen, ehemals weißen Morgenmantel durch den Dschungelgarten, die Füße mit schlecht sitzenden Socken bedeckt, die einst mir zugerechnet wurden. Unter ständigen Beschwörungen zupft sie mal hier und rupft mal dort. Den Abfall überlässt sie erst den Fallgesetzen und dann mir. Aber sie hat einen grünen Daumen. Alles sprießt olympisch. Ich glaube, die Pflanzen haben Angst vor ihr.

Die Feigenknospen sind aufgesprungen, und die traurige Esche sprießt wieder kräftig. Aber auch die Läuse sind unter uns, d.h. auf Emmas Kopf, und morgen kontrolliert die Maîtresse, das ist das Fräulein Lehrerin und nicht die Bettschnecke des Oberstudiendirektors, also die Maîtresse kontrolliert „toutes les têtes", alle Köpfe, was eine besonders schöne pädagogische Aufgabe ist. Da würde bei uns wohl die GEW kräftig protestieren. Hier geht es aber um den Kopf, und der Kopf ist eine Einheit, auch wenn die GEW das nicht glaubt, und zum Kopf gehören Haare (meistens jedenfalls), und in gesunde Haare gehören kräftige Läuse, aber nur kurz, dann kommt die Maîtresse und knackt sie. Emma aber heult. Sie hat Angst, die Maîtresse könnte eine bei ihr finden. Also sitzen Mutter und Tochter wie die Paviane unter der Palme, suchen und finden. Dann gibt es eine Kopfdusche für Emma, die so riecht, dass die Läuse husten müssen. Das erste Mal beneidet mich Emma um meine „Coco déplumé", was eigentlich enthaarte Kokosnuss bedeutet, aber mehr den Zustand meines Haupthaares beschreibt.

Dann kommen wieder ein paar Handwerker und unsere englischen Freunde, die nicht so kommen, wie sie sollen, sondern wie sie können. Irgendwie sind sie in Barcelona hängen geblieben und treffen nächtens im Grenzort Cerbère ein. Die an der

Steilküste gewundene Straße dahin ist auch oder gerade nachts wie ein Traum. Da blitzen die Lichter von Collioure, da leuchtet der Hafen von Port Vendres, einst wichtiger Anlaufpunkt für den Nordafrikaverkehr, da blinkt der Leuchtturm des Cap Béar, und ich schwimme mit Emma über diesem Lichtermeer. Die letzten Segler sind schemenhaft draußen zu erkennen. Im Licht der Scheinwerfer die knorrigen Weinreben, die sich in der Nacht verlieren. Über uns wie im Bilderbuch Sternenmeer und Mondsichel, bei der Emma bemerkt, sie möchte bei Halbmond nicht so gern Astronaut sein, weil man da so leicht runterfällt.

Unsere Engländer sind tatsächlich da. Sie sehen englisch aus, also anders, und sie sehen nicht nur so aus, sie sind es, was in diesem Fall ganz positiv gemeint ist, nämlich humorvoll, bescheiden und immer auf eine gesunde Distanz bedacht. Obwohl weit gereist bemerken sie angesichts unserer nächtlichen Küstenwunderwelt immerhin „how lovely", d.h. sie sind ganz aus dem Häuschen. Mit Emma sprechen sie Französisch, was diese aber nicht als solches zu identifizieren vermag und sich halb totlacht. Nach der zweiten Flasche Rouge wird es intimer, und auf die Frage, wie er es sich denn leisten kann, sich schon mit 51 Jahren zur Ruhe zu setzen, antwortet er knapp: „One house, one car, one wife!"

Gemeinsam mit unseren Engländern durchstreifen wir die neue Heimat, von der auch sie ganz angetan sind. Natürlich geht es wieder nach Collioure, weil hier Matisse, Dufy und Juan Gris lebten. Sie kamen hierher wegen des Lichtes. Nirgends ist der Mittelmeerhimmel blauer als über Collioure, soll Matisse geäußert haben. Picasso, Braque, Chagall und viele andere fielen auch ein, gingen in die „Hostellerie des Templiers" und gossen sich einen auf die Lampe, auf dass die Farben noch kräftiger wurden. Wegen ihrer grellen Farbgebung wurden sie ab 1905 die „Fauves", die Wilden, genannt. Vielleicht haben sie sich auch nur in der Hostellerie vorbeibenommen. Jedenfalls hängen da immer noch tausende von Bildern, die die Wände und sogar das Treppenhaus des Hotels förmlich zupflastern. Die Kneipe ist urig, das Essen nicht so gut wie die Bilder, aber die Atmosphäre urgemütlich, weil hier die Alten Belote dreschen, eine Art Skat, und da zuzuschauen ist schöner als das Abendprogramm in der ersten Reihe. Auf der Strandpromenade sitzen die Nachfahren der „Fauves". Sie haben das Hafenbecken mit der alten Wehrkirche schon so oft gemalt, dass sie es nächtens in den Sand pinkeln können.

Wir zeigen unseren Engländern das mittelalterliche Castelnou, in dem es keine Autos gibt, mit seiner fast 1000-jährigen Burg, ziehen im Regen weiter nach Illesur-Têt und bewundern die steilen Sandklippen Orgues d'Ille, die bezeugen, dass hier vor Millionen Jahren Meer war und führen sie auf die schaurige Katharerburg Peyrepertuse, die man erst bei genauerem Hinsehen wahrnimmt, so intensiv ist die Verbindung zwischen Berg und Menschenwerk. Die katholische Kirche hat hier keine sehr rühmliche Rolle gespielt. Aber das Erschreckende bleibt, dass die Inquisition vortrefflich funktioniert hat. Deshalb lebt sie bis heute, nicht nur in der katholischen Kirche, wo sie in Form des „Heiligen Offizium" weiterbesteht.

Sie lebt, weil Dogma immer die Überzeugung des anderen ist. Und genau da beginnt die Teufelei. Den Teufel aber hat auch die Inquisition nicht erwischt.

Der gesenkte Blick des Franzosen hat nichts mit Unterwürfigkeit oder gar Demut zu tun, sondern mit, pardon, Hundescheiße, die der Franzose gerne mit „crotte" verniedlicht, was aber an der Konsistenz nichts ändert. Dieses Stoffwechselprodukt ziert in ausreichenden Mengen die Trottoirs der „Grande Nation". Deshalb braucht man solides, abwaschbares Schuhwerk und teppichfreie Zonen im Haus.

Nein, der Gallier ist nicht demütig. Denken wir an die Französische Revolution und den heldenhaften Sturm auf die Bastille, auch wenn es gar keiner war, denn Geschichte wird in Frankreich so empfunden, wie ihr nachträglicher Betrachter will, dass sie gewesen sei.*

Nun guckt der Franzose nicht nur gezwungenermaßen nach unten, sondern auch gerne weg, besonders wenn er einem die Vorfahrt genommen hat. So viel Rechthaberei widert ihn an. Mit seiner Geschichte hält er es ähnlich, weil nicht sein konnte, was nicht sein darf. Einer der größten historischen Weggucker war de Gaulle. Dieses Weggucken machte ihn frei für Visionen, und diese Visionen retteten Frankreich.

Nach oben guckt der Franzose als Laizist selten, es sein denn er hat Zucker im Urin.** Lieber guckt er schon mal dezent in den Ausschnitt der Dame oder auf ihr hoffentlich pralles Hinterteil. Ansonsten nimmt er aus seiner Umgebung außer der Weinernte nicht allzu viel wahr. Doch zuweilen muss man einfach hingucken.

Als Hitler am 7. März 1936 (1936!) in das entmilitarisierte Rheinland einmarschierte, guckten die Franzosen gutnachbarlich weg. Dabei hätten sie damals dem Tyrannen problemlos auf die Finger klopfen können, was sie aber nicht wollten, weil

---

*Hermann Eich: Die misshandelte Geschichte, München 1986
**Ein wenig mehr Zucker im Urin, und der Freigeist geht in die Messe. – La Bruyère

sie den Tyrannen so wenig sahen wie die Deutschen auch. Hätten wir alle ein wenig schärfer geguckt, es wäre uns viel erspart geblieben.

Es geht also gar nicht so sehr um das Hin- oder Weggucken, sondern um den richtigen Zeitpunkt. Und den hat der Mensch bis heute nicht gefunden. Außer die Frauen, von denen Fontane sagt: Eine gute Frau muss die Augen immer aufhaben, aber sie muss sie auch zuzumachen verstehen, je nachdem. Sie muss alles sehen, aber sie muss nicht alles sehen wollen. Damit hätten wir die gelungene germanisch-gallische Synthese.

Dann kommt der 1. Mai mit kurzen Hosen und blanken Brüsten am Strand und der 8. Mai als 50-jähriger Tag der deutschen Kapitulation mit langen Hosen und Orden an der Brust. Ich hoffe, er ist der letzte, und putze mein altes Auto. Was soll ein Deutscher auch anderes am Kapitulationstag machen?

Jetzt sind sie wieder hier, diese Touristen mit weißer Haut und kurzen Hosen. Im Bikini gehen sie einkaufen und riechen schlecht. Je hässlicher desto offenherziger. Bei manchem Dekolleté kriegst du Sodbrennen. Die Pilsgeschwüre sind auch nicht schlecht. Sie zeugen von Wohlstand. Dann motzen die Dicken, weil es an der Kasse nicht wie zu Hause läuft, denn hier ist Einkaufen in erster Linie Kommunikation und nicht Logistik. Aber das begreifen die Dicken nicht. Die müssen an den Strand um zu bräunen. Bei dem Umfang hat die Sonne viel zu tun.

Auch ich entspanne mit Emma am Strand, wobei es sich um eine mehr spannende Entspannung handelt. Wegen ihres Schlauchbootes fahren wir mit dem Auto. Emma haut sich hin und liest Donald Duck. Ich hole das Schlauchboot und den Blasebalg aus dem Auto, blase mit dem Balg, bringe das Boot zu Wasser, ziehe selbiges in Ermangelung eines Motors durch die Fluten, während Emma „schneller" schreit und sich bei mir die ersten Wadenkrämpfe ankündigen.

Dann will sie wieder Donald Duck, schneuzt in mein Taschentuch und fragt, ob England in Europa liegt (eine sehr spitzfindige Frage, finde ich) und ob Tintenfische beißen. Natürlich beißen Tintenfische, sage ich, Tintenpisser tun's doch auch.

Zu Hause liegt ein Brief mit einer sehr hübschen Briefmarke, überschrieben mit 1944–1994 Hommage aux Libérateurs. Sie zeigt einen Panzer mit jubelnden Befreiern und die Flaggen der siegreichen Westalliierten. Der Brief ist von französischen Finanzamt und soll mir wohl Angst machen. Und schon geht plötzlich im ganzen Département das Licht aus und der klare Sternenhimmel an. Das sind nie geschaute Welten. Die Milchstraßen klar erkennbar, die Sterne deutlich zum Greifen nahe.

Wahnsinnig ist das, und du so klein, dass du dich gar nicht mehr wahrnimmst. Man sollte ab und zu den Strom ausschalten. Es spart Geld und fördert die Einsicht.

Simones Geburtstag verbringen wir in Barcelona. Barcelona ist ein Geschenk. Barcelona sprudelt und bebt. Barcelona reißt dich mit. Wir schlendern über die Rambla, die belebteste und berühmteste Straße Barcelonas. Unter den riesigen Platanendächern Blumenverkäufer, Vogelhändler und Stillebenkünstler, die man kitzeln möchte. Getragene russische Weisen erklingen. Amerikanische Militärpolizei vom nahen Flugzeugträger patrouilliert an den Balalaikaspielern vorbei, die dabei noch trauriger zu singen scheinen. Nein, russische Seele passt hier nicht, obwohl sie wunderschön spielen und singen, und Militärpolizei auch nicht, denn die Rambla ist ständiges Theater mit möglichst fröhlichen Einlagen. Man ist laut, nicht sehr fein, aber für diesen Moment glücklich. Die Menge schwemmt uns in die Markthalle San José. Die kunstvoll gestapelten Auslagen sind ein Gemälde, denn der Spanier ist Augenmensch, sagt Ortega. Riechmensch ist er wahrscheinlich nicht. Es riecht etwas aufdringlich. Aber das nimmt man beim Anblick all dieser interessanten Typen, von der Marktfrau bis zur Nutte, von der Gnädigen, die noch ein Dienstmädchen zum Tragen im Gefolge hat, bis zur Nonne, gar nicht mehr wahr. James A. Michener behauptet in seinem Werk „Iberia – Reisen und Gedanken", dass eine Spanienreise mit Barcelona zu beschließen ist, weil es nach Barcelona keine Höhepunkte mehr gibt.*

Hier streiken die Lehrer zur Freude der Schüler, und wir fahren in Richtung Foix, weil dort Gaston III Phoebus im 14. Jh. lebte, der in einem Wutanfall seinen einzigen Sohn erschlug. Da auch ich zum Jähzorn neige, will ich diese Geschichte gerne vor Ort loswerden. Aber mein Publikum nimmt mich nicht ernst. Auch meine Ausführungen über die Katharer im allgemeinen finden nicht das Interesse, das die Katharer verdient hätten.

Dass selbst die Schwester des Grafen Raymond-Roger, Esclarmonde, eine Eingeweihte war, stößt lediglich auf andeutungsweises Nicken und die Frage nach dem nächsten WC. Wenigstens hätte doch dieser schöne Name, Esclarmonde, bei meinen Damen etwas auslösen müssen. So zog ich dann mit meiner Damenriege genauso erfolglos wie Simon de Montfort, der in den Kreuzzügen gegen die Katharer die auf einem 60 m hohen Felsen liegende Burg viermal belagert hatte, wieder ab.

*Michener, James A.: Iberia, München 1969

Wolkenloser, blauer Himmel und die Berge im Dunst. Das bedeutet, dass wir Weihnachten wieder draußen sitzen, was uns etwas irritiert. Man könnte es für Fotomontage halten, aber der Vollmond steht morgens am dunkelblauen Himmel und regiert noch die Nacht, als sich schüchtern über der Küste die Sonne erhebt und mit ihren ersten Strahlen den tief verschneiten Canigou zart rosa erhellt, während die Ebene im Dunkeln bleibt. Das klingt genauso kitschig wie es aussieht. Dann kommt ein wilder Tramontane, der bizarre Wolkengebilde an den Himmel wirft und das Baguette abklappen lässt.

Das ist der Moment, in dem die Einheimischen überlegen, ob sie nicht doch einen Wintermantel kaufen sollten. Aber dann schläft der Wind ein, und es bleibt bei der Strickjacke. Schläft der Wind ein, kommt der Regen, und ohne Sonne wirkt der Midi auch nur wie eine spröde Schöne mit Akne.

Du fragst mich nach dem Pensionierungsschock, lieber Eduard. Es gibt ihn, auch wenn Du das nicht glaubst. Er trifft nicht nur den Fachidioten, der mit dem Ausscheiden nicht mehr weiß, was er mit sich anfangen soll, nicht nur das autoritäre Arschloch, das jetzt seine Familie malträtiert, er trifft jeden und meist da, wo Du es nicht vermutest. Das ist eigentlich auch ganz natürlich, denn fast jeder Mensch erreicht eine gewisse Sicherheit im beruflichen Umfeld, die Gelassenheit zulässt. Man spricht von Durchblick. Jetzt aber betrittst Du eine neue Bühne und weißt nicht, was auf dem Spielplan steht.

Aber es kommt noch schlimmer in Form eines atavistischen Phänomens. Der Jäger verlässt morgens nicht mehr die Höhle, um Beute zu machen. Er bleibt am Feuer hocken, doch hier herrscht das Weib. Er domestiziert, d.h. er mutiert vom „pater familias" zum Faktotum. Habe ich das nicht schön gesagt, Eduard?

In diesem Sinne
Dein Faktotum

Crottaille, im September 1996

Lieber Eduard,

am Pfingstmontag sitzen wir bei unserem Hausarzt und seiner Großfamilie unter dem mächtigen, noch zartgrünen Walnussbaum. Es beginnt locker mit einem Apéro und Oliven, die an sich schon ausreichende Themen sind. Die Südfranzosen haben die seltene Gabe, sich endlos über den Geschmack einer Olive oder des Tischweins auszulassen und verbinden das gekonnt mit Erlebnissen aller Art. „Kannst Du Dich noch an diesen feinen, nussigen Geschmack der dunklen Oliven damals in Port Vendres erinnern, Jacques, und an die Blonde, die sie servierte? War die eigentlich naturblond, Jacques? Du warst doch hinterher mit der verschwunden, und ich Arsch habe die ganze Zeit am Kai auf Dich gewartet, Salaud!" Da sich seine Frau den Gesprächspartnern langsam nähert, zieht es Jacques vor, sich auf das Thema Oliven zu konzentrieren. Aber bei den Tapas, die man am besten mit „kleine Schweinereien" übersetzt, und zu denen er einen schweren Roten von den steilen Hängen an der Küste trinkt, flüstert er später verklärt seinem Nachbarn zu: „Brünett!".

Als seine ebenfalls brünette Frau ihn kritisch mustert, setzt er flott hinzu: „Ich liebe brünette Frauen, ma chérie!" und streichelt ihr zärtlich über die in den Jahren etwas fülliger gewordenen Arme, vielleicht in der Hoffnung, dass auch sie sich eines Tages blondiert, damit er wieder an Port Vendres denken kann und die Oliven. Ein leichter Wind von See rauscht durch die Eukalyptusbäume und verweht so den gemächlichen Nachmittag.

Zur Abwechslung sind wir bei Deutschen eingeladen. Es sind 68-iger, die vor vielen Jahren alles aufgaben und Deutschland verließen, um sich in den Weinfeldern zu lieben, um alternativ zu leben und die Welt zu beglücken. Nun ist das mit dem Glück so eine Sache, und immer Weinfeld ist auf Dauer auch etwas öde. Inzwischen sind sie geschieden, aber der Ex-Mann hat noch Wohnrecht. Wo soll er auch hin, der arme Kerl? Er grillt trotzig und recht würzig unter ihrem Fenster und lässt kräftig „Aida" erklingen, sodass eine normale Konversation unmöglich wird. Die 68-iger Schwester der geschiedenen Dame sieht genauso alt aus, obwohl sie es nicht ist, was zum Glück ihren Lebensgefährten nicht davon abhält, sie andeutungsweise zu begatten. Vielleicht liegt das auch mehr an „Aida" oder aber ihren inneren Werten.

Die geschiedene Dame hat einen schwulen Freund, wahrscheinlich weil das nicht so anstrengend ist. Der redet ständig dazwischen, obwohl man ohnehin nichts versteht. Dafür trinken die Intellektuellen Bier aus der Flasche und sind wie üblich überfordert. Ich mache mich an den Kartoffelsalat und anschließend auf den Heimweg.

Entschädigt werden wir durch die Misa Flamenca im Palais des Rois de Majorque, der Könige von Mallorca in Perpignan. Eigentlich reicht schon das Ambiente für einen erfolgreichen Abend. Vor dem Konzert sitzt man im Café mit Blick auf die alte Loge. Hier ist sozusagen die „gute Stube" der Stadt. Eine Jazzband spielt zu den Corsoimpressionen vor südlicher Kulisse. Im leichten, warmen Abendwind geht es hinauf zum Palais über ganz flache Treppen, die für die Pferde der Kavallerie gedacht waren, in ein offenes Vestibül im Zentrum der Festung. Dieses füllt sich nun mit einem sehr angenehmen Publikum. Da ist alles dezent, nicht aufdringlich, einfach, nicht pompös, kurz: Es hat Stil und verzichtet auf Styling.

Dann beginnt eine musikalische Reise ins Mittelalter, fast mystisch und ekstatisch: „Padre mio, Padre mio", anschwellend und wieder monoton wie der Muezzin auf dem Minarett. Christliche Sakralmusik verbindet sich mit der Wüste bis die Gitarren aufschäumend das Lautbild bestimmen, mitreißend, dann wieder melancholisch, gelegentlich abstoßend, aber gleich wieder versöhnend. Fast bedrohlich die Stimme der Sängerin, voller Emotion aber nie kitschig. Und das alles vor dieser grandiosen Kulisse unter freiem, sternenbesäten Himmel. Es ist wie ein Rausch.

Deshalb schläft meine Nachbarin.

Und wieder kehren wir in den Palais des Rois de Majorque zurück, dieses Mal zum „Concert des Maîtres". Das beginnt mit einem grazilen und leicht erotischen Bauchtanz, ganz anders als bei den Türkenhochzeiten in Köln, gefolgt von einem iberischen Flamenco, der sich gar keine Mühe mehr gibt, das Erotische zu kaschieren. Da balzt der Hahn, da verführt die Henne, dass es nur so kracht. Manche Weisen riechen mir zu sehr nach Nil, und zwar immer dann, wenn das Weib klagt, und man nicht weiß, ist das schon Orgasmus oder noch schlechte Laune. Dafür fasziniert das Zusammenspiel eines historischen Musikinstrumentes, das von unserer Reihe aus in etwa einem Wagenheber ähnelt, mit der Flamenco-Gitarre, bei der man immer Angst bekommt, der Spieler könne Knoten in die Finger kriegen. Aber das darf er nicht, weil er anschließend noch den „Böse Schwiegermutter Flamenco" begleiten muss, denn da klappert eine grimmige, fette Alte über die Bühne, dass einem Hören und

Sehen vergeht. Dabei schnalzt sie wütend mit den Fingern. Die Gitarren werden immer lauter, das Stampfen schneller, bis die Dicke am ganzen Stück zittert. Was da so alles wackelt ist unheimlich. Ihr pechschwarzer Zopf endet dort, wo es ganz schrecklich vibriert. Deshalb schreit sie „olè", was Ende des Schwanzes bedeutet.

Simones 50-igsten feiern wir auf dem Canal du Midi zwischen Homps und Capestang auf einer Art Hausboot, das in keiner Weise elegant, aber praktisch ist. Wir sind zu viert und haben eines für sechs Personen, das um drei Personen zu klein ist, aber so teuer, dass wir es uns nur ein Wochenende leisten können. Dann kommen die Schleusen. Beim Hochschleusen musst du erst ein Besatzungsmitglied vor der Schleuse absetzen. Dieses joggt dann am Ufer zur Schleuse und du hoffst, dass es sich nicht unterwegs verirrt oder einkehrt. Dann tuckerst du in den Schleusenrachen und suchst dein Besatzungsmitglied da ganz oben. Während du dein Besatzungsmitglied suchst, donnert der Kahn an die Schleusenwand. Inzwischen driftet der Kahn auf die andere Seite, wo keiner steht. Also wirfst du das Tau nach oben und vorbei. Der Kahn driftet weiter ab, und das nächste Boot fährt hinter dir in die Schleuse ein. Die kriegen mächtig Angst, weil sie meinen, du spielst die Seeschlacht von Trafalgar (Endphase) nach, so chaotisch sind die Bewegungen deiner Jolle. Endlich ist das Tau oben, und die Schleuse schließt. Nach 28 Schleusen (es sind in Wirklichkeit nur fünf) haben wir den Dreh raus und lächeln gequält über die Idioten, die an die Schleusenwand rammen. Eigentlich fehlt nur noch die Lotsenmütze, so elegant legen wir im Hafen von Capestang an.

Capestang ist ein charmanter Winzerort mit mächtiger Kirche, die sowohl Gotteshaus als auch Trutzburg zu sein scheint. Zum Geburtstagsessen kehren wir im Restaurant „La Table des Vignerons" ein, wo man im Freien unter einer alten Platane vor einer riesigen Scheune sitzt und den vorzüglichen Rouge der netten Winzerin Marie Cros trinkt, der schon allein die Fahrt und das Schleusen gelohnt hätte. Gekocht wird draußen, sodass verführerische Düfte in der Abendluft und in den Kleidern hängen. Wie die Piraten schleppen wir eine Kiste Wein durch das Dorf und an Bord. Besser kann man nicht 50 werden!

Der Canal du Midi fasziniert durch zwei Dinge. Zum einen ist es die Geschichte eines genialen Hobbyingenieurs, der Steuerbeamter des Königs war, also einer Kaste zugerechnet wurde, in der man, jedenfalls heute, keine übermäßige Genialität erwartet. Er erkannte auf einer Wanderung, dass die südwärts strömenden Bergflüsse zu gleichen Teilen in Richtung Mittelmeer und Atlantik flossen. Damit konnten sie ganzjährig ein Kanalbett zwischen beiden Meeren füllen. In nur 15-jähriger Bauzeit verband er das Mittelmeer mit dem Atlantik, verarmte dabei und starb, auf dass seine Erben mit seinem Kanal reich wurden, bis dann die Eisenbahn kam und der einstige Geniestreich in Vergessenheit geriet, wenn man so will zu unserem Nutzen, denn heute fasziniert der Kanal durch seine große Ruhe und Einsamkeit. Unter 300 Jahre alten Platanen tuckert man meist durch eine unberührte Natur, die nur durch die kleinen Weinorte unterbrochen wird.

Zurückgekehrt werde ich von diesen unregelmäßig wiederkehrenden Klimakteriumsattacken verunsichert, weil ich nie weiß, um was es eigentlich geht. Bitte ich dann mehr oder weniger um Aufklärung, wird mir entgegen geschmettert: „Ich Menopause, du Sendepause!" und damit basta. Dafür kriege ich einen vorzüglichen Fisch in Olivenöl und Knoblauch.

Der Herbstregen wischt den Sommer weg. Traurig weht die schmutzige Badehose an einem Haken auf der Terrasse. Die dunkle Zeit kommt und hat ebenfalls ihre Reize. Das weiß auch unsere Nachbarin, die geschiedene Arztgattin, und nimmt in dieser trüben Phase einen für sie recht jugendlichen Geliebten, der sie auf dem Rasen herzt statt ihn zu mähen.

Gerne streiche ich durch die alten Gassen von Perpignan mit ihren kleinen Läden und starken Gerüchen und betrachte gefällig die eine oder andere Schöne, wobei mich zuweilen ihr kaltes Auge erschreckt. Vielleicht liegt das an der harten Konkurrenz. Immerhin soll die Hälfte der französischen Ehefrauen fremdgehen und ihrem Gatten die Hörner aufsetzen. Dann nennt man den Gehörnten „cocu (kokü), was doch ganz süß klingt, aber hier klingt auch das Bittere gefällig.

Von Süden bläst der Vent d'Espagne wie ein mit Suppe geladener Heizlüfter, eine Art Föhn hoch drei, und reißt über der Einfahrt unser ganzes „Glockenblumenensemble" herunter, das ich im Akkord abräumen und absägen darf, weil wir abends zum Essen in die Mühle eingeladen sind und sonst das Auto nicht durchpasst. Zur Belohnung bekomme ich eine reizende Amerikanerin aus Texas zur Tischdame, die den historischen Seufzer „Amerika du hast es besser!" überzeugend widerlegt. Nicht Kultur, sondern Dollar prägt dort die Gesellschaft, und das ist immer eine schlechte Prägung, wie wir auch in Europa zunehmend erfahren, denn „was der liebe Gott vom Geld hält, sieht man an den Leuten, denen er es gibt."*

*Bamm, Peter: Eines Menschen Einfälle, Stuttgart 1977, S. 33

Inzwischen bereitet Emma unseren geplanten Ausflug nach Freiburg in Deutschland vor. An ihren Reisenotizen sehe ich, wie wichtig diese Reise für sie ist: „Freiburg, Tschekliste: 1. Freibuger altstat 2. Titiniensee. Die reise dauerd 4 tage: 1 tag hinfahrt 2tag besichtigunk 3 tag besichtigunk 4 tag zurückfahrt." Über die Doppelsprachlichkeit bin ich mir nicht mehr so sicher. Ich werde ihr einen Sack deutscher Bücher kaufen, damit sie wenigstens „unterhemten" richtig schreibt.

Ein italienischer Professor, weit über die Grenzen seines Landes bekannt, wird 90 Jahre und gibt sich und uns die Ehre im schönen Florenz. Da Ferien sind, packen wir Emma ein und erreichen die Rivera di Ponente, die italienische Riviera bei Ventimiglia. Ventimiglia stand an den Schlafwagen der Fernzüge in eine uns damals unerreichbare Welt. Ventimiglia muss man sich auf der Zunge zergehen lassen. Ventimiglia war Fernweh, ein Hauch von Exotik. Ventimiglia träumte man. Jetzt stehe ich in meinem Traum, im Regen mit Frau und einer Tochter, an einer Bahnschranke in Ventimiglia.

Das gibt Zeit zur Betrachtung des Traumes. Ärmlich, fast verkommen in apathischem Dunkelgrau kriechen die Häuser den Hang hinauf, entlang der gerade noch erkennbaren alten Stadtmauer. Um uns herum schwirren die Motorroller wie Schmeißfliegen und lassen sich auch durch die geschlossene Schranke nicht aufhalten.

Man hebt sie über dieselbe und rattert über die Gleise, auf denen bereits die sportlicheren Fußgänger in Massen flanieren. Dazwischen rangieren pfeifend die Züge. Langsam schiebt sich ein Schlafwagen in diesem Chaos an uns vorbei: Hamburg – Ventimiglia. Aber da geht die Schranke auf, und wir fliehen den ausgeträumten Traum von Ventimiglia in Richtung San Remo, wo wir in einer italienischen Familienpension mit viel Charme und herrlichem Blick über die Bucht ankern.

La Pigna, die Altstadt von San Remo, fasziniert. Es ist Palmsonntag. Überall Palmenzweige und Blumenduft. Leider zerfressen die zahlreichen Gewächshäuser an den Hängen die natürliche Schönheit der Landschaft.

Dann kommt die Autobahn und der Regen. Den Nobelkarossen Made in Germany nach zu urteilen muss es den Norditalienern wirtschaftlich glänzend gehen. Nur Schummi fährt Ferrari. Aber sie fahren wie Schummi. Während die Briten links fahren und die Kontinentaleuropäer rechts, fährt der Italiener in der Mitte. Wahrscheinlich hält er den weißen Streifen für die Stromschiene.

Das geliebte Lucca versinkt im Regen. Flucht ins Casentino, eine der schönsten Tallandschaften Italiens, wie der Grieben sagt. Nur der ist von 1957, und das stille

Tal ist inzwischen mit reichlich Industrie gefüllt. Ganz oben meint man im Schwarzwald zu sein, bis man durch den dunklen Tann plötzlich mächtige Palazzi entdeckt. Aber den Dörfern fehlt der leichte Charme Südfrankreichs. Doch dann funkelt Florenz in der Sonne, und wir sind wieder hingerissen von dieser einzigartigen Stadt, obwohl Emma abwechselnd Hunger hat oder pinkeln muss.

Aber wir sind ja nicht zum Vergnügen hier. Auf zur „Conferenza" im Kunsthistorischen Institut Florenz, wo in einem schlichten Gebäude mit herrlichem Park die Laudatio auf unseren Professor gehalten wird. Es referiert eine Dame über das Thema „L'Immagine del Genio nel Rinascimento Fiorentino". Leider hat uns der florentinische Genius nicht geküsst. Außer „avanti" vor dem nächsten Dia kriegen wir kaum etwas mit, aber natürlich die auf Deutsch gehaltene Laudatio des Herrn Direktors, die so schmierig gerät, dass der Körper nach Dusche schreit. Der so Geehrte blickt, als wäre er lieber vorher verschieden. Dann wird in der wunderschönen alten Bibliothek ein Aperitif gereicht.

Hier treiben sich einige pseudointellektuelle Zopfmänner und anderes Gesindel auf der Suche nach einem Mäzen herum. Da wir wohl nicht nach Mäzenatentum riechen, obwohl ich heute eine Krawatte trage, verschonen sie uns mit ihrer Aufmerksamkeit. Vor so viel geballtem Geist fliehen wir im leichten Nieselregen in unser Kloster, wo uns Emma erwartet, die sich bei den „Nönnekens" offensichtlich prächtig amüsiert hat. Ich hätte mir in ihrem Alter ohne ein Wort Italienisch in die Hose gemacht. Aber das sage ich natürlich nicht, denn Weltenbürger werden geboren und nicht erzogen. Man hat es oder hat es nicht! (Fontane).

Zurückgekehrt ist Jagdsaison. Leider kann sich der französische Chasseur nur flüchtig dem edlen Waidwerk widmen, weil er die meiste Zeit seinen Hund sucht. Einsichtige hängen deshalb ihrem Hund eine Glocke um. Das erfreut die potentielle Beute, aber der Sinn der Jagd ist ja nicht die Beute, sondern das Ballern. Nach dem von reichlich Rouge umrahmten Mittagessen ballert es kräftiger. Ein Wildschwein sagte mir, dass die Jagdsaison die schönste Zeit im Jahre wäre, weil man da Typen kennenlernt, gegen die die Muppetshow eine Eliteauswahl für den höheren Staatsdienst ist. Die Lebenserwartung, so das Wildschwein, ist in Frankreich besonders hoch, weshalb es aus Deutschland ausgewandert sei.

Höhepunkt der Jagd ist das Reinigen des Gewehrs, wobei es weniger um die Materialpflege als das Erzählen geht. Da hat doch dieser Teufelskerl mit einem Schuss zwei Wildschweine und einen Hasen erlegt und dabei die Schwiegermutter angeschossen. Nach dem Waffenreinigen wird die bestellte Beute an der Hintertür des Schlachters abgeholt. Beim abendlichen Festgelage hat unser Teufelskerl dann seine Schwiegermutter erschossen, zwei Wildschweine erwürgt und einen Hasen geheiratet.

Horrido, lieber Eduard!

Crottaille, im September 1997

Lieber Eduard,

das hätte ich nicht tun sollen.

Ich habe Dir von einem deutschen Stammtisch berichtet, der hier mit wechselndem Erfolg in einem nahen Bergnest tagt. Da hocken dann so um die 20 Deutsche und Franzosen beim Bier, was eigentlich keine schlechte Idee ist, wenn man Ideen hätte. Ohne Ideen wirkt das etwas lustlos und schal wie das französische Bier auch, das nur in eiskaltem Zustand und mit geschlossenen Augen genießbar ist. Irgendwie kommt das Thema auf den Canigou, den heiligen Berg der Katalanen, der praktisch vor der Tür liegt. In einem Anfall von Euphorie äußere ich mit einem anderen Leidensgenossen den Wunsch, da mal hochzuklettern. Natürlich will jeder, der es sich zutraut, mal hoch, denn der Canigou ist nicht nur der heilige Berg der Katalanen, er ist schlichtweg „der" Berg Kataloniens, schon auf Grund seiner einzigartigen Lage. Er erhebt sich nicht aus einem Massiv, sondern pyramidenförmig aus der Ebene des Roussillon. Weithin sichtbar überragt er die anderen Gebirgsketten und begrüßt den aus dem Norden kommenden Reisenden, der „Oh, gucke mal!" sagt und auf der A9 weiter nach Spanien fährt, wofür wir ihm außerordentlich dankbar sind. Dabei ist der Canigou noch nicht mal der höchste Gipfel der Ostpyrenäen mit seinen 2.785 Metern. Aber er hat den Pyrenäen ihren Namen gegeben, denn die alten Griechen, die an der nahen Costa Brava so etwa um 550 v. Chr. eine Kolonie hatten (heute haben da die Deutschen auch eine Kolonie in Empuriabrava, wovon noch zu berichten sein wird), nannten ihn den Feuerberg, den „Pyrene", weil hier seit Urzeiten Eisenerz abgebaut wurde, und die vielen Schmieden nachts an seinen Abhängen leuchteten. Erst in den achtziger Jahren schloss die letzte Schmiede, weil es sich nicht mehr lohnte. Dabei ist das Eisen von so hoher Qualität, dass es nicht rostet, wie man an manchem alten Gebäude in Perpignan sehen kann. Aber einem Widersacher hält es nicht stand, den pinkelnden Hunden nämlich.

Damit nicht genug der Ehre. Noah soll hier mit seiner Arche festgemacht haben, und natürlich hat ihn Peter III. von Aragon (1239–1285) als erster bestiegen und zwar ausgerechnet in seinem Todesjahr, was einen eigentlich hätte warnen müssen. Unser Wunsch fällt nicht auf taube Ohren, wie erwartet, sondern so ein körperbetonter Herr nimmt ihn auf, eilt ans Telefon und fragt die morgige Bergwetterlage ab. Dann kehrt er locker lächelnd zurück und erklärt, Punkt fünf Uhr morgen früh bei mir. Es ist als ob der Arzt sagt, sofort operieren. Da uns keine Entschuldigung einfällt, stimmen wir demütig zu und fragen nach der Ausrüstung, die der Rüstige entrüstet zurückweist und etwas überheblich erklärt: „Braucht man keine. Ist doch nur ein kleiner Altersheimspaziergang, ha, ha."

Das gibt uns neuen Mut, hat doch bereits 1907 ein Leutnant den Berg auf einem Pferd bezwungen, und so lassen wir uns diese Route bestätigen. Der körperbetonte Herr entpuppt sich als ehemaliger Gebirgsjägeroffizier und Bergführer. Sein etwas überhebliches Lächeln macht klar, dass er uns eine andere Route ohnehin nicht zutraut, was uns ungeheuer beruhigt. So eilen wir heim, legen die Socken raus, schlafen zu kurz und träumen von drei Männern und einem Berg.

Morgens ist der Traum vorbei. Der Berghirsch nimmt seine Frau mit. Das bedeutet Unglück, sagt der Seemann. Und schon geraten wir in Banyuls-dels-Aspres, einem ansonsten sehr anheimelnden Weinort, in die Aufbauarbeiten zum Flohmarkt, d.h. wir sitzen mittendrin fest und lösen uns nur langsam. Endlich auf die National 9 zurückgekehrt dreht dort ein jugendlicher Amokfahrer seine Pirouetten, sehr schön, sehr gewagt, aber wenig dem Straßenverlauf entsprechend. Der Junge sieht etwas überdosiert aus. Dann lotst uns der Berghirsch durch Vernet-les-Bains und Casteil, am Col de Jou vorbei zum Parkplatz Mariailles, von dem genau die Route ausgeht, die man wegen ihrer Schwierigkeit meiden sollte.

Aber wir schweigen verbissen. Der romantische Bergpfad begleitet von Wildwassern tröstet. Unser Bergführer gleitet gemsengleich dahin, und auch seine Frau scheint zu schweben. Das ist so ein Paar, das im Tal dumpf vor sich hindöst, sich aber oberhalb der Baumgrenze befreiend vereint. Noch halten mein Bekannter und ich gut mit. Dabei denke ich an den Marquis de la Taillade-Espinasse aus Patrick Süskinds „Das Parfum", einem Vertreter des „vitalen Fluidums", der an eine fundamentale Verjüngung glaubte, wenn man nur lange genug in der frischesten „Vitalluft" auf einem möglichst hohen Berggipfel herumhüpfte.

Der Marquis hatte im Dezember 1764 den Aufstieg begonnen und in der Eiseskälte jauchzend seine Kleider von sich geworfen. So verschwand er singend im Schneesturm und wurde nie wieder, auch nicht verjüngt, gesehen. Ich wollte der Dame schon vorschlagen, es ihm gleich zu tun, aber ich wusste ja nicht, ob sie Patrick Süskind gelesen hatte. Stattdessen setzte sich mein Bekannter am Refuge Arago hin und blieb sitzen. Das war vernünftig, denn jetzt wurde es wirklich alpin. Der Gemsenmensch kletterte elegant über das Geröll. Ich schritt mehr elephantiös aber nicht ohne Würde, und die Gemsenfrau liess ein wenig nach, weil sie jetzt von ihren Gauloises eingeholt wurde. Inzwischen waren wir an der Brèche Durier, einem treppenähnlichen Kamin, angekommen.

Da musste ich ohnehin weiter steigen, weil mir beim Blick nach unten schwindelig wurde. Dafür hatte ich diesen knackigen Altherrenarsch vor mir, dem ich bis in die Unendlichkeit nachgestiegen wäre, nur um nicht runter zu gucken.

So erreichten wir den Gipfel, wobei er kernig tröstete: „Rolltreppe kommt gleich!" und ähnliche Scherze. Aber es war geschafft, und der Rundumblick belohnte. Zum Glück stiegen wir über die Leutnantsroute wieder ab, aber natürlich nicht direkt, sondern über gefrorene Schneefelder am Nordwesthang und ohne die erforderliche Ausrüstung. Da war dann der Gemsenmensch auch nicht mehr so gemsengleich und rutschte gar nicht fröhlich der Schwerkraft folgend. Und als wir endlich aus dem Schlamassel raus waren, landete ein Hubschrauber der Bergwacht und barg zwei Tote, die sich auch in den Schneefeldern vergnügt hatten. Das dämpfte ein wenig die Stimmung, aber das Bier in Vernet-les-Bains schmeckte trotzdem wie Champagner.

Am nächsten Tag schneite es kräftig im Gebirge.

Wir dagegen schneien in die Wahlversammlung der deutsch – französischen Gesellschaft in einem alten Schloss, das so goldverziert ist, als hätte Louis Quatorze persönlich gerade das Urinal benutzt. Wir Germanen aber sprengen den Rahmen mit Flaschenbier und Chips. Heute ist die Wahl des Präsidenten, des Schatzmeisters und der Sekretärin. Es geht ganz demokratisch zu. Die drei Gewählten sonnen sich in der Annahme, starke Sympathien hätten sie in Amt und Würden gebracht, während die Mehrheit froh ist, unbeschadet ohne Amt davongekommen zu sein. So sind alle glücklich und kauen am nicht schlechten katalanischen Hahn. Neben mir ein etwas absonderlicher Kieler, der von seiner bandscheibengeplagten Tischdame zu wissen begehrt, wie sie denn mit diesem Handikap der Liebe frönt. Ich vermute sein Denkzentrum weiter unten. Zum Glück ist der Landwein sauber. Der scheidende Präsident nebst etwas lädiert wirkender Gattin deutet internationale Großgeschäfte an, die ihm die Zeit und mir den Glauben rauben.

Die neue Präsidentin ist trotz ihres fortgeschrittenen Alters frisch verliebt und kichert wie ein Teeny. Sie fährt Auto als wäre der Liebste oder der Teufel in ihr. Dann lädt sie in ihr hübsches Dorfhaus, weil wir sie einstimmig gewählt haben. Dort ist es urig gemütlich, obwohl der Kamin räuchert als seien unsere Hintern Westfalenschinken. Dann legt sich die Gastgeberin auf den Boden und macht nach den Strapazen der Wahl erst mal Yoga.

Leider spielt sie heute keinen Bach, weil sie zu viel getrunken hat. Derweil sitze ich auf dem Klo und bin trotzdem dabei, denn das Klo zweigt direkt vom Wohnzimmer ab, und die Tür ist dünn. Das ist eine ganz neue Erfahrung, die mir sehr gut gefällt. Absent und doch so entspannt dabei.

Gegen BSE setzen wir eine heftige Rougeprophylaxe ein, die sich am nächsten Morgen als zumindest zweischneidig erweist. So wandert das Ehepaar mit dem Hund und ihrem Kater in die Berge in der tiefen Einsicht: „Junge, lass' das Jausen sausen; alles, was du davon hast sind Flausen, die in Hirn und Körper hausen!" Ich hätte Poet werden sollen, Eduard!

Und dann, dann, lieber Eduard, passiert es, unser Jan Ullrich gewinnt die Tour de France. Das bedeutet in Frankreich den Heiligenschein für uns Deutsche. Eduard, wir sind die Größten. Dieser Jan! Im Handstreich bügelt er 200 Jahre deutsch-französische Geschichte aus. Sie küssen unsere Reifen! „Üllrisch", wir danken dir!

Abends geht es in die altehrwürdige, schlichte Kapelle Saint Dominique, nahe dem Araberviertel in Perpignan, wo das Orchestre Philarmonique de Montpellier unter der Leitung von Friedemann Layer gastiert. Dieser Friedemann strahlt seine Mitstreiter so zauberhaft an, dass man ihn sich als Chef gewünscht hätte. Meist schmücken sich die Maestros doch mit diesem heroisch-mystischen Blick, der mehr verwirrt als koordiniert. Und dann die Pianistin, Enrica Ciccarelli, „un grand talent", gleichzeitig Ohren- und Augenschmaus, die nicht nur imposant in die Tasten haut, sondern gelegentlich mit der freien Hand eine vogelflugartige Sonderschau veranstaltet. Grieg würde sich freuen, auch über die zierliche, charmante Geigerin links außen, die kokett ins Publikum lächelt, als hätte sie heute Abend noch nichts vor, um sich dann die Brille auf das kecke Näschen zu setzen und ganz furchtbar ernst und angespannt zu spielen. Muss sie auch, sonst kriegt sie Ärger mit Brahms. In der Pause wird dann der Steinway eingepackt und herausgerollt, was eine ganz neue Konzerterfahrung ist. Vielleicht will ja Enrica noch ein wenig im Hotel üben. Das Ganze wirkt so luftig, so locker und doch wieder so eingängig. Hier wird das Ernste gelächelt.

Das versuche ich auch bei der Jahreshauptversammlung unserer deutsch-französischen Gesellschaft, wo ich mich konzentriert bemühe, das Geschehen oder sagen wir besser Nichtgeschehen in Versform festzuhalten.

Man diskutiert und intrigiert,
legt Stirn und Arsch in Falten,
abstrahiert und sekundiert,
und alles bleibt beim Alten.

Tatsächlich versucht ein Herr akribisch eine Problemanalyse. Es bleibt jedoch beim Versuch, weil die Schatzmeisterin den theoretischen Vorgriff (Golo Mann) praktiziert, d.h. ihre Meinung steht vorher fest und bei Gegenargumenten hört sie weg. Eine andere Dame unterstützt sie, indem sie stereotyp wiederholt, was nachweisbar falsch ist, ihrer Überzeugung aber keinen Abbruch tut. Der Herr verzweifelt, weil er als Vernunftmensch nicht vernünftig genug ist, der Sache den ihr zustehenden Wert beizumessen, nämlich keinen. Dann greift die Präsidentin ein und klagt, sie könne sich nun wirklich für den Verein nicht noch mehr Beine ausreißen, was etwas erstaunt, weil sie doch immer noch zwei hat und meistens abwesend ist. Aber wahrscheinlich inszenieren die Damen das Alles, um die Herren zur Verzweiflung zu bringen, wobei sie trotz aller Emanzipation erwarten, dass endlich einer auf den Tisch haut und ihnen droht, sie bei Lidl einzukleiden. Stattdessen trinken die Herren Rouge und schweigen.

Und während wir am sonnigen Strand lümmeln, drohen bei Euch die Oderdeiche zu brechen. Aber wie da jeder anpackt, das gefällt unseren Katalanen und nicht nur denen. Schade, dass wir Deutschen aus dem gemeinsamen Anpacken immer so wenig machen!

Leider ist das Wasser heute durch irgendwelche nächtliche Strömungen ungewöhnlich kalt, sieht aber einladend aus. Da kommt ein Paar wie im Film. Sie trägt einen feuerroten Bikini, etwas größer als das Notopfer Berlin, und schreitet so erotisierend, dass sich die Strandameisen paaren. Er, lackiert mit der typischen Sonnenstudiobräune, in einem kleinen Lendenschurz, der notdürftig das verhüllt, was ihn auszeichnet, seinen Lebensmittelpunkt sozusagen, und prächtig antrainierten Muskelpaketen, hat zärtlich seine rechte Pranke auf ihre rechte Hüfte gelegt, wo sie neckisch mit den kleinen Schnüren des Bikinihöschens spielt. Am Strand ist Alarmstufe 1. Wird das Höschen noch vor dem Eintauchen fallen, und wenn nicht, was werden die Beiden im Wasser treiben? Verschämt wird nach der Brille gesucht. Die Morgenzeitung wird gesenkt. Inzwischen sind die Strandameisen fertig, und unser Paar schreitet unbeirrt in die Fluten, wobei ihr Hintern uns am Strand Verbliebenen noch einen kurzen Abschiedsgruß hinzuwackeln scheint. So erotisch ist das Bild der beiden, das die Morgenluft hormonschwanger wirkt. Eine lustvolle Vereinigung scheint unabwendbar, noch bevor die erste Welle ihre Füße umspült.

Dann aber kommt die kleine, kalte Welle. Und die Dame kreischt wie ein kastrierter Esel, und der Muskelprotz hüpft wie ein Huhn beim Schlachten, und beide stürzen wie debile Ladendiebe aus dem Wasser und machen sich davon. Die Brillen werden wieder abgelegt, die Morgenzeitung geöffnet, und die Strandameisen gehen an ihr Tageswerk.

Dann haben wir Hochzeitstag, und der gute, alte Billy Graham ruft uns aus dem Reader's Digest zu, dass es keine vollkommene Ehe gibt. Falls zwei Menschen mit allem übereinstimmen, ist einer überflüssig. Das Zauberwort heißt: „Happily incompatible", was ich mal mit „glücklich verschieden" übersetzen will. Das mit dem „verschieden" stimmt.

In diesem Sinne mit ganz herzlichem Gruß an die hoffentlich „happily incompatible" Frau Gemahlin

Dein lüsterner Strandspanner

Crottaille, im Juli 1998

Lieber Eduard,

der Altweibersommer des Oktobers ist gar keiner, sondern ein knackiger Renaissancesommer, als ginge die Saison nochmals von vorne los. Am Strand tummeln sich Touristen, Arbeitslose und wir.

Dann zwitschern wir noch einmal herüber in die Toskana zum fernen südlichen Nachbarn, der so ähnlich und doch so anders ist. Lucca, die Charmante. Aber dann kommt der Regen und viele Schwarze, die Regenschirme verkaufen, also ökonomisch weit flexibler sind als unsere Nieten in Nadelstreifen. Einer steht vor dem mächtigen Dom und scheint zu beten: „Herr, lass' es weiter regnen!", während ich um Sonne bitte. So ambivalent ist das Leben. Der Schwarze gewinnt.

Beeindruckend das Grabmahl der Ilaria del Caretto, der im Kindbett verstorbenen Gemahlin des Signore von Lucca, in seiner schlichten Schönheit. Zu ihren Füßen ein Hund zum Zeichen der Treue, die sie ihrem Gemahl entgegenbrachte. Der allerdings vermählte sich aufs Neue am Tag der Fertigstellung des Kunstwerkes, wofür der Hund nichts kann. Dann besteigen wir den Turm des Palazzo Guinigi, auf dem mächtige Steineichen wachsen, was auf eine etwas nachlässig ausgeführte Kehrwoche schließen lässt.

Wir kriegen Hunger und folgen den Arbeitern und Angestellten in eine touristenfreie Trattoria, die Gigi heißt und neben exzellenter Küche zu Traumpreisen eine Vielfalt von Postern leicht bekleideter Damen bietet. Vielleicht sind es Familienphotos von Gigis Schwestern zu vorgerückter Stunde. Auf jeden Fall ist das „Pollo fritto" mit Basilikumkartoffeln weit geschmackvoller als die Poster. Im Nebenraum sind Gigis Schwestern noch entblößter. Offensichtlich soll das den Appetit fördern. Dort speisen nur die Herren. Derweil unterhält der Koch das Publikum statt zu kochen. Das besorgt die „Mamma". Vielleicht hing die auch mal an der Wand?

Natürlich kommen wir an den Schätzen der Medici im Palazzo Pitti nicht vorbei. Es sind immer wieder diese Renaissancegegensätze, die faszinieren und gleichzeitig abstoßen, hier tief religiös dort frivol erotisch. Emma bringt es auf den Nenner: Renaissance ist nackte Frauen und Blut. Bescheidenheit ist kein Merkmal der Epoche. „Immer drufft!", würde der Berliner sagen.

Wie verinnerlicht die betenden Gesichter, wie geil die halbbekleideten Damen, die sich überall dazwischen drängen, Bett und Buße, „facciamo festa tuttavia!" rief Lorenzo di Medici, jetzt wird erst recht gefeiert! Es muss ein etwas anstrengendes Leben gewesen sein.

Dann treffe ich auf der Herrentoilette des Palazzo Pitti meine Tochter Emma, der die Warteschlange vor der Damentoilette zu lang ist. Sie erleichtert sich in der Kabine und kauft sich anschließend ein „Lustiges Taschenbuch" auf deutsch, wohl um die gewaltige Renaissance zu kompensieren.

Kompensieren kann man noch besser im Dom Santa Maria del Fiore, der durch seine unerwartete Schlichtheit überwältigt. Schon meckert ein deutscher Kunsthistoriker: Der Raum bedarf der Belebung durch Dekorationen, Zeremonien und Musik. Wahrscheinlich war er nicht drin oder hat das gemalte Reiterstandbild des Niccolò da Talentino von Andrea des Castagno (1456) nicht gesehen, der durch die weite Domhalle zu reiten scheint, sodass man zur Seite tritt und automatisch den Radetzkymarsch, wenn auch äußerst verhalten, intoniert, so mitreißend ist die Bewegung. Und das soll keine Belebung sein? Wenn der Herr Kunsthistoriker der Dekorationen bedarf, dann möge er, bitteschön, in die Santa Maria Novella herübergehen. Dort gibt es reichlich.

Nach 185 Tunneln, die Emma gezählt hat, landen wir aufatmend wieder in „la douce France", denn in italienischen Tunneln bist du dem Tod näher als der Heimat. Die Camargue ist auch in winterlicher Sonne reizvoll. Faule Torros in der endlosen Schilfebene und das ganze Flussdelta ein Biotop.

Dann hat uns der Alltag wieder mit Schulfrust, Steuerformularen und Tagesschau. Die Mutter sagt zu mir „Herrgott, sakra!", was mir nicht zusteht.

Der Marin, der feuchte Seewind, frischt auf und haut uns den Regen um die Ohren, wohl um zu beweisen, dass die „Villa Schrott" nicht ganz wasserdicht ist. Es tropft hier und da, aber die Masse läuft ab. Dann mausert er sich zum orkanartigen Unwetter. Die Eisenbahnverbindung Perpignan – Narbonne ist unterbrochen, Palmwedel und Äste fliegen durch die Luft, das Licht flackert. Die Straßen sind menschenleer. Am Schwersten erwischt es wieder Mal Le Racou, den anheimelnden Badeort mit seinem kleinen Häuschen, die gleich nach dem Krieg ohne Genehmigung errichtet wurden und so stehen blieben, weil der Bürgermeister da ja auch eins hatte. Natürlich kann man schwarz Gebautes schlecht versichern, aber man kann es für teures Geld im Sommer an die Touristen vermieten. Zum Glück sind die weg, denn das Unwetter reißt die Dächer ab und unterspült die ohnehin etwas schüchternen Fundamente.

Aus den Niederungen hinauf zum Neulos (1.256 m), dem höchsten Berg der Albères. Keine alpinistische Leistung, aber der Aufstieg macht Lungen und Seele frei, und die Belohnung ist ungeheuer: Aus dem nebelschwangeren Bergwind tritt majestätisch das Bild des Roussillon, des katalanischen Garten Frankreichs, sauber eingegrenzt durch den Höhenzug der kargen Corbières im Norden, dem blauglänzenden Mittelmeer im Osten und im Westen die schneebedeckten Hochpyrenäen.

An Christines Geburtstag geht es nach Montpellier, diesem Klein-Paris des Midi, das fast ein einziges, riesiges Straßencafé zu sein scheint, voll besetzt in der wärmenden Februarsonne. Mein Gott, volljährig ist das Kind, das keines mehr sein soll, aber noch ist, obwohl in vielem so ungeheuer erwachsen. Aber in der elterlichen Betrachtungsweise bleiben Kinder ohnehin entwicklungsgeschichtlich bei etwa dreieinhalb Jahren stehen.

Und dann kommt sie, Eduard, endlich kommt sie, die Erkenntnis, wie so oft auf der Toilette, die Erkenntnis, in einem ganz anderen Land zu leben. Über mir entspannt Thronendem befindet sich ein eindrucksvolles Schild mit einem einprägsamen Satz, den ich zunächst für die Präambel der französischen Verfassung halte: Prière de laisser ces lieux dans l'état de propreté où vous l'avez trouvé en entrant. Zu deutsch: Toilette sauber halten! Da ist er, der kleine Unterschied, compris?

Entspannt, erleichtert und klüger setzen wir uns ins Grand Café Riche auf dem „L'oeuf" genannten eiförmigen Place de la Comédie. Montpellier brummt sozusagen. Deshalb hat sich IBM hier angesiedelt. Deshalb haben 80 % der Einwohner einen anderen Geburtsort. Montpellier brummt nicht nur wirtschaftlich, es brummt kulturell und universitär. Es brummt architektonisch mit glänzenden, neuen Ideen. Aber es grummelt auch in den Vorstädten. Die Integration der nordafrikanischen Immigranten gelingt nicht, die Jugendarbeitslosigkeit ist hoch. Aber bisher hat sich Montpellier immer noch etwas einfallen lassen.

Nur mir fällt nichts ein. Christine hat einen Freund. Weißt Du, Eduard, was es für einen Vater bedeutet, wenn die Tochter einen Freund hat? Das ist wie abscheulicher Landesverrat. Das ist eine Einwirkung von außen, die verboten gehört. Ich träume von einer geladenen Schrotflinte, weil jetzt ein anderer Schuft unsere vergangenen, schuftigen Taten wiederholt. Man nennt das wohl irdische Gerechtigkeit. Aber dass ich so leiden muss! Habe ich das wirklich verdient?

Ich habe.

Das Wetter im März ist etwas verwirrend hier unten. Morgens Frühling, Mittags Sommer und abends kehrt der Winter mit dem Charme von Gefrierfleisch zurück. Gleichermaßen verwirrend erscheint mir Simone. Im modernen Klimakterium bedeutet ziviler Umgang mit dem männlichen Ehepartner bereits totale Unterwerfung und damit Verrat an der Emanzipation. Selbst die Drohung, sie könne am Ende so aussehen wie Alice Schwarzer, verfängt nicht. Es geht gar nicht um Emanzipation, Eduard, es geht um Krieg. Dabei sind wir schon lange Kriegsgefangene dieser unsäglichen Auseinandersetzung. Alice Schwarzer gehört vor den Internationalen Gerichtshof wegen Kriegsverhetzung, jawoll!

Währenddessen findet der französische Wahlkampf auf von der Mairie, dem Rathaus, zur Verfügung gestellten Plakatflächen statt. Das schafft Chancengleichheit, spart Kosten und schont die Umwelt. Die leeren Versprechungen sind die gleichen, die dämlichen Verunstaltungen der Plakate auch.

Wir aber gehen Einkaufen. Einkauf ist seelischer Ausverkauf. Mamma hat dicke Füße und findet keine Schuhe, Emma hat keinen Geschmack, sagt Mamma, und deshalb Tränen in den Augen. Christine hat Geschmack aber kein Geld, und ich habe einen dicken Hals.

So hat denn jeder etwas.

Crottaille, im Dezember 1998

Lieber Eduard,

Christine befindet sich im nationweiten Stress des Baccalauréat, des französischen Zentralabiturs, und meistert das sehr souverän. Emma weiß nicht, ob sie auf ihre Schwester stolz sein soll oder lieber traurig, denn so eine Schwester verdirbt die Preise.

Nachts kommt der Tramontane und „Wilo", der Nachbarhund, eine Mischung aus Moped und Ratte. Beide heulen ums Haus. Der Tramontane, weil er muss, und „Wilo", weil er auf polizeiliche Anordnung kastriert wurde. Ich kenne einige, die auf polizeiliche Anordnung ..., aber lassen wir das. „Wilo" heult also ganz erbärmlich trauernd über das ihm Abgeschnittene oder vielleicht nur aus Einsamkeit, weil sein Frauchen mal wieder nächtens aushäusig ist, um wohl das zu tun, was ihm versagt bleibt. Gegen sechs Uhr in der Frühe stellt „Wilo" aus Erschöpfung das Heulen ein. Taufrisch wie alter Stangenspargel wanke ich mit „Miss Molly" zum Löseplatz, wo uns „Wilo" mit einer kleinen, zarten Hundedame im Gefolge freudig begrüßt. Vielleicht haben sie ihm was Falsches weggeschnitten, oder der Kerl gibt nur an. Aber die Hundedame scheint glücklich. Ich glaube, „Wilo" grinst. Vielleicht vergifte ich ihn gelegentlich. Sein Frauchen aber schläft, äußerst entspannt, wie ich vermute. „Elle est rentrée dans les petites heures comme lui arrive souvent", zu deutsch: alte Schlampe.

„Der Berg brennt", hallt es durch die Straßen. Tatsächlich, das tut er, und der wenn auch noch laue Tramontane hilft dabei. Schon zücken die Flammen den Bergkamm hinauf. Die „Garrigue", das stachlige, trockene Unterholz gibt reichlich Nahrung. Im Tal nur eine schmale Straße und keine Feuerwehrpisten an den Hängen. Da müssen die „Canadairs", die Löschflugzeuge aus Marseille, her. Das Feuer ist inzwischen ein Flächenbrand, ziemlich genau da, wo ein guter Bekannter wohnt. Natürlich ist der nicht zu Hause oder macht gerade sein Mittagsschläfchen, jedenfalls antwortet er nicht. Aber dann kommen sie angebrummt, die „Canadairs". Erst kreisen sie wie die Geier über den Brandherden, dann stürzen sie wie Sturzkampfbomber in die Feuerfront, um im letzten Moment hochzuziehen und ihre dumpfrote, feuchte Masse abzuwerfen, die sofort Wirkung zeigt. Das klappt wie am Schnürchen: Feuerbekämpfung, Flug zum Meer, Wasseraufnahme im Meer, Rückflug und Löschangriff.

Natürlich berichten so ein paar Aufgeregte, bei der Wasseraufnahme sei auch ab und zu mal ein weit heraus geschwommener Badegast mit aufgesogen worden. Aber das sind offensichtlich neidische Nichtschwimmer oder Praktikanten der bunten Blättchen mit der hohen Auflage.

Inzwischen schwelt die verkohlte „Garrigue" nur noch, und unser Bekannter ist vom Einkaufen zurück. Sein Haus steht noch, unversehrt und ungefärbt. Im schmalen Tal viel Feuerwehr, berichtet er, nur die von Crottaille fehlt. Warum fehlt ausgerechnet unsere Feuerwehr? Die ist in einem weit wichtigeren Einsatz, nämlich der Vorbereitung auf ihr alljährliches Feuerwehrfest heute Abend. Da lassen die gerne mal ein paar Hügel abbrennen.

Abends wammern dann die dumpfen Bässe des Feuerwehrfestes bis zu uns herüber. So sitzen wir noch gegen ein Uhr in der Früh auf der Terrasse und lauschen den Klängen einer Kulturnation, als Christine weit entfernt in den Bergen ein neues Feuer entdeckt. Aufgeregt rufen wir die feiernde Feuerwehr an, die auch schon von diesem Feuerchen vernommen hat, es aber offensichtlich nicht so ernst nahm. Aber nach einer halben Stunde ist das Leuchten in den Bergen erloschen. Wahrscheinlich haben sie es ausgepinkelt.

Am nächsten Abend dringen liebliche Schallwellen aus einem Häuschen gleich gegenüber der Schule. Offensichtlich sind dort zwei Ehepartner oder eheähnlich agierende Lebensabschnittsgefährten unterschiedlicher Meinung. Er schreit und sie schrillt, bis ihnen die Argumente ausgehen. Da schlägt er dann, wahrscheinlich auf sie, bis sie nicht mehr schrillt, sondern schluchzt, wobei er sie gegen die Fenster katapultiert, was diesen und ihr einen eigenartigen Klang verleiht. Diesen beschreibt Simone telefonisch der Gendarmerie, die sogleich mit sechs Mann und einem Hundekommando anrückt, was man angesichts des schlagenden Schlumpfes für etwas übertrieben halten könnte, der ganz locker gegenüber dieser Armada erklärt, die beiden hätten doch nur ein bisschen gefeiert, und auch die schrille Schreierin nickt dazu ganz lieb und stumm. Nur ihr Äußeres ist etwas derangiert und lässt auf heiße Liebe oder unsägliche Angst schließen. So sehen es auch die Gendarmen und lassen so eine Art Feuerwache mit Hund zurück, falls das Feuer der Liebe wieder aufflammen sollte und weil erst vor kurzem eine Dame des Städtchens zu Tode kam. Da hatte man ihr Schluchzen falsch interpretiert.

Wir müssen nach Barcelona, denn Emma will nach Deutschland fliegen, und Emma will alleine fliegen. Es ist ihr erster Flug, und es wird ihr mulmig. Was macht man, wenn es einem mulmig wird? Richtig, man schiebt den Unterkiefer nach vorne und die Baseballkappe ins Gesicht, winkt cool und boardet das plane oder wie das auf Deutsch heißt. Dann ist sie ein Punkt im Firmament. Ich hätte nie gedacht, dass man Punkte so lieben kann.

Dann kommt sie aus Deutschland wieder. Es war „cool", nicht das Klima, wie man annehmen könnte, nein eigentlich war alles „cool". „Cooles" Land, dieses Germany. Beate Uhse neben Ökoladen, echt „cool". Und diese Typen, können nicht so richtig Deutsch, aber megageil. „Emma, geil ist deutsch"! – „Finde ich „cool", wenn geil deutsch ist." Und da schwatzt irgend so ein ewig Gestriger von Leitkultur.

Da befasse ich mich schon lieber mit französischer Ästhetik. Zentralpunkt französischer Ästhetik ist der Damenschlüpfer. Überall ein wenig Spitze, Rüschen hier und Rüschen dort. Bis hin zur Architektur ist das Verspielte erkennbar. Der Germane dagegen bevorzugt mehr klare Gebrauchsgegenstände, statt raffiniertem Dessous das abschließbare Baumwollmieder, und wenn Rüschen, dann nur zum Aufhängen. Wir können viel voneinander lernen.

Aber Leben ist ohnehin Lernen, und wer nicht lernt, lebt nicht oder so ähnlich. Du musst lernen, auch wenn du das gar nicht willst, nur um am Leben zu bleiben. Als Familienvater musst du mehr lernen als die anderen, weil man zu mehreren ist. Deshalb sind Singles so dumm. Gelegentlich hältst du sie als Familienvater allerdings für weise, weil das mit der Dummheit so eine Sache ist. Aber ich lenke ab. Von Christines Gymnasium kommt ein Schreiben:

Monsieur, Madame,
Ihre Tochter hat am Montag Vormittag die Schule geschwänzt!

Wumm macht das. Und jetzt, lieber Eduard, jetzt lernst du dich und deine Familie kennen.

1. Phase: So eine Unverschämtheit. Kann doch gar nicht sein! Unsere Tochter und Schwänzen, niemals!

2. Phase: Erste Zweifel keimen. Ihr Freund hat doch früher schon mal geschwänzt. Aha, Rückfalltäter! Da rufen wir doch mal schnell seine Mutter an. Aber die weiß von nichts. Wahrscheinlich hat ihr krimineller Sohn die Post abgefangen. Soll er auch schon mal gemacht haben, dieser Unhold. Einen Umgang hat die! Nee, trotz allem, unsere Tochter tut das nicht.

3. Phase: "worst case scenario", die Annahme des schlimmsten Falles. Simone beherrscht dieses Fach meisterlich und fragt, als ob es keine Frage wäre: Vielleicht ist die Schwänzerin schwanger? Da wird's dem Vater schwarz vor Augen, aber tapfer erklärt er im Rückgriff auf seinen eigenen, reichen Erfahrungsschatz, dass die beiden Hübschen nach der ersten Freistunde wohl Leine gezogen haben, in der Annahme beim Anfangswirrwarr des neuen Schuljahres fällt das nicht so auf. Aber keine Spekulationen bitte, unsere Tochter tut das nicht. Doch der Zweifel nagt weiter. Notfalls werde ich den Freund entmannen und meine Tochter in ein karges Kloster schicken.

4. Phase: Dann fällt auch noch Emma vom Fahrrad und sieht aus wie Else von der Reeperbahn nach einer Hafenkneipenschlägerei. Ein böses Omen. Heute geht alles schief. Aber unsere Tochter tut das nicht. Was zum Teufel hat Fahrradfahren mit Schwänzen zu tun? Tapfer widme ich mich der Gartenarbeit und pflanze Calla palustris, die Sumpfkalla. Verdammt, schon wieder so ein Omen.

5. Phase: Die Schwänzerin kommt aus der Schule. Die Spannung ist zum Greifen. Sieht ziemlich entspannt aus, die Täterin. Grinst sogar als ob sie gar kein Gewissen hätte. Meine Gene sind das nicht. Als sie die blassen Gesichter der Eltern sieht, fragt sie auch noch erschrocken, ob irgend was wäre. Und ob, brüllen wir im Duett und schleudern ihr die Anklage ins Gesicht.

6. Phase: Da weint die Täterin ganz fürchterlich, nicht weil sie schwanger wäre, nein, weil ihre Eltern so etwas überhaupt von ihr zu denken wagen. Der Brief ist tatsächlich ein Irrtum. Aber das haben wir ja immer gewusst.

Ich packe die Entmannungswerkzeuge wieder ein, lasse Kloster Kloster sein und öffne eine Flasche Rouge der mittleren Preislage. Es wird noch ein sehr harmonischer Abend.

Am nächsten Tag fahren wir der Costa Brava entgegen, nach Empuriabrava, diese in eine karge Sumpflandschaft hineinprojektierte Kunststadt, einer Art Venedig-Imitation für Betuchte. Zweifellos eine glänzende kommerzielle Idee für Schwarzgeldparker und gar nicht mal schlecht gemacht. Aber eben künstlich, ohne Tradition, Beton mit Geldscheinen verfugt. Deutsch ist die Zweitsprache. Deutsch unter Palmen. Da fällt die Kokosnuss runter.

Derweil trifft sich Simone mit einer Freundin in Paris. Kaum ist sie weg, stellt sich wieder dieses amouröse Distanzsyndrom ein, in dem, naturwissenschaftlich betrachtet, die Liebe mit dem Quadrat der Entfernung wächst und an Montaignes problematischen Aussagen über die Grundlagen der Ehe zweifeln lässt, wobei er dieses „brodelnde Ungestüm" kritisiert, das ich, wenn auch altersmäßig gezähmt, als so ungeheuer reizvoll empfinde. Nach Rückkehr gilt wieder Montaigne.

Regelmäßig vor Weihnachten kommt „le rhume", was nichts mit Rum zu tun hat, der heißt „le rhum", und schon gar nichts mit Ruhm. Es ist diese schmuddelige Wintererkältung, die Emma per Virus aus der Schule einschleppt. Erst liegt sie, dann fallen wir um. Man nennt das freiwillige Solidarität. Sie ist so freiwillig wie der Soldi. Erkältung ist absolute Lustdiät. Philosophisch bist du eine Amöbe. Statt Gedanken scheidest du Schleim aus. Dein Gang ist greisenhaft. Dir fröstelt, statt vom Feuer der Liebe verzehrt zu werden. Die Nase tropft, das Auge tränt. Aber nur der erkältete Mensch ist der reine Mensch, nur er ist frei von Anmaßung, Lust, Liebe und Hass. Alles, was er demütig begehrt, ist ein reines Taschentuch.

Die Menschheit sollte öfters erkältet sein,
dann wäre sie nicht so verschnupft.
Frohes Fest, mein Lieber!

Crottaille, im Februar 1999

Lieber Eduard,

uns geht es schlecht. Das ist die Grippe, aber nicht nur die. Es ist das schlechte Gewissen, das wir Erfahrung nennen, weil Gewissen so weh tut. Haben wir auf unsere Altvorderen gehört? Nein! Aber von unseren Kindern verlangen wir es und sind zutiefst enttäuscht, wenn sie dasselbe tun wie wir. Statt ihnen das zu sagen, dozieren wir. Dabei ist die Diskussion mit dem Küchenstuhl in Zeiten der ersten Liebe der Tochter wahrscheinlich sinnvoller als jede Auseinandersetzung mit ihr.

Frühlingsanfang. In Deutschland schneit es, wir ziehen kurze Hosen an und gehen ein wenig in die Pyrenäen, schon weil wir Lisa Fitkos Buch: Mein Weg über die Pyrenäen, Erinnerungen 1940/41, gelesen haben. Das ist nicht nur ein Buch über die Judenverfolgung in Frankreich, sondern ein Buch über den Menschen, der dem Menschen ein Wolf ist. Homo homini lupus est, lernten wir in Quarta und begriffen nicht, dass es stimmt und wollten es auch später nicht begreifen. Frankreich trägt ebenfalls seine Schuld, aber darum geht es nicht. Schuldig sind wir alle und werden es ständig sein. Aber wichtig erscheint mir ein ganz anderer Aspekt: Diese Flucht der Lisa Fitko war nur möglich im natürlichen Chaos des Midi, in diesem allzu menschlichen „Laissez faire, laissez aller", denn perfektionistisch ausgelegte Systeme sind erfolgreicher in ihrem Terror. Vielleicht liegt darin der Charme des Südens, besonders des Roussillons, in diesem „muddle through" der Unwägbarkeiten, dem Bekenntnis zum Leben als Provisorium, das sich noch ein wenig Menschlichkeit erhalten hat. Systeme lenken davon ab. Sie negieren Unwägbarkeiten, haben keine Zweifel, definieren sich als gut und perfektionieren das Böse. Recht erfolgreich wie man sieht.

Weil wir nicht böse sind, werden wir zu einer deutsch-französischen Hochzeit eingeladen. Eigentlich ist es eine reine französische Hochzeit, denn der ehemals deutsche Bräutigam ist ins andere Lager übergelaufen. Vielleicht hätte er die Jungfer sonst nicht freien können.

Die Hochzeit wird in der alten Wehrkirche zu Rivesaltes vollzogen, das weniger durch seine Hochzeiten denn seinen vorzüglichen Vin Doux Naturel bekannt geworden ist, einem süßen Aperitifwein, den man hier weitverbreitet vor dem Essen trinkt. Schon Ludwig XIV. kredenzte ihn in Versailles, und Voltaire schwärmte gar vom guten Muscat de Rivesaltes. Wenn Philosophen vom Wein schwärmen, ist Vorsicht geboten. Aber Voltaire war heute nicht anwesend. Zu seinem Glück! Sonst hätte er sich über alle diese Doppelnamen auf der Einladung mokiert.

So harmonisch sich diese alten katalanischen Wehrkirchen in die Landschaft fügen, so unharmonisch wirkt auf uns Nordländer diese abstoßende barocke Wucht im Innern. Auch die Braut ist reichlich barock gewandet, was ihren barocken Formen ohne Zweifel gerecht wird, zumal auch der übergelaufene Herr Gemahl eher zu diesen liebenswerten barocken Typen gehört, die einen vor der Hinrichtung noch zu einem letzten Gläschen einladen. In Ermangelung einer Orgel tönt der Hochzeitsmarsch vom Tonband, mit Sicherheit nicht das erste Mal, aber die Technik hält durch.

Die Hochzeitsgemeinde besteht aus dem bürgerlichen, südfranzösischen Lager und einer Berliner 68-iger Nachlese, von denen einige offensichtlich ihren ersten Kirchenbesuch absolvieren. Die Kleiderordnung ist etwas bizarr. Manche Herrenbekleidung würde ich für die Gartenarbeit nutzen. Die Damen tragen mehr luftig, frisch von Omas Dachboden und offensichtlich mit einer stumpfen Schere selbst zugeschnitten, wobei die kräftige Schnittführung gelegentlich mehr ent- als verhüllt. Bei einigen Damen würde man sich eine umgekehrte Verhältnismäßigkeit wünschen.

Dafür haben sie Metall in Nasen und Ohren, was sie ungemein reizvoll macht und die Frage aufwirft, ob man nicht auch andere, leicht hängende Körperpartien annageln kann. Nach der Zeremonie geht es ans Busseln, was mit den Metallträgern nicht ganz ungefährlich ist. Aber das Brautpaar überlebt unverletzt. Dann entschwindet die ganze Hochzeitsgemeinde zum „apéritif proposé à l'issue de la cérémonie à l'ami-club", wo sich zahlreiche Freunde aus der Ortschaft und Umgebung eingefunden haben, um Unmengen kleiner Schweinereien zu verschlingen, um kräftig zu netzen und zu lachen und um ihre Sardane zu tanzen.

Am Rande der Sardane erfahre ich etwas aus der Familiengeschichte des Bräutigams, dessen Mutter mit einem Berliner verheiratet war. In diesem Rahmen wurde das Kind gezeugt. Dann wurde der Rahmen gesprengt, weil sich der Gatte der Nachbarin zuwandte, einer großen Schlanken, die auch anwesend ist. Das soll aber nur einige Monate gehalten haben, wahrscheinlich waren die Höhenunterschiede zu gross. Deshalb kehrte der Gatte aber nicht zur Mutter des Buben zurück, nein, weit gefehlt, er suchte sich etwas Kleineres und Dralles zum Troste. Diese dritte Gattin ist natürlich auch anwesend, hat ebenfalls einen Doppelnamen und versprüht den Charme eines Spanferkels vor dem Grillen. Man fragt sich wie dieser Mann mit den ganzen Doppelnamen klarkommt. Der muss hochintelligent sein, obwohl er gar nicht so aussieht, aber manche Frauen mögen das. Die drei, also zwei Ex und eine Noch, plaudern angeregt zusammen, wahrscheinlich über ihren Ex und Noch. Da muss es einige lustige Dinge geben, denn sie lachen so befreiend, dass man fürchten muss, die ziehen alle vier zusammen. Derweil nähert sich der Dreifachtäter mit seiner Kamera und macht doch tatsächlich ein Photo als eine Art Trophäe von dieser entzückenden Dreisamkeit seiner nicht unbedingt grazilen Grazien.

Früher nagelte man erlegtes Wild an die Wand.

Nach dem „apéritif à l'ami-club" schreiten wir endlich zum Höhepunkt. Dieser beginnt mit einem „salade de gésiers confit maison, ses croûtons et son vinaigre de Banyuls", einem Bauernsalat also. Der Animateur, der mehr animiert abzuhauen, schiebt CDs in seine Maschine, lässt gelegentlich das Brautpaar hochleben und schaltet kurzfristig den Ton weg, um zu hören, ob die Gäste noch leben.

Die stärken sich inzwischen mit „piccatas de saumon et lotte aux pleurots, ravioles d'herbes fraîches et moules" für die nächsten wilden Tänze, die mich zu der verzweifelten Aussage veranlassen: We are all from the Congo! Aber bereits 1418 konstatiert der Kulturfahrplan Ähnliches: Tanzwut-Epidemie in Europa (religiöser Massenwahn mit veitstanzähnlichen Zuständen). Offensichtlich geht das auch ohne Religion. Zum Glück muss man sich nicht unterhalten. Man schwitzt, stampft und lächelt gequält. Aber es schafft Raum für den „Magret de canard au vieux Banyuls et pommes rösti". Bis zum Eis um 02:00 Uhr morgens hüpfen wir noch ein bisschen.

Dann übernimmt die kleine Dralle, dritte in der Reihenfolge des Herrn aus Berlin, die Animation, nicht wie erwartet mit dem Ehefrauen-Trio („When a man loves three women"), sondern mit einer ständig herumhüpfenden rheinischen Frohnatur aus Düsseldorf, deren Frohsinn allerdings weniger aus dem rheinischen Erbgut als aus der Flasche kommt. Diese beiden „Sympaticas" üben etwas landschullehrerhaft mit uns das Lied vom toten Hahn, das wir hofften mit Beginn der Pubertät vergessen zu dürfen. Sie tun das in zwei Sprachen und keiner singt mit.

Die Nacht, oder besser der Morgen, ist lau. Die alte Wehrkirche scheint den Turm zu schütteln und wir fahren wie bestellt in die aufgehende Sonne. Mögen sie glücklich sein, unsere beiden Barocken, die längst auf die Hochzeitsreise entschwunden sind. Was uns bleibt sind die guten Wünsche, die malträtierte Leber, der schwere Magen und der üble Mundgeruch. Der Hahn ist tot.

Derweil besetzen deutsche Mitbürger das spanische Roses und seine Umgebung. Dabei soll das Zeitalter der Kolonien angeblich Geschichte sein. Sie haben sich dort eingerichtet. In den „Hessenstuben" kriegst du Kassler mit Kraut, beim deutschen Bäcker deine Brezel und beim deutschen Schlachter deine deutsche Wurst. Und wenn es dir hinterher schlecht wird, gehst du in das deutsche Ärztehaus, wo deutsche Ärzte dir deutsche Kohletabletten aus deutschem Bergbau verschreiben, um so deiner Sturzentleerung Herr zu werden.

Überhaupt Roses. Roses ist schlimmer als der Westwall. Irgendein wütender Riese hat den Hügel über der einst schönen Bucht mit Beton zugeschmissen. Da sitzen sie jetzt und bräunen die Liftfalten, während die Kinder ihre Spielgefährten mit der Frage provozieren: „Hat Deine Mammi auch neue Titten?"

So sind auch im Fernsehen die Grenzen zwischen Krimi und Porno fließend geworden. Bei Kommissarin Rosarot wird es einem gelegentlich schwarz vor Augen. Immer wenn dem Regisseur nichts mehr einfällt, wird kopuliert. Man kann dann seine Chips holen. Aber unsere Gesellschaft will den Spaß, schnell, konsequent und grell. Über den Spaß vergisst sie den Genuss. Genuss ist Kultur, Spaß Zivilisation. Deshalb sind wir so zivilisiert.

Herzlichst Dein zivilisierter Kulturbanause

Crotaille, im Mai 1999

Lieber Eduard,

um das mit dem Kulturbanausen mal etwas zurechtzurücken, fahren wir mit Emma nach Andalusien. Wir landen in einem Ort, der Puerto Lumbreras heißt und uns reichlich mexikanisch vorkommt, wahrscheinlich weil wir noch nie in Mexiko waren. Er ist nicht schön, aber laut. Das Parador-Hotel ist mächtig und angenehm, der Pool noch zu kalt und die Küche bizarr. Neben uns speist ein älterer Herr, der sich ständig mit sich selbst unterhält, was ich praktisch finde. Keiner widerspricht ihm, und er spart die Kosten für eine Reisebegleitung.

Mir dagegen wird ständig widersprochen, wobei ich gelegentlich den Eindruck habe, dass das Widersprechen eine Art feministisches Ritual ist und keine Argumentation der besseren Lösung willen. Leider ist dieser Automatismus nur scheinbar und deshalb nicht zum eigenen Nutzen manipulierbar, denn die weibliche Psyche erkennt sehr schnell, wenn sie hereingelegt werden soll. Wir sind da leider einfacher strukturiert.

Dann fahren wir durch eine bizarre Terrassenlandschaft mit saftig grünen Orangenplantagen auf roter Erde und blicken auf die einst herrlichen, jetzt zubetonierten Buchten, Ziel unserer Massengesellschaft, die sich hier Sonnenbrand und anderes holt.

Endlich grüßt Andalusien mit weiten, graugrünen Olivenhainen und den berühmten Höhlenbehausungen bei Guadix. Eine feine Sache ist das. Du kaufst dir einen Berg und machst ein Haus draus, aus dem Tuff-Gestein nämlich, das leicht zu bearbeiten ist. Du sitzt in der Küche, Eduard, und meißelst so langsam ein Schlafzimmer dazu. Traumhaft! Außerdem kühlt der Tuffstein im Sommer und wärmt im Winter.

Und während ich noch mit mir hadere, ob ich Andalusien nun mag oder nicht, erhebt sich ganz großartig und unerwartet die Sierra Nevada über der flimmernden Hitze im Tal, noch schöner als Frank Sinatra sie besungen hat. Da entschließe ich mich, Andalusien zu mögen, Granada jedenfalls.

Über Huétor- Santillán muss man deshalb hinein nach Granada, dieses einmaligen Blickes wegen, denn in Granada selbst blickt man auf ein verrückt gewordenes

Automeer, in dem Millionen Motorroller wie besoffene Fische toben. Wir toben mit bis wir endlich unser Hotel finden. Das erscheint auf den ersten Blick als eine Art Luxusherberge mit gepflegtem Pool, bis wir die Wasserspülung betätigen. Die röhrt wie eine Rotte Asthmatiker beim Morgenjogging.

Aber die Stadt ist grandios, großzügig, hinreißend. Die alten Häuser am Paseo de la Bomba sind Märchenwillen aus 1001 Nacht, verschachtelt und verschlossen. Und immer wieder blickt man aus der lauen Frühlingsnacht auf die schneebedeckte Sierra Nevada, während man an seinen Tappas kaut. Tappas sind eine Art belegter Brötchen, die genau so gewöhnungsbedürftig sind wie die Andalusier. Andalusier mögen keine Fremden, weshalb sie vom Fremdenverkehr leben. Das ist wie Lehrer werden, weil man keine Kinder mag.

Morgens steigen wir hoch zur Alhambra, der roten Burg. Wir schlendern durch den Generalife, was keine amerikanische Lebensversicherung ist, sondern der im 14. Jahrhundert errichtete Landsitz der Könige von Granada. Es ist ein heiterer, bescheidener Palast, so recht zur Entspannung der gestressten Kalifen, die hier in den Terrassengärten lustwandelten und wohl auch lustvoll mit den Hofdamen Fangen oder anderes spielten.

Dann erschlägt uns der Palast Karls V., der neben dem zierlichen Nasridenpalast wirkt wie ein Elefant beim Dressurreiten. Karls Mutter war Johanna, die Wahnsinnige. Vielleicht liegt es daran? Wohl kaum, denn Pedro Machuca hat ihn gebaut, und Pedro war immerhin ein Schüler Michelangelos. An anderer Stelle würde er vielleicht wirken, in Castrop-Rauxel etwa, schon wegen seines interessanten Grundrisses (von einem Quadrat umschriebener Kreis), aber neben dem Nasriden-Palast wirkt er deplatziert, grobschlächtig und gewalttätig. Wir erleben das immer wieder in Andalusien. Dort, wo die christliche Kultur auf die maurische trifft, wirkt sie pompös, überdimensioniert und neureich überladen; kurz: sie ist der maurischen unterlegen.

Aber der Nasridenpalast entschädigt. Es ist die Schwerelosigkeit, die fasziniert, der Anschein eines Paradieses auf Erden. Eng zusammen liegen Gericht, öffentlicher Versammlungsort, der Königspalast und die Frauengemächer. Da begab sich der Kalif vom Gerichtstermin an seinen Ruheort, wo er die schönen Haremstöchter in der Spiegelung des Brunnenwassers betrachten konnte, ohne selbst gesehen zu werden. Gleichzeitig konnte er sie unbemerkt über ein spezielles System von Akustikkanälen belauschen. Da kommt keine Peep-Show ran, und das im 14. Jahrhundert, als in unseren mittelalterlichen Städten die Prostituierten noch dem Henker unterstanden. Das wirkt alles so luftig und leicht hier, vielleicht weil die Nasriden nicht so besonders fromm waren. Dafür waren sie tolerant, wobei das eine das andere nicht ausschließen muss, es leider aber oft tut.

Das Hotel hat eine eindrucksvolle Fassade. Dahinter ist „Fusch andalusch". Es ist eine Herberge für den Massentourismus. Dementsprechend ist die warme menschliche Zuneigung und vielgepriesene Gastfreundschaft des Personals. Neben der röhrenden Wasserspülung rammelt die Wasserpumpe wie auf einem sinkenden Schiff.

In einem berauschend hässlichen Städtchen namens Lucena rammt uns ein fest schlafender Linksabbieger. Es kracht erst am Auto dann bei uns. Immerhin kann ich vorher noch „Scheiße" murmeln. Die Delle ist nicht sehr ästhetisch, tut aber der Funktion keinen Abbruch. Vielleicht ist er froh, dass wir keine Polizei holen. Entweder ist der Kerl besoffen oder er hat von gebackenen Stierhoden, einer andalusischen Spezialität, geträumt. Mit zitternder Hand fertige ich eine Skizze. Dann irren wir weiter, landen irgendwann in Cordoba und finden kein Hotel in den engen Gassen. Das ist auch gar nicht nötig, weil wir heißen Ehezwist haben und in Richtung Madrid nach Hause wollen. Bei Bailén finden wir mehr zufällig ein Motel und setzen unsere Diskussion über eine ins Auge zu fassende Trennung fort, wobei uns inzwischen der Grund der Trennung wieder entfallen ist.

So kommt es zu der weisen Entscheidung, sozusagen auf Bewährung weiter nach Carmona zu fahren. Falls es wieder Streit geben sollte, entscheidet Emma als oberste und einzige Instanz. Mein Gott, hat das arme Kind blöde Eltern.

Aber schon leicht geläutert betreten wir die Mezquita-Catedral in Cordoba und finden uns in einem verwirrenden Säulenwald wieder. Nirgends wird der Unterschied zwischen Mauren und Christen so klar wie in dieser Moschee-Kathedrale, in der nach Karl V. Einmaliges zerstört wurde, um Gewöhnliches zu errichten. Der christliche Teil wirkt aufgepfropft und überladen. Mit der christlichen Eroberung verlor Cordoba, die Zierde der Welt, ihre Toleranz, ihre Leichtigkeit und ihre Bedeutung. Im 10.Jahrhundert mit über einer Million Einwohnern neben Bagdad die mächtigste Stadt der damals bekannten Welt, sind es heute gerade noch 300.000. Und guck Dir mal Bagdad an.

Dahinter befindet sich die Juderia, das ehemalige Judenviertel. Enge Gassen, schattige Patios, weißgetünchte Häuserfronten. Dann weiter nach Westen durch plattes, nichtssagendes Land bis sich in der Ferne die Burgfestung von Carmona erhebt. Diese Burg ist ein Parador, ein ganz besonderer Parador, ein majestätischer Parador, der uns mit seinem Luxus überwältigt. Schon die Anfahrt ist ein Erlebnis. Das Zimmer für uns drei ist eine Suite mit herrlichem Blick auf das weite Land und den riesigen, hellblauen Pool am Fuße der Festung. Ich muss mich beim Buchen vertan haben. Wahrscheinlich werde ich mein Taschengeld drauflegen müssen. Simone hat schon diesen lauernden Blick.

Da sitze ich nun depressiv in unserer Luxusherberge und finde nirgends den Zimmerpreis. An der Rezeption mag ich nicht fragen. Der Blick in die Zukunft ist düster. Meine Taschengeldreserven sind begrenzt. Man wird mich bezichtigen, die Familie in den finanziellen Ruin getrieben zu haben. In solchen Situationen nimmt der Caballero in Andalusien erst mal seinen Sherry.

Den nehmen wir in der alten Ortschaft Carmona in einer Bar namens Goya, in der eine Pablo Picasso Imitation sitzt, die nicht malt, sondern säuft, Sherry nämlich. Ein Gedicht, dieser trockene Sherry. Sherry kann man auch in der Hitze trinken. Die Männer im „Goya" trinken reichlich davon. Offensichtlich sind sie angetrunken, aber keinesfalls aggressiv. Sie sind ausgelassen nach einem harten Tag auf den Feldern. Ein alter, rheumatischer Hund folgt uns treu ergeben bis ins Hotel. Ich nehme das als böses Omen. Bald werde auch ich als alter, rheumatischer Hund ... Aber lassen wir das. Denken wir lieber an die schöne Maria von Padilla, die genau hier Peter den Grausamen verführte. Das muss sehr schön gewesen sein, weil er nicht an die Rechnung denken musste.

Die fällt dann doch ganz zivil aus. Starkes Preis-Leistungs-Verhältnis nennt man das. Man kann das starke Preis-Leistungs-Verhältnis noch weiter zu seinen Gunsten manipulieren, wenn man beim opulenten Frühstücksbüfett reichlich reinschaufelt. Dementsprechend gelähmt erreichen wir Sevilla.

Dort wohnen wir am Barrio de Sta Cruz, dem alten Judenviertel, im Zentrum. Wie ich das ohne Navi gefunden habe und unser Gefährt in die kartoffelkellergroße Hotelgarage bugsierte, weiß ich nicht mehr. Es muss der Sherry von gestern gewesen sein. Vielleicht hatte das Domkapitel von Sevilla im Jahre 1401 auch etwas zu viel davon genippt, denn es beschloss tatsächlich: „Wir wollen eine Kirche bauen, so groß, dass man uns für wahnsinnig hält."

Wahnsinn soll man nicht unterstützen, weshalb wir die Kathedrale links liegen lassen und uns lieber dem Alcázar widmen. Da ist leider nach der Vertreibung der Mauren aus Sevilla nicht mehr viel Ursprüngliches erhalten. Stattdessen baute man als Alhambra-Imitation einen Palast für Peter den Grausamen. Das war der, der mit der Maria von Padilla in unserem Hotel mit dem opulenten Frühstücksbüfett rumgemacht hatte, und weil ihm das so gut gefiel, die Maria, nicht das Frühstücksbüfett, schmiss er seine Gattin Blanka von Bourbon einfach in den Kerker. Die Scheidungsmodalitäten waren damals etwas härter, aber auch übersichtlicher.

Nach so viel grausamer Historie geht es in die „Sierpes", was keine Hautkrankheit ist, sondern die Haupteinkaufsstraße von Sevilla. Da wird es uns plötzlich etwas mulmig, sodass wir spontan einkehren in etwas, was man in Berlin als Stampe bezeichnen würde. Da ist schon mittags laute Fröhlichkeit, was am Sherry liegen muss, denn das Lunch ist lausig. Die einzige Toilette misst schätzungsweise 80 x 80 cm. Sie fungiert für Caballeros und Senoritas gemeinsam, d.h. nacheinander natürlich, wobei man sich den Zugang erst durch das Thekenvolk erkämpfen muss. Träger größerer Größen können darin durchaus stecken bleiben und um Hilfe schreien. Sie wird keiner hören.

Etwas nervig sind auch die vielen Schuhputzer und Bettler, wobei man die Schuhputzer durch das Tragen von Tennisschuhen vermeiden kann, nicht aber die nicht ganz fangfrisch riechenden Bettler, deren Geruchspalette als orientalisch zu beschreiben zwar tolerant aber wenig realistisch wäre.

Anschließend verlaufen wir uns im Barrio de Sta Cruz. Der Barrio scheint etwas größer als New York. Irgendwie landen wir total erschöpft im Hotel. Auch hier rauscht die Wasserspülung des Nachbarn und seine Schranktür knarrt. Später soll auch sein Bett geknarrt haben, sagt Simone. Vielleicht gibt es da Zusammenhänge? Bei uns jedenfalls knarrt nichts. Sevilla ist eine etwas anstrengende Stadt.

Dann müssen wir zur Hauptpost. Die Hauptpost sieht aus wie bei uns früher die besseren Theater. Am Schalter sitzt Herr Oberpostsekretär Don Dünnbier. Der sieht genau so aus wie sein deutscher Kollege. Dünnbier weist unser Einschreiben zurück, weil es die Heimatanschrift als Absender trägt.

Wir seien hier doch wohl in Sevilla, raunzt er, und nicht in Crottaille. Aber morgen sind wir nicht mehr in Sevilla, gebe ich zu bedenken. Ist doch piepegal, meint Don Dünnbier, der Absender ist immer da, wo der Brief abgesendet wird, me comprende usted? No comprendo nada, du altes Arschloch, seufze ich enttäuscht und gehe an den Nebenschalter. Dort sitzt Don Dünnbiers Zwillingsbruder. Zum Glück sind sie nicht eineiig, denn der guckt gar nicht erst hin und macht den Stempel drauf. Muchas gracias, Dünnbier II, Bürokratie ist Willkür.

Jetzt brauchen wir eine Stärkung auf der Plaza San Salvador. Für den Kellner scheinen wir Luft zu sein. Trotzdem bringt er uns den Kaffee und rechnet das erwartete Trinkgeld gleich in den Preis mit ein. Er scheint ein ausgesprochener Optimist zu sein. Mit seinem Geraunze käme der bei uns ins Tierheim.

Aber vielleicht ist diese abweisende Unfreundlichkeit gar keine andalusische Kellnermentalität, tröste ich mich, vielleicht haben die Ärmsten Hämorrhoiden, denn ich spiele gerade in meinem kleinen Taschenwörterbuch: las almorranas, die Hämorrhoiden. Das klingt doch nach was! Deshalb frage ich mitfühlend höflich beim Bezahlen: „Las almorranas, Senor?" Entweder hat er wirklich welche oder keinen Humor.

Aber der Plaza San Salvador gefällt mir. Ein gelangweiltes, elegantes Paar verschnauft neben uns vom Shopping. Sie blicken in die Welt als sei diese eine Beleidigung. Kein Wort kommt über ihre Lippen. Vielleicht haben sie ihre Bankkarte verloren oder ihre Hoffnung? Vielleicht kommen sie erschöpft von der Beichte oder vielleicht doch nur „las almorranas"? Es ist mir ziemlich egal, denn am Nebentisch nimmt ein Herr Platz, der sich eine Trittleiter gekauft hat. Mit dieser geht er Kaffeetrinken, als Einstand gewissermaßen. Nun weiß ich nicht, ob Trittleitern Kaffee trinken, aber der hier tut so. Etwas weiter bearbeitet ein kleiner Kerl bestialisch aber mit Hingabe seine Trommel. Wahrscheinlich hat sein Vater Günter Grass gelesen und nicht verstanden.

In der Abendsonne ein letzter Blick auf den Alcázar und seine Gärten. Frittierter Fisch im Freien. In Deutschland schneit es. Das fördert den Appetit.

Weite Strände und Schirmpinienwälder kennzeichnen die Costa de la Luz, besonders in der Gegend um Trafalgar. Am 21.10.1805 vernichtete hier der englische Admiral Nelson die französisch-spanische Flotte unter Admiral Villeneuve. „England expects every man to do his duty", soll er gesagt haben, bevor ihn eine Kanonenkugel zerfetzte.

Es war der Anfang vom Ende Napoleons, nur wusste der das damals noch nicht, sonst wäre er ab dem 21.10.1805 zu Hause geblieben und hätte mit Josephine noch ein paar wackere französische Staatsbeamte gezeugt, statt sich in Russland den Arsch abzufrieren.

Afrika! Der dunkle Erdteil in der flimmernden Hitze vor uns, ganz deutlich und erhaben von Puerto del Cabrito aus zu sehen. So gewaltig hätte ich mir die Straße von Gibraltar nicht vorgestellt. Sie hat in ihrer Mächtigkeit etwas eindeutig Trennendes, und tatsächlich, wer das Trennende missachtete, von welcher Seite auch immer, wurde von der Geschichte bestraft.

Auch wir werden bestraft, obwohl wir gar nicht übersetzen, von der anschließenden Costa del Sol nämlich. Das ist Betonterror, vergewaltigte Natur und schleichende Kolonisation. Sage mir, Du liebst Marbella, und ich sage Dir, wer Du bist! Wir entfliehen ins Landesinnere, das teilweise, besonders nach Malaga, sehr attraktiv ist und schaffen es in der Abenddämmerung bis Bailén in unser altes Motel, wo wir uns vor vier Tagen versöhnten und stellen erstaunt fest, dass wir es immer noch sind.

Die Heimfahrt über Madrid und durch eine mondartige Landschaft um Zaragoza zieht sich, ohne anziehend zu sein. Erschöpft gestehen wir, Spanien fasziniert und stößt gleichzeitig ab. Es ist noch mittelalterlich verwurzelt und doch schon in der Neuzeit angekommen. Es hat Identitätsprobleme, und wer hätte die nicht nach so einer Geschichte. Spanien ist rauh. Es weiß nicht, ob es Heilige oder Hure sein soll. Deshalb ist es laut. Das ist nicht immer eine laute Fröhlichkeit. Das ist auch der Lärm der Unsicherheit, gelegentlich der Verzweiflung. Ab und zu braucht man Spanien. Es bewahrt vor dem Einschlafen.

Fahr auf jeden Fall mal hin, Amigo Eduardo!

Crottaille, im Juni 1999

Lieber Eduard,

wir haben hier subtropisches Uhu-Wetter. Kein Tramontane aus den Bergen, der die Feuchtigkeit wegbläst. Stattdessen klebt alles, Hemd, Haare und Humor. Matt stehst du da, wie ein Bayer im Föhn vor geschlossenem Biergarten.

In diese matte Stimmung platzt „Miss Zahnpasta 1999", Frau Dr. Gwendola Nanaman. Dr. Gwendola ist ein wacher Geist, dem man nicht immer folgen kann. Frau Doktor ist Anthropologin und gleichzeitig Amerikanerin, wobei man nicht weiß, wie sich das verträgt. Gwendola war schon des öfteren verehelicht, wobei die Anzahl der Ehen mit fortschreitendem Abend und Bierkonsum ansteigt. Das müssen alles sehr mutige Männer gewesen sein. Darunter war auch ein Schwarzer, eben der Mister Nanaman, der mit ihr im tiefen, afrikanischen Busch lebte, der Liebe und der anthropologischen Studien wegen. „Please, Mister Nanaman, dally me banana", kennst du noch aus unserer Jugendzeit, Eduard, wo wir auch im Busch lagen, der Liebe und der anthropologischen Studien wegen. Vielleicht waren es zu viele Bananen, zu harte Studien oder was weiß der Teufel, jedenfalls trennte sich Mister Nanaman von seiner Gwendola und finanzierte ihr ein Häuschen im Süden Frankreichs, wo sie zu meiner großen Freude gebrauchte englische Taschenbücher verkauft, aber auch afrikanische Kunst und selbstgemachte Haute Couture. Die Kunst schreckt böse Geister, ihre Haut Couture jede potentielle Käuferin. Da der Laden nicht so besonders läuft, hat Gwendola sich etwas Neues ausgedacht. Sie vertreibt eine biologische Zahnpasta auf Kupferbasis, deren Geschmack einem das Zähneputzen verleidet. Simone zeigte bereits allergische Reaktionen. Vielleicht werden mit der Zeit die Zähne verkupfert und du läufst rum wie ein alter Russe. Aber Gwendola glaubt an ihre Zahnpasta und ihr kommendes Dentalimperium, weshalb sie jetzt auch in die Schweiz expandieren will. Dazu braucht sie eine deutsche Übersetzung der französischen Verpackungsbeilage von uns, natürlich für „umme". Aber wenn das Imperium boomt, kriege ich was ab und als Anzahlung schon mal eine Gratistube für die ganze Familie und einen gebrauchten Taschenkrimi von Mickey Spillane.

Die Verbreitung der Zahnpasta wird auf Europa beschränkt, erklärt Gwendola kämpferisch und hält die Zigarette angriffslustig wie ein Florett. Ich fürchte, die Verbreitung der Zahnpasta wird auf ihren kleinen Laden beschränkt bleiben, wenn sie sich überhaupt verbreiten lässt. Das einzige, was sie vielleicht verbreitern könnte, sind die Zahnlücken. Aber ich schweige, denn jetzt wird es politisch. Die Amerikanerin Gwendola hasst Amerika. Welch ein schreckliches Land! Wäre sie nicht längst tot, wenn sie in Amerika leben würde, fragt sie ein wenig Mitleid erheischend und bläst den Rauch in Richtung Westen, so als wolle sie die USA einnebeln. Da sterben Millionen auf der Straße, Millionen, erklärt sie, und ich weiß endlich, warum die da drüben so langsam fahren. Wenn Gwendola aber weiter so inhaliert, bleibt sie auch in Europa auf der Strecke.

Noch interessanter als ihre Ausführungen sind die begleitenden Gesten. Die sind nicht nur amüsant untermalend, sondern auch praktisch. Jedenfalls dreht sie mit dem kleinen Finger in den Ohrmuscheln, entfernt den dort ansässigen Schmalz und expediert ihn mit einer nicht uneleganten Bewegung auf die ohnehin nicht mehr fleckenfreie Hose, wo er derselben einen matten Glanz verleiht, so als wolle sie das Gesagte wieder löschen.

Als Gwendola mit der matten Hose aufbricht, bricht Monsieur Löwenhart ein. Bei Monsieur Löwenhart weiß man nicht so genau, hat er oder hat er nicht, und wenn er hat, wie viel. Löwenhart kennt die Welt, weil er bei der UNO war und weiß, auch das Einfache ist kompliziert. Löwenhart weiß eigentlich alles, nur bis vor kurzem nicht, dass seine drei Kinder aus erster Ehe mit einer Amerikanerin nicht die seinen sind. Selbst der Pfarrer soll da ausgeholfen haben. Auf Pfarrer ist immer Verlass, aber Monsieur Löwenhhart verlässt sich in dieser zugegebenermaßen etwas verwirrenden Situation mehr auf den Burgunder denn die Kirche. Löwenhart bedarf des Zuspruches. Deshalb gehe ich in den Keller.

Abends genießen wir im nächtlichen Perpignan die Fiesta Flamenca im Palast der Könige von Mallorca. Die füllige, nein voll füllige Carmen Albinez schwebt, was bei ihrem Umfang unbegreiflich erscheint, zu Pedro Solers Gitarrenklängen und dem gelegentlich etwas „nilhaften" Gesang von Pepe de Granada, d.h. Pepe quietscht ein wenig, so als sei er mit seinem kleinen aber nicht unwesentlichen Organ irgendwo hängen geblieben. Das Ganze gibt eine explosive Mischung, zumal Pedro scheinbar mit vier Händen gleichzeitig sein Saiteninstrument traktiert, sodass Carmen gar nicht so schnell mitstampfen kann. Trotzdem reißt die ungeheure Vitalität der Musik und Akteure mit. Verführung, Zurückweisung, endlich Eroberung – getanztes Leben. Hätte Brigitte so um Dich geworben wie Carmen, wäre die Polizei gekommen, und hättest du so gejault wie Pepe, säßest du heute in der Geschlossenen, lieber Eduard. Aber wir sind ja auch nicht in Andalusien.

Überraschend erscheint Simones Kusine Rita aus Frankfurt mit ihrem Sohn, wie wir meinen. Es ist aber nicht ihr Sohn, sondern ihr jugendlicher Lover. Rita hatte schon immer einen Hang zur Jugend. Simone ist erbost und flüstert, man solle Tante Rita auf polizeiliche Anordnung kastrieren wie den Nachbarhund. Ritas erotischer Zögling ist nicht nur jung, sondern auch arbeitsscheu, was er nicht unlogisch mit den hohen Steuern begründet.

Ich aber fliehe vor der Triebtante aus Frankfurt in die Berge und werde mit einem satten Gewitter bestraft, das mich in die Grabkammer der Dolmen von Cova de l'Arab zwingt. Da liege ich nun, wo einst irgendein keltischer Fürst zur letzten Ruhe gebettet wurde. Die Blitze zucken, der Regen prasselt auf den erhabenen Stein und ich denke, was wohl Kusine Rita mit ihrem Arbeitsscheuen in der Grabkammer treiben würde. Aber solche Leute wandern ja nicht.

Christine hat heute ihre letzte Abiturprüfung und wir eingedrückte Daumen. Abitur heißt Reifeprüfung.

So gesehen, sind wir alle durchgefallen, Eduard!

Crottaille, im Juli 1999

Lieber Eduard,

Berlin. Ich darf nach Berlin, Eduard, zu einer Tagung. Berlin, das ist die Stadt, die fast nicht Hauptstadt wurde, weil für einige provinzielle Geister Geschichte im Heimatmuseum aufhörte. Berlin, das ist Champagnerluft und grosse Klappe, Geschichte kompakt, Endspiel der Systeme und für mich als Spross einer hanseatisch-preußischen Mischehe auch genetisches Erbe. Ich haue mich in meine alte Kiste. Bis Montpellier suche ich den Mittelstreifen der Autobahn, weil die morgendliche Sonne mich blendet. Ab Beaune denke ich an Bratkartoffeln und Schweinskopfsülze. Die Franzosen kennen keine Schweinskopfsülze mit Bratkartoffeln, weil die Franzosen eine etwas unterentwickelte Esskultur haben. Dazu ein echtes, frisch gezapftes Pils nach deutschem Reinheitsgebot. Beim Gedanken an das Frischgezapfte komme ich wieder gefährlich nahe an den Mittelstreifen.

Aber ich erreiche Freiburg im Breisgau unfallfrei. Immer wieder bietet Freiburg diese gefälligen Bilder um das Münster herum, die einen zum Romantiker machen, bis man über eine dosenbierverseuchte Ansammlung von Punkern und Pennern stolpert, die nur noch von ihren räudigen Hunden verstanden werden. Wahrscheinlich sind das unsere Neoromantiker.

Den Magen voller Bratkartoffeln mit Schweinskopfsülze, Niere und Hirn mit reichlich frischem Pils vom Fass versorgt halte ich Kurs Nord, aber nur bis auf die Höhe von Unna in Westfalen, wo mein Auspuff röhrt wie der Hirsch auf der Balz. Die Werkstatt hat schon zu, und es gießt in Strömen. Im Hotel gucke ich noch ein Weilchen Rentenreform.

Schon kurz vor sieben Uhr röhre ich ohne Frühstück zur Werkstatt. Die Werkstatt hat zu viel zu tun und zu wenige Mechaniker. So lösen wir die Rentenreform nie. Leihwagen haben sie auch nicht. Vielleicht kann der Meister meinen röhrenden Hirsch dazwischenschieben. „Aber nicht versprochen, woll!" Meine Hand zuckt nach dem Portemonnaie, aber hier sind wir in Westfalen.

Ich rase die fünf Kilometer zurück ins Hotel, schaufle das Frühstück rein, jogge vier Kilometer zu Europcar, wo ich für einen Hunderter die kleine Fordkugel bekomme, schmeiße mich in dieselbe und rolle rasend nach Hamm, wo ich um halb zehn im Krankenhaus einen Termin wegen meiner pustenden Pumpe habe. Als ich aussteige pumpt die kräftiger als der Motor. Aber ich bin pünktlich, schweißnass und habe einen Blutdruck, mit dem man Tote reanimieren könnte. Der Chefarzt ist ganz begeistert.

Etwas grau nach der in Rembrandts dunklen Farben gehaltenen Belehrung des Herrn Doktors werfe ich mich wieder in besagte Kugel und fahre zurück nach Unna. Eigentlich war mein Leben gar nicht so schlecht, tröstet mich mein seelischer Stabilisator, und wenn jetzt auch noch der Auspuff fertig sein sollte? Aber das hieße, Gott versuchen, woll? Er ist fertig. Ich gebe meine Fordkugel am anderen Ende der Stadt wieder ab, laufe zurück und belohne den Meister mit einer Flasche besten Côtes du Roussillon.

Als ich in Richtung Berlin starte, bin ich immer noch schweißnass, die Pumpe röhrt, und der Blutdruck ist bedrückend. Aber mein altes Auto schnurrt wie ich gerne schnurren würde. Die Piste besteht aus mit harten Regenschauern garnierten Baustellen, die gelegentlich durch ein freies Stück Autobahn unterbrochen werden. Baustellen sind ein Gemeinschaftserlebnis. Bei Bielefeld mache ich die Heizung an, weil wir doch erst Juni haben.

Dahinter werden die Berge durch Wolken ersetzt, weil der liebe Gott vergessen hat, den Norddeutschen eine Landschaft zu schenken. Deshalb ergießt sich ein bewegtes Wolkenmeer über den Himmel und bewegt so die ruhige, platte Landschaft. Einer der wenigen, die das begriffen haben, war Nolde.

Kurz hinter Magdeburg begrüßt mich freundlich eine elegante, gepflegte Blondine auf der Herrentoilette, die ich eher für eine Chefärztin, die sich in der Tür geirrt hat, denn für eine Toilettenfrau gehalten hätte. Vielleicht verdient sie hier in Anbetracht der drohenden Gesundheitsreform mehr. Neben mir parken zwei Leichenwagen, was mich etwas irritiert. Ob beladen oder leer, ist nicht auszumachen.

Aber dann kommen sie, die endlosen Kiefernwälder auf lockerem Dünensand, die Streusandbüchse des Deutschen Reiches, das alte Preußen, das schon 1870 unterging und 1947 von den Alliierten nochmals umgebracht wurde, obwohl es doch schon lange tot war. Aber Tote haben eine so hübsche Alibifunktion, auf die man alles schieben kann, was einem nicht passt, besonders an sich selbst. Friedrich der Große – Bismarck – Hitler in entwicklungsgeschichtlicher Reihenfolge, perverser geht es nicht. Unter den ersten zehn Kumpanen Adolf Hitlers gab es keinen einzigen Preußen, aber drei Viertel der nach dem Attentat vom 20. Juli 1944 Hingerichteten waren Preußen. Wegen denen können wir beim Rasieren noch in den Spiegel schauen, Eduard! Ich suche den roten Adler am Himmel, aber den haben sie inzwischen zum Broiler gemacht.

Endlich in unserer Hauptstadt Berlin. Das ist im Osten immer noch polnische Wirtschaft mit kapitalistischen Klecksen, im Westen verproletarisierter Kapitalismus. Das Brandenburger Tor wirkt erheblich kleiner als angenommen. Vielleicht bin ich auch nur etwas müde. Aber die Bauaufsicht hatte die Geliebte des Königs Friedrich Wilhelm II., Wilhelmine Enke, die später zur Gräfin Lichtenau gemacht wurde. Ob wegen der gelungenen Bauaufsicht oder mehr wegen anderer Qualitäten ist nicht mehr auszumachen. Mir scheint aber, die Mätressen waren damals agiler.

Berlin ist die Stadt der Baustellen. Dabei wird aufgebaut, ohne die immensen Schulden abzubauen. In zehn Jahren soll alles fertig sein, der Aufbau, nicht der Schuldenabbau. Den überlassen wir der kommenden Generation. Man spürt mit etwas Unbehagen einen gewissen Gigantismus, der nicht so recht in unsere politische Mittelmäßigkeit passt. Aber spannend ist sie schon, diese aufwachsende Stadt, bald im Herzen Europas gelegen mit ihrem Schwung und ihrem Humor.

Dann Vortrag im Berliner Senat. Wenn der Pressesprecher so viel weiß, wie er sagt, sollte man ihn zum Pförtner machen, aber er ist natürlich Pressesprecher, weil er nicht sagt, was er weiß, und das macht er vorzüglich. Ich schlafe tief.

Angenehm das Nicolai-Viertel, so ein bisschen Venedig der Kanäle wegen, ein Hauch von Rom durch den mächtigen Dom und die Sprache ganz Berlin: Icke, dette, kieke mal! Wir trinken ein Bier auf einen außerordentlich sympathischen Preußen, auf Theodor Fontane nämlich, in der Kneipe, in der er einzukehren pflegte. Fontane hat die ganze Ambivalenz dieses Staates gelebt und mit viel Herzblut beschrieben. Nebenan speiste später Erich Honnecker.

Auf jeder Tagung gibt es Schafe, die den Schäferhunden entkommen und auf eigenen Pfaden wandeln. Unser Franzose, Monsieur Clermont, ist so einer. Er ist selten anwesend, stellt aber die meisten Fragen, wenn die anderen gehen wollen. Er ist ein glücklicher Bonvivant, der alle kennt, auch die Putzfrauen, und natürlich das dankende, charmante Schlusswort im Namen aller an sich reißt, ohne sie vorher gefragt zu haben. So bleibt er in guter Erinnerung und wird zur nächsten Tagung wieder eingeladen. Dann kann er kontrollieren, ob er zufällig jemanden geschwängert hat.

Während Monsieur Clermont noch sein Schlusswort in die Herzen bläst, reise ich schon durch das Havelland mit seinen beschwingten Alleen und beruhigenden

Wäldern, dann auf Nebenstraßen immer der Elbe entlang bis in die Puppenstube Lüneburg, wo ich Matjes bürgerlich am alten Kran speise. Kennen die Franzosen auch nicht, Matjes bürgerlich.

Dann quere ich im Norden Frankreichs ein Flüsschen mit dem schönen Namen „La femme sans tête", die Frau ohne Kopf. Da hat einer nachgedacht. Der Verkehrsfunk meldet starke Gewitter über Perpignan, die tatsächlich eine angenehme Frische verbreiten. Dann falle ich aus dem Auto und der Dame meiner Träume (aber mit Kopf) in die Arme.

Jetzt bin auch ich ein Berliner, Eduard!

Crottaille, im August 1999

Lieber Eduard,

der erste Vogel verlässt das Nest. Christine zieht zum Medizinstudium nach Toulouse, d. h. Christine und ihr Freund fahren in unserem Auto vor und wir in einem gemieteten Kleinlaster hinterher. Die Bremse des Kleinlasters ist so dominant angeordnet, dass die Kupplung sich ganz mickrig dahinter versteckt. Statt Kuppeln kommt es so anfangs zur Vollbremsung. Eigenartigerweise fährt mir keiner hinten rein, aber ich fahre ziemlich breitbeinig, über 200 Kilometer wie eine empfangsbereite Dirne.

Mit solchermaßen entspanntem Becken laden wir ab, bis der Freund Punkt zwölf Uhr schlapp macht. Das ist eine sehr sympathische französische Angewohnheit. Mittags wird es ihnen schwindlig, der Magen seufzt und die Kehle schreit nach Atzung. Wir therapieren mit einem BigMac. BigMac ist kulinarisch gesehen wie Erotik mit der Gummipuppe. BigMac ist herrlich steril. Bei BigMac kann die Darmflora entspannen, und der Schließmuskel lächeln. Alles ist liebevoll und umweltbewusst in Plastik verpackt, sogar der Espresso. Das Personal ist auch aus Plastik. Wer nicht spurt, wird entsorgt.

Kalorienmäßig aufgepumpt wackeln wir mit dem Gefährt zurück über die „Autoroute entre Deux Mers" und spielen noch ein wenig Fangen mit einem englischen Kleinbus. England gewinnt.

Morgens gehört der Strand mir. Einsam am Strand mein Rucksack, während ich raus schwimme in Richtung Rom, das da irgendwo hinter dem Horizont liegt. Natürlich liegt da noch Korsika davor, aber ich wollte nur ein wenig angeben. Mein Hausberg, der Tour de la Massane, grüßt mich freundlich durch die letzten morgendlichen Wolkenfetzen, und auch der Pic de Sallfort, der den Pyrenäenwanderern gleich am Anfang auf ihrer weiten Querung vom Mittelmeer zum Atlantik so viele Schwierigkeiten macht, obwohl er nur knapp 1.000 m hoch ist. An Steuerbord die Gebäude des Hafens und die Masten der Segler im Dunst, an Backbord die ersten Felsenklippen der Côte Vermeille, der Purpurküste, bis die Sicht frei wird auf den Tour de Madeloc, und ich in die Nähe der ersten Sardinenfischer gerate. Eine einzigartige Kulisse, mein Lieber, und alles ohne Eintritt.

Aber dann sehe ich vom Meer aus schemenhaft zwei Gestalten den menschenleeren Strand entlang wandeln bis sie schließlich meinen Rucksack erreichen und genau daneben ihre Handtücher platzieren. Das würden unsere Landsleute nie machen, Eduard. Der Franzose dagegen scheint ein sehr soziales Wesen zu sein, denn auch die später Kommenden sehen in meinem Rucksack und den Handtüchern den Kern einer neuen wenn auch nur ephemeren Gemeinde. Da eine Hübsche mit gefälligen Formen dabei ist, bleibe ich der Gemeinde erhalten und blinzle mit meinen meerwasserbenetzten Augen zwischen makellos blauem Himmel und makellosen Brüsten hin und her.

Dabei wollte ich Günter Grass lesen, weil unser Günter doch soeben den Nobelpreis gekriegt hat, obwohl er nach der „Blechtrommel" nichts Ordentliches mehr produzierte. Ein Nobelpreisträgerkollege meint gar, da wäre große Erwartung gewesen und nur kleines „Paff-paff". Als einfach strukturierter Bürger ohne Nobelpreis weiß ich nicht, was literarisch „Paff-paff" ist, aber das „Paff-paff" hat sich für unseren Günter offensichtlich gelohnt. Ich mochte ihn nie. Nicht weil er politisch dilettierte, das machen die meisten Politiker auch, sondern weil dieser Dauervergrätzer nie lacht.

Da blicke ich wieder in den makellos blauen Himmel und auf die makellosen Brüste und seufze „Paff-paff", obwohl ich gar nicht weiß, was das ist.

Nun hat aber auch der Monsieur Lafontaine ein Buch mit dem anatomisch faszinierenden Titel: „Mein Herz schlägt links." geschrieben. Jetzt weiß ich, was „Paff-paff" ist.

Langsam wird es Herbst. Der Orion blinzelt nachts durch das Toilettenfenster und der Tramontane kriecht in die Pyjamahose. Die herbstliche Färbung beginnt an den Weinreben und bemalt rostig rot die Weinfelder und Weinberge um die berühmten Weinorte des Roussillons an der Départementale 117 entlang wie Espira-de-l'Agly, Estagel und Maury mit seiner Katharerburg Quéribus, für die man schwindelfrei sein sollte.

Bei Caudiès-de-Fenouillèdes beginnt mit dem Forêt des Fangs eine ganz andere Welt, jedenfalls was die Fauna betrifft. Das könnte auch deutscher Mischwald sein, wäre da nicht ab und zu ein kleines Dorf, das einen wieder nach Südfrankreich zurückholt. Ich erkunde diesen Forêt des Fanges auf abenteuerlichen Holzfällerwegen. Keine Ortschaft, kein Fahrzeuge weit und breit. Dann überquere ich vorsichtig den tosenden Bergbach in dieser fast schon feindlichen Einsamkeit auf einer Brücke, die noch aus der Römerzeit zu stammen scheint. Eben aus dieser Zeit scheinen auch die leicht verwitterten Schriftzeichen zu sein, die das Steingeländer der Brücke zieren. Ich halte an und lese: Schalke 04, ehrlich, Schalke 04.

Weiter geht es durch das Défilé de Pierry-Lys, wo sich die Aude ihren Weg durch hohe, steile Felsen bahnt. Hinter Quillan in Richtung Foix eine raue, einfache Landschaft. Bei Bélesta biege ich ab in Richtung Montségur und da ist sie plötzlich, diese letzte entscheidende Festung der Katharer, auf ganz steiler Felsenkuppel, so unerwartet grandios und beeindruckend aus dieser Perspektive, weil immer nur die Burg und ihr Schicksal beschrieben wird. Es ist aber vielmehr als der überwältigende Eindruck, es ist die Erkenntnis, dass sich Gewalt lohnt, dass der friedliebende Anständige unterliegt. Und wem haben wir diese grausame Erkenntnis zu verdanken? Der allein selig machenden katholischen Kirche.

Gedankenschwer hole ich Christine in Toulouse ab. Christine hat viel zu erzählen und reichlich schmutzige Wäsche. Zum Glück fährt sie, und ich kann über diese unglücklichen Katharer nachdenken. Warum hat man sie verbrannt? Die waren doch ganz friedlich und ungefährlich. Waren sie eben nicht. Erstens mahnten sie den Heiligen Vater in Rom, seine eigenen Vorschriften zu beachten. Zweitens brachen sie das Sündenvergebungsmonopol der katholischen Kirche, indem ihre Seele sozusagen haftpflichtversichert war. Wie das? Ihre Hohepriester, die „parfaits", konnten sie noch kurz vor dem Tod von allen Sünden befreien. So ließ es sich locker sündigen. Unser Katharer stand nicht in der Furcht wie sein katholischer Nachbar. Er hatte ohnehin keine Angst vor Fegefeuer und ähnlichen Hölleninstanzen, weil er diese Erde bereits als Hölle begriff. Vielleicht hätten das Papst Honorius III. und Papst Innozenz, der so unschuldig war wie Honorius honorig, noch hingenommen. Aber dass die Katharer auch noch die Abgabe des Zehnten verweigerten, das ging bei aller Christenliebe denn doch zu weit, denn bei den Steuern hört, wie wir wissen, der Spaß auf.

Heute haben wir nicht den Zehnten, sondern langsam fast die Hälfte.

Eduard, mir ist manchmal ganz katharisch zu Mute.

Crottaille, im November 1999

Lieber Eduard,

der böse November bleibt zärtlich. Wir essen Muscheln satt im Garten. Dazu gibt es Unmengen Baguette, weil man die himmlische Soße auftunken muss. Mit einem fruchtigen Blanc aus dem Lande wird nachgespült.

Leider färbt die Zärtlichkeit des Novembers nicht auf Madame ab. Als Schiller das Lied von der Glocke schrieb („Da werden Weiber zu Hyänen"), muss er ans Klimakterium gedacht haben, obwohl ihm auf Grund seines kurzen Lebens nie die Gnade zuteil wurde, diese wundervolle Phase menschlicher Zweisamkeit erleben zu dürfen.

Aber auch wir Männer werden wohl zunehmend wunderlicher, was wir gerne mit der Weisheit des Alters, ausgeprägter Individualität oder pseudo-jugendlichem Unternehmungsgeist kaschieren; je nachdem was wir gerade gelesen haben. Leider hält sich Simone nicht an Schiller, sondern die Konkurrenz und zitiert kurz und heftig aus deren Götz, nur weil der Lack auf der von mir gerade gestrichenen Schlafzimmertür nicht so glatt wie ihr immer noch jugendlicher Hintern ist. Da flüchte ich in den warmen Sonnenschein, und wen treffe ich? Meine Frau mit Hund. „Ehret die Frauen, sie flechten und weben/Himmlische Rosen ins irdische Leben." Auch Schiller – und Rosen haben bekanntlich Dornen.

Das pubertäre Kind lebt im seelischen Chaos, sagt man. Das ist falsch, denn wir leben alle in diesem Chaos, sonst hätte man die Psychologen nicht an das ohnehin geschwächte Krankenkassenbudget gelassen. Die Couch ersetzt nun Gottesdienst und gesunden Kirchenschlaf.

Aber zurück zum pubertierenden Kind. Die Pubertät ist die einzige Phase der persönlichen Entwicklung, in der der Mensch wirklich weiß, was er will, nämlich die Zerstörung einer bis dahin intakten Familie. Erklärtes Ziel ist die Reduzierung der Eltern auf ein amöbenhaftes Wesen, das, an welcher Stelle auch immer, Geld ausscheidet. Während des Ausscheidens ist Waffenstillstand.

Schweigen die Waffen, spielt das Pubertantchen auf der ganzen Breite der Gefühlsklaviatur so geschickt, dass den amöbenartigen Eltern abends nur der Griff zur Rotweinflasche bleibt, um die oben erwähnte Couch zu vermeiden. Pubertantchen aber zieht hoheitsvoll von dannen und verteilt schon mal in Siegeslaune ein flüchtiges Bussi. Ach, wäre sie doch noch an der Mutterbrust oder hätte schon einen Job, möglichst in einer anderen, fernen Stadt! Wenn Pubertantchen dann aber eines Tages tatsächlich geht, ist alles zutiefst betrübt, sogar das Pubertantchen. Das verstehe, wer will.

Dann wird der November tatsächlich böse. Unwetter ziehen auf. Christine wollte uns überraschen und ist schon unterwegs von Toulouse. Aber nicht lange, denn bei Port-la-Nouvelle bleibt der Zug in den Wassermassen des Etangs stecken. Eine Ersatzlokomotive holt sie raus. Sie schafft es bis Perpignan. Dann wird der Zugverkehr eingestellt.

So fahre ich zwischen Feuerwehren, Krankenwagen und Gendarmerie ohne viel Hoffnung nach Perpignan. Der Regen haut runter und wird von den vielen Blaulichtern unheimlich beleuchtet, während der Donner fast pausenlos das Ganze wie im Kino untermalt. Inzwischen haben die Wassermassen die Schule von Emma eingeschlossen. Die Kinder flüchten sich in die erste Etage. Irgendwann sollen sie evakuiert werden. Derweil mache ich Schwimmübungen mit dem Auto. Freitagabendverkehr in Perpignan führt schon unter normalen Umständen zum Nervenzusammenbruch. Aber heute läuft es besser, denn ein großer Teil der Konkurrenz ist ausgefallen und steht, meist unbeleuchtet, an oder auf der Straße. Sie werden umschifft. Das Wasser im Kreisverkehr läuft nicht ab. Also nimmt man die Gegenrichtung und hofft das Beste. Statt Autos kommen da heimatlose Baumstämme und Zeugnisse der Überflussgesellschaft. Aber meine alte Kiste schnurrt. La qualité allemande, deutsche Qualität, Eduard!

Und dann ist Schluss, 300 Meter vor dem dunklen Bahnhof. Es geht nichts mehr. Stromausfall in der Stadt. Der Regen peitscht, der Sturm heult und der Donner trommelt wie verrückt. Irgendwo da in der Dunkelheit ist Christine, so nah und doch so fern, und ich hab in der Aufregung das Handy vergessen. Raus kann ich auch nicht. Ab und zu geht es einen Meter voran, und die Nerven liegen blank. Fast eine Stunde brauche ich für die 300 Meter. Dann sehe ich meine nasse Christine im Scheinwerferlicht, und die gleiche Scheiße fängt von vorne an. Denkt man aber an den Zeitplan von Goethes Italienischer Reise, kann man nicht meckern.

Inzwischen haben die Warnmeldungen gewirkt. Die Bevölkerung ist größtenteils zu Hause geblieben. So „schwimmen" wir fast unbehelligt zurück. Die Motorgeräusche sind wegen des Donners nicht zu hören, aber sie bewegt sich doch, unsere alte Kiste, nicht die Erde. Die scheint stillzustehen in diesem Chaos.

Zum Glück brennt bei uns noch Licht, aber wahrscheinlich nicht mehr lange, denn das Wasser steht bis Oberkante Türschwelle. Emma ist immer noch eingeschlossen in ihrer Schule, und der Pegel steigt. Dafür fängt die Heizung an zu rauchen. Wir vermuten Wasser im Tank. Der Rauch nimmt zu und die Wärme ab. Aber endlich ist Emma da. Die „Pompiers", die Feuerwehrleute, haben sie befreit. Auch die Lehrer, merkt sie missmutig an.

Nass sind wir alle außer dem Präsidenten der Republik. Der schwebt etwas nördlich von uns ein mit tadellos gebügelten Hosen, Krawatte und dem Anlass entsprechenden sportlichen Jackett. Irgendein smarter Berater hängt ihm noch schnell eine Militärfeldjacke um. Dann bedankt sich der Herr Präsident der Republik unter einem großen Regenschirm bei allen Helfern, obwohl er noch keinen gesehen hat, für ihre außerordentliche Leistung und erklärt die Lage für entspannt, obwohl er gar nicht in der Lage ist, die Lage zu erklären.

Die Zeitung spricht etwas wirklichkeitsnäher am nächsten Tag von einem „désastre": 19 Tote hat das Unwetter gefordert. Davon sind neun ertrunken. Drei Tote allein in unserem Département. Derweil nippt der Präsident in trockenen Socken am Aperitif.

Als das Wasser ganz, ganz langsam wieder abläuft, werden die Schäden sichtbar, und über all dem Elend flattert am Ufer der Massane wie ein weißes Fähnlein als Symbol einer glücklicheren Welt ein Kondom in der Astgabel einer alten Esche.

Das nennt man Trost, lieber Eduard!

Crottaille, im Januar 2000

Lieber Eduard,

ich schreibe Dir aus der Horizontalen, aus dem Krankenhausbett, nicht vom Liebeslager. Ein kleiner Palmendorn steckt in meiner Achillessehne und will da partout nicht raus. Deshalb greift der Chirurg zum Messer.

Aber erst zum Anästhesisten. Der Anästhesist scheint etwas schläfrig. Vielleicht ist das eine Art Berufskrankheit. Dann will das Krankenhaus Kaution für mich. Das stimmt bedenklich, ist aber Vorschrift. Nach Entrichtung der Kaution kommt sofort eine nette Dame und rasiert mein Bein, damit der Chirurg morgen früh das richtige findet. « Ça fait drôle «, meint sie schnippisch, aber so drollig ist das nun auch wieder nicht. Zum Glück habe ich keine Hämorrhoiden. Dann erscheint ein Blutabzapfer und macht das vampirisch gut. Nach ihm kommt der Kollege vom schläfrigen Anästhesisten. Er erinnert stark an unseren Schlachter in Figueres, obwohl der freundlicher ist. Bei Obdachlosen macht er es wahrscheinlich mit dem Hammer. Ihm folgt der Kardiologe. Kardiologen sind Mediziner, die eigentlich etwas anderes werden wollten. „C'est bon", knurrt der, weil mein Herz noch schlägt und verlässt grimmig das Zimmer. Da ich nicht ganz ausgelastet bin, hänge ich die Badezimmertür, die jemand in der Dusche vergessen hat, wieder ein. Ordnung muss sein. Deshalb ruft der Chirurg an, wo ich denn die Röntgenbilder hätte, die ich ihm gegeben habe. Bei der genialen Ordnung in seiner Praxis war so etwas zu befürchten. Wenn der morgen so lange nach dem Palmendorn sucht, muss der Anästhesist tatsächlich den Hammer zu Hilfe nehmen.

In aller Herrgottsfrühe schiebt man mich in den OP und setzt mir ein flottes Häubchen auf. Ich schaue den Schwestern bei der Vorbereitung zu, was mich mäßig interessiert. Interessanter ist schon der Putz, der demnächst von der Decke fällt. Überall Budgetprobleme. Eigentlich könnten wir anfangen. Nur der Chirurg sucht noch die Röntgenbilder. Hoffentlich hat er nicht die ganze Nacht gesucht. Doch dann erscheint lächelnd der Gott in Weiß, und ein Untergott spritzt mir etwas in den Schlauch.

Irgendwo schreit ein Kind ganz jämmerlich als ich aufwache. Hoffentlich hab' ich das nicht angefahren, weil ich mich so unangenehm betrunken fühle. Außerdem friere ich in meinem schicken Flügelhemdchen. Das Kind heult weiter, aber ich fahre doch nie im Flügelhemdchen Auto. Also bin ich nicht der Täter. Ist mir auch ziemlich egal, denn ich mache geistiges Wellenreiten und schlafe wieder ein.

Dann genieße ich meinen Narkosekater. Das ist wie bei klarem Geist besoffen sein. Sie mussten ziemlich lange suchen, meint der Onkel Doktor, und haben das Ding mehr zufällig gefunden, was wiederum beweist, dass die Medizin keine exakte Naturwissenschaft ist. Natürlich musste der Anästhesist da etwas mehr in den Schlauch tun. Das ist wie Extrinken kurz vor der Polizeistunde.

Die postoperativen Schmerzen sind erträglicher als das Essen. Zum Hohn gibt es zum Nachtisch „Palmito, le irresistible petit palmier". Einen kleinen Teil dieser unwiderstehlichen kleinen Palme hatte ich in der Achillessehne. Ab sofort bin ich gegen Kokosgeschmack allergisch. „Palmito", ich glaube, die wollen mich verarschen. Ich lalle ungehört Protest und lulle mich in die Nacht.

Kurz vor Weihnachten werde ich entlassen.

Ich hätte bleiben sollen.

Christine soll der Mutter bei den Weihnachtsvorbereitungen helfen und einen Weihnachtsbaum holen, denn der Vater humpelt immer noch nilpferdartig. Doch das Christinchen ist mit ihrem Freund verschwunden. Immerhin ruft sie am Spätnachmittag aus Spanien an, wo sie einen Weihnachtsbaum sucht. Nun ist Spanien berühmt für seine Stiere, die rassigen Zigeunerinnen und den Flamenco, aber weniger für seine Weihnachtsbäume. Deshalb fragt die Mutter staunend: „Was machst Du denn in Spanien?", worauf das liebe Kind die klassische Literatur bemüht. Nun weiß die Mutter zwar, was sie kann, aber nicht, wo das Kind steckt. Das Kind bleibt verschollen und meldet sich erst, als die Dunkelheit das Land bedeckt, mit einem Bericht über die Weihnachtsbaumlage im Königreich Spanien. Die Lage ist kritisch. Deshalb wollen sie nächtens in die Bergdörfer, wo sie einen solchen Baum vermuten. Da komme ich mir vor wie der Weihnachtsmann und zitiere in Anbetracht des bevorstehenden, christlichen Festes statt Goethes Götz doch lieber die Bibel, nämlich Matthäus 8, 12: „... da wird sein Heulen und Zähneklappern."

Es wird.

Deshalb haben wir aber immer noch keinen Weihnachtsbaum. Es droht sozusagen ein „Christmas on the rocks". Aber ich begreife: Wo die Liebe hinlangt, wächst kein Weihnachtsbaum.

Doch die Liebe kennt auch den Kummer. Der kommt nach dem Fest. Liebeskummer ist die Erkenntnis, dass man mit Seifenblasen nicht Fußball spielen kann.

Tochter schluchzt und Mutter schluchzt. Der eifersüchtige Vater aber macht vor Freude ein gutes Fläschchen auf, zumal sie dem Galan, bevor er ging, noch eine gescheuert hat.

Den Jahreswechsel, den viele Medien als Weltuntergang deklarieren, weil heute Nacht alle Computer spinnen, die Flugzeuge abstürzen, die Atommeiler explodieren und sich die Politiker besinnen, begehen wir vorsichtigerweise im Öffentlich-Rechtlichen, in der ersten Reihe.

Da kriegt man dann so gegen 23 Uhr programmbedingt eine depressive Phase, die teuflisch flüstert, es wäre vielleicht gar nicht so schlecht, wenn die Computer spinnen, die Flugzeuge abstürzen und die Atommeiler explodieren. Natürlich meint man das nicht ernst, weil man doch den Champagner kaltgestellt hat.

Und schwupp sind wir im Millennium oder wie das heißt und hoffen, dass es kein „Müllennium" wird. Die Computer schnurren, die Flugzeuge fliegen, die Atommeiler wärmen uns den Hintern, und die Medien haben wieder mal fast recht gehabt.

Im neuen Jahr mache ich die ersten Gehversuche in den Bergen, aber ohne Hund, denn die Jäger sind unterwegs, und ich habe keine hellgelbe Jacke mit Blinkleuchte für „Miss Molly". Die Dioptrienzahl vieler Jäger ist höher als ihre Promille. Manchmal ist es auch umgekehrt, aber das kommt auf dasselbe raus.

„Apéro", dieses Zauberwort, bei Frau Nachbarin. Da wird geschluckt, gekaut, gelacht, geneckt und vor allem geschwatzt, wobei diese Sprache zärtlich, ja fast erotisierend ist. Leider haucht der Franzose auch die meisten Wörter pro Zeiteinheit, selbst wenn wir die Füllwörter weglassen. Bei „oh, là, là", das mindestens zwei Mal pro Satz anzubringen ist, schüttelt er die Hand so hingebungsvoll aus dem Handgelenk heraus, dass die Klunker klingen und die Arthrosebildung einsetzt. Er spricht noch schneller als der Italiener, weil der ja singt und die Endungen betont, während der Franzose seine Sprache sozusagen vernascht. Einzig die Franzosen vermögen es, einen Orgasmus zu erreichen, indem sie sich beim Sprechen zuhören, behauptet der Engländer Stephen Clarke in seinem Buch „God save la France".*

Dafür sind wir Weltmeister im Wortezusammensetzen.
(Ich denke da etwa an Kühlmitteltemperaturanzeige oder Beischlafutensilienkoffer.)

*Clarke, Stephen: God save la France, Paris 2005, S. 77: Seuls les Français peuvent atteindre un orgasme en s'écoutant parler.

Crottaille, im Dezember 2000

Lieber Eduard,

verführerisch nackt liegt sie da an diesem sonnigen Morgen. Wie Samt ihre Haut im noch pastellfarbenen Sonnenaufgang, der einen heißen Tag verspricht. Dann öffnen sich ihre warmen, braunen Augen, gucken ungläubig in diese schöne Welt und ein Lächeln überzieht ihr schlafentspanntes Gesicht, wobei sich die lasziven Lippen aufwerfen und eine erregend heisere Stimme haucht:

„Ich glaube, der Hund hat in die Küche geschissen."

Das, mein lieber Eduard, ist Realromantik pur. Ich habe es dann weggemacht.

Unser englischer Maler Lucius (gesprochen: Luschius wie Lusche, ist er aber nicht) ist Strohwitwer, denn seine gute Valerie betreut ihre Enkel im regnerischen London. Beim Apéro diskutieren wir die klimakterischen Zickigkeiten unserer Angetrauten, was ungemein tröstet, ist doch geteiltes Leid halbes Leid. Simone pflegt mich neuerdings ständig zu unterbrechen, eine Marotte, die Lucius schon hinter sich hat. Er empfiehlt dagegen leichte Resignation. „Just shut up!" legt er überzeugend dar, denn langgehegte Ehefrauen wissen ohnehin, was man sagen will und erzählen es lieber selber, auch wenn man etwas ganz anderes meint. Bei der Vorspeise gesteht er, eigentlich irischer Abstammung zu sein und die verdammten Engländer nicht besonders zu schätzen. Beim Hauptgang beklagt er den politischen Abgesang der Labour-Party, der er einst so nahe stand, und beim Käse fordert er nachdrücklich, die ganzen Windsors einschließlich der Queen Mum aufzuhängen. Was er beim Dessert verkündet hat, weiß ich nicht mehr, weil mich bis dahin der Rosé auch eingeholt hat.

Jedenfalls macht mir Lucius beim Abschied den Eindruck, er würde seine Bilder am nächsten Tag verkehrt rum aufhängen. Tatsächlich meldet er am nächsten Tag „Land unter" und bleibt im Bett. Wahrscheinlich hängt er heute keine Bilder auf, sondern am Beckenrand.

Da hänge ich auch bald, denn weiter unten in unserer Sackgasse lebt ein Hund, der ständig bellt, was seine Besitzer nicht stört, aber uns. Dieser Hund bellt so konzentriert, dass Simone die Gendarmerie ruft. Die Gendarmerie ist erschüttert bei so viel Gebell, und wir sind erschüttert über die Gendarmerie. Der jüngere Gendarm sieht aus, als hätte Oma ihn beim Honignaschen erwischt. Er schweigt, was bei dem Gebell vernünftig ist. Dafür redet der andere. Der redet ziemlich viel. Er ist lang, teigig und trägt einen Bart. Wahrscheinlich hat er mal einen Djangofilm gesehen und dieses Erlebnis nicht richtig verarbeitet. Er nimmt uns zur Seite und murmelt Simone ins Ohr: „9 mm, Madame, und die Sache ist erledigt." Simone fragt mich flüsternd: „Was sind 9 mm?" Ich hauche zurück: „Eine Längenangabe." – „Du Arsch", sagt Simone.

Als gelernter Tatortgucker füge ich erklärend hinzu: „So ne' Pistole." – „Und mit der erschießt der Gendarm den Hund?", fragt Simone. – „Nicht der Gendarm, mein Schatz, Du oder ich, bei mondheller Nacht wegen der Sicht, möglichst aufgesetzter Schuss (auch aus Tatort), und – plopp – der Köter ist für immer ruhig." – „Und die Gendarmerie?" – „Die nimmt Dich fest, wenn es schief geht oder Dich einer erwischt." – „Sag mal, seid Ihr hier alle bekloppt?" – „Richtig, mein Schatz, außer dem Köter." Der hat zugehört und bellt sich jetzt den Darm aus dem Leib.

Nach diesem weisen Rat zieht die Gendarmerie von dannen.

Ach, könnte doch auch ich einfach so Leine ziehen, um die Gefechte mit meinen drei Ziegen zu vermeiden, in denen selbst ein Moltke keine Chance hätte. Die Annahme, andere könnten das, was man bereits logisch nachvollzogen hat, ebenfalls nachvollziehen, ist falsch. Frauen haben eine andere Logik, eine geheimnisvolle Logik, die locker auf Kausalitäten verzichtet und stattdessen Unlogisches erfolgreich als Grundlage nimmt, um scheinbar Logisches zu produzieren.

Wenn Du das verstanden haben solltest, Eduard, bist Du weiter als ich. Auch das Gefecht ist taktisch nicht durchdacht, sondern mehr Guerilla pur ohne Genfer Konvention. Du wirst verbal einfach über den Haufen geritten bis auch dein eigener Gaul durchgeht, und die Schlacht mal wieder endet wie das Hornberger Schießen, d.h. morgen schleichen alle vier mit eingezogenem Schwanz durch die Gegend, obwohl drei gar keinen haben.

Christine residiert inzwischen in Freiburg als stud. med. und lernt, dass der große Rückenmuskel „latissimus dorsi" heißt und nicht wie im Mittelalter „das Arskratzermäuslein", weil derselbe Muskel gewisse Tätigkeiten ermöglicht, die, na sagen wir mal, der Entspannung dienen. Die Universität ist auch nicht mehr das, was sie mal war.

Ich besuche Christine und kaufe mir eine neue Brille. Nicht, weil ich mit der alten nichts mehr gesehen hätte, nein, weil das Gestell angeblich nicht mehr in unsere

Zeit passt. Christine berät mich. Jetzt sehe ich aus wie ein alternder Sportreporter von Sat 1. Zum Glück sehe ich mich selbst nicht, aber trotzdem gut. Es ist Vorweihnachtszeit. Die Menschen hasten durch die Fußgängerzone als stünde der Feind vor den Toren. In Deutschland ist Weihnachten kein Fest, sondern eine Herausforderung.

Deshalb liegt der Heilige Abend auf einem Sonntag. Das haben die Gewerkschaften mit dem Kanzler so gemacht. Es hätte ein schönes Fest werden können, wenn da nicht statt der frohen Kunde aus Bethlehem die traurige Geschichte von Boris Becker und seiner Barbara wäre, die sich nun um Millionen streiten müssen, was dem Christkind zum Glück erspart blieb.

Uns mit Sicherheit auch, lieber Eduard!

Crottaille, im September 2001

Lieber Eduard,

„règle rigide, pratique molle", heißt nicht, dass man Molligen in der Praxis regelmäßig rigide begegnen soll oder so ähnlich. Es bedeutet, dass es für fast alles ein Gesetz oder eine Verordnung gibt, und zwar eine saftige, eine rigide Regel, die den Bürger, falls er nicht Franzose ist, erschrecken lässt, während der Franzose müde lächelt, denn er kennt die lässige Handhabung der rigiden Regel, die weiche Praxis, das Laissez-faire. Es ist so wie es angeblich Talleyrand, dieses politische Windei, formuliert hat: Sagt eine Dame nein, meint sie vielleicht, sagt sie vielleicht, meint sie ja, und sagt sie ja, ist sie keine Dame.

Aber wehe, der Gendarm hat schlechte Laune oder Korken im Wein, dann gnade dir Gott, dann greift die „règle rigide", dann wird ein Exempel statuiert, dass der Weißwein vor Scham zum Rouge mutiert. Dann wirst Du gehängt wie unser armer Mühlen-Peter.

Der hat am Sonntagmorgen, ganz früh schon, eine alte Lampe auf einem dörflichen Flohmarkt erworben, und schaukelt das gute Stück nun auf seinem Nebensitz durch die Ebene. Die Welt scheint noch zu schlafen, als er das Stoppschild zur Nationalstraße erreicht, von dem er kilometerweit in beide Richtungen gucken kann. Da weit und breit kein Auto zu sehen ist, hoppelt er sozusagen im zweiten Gang auf die Hauptstraße, weil er das kostbare Stück auf dem Nebensitz nicht loslassen will und deshalb nicht runterschalten kann. Kaum ist er eingebogen, als ein Gendarm aus den Büschen springt und ihn anhält. Der Mühlen-Peter wird jetzt durch die Polizeiprozedur gedreht wie ein vermeintlicher Serienmörder. Er hat Schändliches begangen, obwohl die Gendarmerie gelegentlich auch das Stoppschild ignoriert. Der Mühlen-Peter ist ein Verkehrsterrorist. Anklage wird erhoben; sein Führerschein soll gar konfisziert werden. Die Franzosen rufen sogar in Flensburg an, doch der terroristische Mühlen-Peter hat dort ein makelloses Punktekonto. Das stimmt die Staatsanwaltschaft milde und lässt es bei einem 14-tägigen Verkehrserziehungsseminar bewenden. Das Seminar findet in den Räumen eines alten, riesigen Weingutes statt. Der Mühlen-Peter trifft hier auf viele Franzosen, die wohl Ähnliches verbrochen haben und sich nun in Reue vereinen. Nach dem Seminar vertiefen sie die Reue noch ein wenig bei einer kleinen Weinprobe, die nicht so klein ist wie hier beschrieben, sondern regelmäßig etwas ausartet. Unser Mühlen-Peter jedenfalls ist noch nie so hackevoll nach Hause gefahren wie in seiner Verkehrsseminarzeit, 14 Tage lang, Sonntag ausgenommen. Aber er hat eine Menge über Weinverkostung gelernt.

Doch dann kommen die Japaner. Die Japaner kommen nachts durch die Palme mit schrecklich heulenden Flugzeugen und höllischem Maschinengewehrfeuer. Aus der Palme schallen japanische Kommandos, unten vom Garten amerikanische Befehle. Die Welt versinkt im Chaos genau wie am 7. Dezember 1941 in Pearl Harbor, denn Hollywood hat Pearl Harbor wieder zum Leben erweckt, und die Erweckung findet nebenan von uns auf dem Fußballplatz statt. Das Ganze nennt sich charmant Sommerkino, denn unser Stadtkino ist kurz nach etwas nachlässigen Renovierungsarbeiten abgebrannt.

Müde berichten wir im Rathaus von unseren nächtlichen Kriegserfahrungen. Weil Crottaille keinen Kriegsminister hat, verweist man uns an die Kulturreferentin, obwohl doch weder Pearl Harbor und noch weniger Hollywood etwas mit Kultur zu tun haben. Die Kulturreferentin ist hübsch und kultiviert, wie es sich für eine Kulturreferentin gehört. Jetzt ist sie auch indigniert, weil ihr der Kinobetreiber versichert hat, sein Sommerkino störe niemanden. Sie wird sich kümmern. Doch nachts heulen wieder die Bomben und der Hund. Entschlossen wie die Amerikaner treten jetzt auch wir zum Angriff an. Statt Atombombe haben wir den „recours", d.h. eine Schadensersatzklage gegen die Mairie. Das mögen Bürgermeister nicht, zumal sich eine breitere Front gegen das Sommerkino abzeichnet, obwohl inzwischen schon mal lustbetontes Gestöhne statt Maschinengewehrfeuer durch die Palme herüberweht. Aber man will doch nachts schlafen. Außerdem bellt der Hund bei amourösen Tönen ebenfalls, weil der Dussel Krieg und Liebe nicht unterscheiden kann.

Da wird dem Kinobetreiber die „commission" entzogen. Immerhin hat er versucht, uns mit Freikarten für die ganze Saison umzustimmen. Dabei hätte er wissen müssen, dass man Menschen, die nächtens aus ihrer Gartenpalme von Japanern in heulenden Flugzeugen angegriffen werden, nicht umstimmen kann.

Aber als das abgebrannte Kino endlich wieder aufgebaut ist, erhalten wir von der hübschen Kulturreferentin zwei Freikarten zur Eröffnung als Kompensation für erlittenes Unrecht, „de passer un agréable moment de détente", um uns für ein Weilchen angenehm zu entspannen. Wahrscheinlich geben sie zur Eröffnung „Pearl Harbor".

Statt „Pearl Harbor" kommt „la chaleur". „La chaleur" einfach mit Hitze zu übersetzen, das haut nicht hin. „La chaleur" ist wie ein unfreiwilliger Saunabesuch und mehr als das: „La chaleur" ist eine Vorstufe zum Höllenfeuer. Sie hat Dante inspiriert, während wir nur transpirieren, Dante aber in der Hoffnung näher kommen, „la chaleur" möge uns in der einen oder anderen Sündenangelegenheit bereits vorinstanzlich Absolution erteilen. „La chaleur" lässt vom Nordkap träumen. Sie tötet den mildernden Wind und regiert selbst des Nachts, indem sie unbarmherzig und ohne Unterschied straft, sogar den Hund, der wie tot auf den Fliesen liegt. „La chaleur" ist eine Art Wetterpest. Im Winter sehnen wir uns wieder nach ihr.

Dann gibt es in dieser heißen Phase noch eine Naturgewalt, den Massentourismus. Massentourismus ist, wenn sich morgens mehr Menschen bei Lidl als am Strand treffen. Massentourismus sind fehlgeleitete Ameisen, die vom Ameisenhaufenbau die Schnauze voll haben. Massentouristen sind Intensivurlauber, die in einer Woche alles das umsetzen müssen, wovon sie 51 Wochen geträumt haben. Gegen Massentouristen sind Heuschreckenschwärme Schattenspender.

Mittlerweile habt Ihr den 99. BSE-Fall in Deutschland. Der erscheint nur noch unter „Kleine Meldungen", weil Masse lindert. Hier aber verspeist man weiterhin genussvoll „boeuf", denn eine französische Kuh ließe sich nie mit einem englischen Bullen ein. Außerdem bremsten doch auch die von Tschernobyl kommenden radioaktiven Wölkchen devot vor der Grenze zur Französischen Republik, die offensichtlich einen geheimnisvollen, göttlichen Schutz genießt, obwohl sie doch laizistisch ist.

Trotz BSE verbringen wir dank des Billigfliegers mit der Harfe unseren Hochzeitstag im Königreich Britannien, just zu der Zeit, in der einige religiös gestresste Muselmanen in New York zu dem Entschluss kommen, die Silhouette der Stadt nachhaltig zu verändern. Wir erfuhren davon im schönen Lincoln beim Schlachter, der auch ein Muselmane war, und haben es stundenlang nicht geglaubt.

Unser Kurzurlaub ist sozusagen entwertet. Überall Sicherheitskontrollen, überall Maschinenpistolen und trotzdem überall Angst. Who's next?

Und dann steht da doch tatsächlich beim Rückflug so ein Muselmane, der sich nicht setzen will und über die Reihen stiert, neben sich seine kopftuchbewehrte Gattin, oder eine davon, nebst einem süßen Kindlein mit herrlichen, schwarzen Knopfaugen. Der wird doch wohl nicht? Natürlich wird der, sagt Simone. Der hat sein Paradies vor Augen und wir die Hölle. Doch dann setzt er sich tatsächlich auf Bitten der Stewardess, und ein erleichtertes Raunen geht durch die Maschine, als sein Handgepäck in dem Zustand verharrt, in dem es an Bord kam. Das, lieber Eduard, ist nach dem 11. September 2001 unsere Zukunft: Verdächtiges Handgepäck, Abfalleimer, Dynamitgürtel, Maschinenpistolen, Kopftücher und Leichen. Es wird laut werden in unserer scheinbar noch so friedlichen Welt.

Doch dann sehen wir schon unsere Töchter während des Anflugs an der Runway des Flughafen Perpignans, und plötzlich ist da alle Liebe dieser Welt und gleichzeitig aller Hass auf diese feigen Halunken, die Menschen einfach mal so in die Luft sprengen und dabei glauben, das sei gottgefällig. Aber seien wir ehrlich, haben wir Christen nicht auch gezündelt und unser Zündeln als gottgefällig hingestellt? Wie sagte das unser englischer Freund so schön: „First we screwed them, now they screw us." Oder gelehrter auf Deutsch: actio = reactio.

Oder so ähnlich.

Hier wird beim Onkel Doktor immer gleich in bar gelöhnt. Irgendwie ist das gewöhnungsbedürftig, wenn Du beim Hochziehen der Hose die Scheine suchst, während sich der Herr Doktor nach der Prostatatastung (trompetenartige Wortschöpfung) die Hände wäscht, um dir dann das Wechselgeld herauszugeben. Aber es kostet immer 115 Francs, egal ob der Doktor dir einen eitrigen Abszess aufschneidet oder Aspirin verschreibt.

Apropos Verschreibung. Hier wird nicht verschrieben, hier wird bestellt. Der Onkel Doktor macht Vorschläge, auch für die lieben Angehörigen, und Du wählst aus, jedenfalls wenn du Franzose bist, denn den Medikamentensegen bezahlt dir die „Sécu", (sécurité sociale), die französische Sozialversicherung. Auf jeden Fall hat es die „Sécu" geschafft, dass die Franzosen weltweit die größten Pillenfresser sind. So nimmt denn Madame bereits vor dem Essen aus ihrem entzückenden Pillendöschen (ganz in Silber, aber nicht von der „Sécu", sondern wahrscheinlich von Cartier, Paris) ein paar bunte Smarties, legt während des Essens nach und schließt nach dem Dessert seufzend ab. Wer so viele Pillen verträgt, muss kerngesund sein. Dabei sind die Mittel der „Sécu" längst erschöpft. Aber sozial heißt heute nun mal, Geld auszugeben, das man gar nicht hat. Damit wird ein uralter Menschheitstraum wahr: Aus nichts wird was.

Dabei gibt es wahrlich andere Probleme. Bei unserem Bekannten Monsieur Coubertin schlägt das Herz weder links noch rechts, sondern nicht wie es soll. Er möchte gerne beim Akt verenden, ohne feinfühlig an die Dame zu denken, der das lästig sein könnte. Aber so sind wir Männer, zitiert Simone fröhlich aus dem Buch einer einstigen Lebensgefährtin Picassos, von denen Picasso einige hatte. Diese jedenfalls hält die Männer, die französischen jedenfalls, in allen Schichten für ausreichend intelligent, wenig mutig und immer von dem weichen Ding beherrscht, das ihnen zwischen den Beinen hängt (par cette chose molle qui leur pend entre les jambes). Aber es ist nicht ihr Fehler (der der Männer). Es ist wie bei den Hunden. (Ce n'est pas leur faute. C'est comme les chiens …)

Ist das nicht tröstlich, Eduard?

Jetzt fang bloß nicht an zu bellen.

Crottaille, im Dezember 2001

Lieber Eduard,

die „Académie Française", dieser Olymp der französischen Sprache, von dem aus Gottähnliche dem Volk auf das Maul schauen und gelegentlich auch draufhauen, hat versagt, denn die „Académie Française" muss es hinnehmen, dass der Franzose das Wochenende als „Weekend" bezeichnet. Das Volk will es kurz und kräftig. Also „Weekend", auch wenn Kulturbeflissene dabei ohnmächtig werden.

Lasse mich nun ins pralle Leben greifen, Eduard, und versuchen zu beschreiben, was nicht zu beschreiben ist, ein französisches „Weekend" nämlich, bei dem auch ich, obwohl nicht kulturbeflissen, fast ohnmächtig wurde.

Überraschend werden wir an einem Samstag mit französischen Bekannten zu einem Apéro eingeladen. Apéro wird fälschlicherweise mit Aperitif übersetzt. Apéro ist eine charmante Selbsttäuschung, die erst am nächsten Morgen auf der Waage entlarvt wird. Apéro ist wie vom Küssen schwanger werden. Aber ich greife vor.

Geladen hat Anne-Marie, die Besitzerin eines großen Hotels. Anne-Marie ist so vornehm, dass man sie für die Mätresse des Sonnenkönigs halten könnte, was altersmäßig auch so ungefähr hinkommt. Anne-Marie spielt beim Sprechen mit ihrer gesamten Fazialmuskulatur, wohl um einem Lifting zu entgehen.

Zur Begrüßung gibt es schottischen Whisky. Es gibt reichlich schottischen Whisky. Warum Franzosen so gerne Whisky trinken, weiß ich nicht. Man pflegt die Konversation und reicht ständig Platten mit kleinen Schweinereien herum. Als die alle sind, geht man zu Tisch und den größeren Schweinereien, die aber noch so klein sind, dass der Eindruck entsteht, eigentlich esse man gar nicht. Jetzt muss man gleichzeitig kauen, reden, lachen und trinken, was den Verdacht nahe legt, die Franzosen haben Kiemen oder atmen durchs Ohr. Dazu gibt es kräftige, korsische Weine.

Neben mir sitzt Eléonore. Welch' ein Name. Das Schluss-e wird nicht gesprochen und beim zweiten „o" geht die Stimme hoch. Das klingt wie ein sinnliches Gedicht. Sie ist polnischen Ursprungs und aus Paris. Eléonore spricht nicht, sie artikuliert, wobei sie eindringlich wie der Papst guckt. Ihr Gatte ist ein beleibter Bretone, der weder artikuliert noch spricht, sondern ständig seine Lippen netzt, um es poetisch zu beschreiben. Dafür erzählt Pauline, rechts neben mir, in drei Minuten ihre pralle

Lebensbeichte. Zwischen Lebensbeichte und päpstlichem Blick reichen wir ständig Platten hin und her. Zur Auflockerung motzen sich Pauline und ihr Angetrauter Alain ab und zu kräftig über den Tisch an, was, wie mir Eléonore erklärt, eine Art Eheritual bei den beiden sein soll. Zwar gebe es angenehmere Eherituale, versichert mir Eléonore, aber so eine Dauermotzerei sei doch auch ganz originell.

In einem Täschchen trägt Alain einen kleinen Hund, der intelligenter aussieht als das Ehepaar zusammen, zumal Alain eine karpfenartige Aushöhlung als Mund sein eigen nennt, die ihm ermöglicht, einen BigMac gleichzeitig mit Pommes und der Rechnung zu verspeisen. Während Herrchen isst, rülpst der Hund.

Mir gegenüber sitzt ein Belgier, der sich Jimmy nennt, und angeblich Dolmetscher für Niederländisch und Deutsch am Gericht in Perpignan ist. Bei seinem Deutsch hat auch ein Unschuldiger keine Chance. Neben ihm sitzt Bruno (Brüno), der sein Geld in den Kupferminen des Kongos gemacht hat. Bruno hat sich wohl von dort zur Erinnerung eine Ur-Einwohnerin mitgebracht, die beim Lachen gleichzeitig gurgelt, was gesund sein soll.

Gegen Mitternacht sind die Platten gelichtet. Deshalb gibt es Kuchen. Natürlich wieder in kleinen Stücken, sodass man sukzessive fünf reinschieben kann. Anne-Marie geht in den Keller, der besseren Weine wegen, und mein Freund Daniel in die Politik, um doch tatsächlich zu behaupten, die regierenden Sozialisten seien Volksverräter. Und keiner widerspricht, denn Anne-Marie ist mit den Flaschen da.

Gegen zwei Uhr morgens lässt der sich ständig netzende, beleibte Bretone von Eléonore die Hosenträger schnalzen, was wohl das Zeichen zum allgemeinen Aufbruch ist. Nach dem Abschiedsgebussel muss ich zu Hause erst mal Abschminken.

Während ich noch von Eléonore und den kleinen Schweinereien träume, schrillt das Telefon. Unvorsichtigerweise hatten wir nach der dritten Flasche korsischen Rosés zugesagt, am wöchentlichen Sonntagessen der Clique teilzunehmen. Deshalb geht es aus der Dusche direkt über die Grenze nach Spanien, wo Jimmy, der Sprachbegabte, eine urige Bauernpinte in den Bergen entdeckt hat. Die Pinte ist tatsächlich urig und vor allem voll. Doch das macht nichts. Wir stellen uns einfach um den einzigen großen Tisch, bis die daran sitzenden Gäste die Nerven verlieren und flüchten.

Jetzt wird es richtig gemütlich. Pauline und ihr Gatte schnauzen sich im Rahmen ihres Eherituals an. Der kleine Hund in der Tasche rülpst dazu und denkt sich seinen Teil. Brot, Wasser und Wein gibt es unbegrenzt, und als sich die Wirtin nach der Bestellung umdreht, hat Jimmy, der Belgier, schon seine erste Flasche weg. Wie das denn so mit dem Autofahren ist, frage ich dummdeutsch. Da holt Jimmy überlegen lächelnd eine Verdauungstablette aus der Hosentasche, die angeblich den Alkohol beim Pusten maskiert. 19,80 Francs erklärt er lächelnd, und schon vier Mal sei er damit durch die Maschen des Gesetzes geschlüpft, und da habe er, bitteschön, richtig was getrunken. Die Clique guckt indigniert und notiert artig den Namen des Medikaments, falls mal was nicht mit der Verdauung stimmen sollte.

Neben mir sitzt Estelle und klaut Eis von meinem Nachtisch. Sie ist Lothringerin. Vielleicht ist das da Brauch. Ihr Mann ist zehn Jahre jünger als sie, und sie sieht fünfzehn Jahre älter als ihr Mann aus. Nach dem Eisklau zu urteilen, hat sie sich den einfach geschnappt und setzt jetzt auf Chirurgie. Dafür klaue ich ihren Cognac zum Kaffee, denn Ordnung muss sein. Nach dem Cognac sieht Estelle nur noch zwölf Jahre älter als ihr Mann aus.

Als sich die Nacht senkt, zahlen wir endlich, und weil es so schön war, unterhält man sich auf dem Parkplatz im Dunkeln weiter. Das hat den Vorteil, dass man nicht weiß, mit wem man sich unterhält, was wiederum egal ist, weil man ohnehin nicht mehr weiß, was man sagt, und Estelle im Dunkeln genau so alt wie ihr Mann aussieht.

Dann schiebt Jimmy seine Verdauungstablette in den Mund. Jetzt wird es ernst. Wieder wird gebusselt, allerdings kürzer, weil ich heute schlecht rasiert bin. Inzwischen kann ich schon auf Französisch lachen. Es ist eine halbe Oktave höher und nicht so offen wie das germanische, sondern eher verhalten, so als würde man en passant flüstern: „Ziehen Sie sich schon mal aus, Madame!" (Napoléon I.)

Aber das Lachen ist wie dieses Land, meist leicht, lustig und liebenswert.

Die Kinder auf der Straße jubeln: „il neige, il neige". Einige sehen staunend zum ersten Mal Schneeflocken und möchten sie am liebsten mit nach Hause nehmen. Normalerweise verschwindet der Spuk nach einer Stunde, aber heute schneit es weiter. Es schneit den ganzen Tag. Die Berge sind weiß, die Palmen sind weiß, und der Hund ist verwirrt.

Weihnachten, das Fest der Liebe, steht vor der Tür, und wer liebt, der kauft. Wir finden einen imposanten Rahmen für mein selbstgemaltes Kunstwerk in Öl, das damit einen galeriereifen Anstrich bekommt. Nicht nur Kleider machen Leute, auch Rahmen machen Bilder. Jetzt wirkt das Werk wie eine Leihgabe an den Louvre, und trotzdem bin ich traurig – der Rahmen ist schöner als mein Bild.

Aber das ist ja mit den Kleidern genauso, lieber Eduard!

Crottaille, im Januar 2002

Lieber Eduard,

nach Weihnachten kommt bekanntlich Sylvester, und wir betreten das neue Jahr ganz französisch bei Franzosen.

Der Hausherr hat einen Weinberg. Muss ich weiter berichten? Die Frau des Hausherren ist Psychologin, weshalb ich mich weit wegsetze, sonst macht sie zum Jahresabschluss noch Seeleninventur. Um mich herum schlürft alles Austern und anderes Meeresgetier schmatzend wie die kleinen Schweine. Ich hätte lieber Schwein als Austern.

Doch nicht genug der Tortur. Vorher gibt es Foie gras, die berühmte Gänseleberpastete. Denke ich an die armen Gänse, die man nach dem Prinzip des Schwedentrunkes aus dem 30-jährigen Krieg mästet, wird mir schlecht. Aber mit reichlich Champagner und geschlossenen Augen ist das Zeug zu versenken, ohne den Gastgeber zu beleidigen.

Emma schluckt den Wein, als wäre ich Winzer. Dann erzählt sie Witze auf Deutsch und Französisch, wobei sie gut erzogen zur Freude ihrer Eltern vorher ankündigt, ob der Witz stubenrein oder versaut ist. Als sie ihre katalanischen Lehrer imitiert, liegt die Hälfte der Gesellschaft brüllend unter dem Tisch, und wir überlegen, ob wir sie nicht vermieten sollen.

Um Punkt Zwölf husten einige verirrte Knallfrösche, und die Oma aus Paris zitiert aus ihrem etwas begrenztem deutschen Sprachschatz, indem sie kernig krächzt: „Eil Itler!" Da fangen die Austern an zu zucken.

Natürlich willst Du lüsterner Bock endlich mal etwas von dieser geheimnisvollen Erscheinung erfahren, von der Französin nämlich, wie sie leibt, lebt und liebt. Dazu muss ich wie die meisten Journalisten über das mir Unbekannte schreiben und dabei so kompetent erscheinen, als hätte ich ständig nichts anderes als Französinnen aller Schattierungen im Sinn – und nicht nur im Sinn. Gleichzeitig muss dabei der vorgefassten Vorstellung des geneigten Lesers entsprochen werden, weil sonst die Auflage sinkt. Journalismus ist also eine Ochsentour, lieber Eduard, in der wie in der Politik etwas verkauft wird, was es wirklich in der Wirklichkeit so gar nicht gibt.

Ich habe mich also umgesehen, Gehöriges und Ungehöriges gehört, etwas gelesen und noch weniger nachgedacht, und daraus ein Pauschalportrait gebastelt, das Dir und der BILD-Zeitung so richtig gefallen könnte.

Die Französin – ein Pauschalportrait

Die Französin ist etwas kleiner und dunkler als ihre deutsche Geschlechtsgenossin. Ersteres kompensiert sie durch hohe Hacken, die sie überall trägt, vorzugsweise auf gebirgigen Pfaden, in Sumpfgebieten und im Bett, obwohl man da doch meistens liegt. Aber man weiß ja nie. Letzteres durch ein Blond, das selbst Schwedinnen als mediterran erscheinen lässt. Vor dem morgendlichen Gang zum Bäcker versetzt sie sich in einen Zustand, den die Deutsche erst spät abends zu wählen pflegt, wenn sie auf erotische Abenteuer ausgeht.

Eine Französin würde nie ungeschminkt ihre Küche betreten oder ihren Mann wecken. Manche französische Ehemänner sahen die Ehefrau das letzte Mal in statu naturalis bei der Entbindung, kinderlose nie.

Im Winter friert die Französin, weil ihre Unterwäsche nicht wärmt. Diese ist meist schwarz, was aber nichts mit Trauer zu tun hat – im Gegenteil. Was für den Angler der Köder, ist für die Französin der Slip, d.h. er ist kein Kleidungsstück, sondern Lebensphilosophie. Überhaupt basiert die gesamte gegenständliche Kunst Frankreichs auf dem Damenschlüpfer. Zentraler Punkt dieses Genres ist die Rüsche. Wo diese beim Slip noch einen praktischen Sinn hat, verliert sie sich in der Restkunst ganz im Ornamentalen. Selbst die moderne Architektur mag nicht auf die Rüsche verzichten. Die Französin nennt die Rüsche „Fantasie", eine Eigenschaft, die die Rüsche zweifellos hervorzubringen vermag.

Die Französin spricht viel und schnell. Wenn sie Luft holen muss, sagt sie „oh, la, la!", was unter Umständen irreführend sein kann. Sie fährt Auto wie sie sich kleidet – mit Rüschen. Wenn es wegen der Rüschen bummst, sagt sie auch „oh, la, la!", lächelt und begeht Fahrerflucht.

Die Französin kann tagelang ohne Nahrungsaufnahme Shopping machen, obwohl die Bankkarte seit Wochen gesperrt ist. Mit der „Carte Vitale", der Gesundheitskarte, bezahlt sie ihre Medikamente, ihre Haarfärbemittel und das Tanken. Wenn nichts mehr geht, sagt sie „oh, la, la" und flucht auf die Regierung.

Die Französin hat einen Mann, einen kleinen Hund (tragbar) und einen Geliebten. Wenn sie keinen Geliebten hat, hat sie Katzen. Außerdem hat sie ein Abonnement für „Elle" und eine Literflasche „Chanel No. 5". Sie liest täglich in ihrem Horoskop unter dem Stichwort „Liebe", wann wohl der beste Zeitpunkt für selbige sei. Das Horoskop sagt: immer. Daran glaubt sie.

Im Herzen hat die Französin für viele Platz – weiter unten auch.

In der Hoffnung, damit Deine unbegründeten Vorurteile voll bestätigt zu haben, verbleibe ich
Dein Journalist

Crottaille, im Juli 2002

Lieber Eduard,

nein, es ist kein Geheimbund, dem wir uns ergeben haben, wir sind auch nicht der Inquisition in die Hände gefallen, wie so viele Ketzer hierzulande, obwohl das schon ein Weilchen her ist, einer Inquisition, die bis heute als „Heiliges Offizium" in Rom weiterbesteht. Es ist auch keine esoterische Sekte, der wir verfallen sind. Aber esoterisch kommt der Sache schon recht nahe. Wir sind Mitglieder einer Vereinigung von Gaumenfreunden zur Pflege der Freuden des Gaumens geworden. Dieser Vereinigung ist es scheißegal, ob die Polkappen abschmelzen oder die Biotope auslaufen, Hauptsache, es kommt was Gutes auf den Teller. Diese Vereinigung ist französisch bis auf die Knochen, und wir gehören dazu. Nur 50 Mitglieder haben die Ehre. Wir tragen die Nummern 49 und 50 eingedenk unserer geschichtlichen Erfahrung, dass hohe Mitgliedsnummern gelegentlich durchaus von Vorteil sein können. Diese Exklusivität verpflichtet. Nach uns die Sintflut und Burger-King!

Ein Mal im Monat wird der Olymp der Gaumenlust erklommen. Dabei ändern sich Ort und Thema. Heute ist es ein Restaurant in einem kleinen Weinort nordwestlich von Perpignan. Von vorne sieht das Restaurant recht einladend aus, hinten war es wohl mal Lagerhalle. Aber man hat kräftig renoviert. Dabei wurde streng beachtet, dass nichts zu nichts passt. Die bunten Vorhänge wirken wie Berberunterwäsche auf der weißen Wand, deren Stirnseite in ein uneinheitliches Gelb übergeht, das fatal an ein überdimensionales Katzenklo erinnert.

Doch der Aperitif tröstet, etwas rassiges Weißes, ein Côtes de St. Mont, aha! Noch nie getrunken, aber er lässt hoffen. Man mümmelt den Wein und busselt die Damen. Dann schreiten wir zur Tafel, wo wir uns mit Blick auf das monumentale Katzenklo niederlassen.

Heute werden die Weine des Südwestens verkostet. Ein Monsieur, der lange in Quebec gelebt hat, stellt sie vor. Der sagt sogar „une vin", macht also den männlichen Wein zur Frau. Das gefällt, weil der Wein so etwas raffiniert Weibliches hat. Er umschmeichelt, verführt und hinterher hast du einen Kater. Bei Kater gucke ich wieder auf das Katzenklo.

Als Vorspeise wird die kulinarische Weiterentwicklung des Fischbrötchens in Blätterteig gereicht, wobei der Kabeljau ungemein tröstlich aus der alten Heimat grüßt. Ich finde Nordsee und Bismarck besser, bin damit aber allein. Dazu wird ein Weißer gereicht, der so schmeckt wie mein spanischer Sherry, wenn er zu lange in der Flasche war. Wahrscheinlich liegt das an mir, muss man doch erst das Glas zwischen zwei Finger nehmen (egal welche) und kreisförmig sanft über dem Tisch bewegen, sodass der Inhalt in eine träge Schwingung gerät. Dabei guckt man angespannt wie ein Rabbi beim Schweineschnitzelessen und kreist konstant weiter, konstant, denn der Wein soll atmen und sich nicht verschlucken. Ich vermute beim Betrachten meiner Tischnachbarn, dass da mancher auch beschwörende Formeln murmelt, den Wein sozusagen bespricht. Das hat der auch nötig. Aber als Mitgliedsnummer 50 ziehe ich es vor zu schweigen.

Doch dann der Höhepunkt, ausgerechnet mit Stockfisch, Stockfisch, den die Norweger nicht essen, sondern lieber exportieren. Stockfisch, der auf südlichen Märkten so intensiv riecht wie ein stark frequentiertes Urinal. Oh, Stockfisch, wir haben dir unrecht getan! Hier wird eine Mousse abgeliefert mit einem sinnlich, fleischigen alten Madiran aus dem Departement Gers, dass das Katzenklo als späterer Picasso erscheint.

Neben uns sitzt Jean Pierre, ein Professor für Psychoanalyse. Es schmeckt trotzdem. Jean Pierre ist Katalane und spricht ein so feines Französisch als sei er Sprachanalytiker. Der Herr Professor hat eine Frau in seinem Alter und eine Maitresse, so flüstert man, der neueren Generation. Er hat auch zwei Katzen, eine auf und eine unter dem Bett. Wo bleibt da die Frau, fragt man sich. Jean Pierre beginnt den Abend stets mit philosophischen Ausführungen, geht dann mit zunehmendem Weinkonsum zu allgemein kulturellen Themen über, landet kurz vor dem Nachtisch bei der Politik und mit dem Nachtisch bei seinen Katzen. Nach dem Nachtisch erzählt er Witze, die meist besser sind als seine philosophischen Ausführungen am Anfang.

Sekundiert wird er von seinem Freund Claude, auch Katalane, auch Professor, auch psychisch analysiert und gourmetmäßig versiert. Nach dem Hauptgang müssen beide immer das existentielle Problem lösen, wer fährt, obwohl das ziemlich egal ist, weil beide über dasselbe Promillekonto verfügen.

Mit den Katzengeschichten kommt ein raffiniertes Früchtekompott begleitet von einem schweren Roten aus dem Südwesten, der einen langsam nach Nordosten dreht. Dabei ist es doch erst ein Uhr morgens, und ich sehe schon die ersten Katzen auf dem Katzenklo.

Dabei müssen wir fit sein. Wir sollen Bekannte in Barcelona treffen. Die kommen per Schiff, wir mit dem Auto. Treffen Punkt 14:00 Uhr an der berühmten Columbussäule am Hafen.

Wir finden rein zufällig einen Parkplatz. Ein Parkplatz in Barcelona ist wie eine unerwartete Erbschaft. Vor Freude werfen wir zu viel in die Parkuhr, d.h. theoretisch hätten wir noch einen Tag bleiben können. Diesen Wucher begreift die Politesse nicht und beehrt uns mit einem Knöllchen, wahrscheinlich „knolla traffica" auf Spanisch, weil sie nicht auf das Datum schaute und uns „überparkt" wähnt. Die Klärung des Falles im Rahmen eines Lokaltermins mit einem grimmig ausschauenden iberischen Gesetzeshüter misslingt, weil dieser mürrisch, wenn auch nicht zu unrecht, darauf hinweist, dass in Spanien Spanisch gesprochen wird, worauf Simone ihm höflich auf Italienisch bedeutet, dass es in Deutschland viele Spanier gebe, die auch kein Deutsch können, aber trotzdem höflich behandelt werden. Das kränkt den Iberer. Was machen gekränkte Staatsdiener? Sie erklären sich für nicht zuständig und schieben einen ab, zum „Ajuntament" ostwärts der berühmten Ramblas gegenüber dem „Palau de la Generalitat", einem mächtigen düsteren Gebäude, das etwas nach Hinrichtung riecht.

Dort hockt ein Spitzbärtiger, wie wir ihn bei Goya finden, in einer Art Glaskäfig. Dieser Spitzbartträger ist andeutungsweise des Französischen mächtig, womit er seiner vollbusigen Assistentin mit den sinnlichen Lippen und brillenbewehrten Äuglein mächtig imponiert. Aber nicht nur durch seine Sprachkenntnisse, sondern vor allem durch seine Weisheit, die man im Allgemeinen bei spitzbärtigen Beamten mit vollbusigen Assistentinnen in düsteren Rathäusern nicht erwartet. Er tut nämlich das, was ein deutscher Beamter nie tun würde, er gibt uns recht.

Und die Vollbusige zwinkert uns mit ihren brillenbewehrten Äuglein zu und spitzt gar die sinnlichen Lippen, und wir wissen, das ist Spanien – anziehend und abstoßend zugleich.

Die Nacht senkt sich, und wir stehen wieder im Stau. Die Bekannten speisen inzwischen auf ihrem Luxusliner. Wir speisen noch lange nicht. Wir wissen auch nicht so genau, wo wir sind. In Barcelona, gewiss, nur wo in Barcelona? Wir lernen, dass Barcelona sehr groß ist, und wir lernen, dass in Barcelona die Fußgänger nicht nur glücklicher als die Autofahrer sind, sondern auch schneller. Irgendwann leuchtet aus der Dunkelheit das Schild „Girona", und die Hoffnung keimt, irgendwann wieder an heimische Gestade gespült zu werden. Was wohl der Spitzbärtige mit der Vollbusigen macht? Aber wahrscheinlich stehen die auch im Stau, und sie krault seinen Bart und er krault … Girona nur noch 30 Kilometer, die ersten Schilder für „França"; wir könnten es diese Nacht noch schaffen.

Adios, Amigo Eduardo!

Crottaille, im April 2003

Lieber Eduard,

ich habe Dir kürzlich Bruno (Brüno) vorgestellt, der als Ingenieur im Kongo sein Glück suchte und Nanette fand, diese dunkelhäutige Dame mit den sinnlichen Lippen, die beim Lachen gurgelt. Beide zeugten zwei Söhne, wobei irrelevant ist, ob das nun an den sinnlichen Lippen oder einer tadellosen Familienplanung lag. Der eine Sohn ist Absolvent der französischen Eliteschule für Ingenieure (ENI), kann also Präsident der Republik werden. Der andere ist beim Militär, kann also für die Republik sterben. Letzterer heiratet heute. Sein Bruder, der Eliteabsolvent, bezeugt es, denn es ist ungefährlicher zu zeugen als zu heiraten.

Der Eliteingenieur sieht aus wie Einstein mit Dreieinhalb, nur natürlich dunkler, so eine Art intellektuelles Baby mit einer runden Brille, deren Durchmesser dem Hirn eines Normalbürgers entspricht.

Der Bräutigam dagegen ist so ein Knuddeltyp, bei Vorgesetzten, Kameraden und Untergebenen gleichermaßen beliebt, weil er in der Sahara kaltes Bier besorgt und beim montaglichen Morgenjogging den Radetzkymarsch pfeift. Er ist ganz in Weiß gekleidet und ähnelt in seinem lockeren Gang einem Krankenpfleger in der Psychiatrie, der lächelnd mit der Zwangsjacke naht. Seine Zwangsjacke sitzt neben ihm, gewandet wie eine marokkanische Prinzessin. Ich tippe auf schöne Berberin und liege falsch. Ich liege heute öfters falsch.

Unser Bürgermeister mit der mächtigen blau-weiß-roten Schärpe nimmt die Trauung vor, wobei er die Regeln für eine erfolgreiche Ehe verliest. Dabei lacht er ständig, was auf Junggeselle schließen lässt. Abschließend küsst er kraft seines Amtes die Braut gleich vier Mal, weil er Sozialist ist, und wenn die was umsonst kriegen, dann langen sie zu.

Dann geht es auf Brunos Hazienda vor die Tore der Stadt. Man sitzt im Schatten alter Pinien und nimmt seinen Aperitif, den die Brautmutter mit Hingabe zelebriert. Die ist heiße Karibik pur, sage ich mir, und nehme lächelnd von dem Gemischten, das sie mir reicht, obwohl es aussieht wie die Verdauungsprodukte unseres Hundes nach unruhiger Nacht. Dem Geschmack nach könnte unser Hund tatsächlich mit der Sache zu tun haben, aber bevor es einem schlecht wird, verbrennt der reichliche Cayennepfeffer die Geschmacksknospen. Man hüpft von dannen und bittet um ein Bier.

Das hat Freddy Feuerstein, der Mann am Grill. Ein San Miguel aus Spanien, weil man diese französische Pferdepisse nicht trinken kann, sagt der Franzose Freddy, der schon mal in Berlin war und da was hatte. Er weiß aber nicht mehr, wie sie hieß. Freddys Grill ist High Tech. Er hat einfach ein kleines Ölfass längs halbiert und es in einem geklauten Einkaufswagen deponiert. Gleich drei solcher Modelle managt er simultan. San Miguel hilft dabei.

Dabei wackelt die karibische Brautmutter im engen, blutroten Kleid mit dem Hintern, als gäbe es heute Preise. Aber von dem Gemischten nehme ich trotzdem nichts. Heute ist Hochzeit, mittelhochdeutsch „hochgezit", was höchste Herrlichkeit, höchste Freude aber auch „Beilager" bedeutet. Apropos „Beilager", wo ist denn bloß das junge Paar?

Die beladen gerade ein Campomobil für die Hochzeitsreise. Beilager auf Radlager sozusagen. Aber da das Fleisch gar ist, interessiert das sowieso keinen mehr. Dann rauscht das Paar ab in die „Nuit de noces", und ich wünsche dem Bräutigam alles Gute, denn diese Braut wackelt nicht nur mit dem Hintern wie ihre Mutter, die schmeißt auch mit Porzellan.

Dabei ist die Brautmutter gar nicht heiße Karibik pur, sondern aus Vietnam, dunkle Ausgabe allerdings. Ihr Bruder sieht aus wie ein mexikanischer Mestize, dem die Gitarre runtergefallen ist. Aber er kann ein paar Brocken Deutsch. Freddy ist wieder am Grill, und wo Freddy ist, ist auch San Miguel. Aber die beiden grillen inzwischen etwas nachlässig. Dafür kommt so eine aufgedrehte Südfranzösin, nascht an dem Gemischten und konstatiert hintergründig lächelnd, jetzt habe sie einen höllisch heißen Mund, aber leider nur den Mund. Verstehe das, wer will. Ihr etwas debil wirkender Begleiter, den sie im Schlepp hat, mit Sicherheit nicht. Der sucht den Hosenlatz im Autoatlas.

Dann senkt sich die laue, mediterrane Nacht über uns, und Madame fährt mich heim. Wurde auch „hochgezit", denn am nächsten Morgen müssen wir in aller Frühe Emma vom Bus in Perpignan abholen. Emma kommt aus Deutschland und hat Mundgeruch am Körper. Nie wieder Bus, sagt Emma, und entknotet ihre Beine.

Zwei Tage später fahre ich über die A 75 nach Norden in Richtung Clermont-Ferrand. Diese Route hat gewisse Vorteile. Die Autobahn kostet streckenweise keine Maut. Außerdem ist sie weniger befahren als ihre Schwester, die A 7, im Rhônetal.

Vor allem aber ist sie landschaftlich eindrucksvoller, besonders durch den abrupten Wechsel zwischen hellem Midi und grauem Norden. Nach den letzten Weinfeldern und Palmen führt sie teilweise durch eine Mittelgebirgslandschaft, die an Deutschland erinnert, und eine karge Hochebene oberhalb der Baumgrenze. Das Wetter ist so grau wie die schiefergedeckten Häuser auf der ebenfalls grauen Hochebene, sodass das Gelb des Ginsters noch intensiver, fast aufdringlich wirkt. Die A 75 ist als Nord-Süd-Achse die Verbindung von Hoch und Tief, von Melancholie und Sinnesfreude. Sie beschreibt malerisch den französischen Nationalcharakter, der alle diese Gegensätze in sich aufnehmen muss, Gegensätze, die sehr viel gegensätzlicher sind als in Deutschland, denn Frankreich ist in Europa das Land der Begegnung zwischen Nord und Süd. Die anderen sind mehr entweder – oder, aber hier treffen sich Mittelmeer und Atlantik, Normannen und Araber, Sauerkraut und Paella.

Deshalb das sich nicht Festlegende, klar Bestimmte, sondern das immer Suchende, das Verspielte, die Faszination des Anderen und der Trotz, am Eigenen festzuhalten.

Ich drehe ab nach Nordosten und verlasse bei sattem Regen die Autobahn hinter Lons-le-Saunier, um ein Stück Vergangenheit wiederzufinden. Hier war es, im „Chapeau Rouge", im „Roten Hut" zu Sellières, wo meine heftige, nicht immer störungsfreie, aber stets hingebungsvolle Affäre mit „la douce France" begann. Hier verspeiste ich mit Simone mein erstes französisches Menü, hier nächtigte ich das erste Mal in einem französischen Landgasthof. Mein Gott, war das damals ein Fest der Sinne, und schlecht war's mir auch. Nur ein guter „Framboise", ein Himbeerschnaps, rettete mich damals vor Schlimmerem, und als ungehobelter Kulturbanause freute ich mich über das eigenartige Klo im Zimmer, das sich als Bidet entpuppte, und das ich beinahe aufrecht stehend entweiht hätte, wegen dem „Framboise" wiederum. Damit fing alles an. Inzwischen kann ich ein Bidet von einer Toilette unterscheiden, wohl auch einen Bordeaux von einem Côte du Roussillon Village, einen Ziegenkäse von einem Harzer Roller, aber verwirrt Eduard, verwirrt bin ich immer noch.

Endlich erreiche ich Freiburg, den ersten germanischen Kontrapunkt zum romanischen Süden, keinesfalls aufdringlich, aber dennoch deutlich spürbar. Es ist eine anheimelnde Stadt, dieses im Krieg so verletzte Freiburg. Hier ist die herausragende Rolle des Bürgertums noch sichtbar. Leider ist der alte Bürgersinn weitgehend dahin. Im Lande der Lügen („Der Spiegel") herrschen nicht die Bürger, sondern die Parteien, und denen ist der Bürger ziemlich egal.

Nach Rückkehr bleibe ich mit Emma und „Miss Molly" alleine, weil Simone und Christine eine kleine Spritztour an die Côte d'Azur machen, wo die Schönen und Reichen residieren, denn sie wohnen nicht, sie gehen auch nicht, sondern sie wandeln, und sie trinken auch nicht, sondern schlürfen, den Champagner nämlich und auch die Austern, weil Austern Zink enthalten, und mit Zink steht das Ding.*

Jetzt lauf aber nicht gleich ins nächste Fischgeschäft, Eduard.

* Dr. med. Ulrich Strunz: Forever Young, München 2003, Seite 129

Crottaille, im November 2003

Lieber Eduard,

für Frauen ist die kürzeste Verbindung zweier Punkte die Welle.
Méteo France gibt eine Wetterwarnung für den Südwesten Frankreichs heraus, besonders für die Provence. Deshalb fahren wir nach Aix-en-Provence, weil Aix-en-Provence nicht nur so heißt, sondern da auch liegt. Dort hausen auf einem richtigen Schloss der Baron und die Baronin, bei denen Simone einst Frondienste im schönen Paris als Au-Pair-Mädchen leistete. Man hat uns biedere Bürger zu einem „Dîner Sympa", was immer das ist (ich vermute Resteessen), geladen und einer Schlossübernachtung, wahrscheinlich mit Schlossgeist. Simone ignoriert die Wetterwarnung, weil die nicht gilt, wenn sie reist. Deshalb fängt es schon bei Montpellier aus vollen Eimern an zu schütten, was die Sicht etwas minimiert. Aus diesem Grunde halten wir eine lange Rast in einer urgemütlichen Autobahnraststätte mit improvisierter Lesestunde. Dann tasten wir uns weiter durch das Aquarium, um das adlige Resteessen nicht zu verpassen. Inzwischen fällt die Nacht, wie der Dichter sagt. Nördlich von Aix-en-Provence ist tatsächlich ein Schloss eingezeichnet. Das muss es sein. Aber Simone kann sich nicht so recht erinnern. Wir nähern uns auf abenteuerlichen Pisten durch dunkle Wälder. Dann steht es plötzlich vor uns, mächtig in der schwarzen Nacht. Leider ist es das falsche. Es muss hier von Schlössern wimmeln. Endlich grüßen die Lichter einer Ortschaft, wo wir fragen können. Die erste Dame kennt unser Schloss, aber nicht den Weg dahin. Der Apotheker des Ortes kennt weder das Schloss noch den Weg, aber die Besitzer. Deshalb rufen wir im Schloss an.
Das Schloss ist ein sehr altes Schloss und hat ein sehr altes Dach, das den Wolkenbrüchen nicht ganz gewachsen war. Die obere Gästeetage jedenfalls ist überschwemmt, die Bettwäsche nass, und das „Dîner Sympa" fällt auch aus. Wahrscheinlich ist die Köchin ertrunken oder die Sauce Bernaise verwässert. Traurig wenden wir in rabenschwarzer Nacht nach Süden, nach Aix-en-Provence, wo wir nach langer Irrfahrt im Regen ein Billighotel finden. Dort gibt es noch ein kaltes Büffet und Cassoulet und eine Bedienung, die so blöd ist, dass man sich freut, noch mal davongekommen zu sein. Aber Hauptsache im Trockenen.

Aix-en-Provence schläft noch als wir am Cours Mirabeau eintreffen. Der Cours Mirabeau ist der Beweis, wie weit man es bringen kann, wenn man zur rechten Zeit dem Volk nach dem Maule redet. Mirabeau war moralisch ein Schwein, aber ein intelligentes. Der Cours Mirabeau ist eine großartige und großzügige, alte Platanenallee, an der sich verdächtig viele Banken niedergelassen haben, aber auch unzählige Cafés, damit man nach dem Bankbesuch das Abgehobene im Sitzen nachzählen kann. Heute ist Markt und in wenigen Minuten füllen sich die malerischen Gassen. Der Markt ergießt sich über die ganze Altstadt, füllt die Luft mit Gerüchen und Lauten, nimmt einen auf und schwemmt einen fort, stundenlang und immer mit neuen Bildern.

Dann landen wir auf dem lädierten Schloss. Obwohl etwas durchfeuchtet, ist es ein prächtiges Schloss in einem mit alten Platanen bestandenen Park. Da nimmt man schon mal tropfende Decken in Kauf, zumal man sich ja in einige andere der zahlreichen Gemächer zurückziehen kann. Der Herr Baron und die Frau Baronin sind sehr viel netter und wärmer als man sich das als Bürgerlicher so vorstellt. Sie sagen auch gar nicht immer „äh" wie in den Romanen. Vor dem Essen trinken sie Whisky, weil das so gut für die Venen sein soll. Beim Essen trinken sie Rotwein, weil das so gut für die Arterien ist. Kurz, sie leben sehr gesund. Der alte Baron beklagt den Niedergang der französischen Nation, was alle alten Barone tun, und ich tröste ihn mit unserer schwungvollen rot-grünen Erweckungsbewegung, die dem Land bisher so viel Edles bescherte. Solchermaßen gegenseitig getröstet, nehmen wir Abschied und begeben uns auf die Weiterreise an die Côte d'Azur, um das mit den Reichen, den Schönen und Zusammengeschnitzten zu überprüfen. Es ist Anfang November, sonnig und wohlig warm, auch von innen wegen dem Venenwhisky wahrscheinlich.

Nizza, Liebe auf den ersten Blick, obwohl wir mehrere Anflüge auf das Hotel brauchen, weil die Skizze von französischer Klarheit ist. Die weltberühmte Promenade des Anglais und den weiträumigen Platz Macéna durchfahren wir gleich mehrmals, anfangs aus Navigationsproblemen, die dann aber in Begeisterung umschlagen. Das Hotel direkt an der Altstadt erinnert ein wenig an ein U-Boot. Immerhin kann sich einer die Zähne putzen, wenn der andere sich flach hinlegt. Dafür ist das Zimmer billiger als die Parkgebühr.

Napoléon war auch hier, natürlich nicht in unserem Hotel, sondern in der Rue François-de-Paul vor der Oper, von wo er die berühmten Zeilen an seine eben geehelichte Josephine schrieb:

„Mon adorable, mes sentiments sont aussi volcaniques que le tonnerre ... je voudrais hacher mon coeur avec les dents ..." Hätte er in seinen vulkanischen, dem Donner ähnlichen Gefühlen tatsächlich sein Herz mittels seiner Zähne zu Haschee gemacht, der Welt und Josephine wäre viel erspart geblieben.

Novembersonne in Nizza. Das muss man erlebt haben. Im Hafen entschweben Riesenfähren nach Korsika, kleine Fischerboote dümpeln träge vor sich hin, große Yachten auch, aber die dümpeln nicht, die ruhen gelassen, meist unter den Flaggen kleiner Pseudostaaten, die ein etwas abweichendes Steuerrecht prägt und sonst nichts. Hinauf zum Château mit weitem Blick über das Mittelmeer und die Stadt. Wieder hinab auf die Promenade des Anglais mit einem ausgesprochen angenehmen Publikum. Dazwischen Crêpesküchen und fliegende Händler, die die Polizei höflich auffordert zu verschwinden, damit sie gleich wieder da sind, wenn die Ordnungshüter sich entfernen, um die Halbnackten im November am felsigen Strand zu begutachten. Von der Promenade zum Marché aux Fleurs, wobei die Bezeichnung Blumenmarkt täuscht. Hier gibt es alles, jedenfalls alles, was schmeichelt und gefällt, vom Parmaschinken aus dem benachbarten Italien bis zum rosa Damenslip. Direkt am Markt viele gut besuchte Restaurants. Man sitzt draußen, und schon verführt uns die provençalische Küche mit ihren Kräutern auf den Moules provençales und einem herben Rosé. Neben uns ein älteres französisches Ehepaar. Er ist Numismatiker und hat ein paar Münzen auf der Auktion erstanden, die er stolz präsentiert. Kein schlechtes Hobby, denn Münzen darf man nicht putzen, erst die Patina erhöht ihren Wert. Leider ist das nicht mit allem so.

Am nächsten Tag auf den Corniches de la Riviera über Monaco nach Menton, der Zitronenstadt. Eine lohnende Tour, auch wenn Monaco wie der Fürst piratenhaft ist, gefüllt mit Hochhäusern, Banken und Schiebern. Hier wird Geld gewaschen und beschissen, hier wird gemauschelt und vertuscht, hier profitiert der französische Staat vom Fürsten und der von der Unterwelt. Monaco ist der offene Hosenlatz der bürgerlichen Moral. Dennoch wirken seine steuerfreien Bürger nicht übermäßig glücklich, denn Monaco ist blasé, Monaco ist zum Gähnen. Dann aber kommt Menton an der Grenze mit seiner herrlichen Altstadt und dem kleinen Hafen, das sich von den hässlichen, neuen Gebäuden nicht unterkriegen lässt und deutlich die Grenze zwischen gewachsen und aufgesetzt markiert.

Wir picknicken auf den Steinen am Meer vor der Bastion aus dem 16. Jahrhundert und essen die Wurst der Armen, eine italienische Mortadella, die wir mit einem französischen Côtes du Rhône herunterspülen. Der Côtes du Rhône schmeichelt sanft, Simone nicht. Die will wieder nach Hause, aus weiblicher Intuition nämlich.

Weibliche Intuition ist unheimlich. Emma hat heute wieder Schule, geht aber nicht hin, weil sie mit dem Eintreffen der Eltern erst morgen rechnet statt mit der weiblichen Intuition ihrer Mutter. Während das Kind schulisch abtaucht, taucht die Mutter überraschend auf, denkt an Napoléon und kriegt diese „sentiments aussi volcaniques que le tonnerre", d.h. es donnert ganz kräftig. Statt mit den Zähnen macht sie Emma mit Worten zu Haschee.

Ich aber wäre gerne noch in Menton geblieben, mit der Wurst der Armen und meinem sanften Côtes du Rhône.

Dann kommt Sebastian auf ein Gläschen und will getröstet werden. Er hat einen neuen Mieter. Die Miete dieses Mieters zahlt der französische Staat, was in Frankreich sicherer ist als ein Mieter mit eigenem Einkommen, weil so ein Einkommen schnell mal wegkommt und dann der Vermieter nichts bekommt. Außerdem kann man im Winterhalbjahr dem Mieter nicht kündigen, ob er nun zahlt oder nicht. Als guter Kommunist ist dieser Mieter nun der Meinung, dass allen alles gehört, das Seinige natürlich ausgenommen. So hat er Sebastians Garage schon zur eigenen Werkstatt umfunktioniert, wo er fleißig schwarz schweißt. Mit Stütze und schwarzem Schweißen hat er bald mehr als Sebastian. Sebastian findet das unfair, weil er doch mit seinen Steuern die Miete seines Mieters mitbezahlt. Sebastian hat eben keine Ahnung, was sozial und solidarisch bedeutet.

Dafür kennt er sich in der Sexualität aus und hält ein gelungenes Plädoyer für ein geschlechtsfreies Leben, denn mit Herztabletten kann er nicht, aber länger leben – ohne kann er, aber nicht länger leben. Bis ich das begriffen habe, ist die Flasche leer.

Unser englischer Freund, der mit dem „Ladyfriend", die das Besansegel nicht halten konnte, Du erinnerst Dich, Eduard, ist verstorben. Nun muss die Tochter mächtig Erbschaftsteuer für sein kleines Apartment am Hafen an den französischen Staat abdrücken, so viel, dass ihr Mann nichts mehr abkriegt. Beide sind Rechtsanwälte aus London und können das, glaube ich, verkraften. Aber der Mister „Solicitor" guckt traurig aus der Wäsche, weshalb ich ihn mit reichlich Fasswein tröste, während Simone der Misses „Solicitor" beim französischen Monsieur „Avocat" sprachlich hilft, weil Engländer kein Französisch sprechen, auch wenn sie sich das einbilden. Aus Dank für die Hilfe laden sie in ein Restaurant am Strand. Dieses Restaurant werden wir allen unseren Feinden empfehlen, denn hier wird reihenweise kulinarisches Harakiri begangen.

Das stört unsere Freunde von der nebligen Insel nicht. Sie langen kräftig zu und spülen mit viel zu teurem Wein, wobei sie von der Beerdigung berichten, was irgendwie zum Essen passt. Der Verstorbene, fast an die achtzig, hinterließ nicht nur eine umfangreiche literarische Sammlung, die man in Städtischen Büchereien vergeblich sucht, und Videos, die sich nur sehr bedingt für Gemeindeabende eignen, sondern auch zwei Packungen frischer Kondome. Die entscheidende Frage beim Nachtisch lautet nun, was wollte der alte Herr mit den Kondomen? Das ist ein weites Feld und jeder bringt seine von Wein und Phantasie beflügelten Ideen ein – von der Ballonfahrt bis zum eigentlichen, wenn auch ziemlich unwahrscheinlichen Zwecke. Egal welche Absicht auch immer, die Kirche war wohlgefüllt mit trauernden Ladies, denn der alte Gentleman hatte nicht nur eine Mätresse, sondern offensichtlich auch zahlreiche Unter- und Nebenmätressen, die mit tränenbenetzten Augen seinen Abgang verfolgten, wobei die eigentliche Familie gefährlich in Unterzahl geriet.

Bei uns wird das wohl nicht so voll, lieber Eduard.

Crottaille, im Dezember 2004

Lieber Eduard,

das Jahr fängt gut an. Es gibt eben auch irdische Wonnen. Die Steuerreform schenkt mir 27,17 €. Damit soll ich die Wirtschaft ankurbeln und überlege wie. Wenn ich zu lange überlege, hat die Inflation meine 27,17 € aufgefressen. Deshalb tragen wir hinterhältig die fette Beute über die Grenze, wo wir sie im Königreich Spanien in einer Fernfahrerkneipe verjubeln.

Und dann kommt der 17. Januar 2004. Zehn pralle Jahre im Süden Frankreichs, dort wo die Pyrenäen im Mittelmeer baden, in Crottaille. Zehn Jahre habe ich Dir getreu berichtet, lieber Eduard, und Dich verwirrt, wie ich es bin. Ulrich Wickert, der in Frankreich aufgewachsen ist, schreibt immer noch von einem fremden Land.

Nach zehn Jahren scheint auch mir Frankreich, jedenfalls der Süden, immer noch fremd, vielleicht sogar fremder als vorher. Aber es ist keine kalte, abweisende Fremdheit, im Gegenteil, es ist eine faszinierende Andersartigkeit mit immer neuen Facetten. Kurz, es ist wie die Liebe zu einer etwas kapriziösen Frau.

In den zehn Jahren habe ich unser Land von außen betrachten dürfen und gelegentlich lieber weggeschaut. Nicht aus Enttäuschung über den wirtschaftlichen Abschwung, den kann man korrigieren, sondern wegen des geistig-moralischen Abdriftens in eine scheinheilige „Political Correctness", deren herausragendes Merkmal die flexible Wirbelsäule ist.

Zwar haben wir uns in Europa ständig die Köpfe eingeschlagen, aber aus Schaden wird man klug, auch wenn es lange gedauert hat. Doch wir hatten auch Gemeinsames, diese lustigen griechischen Götterlümmel zum Beispiel und die deprimierenden unregelmäßigen lateinischen Verben, das etwas zu strenge Christentum und diese gediegene Aufklärung, an der wir uns leicht überhoben haben.

Mit französischer Autonummer fuhr ich als Deutscher nach San Remo, und der Italiener an der Rezeption sagte, wir sind doch alle Europäer. Als in Südfrankreich lebender Deutscher kaufte ich im novemberkalten Florenz eine wärmende Jacke aus England, und die Italienerin an der Kasse sagte, wir sind doch alle Europäer. Das war vor sieben Jahren. Vor sieben Jahren hatte Europa noch eine Chance.

Aber was interessiert uns Europa. Simones jüngere Schwester hat Krebs, ein Melanom. Wir fliehen vor dem schwarzem Krebs und den dunklen Gedanken ins Piemont. Das sind die Momente, in denen ich mich wieder in die eigene Frau verliebe, auch wenn sie verheult wie eine Eule aussieht.

Zunächst machen wir der etwas in die Jahre gekommenen, aber immer noch äußerst attraktiven Gräfin San Remo unsere Aufwartung. Dann geht es einsam und kurvenreich das Nevatal hoch bis in das „langhe = Bergkamm" genante Hügelland südlich von Alba, das der Baedeker nachhaltig besingt, Simone aber nur die Bermerkung „Käffer und Kirchen" entlockt, was zeigt, dass es ihr wieder etwas besser geht. Alba ist sauber und langweilig, weshalb wir nach Asti ausweichen. Das ist auch nicht so umwerfend, aber Simone kann Italienisch sprechen, und wenn Simone Italienisch spricht, geht bei ihr die Sonne auf.

Von Asti mit dem Zug nach Turin, wo sich beim Verlassen des Bahnhofs eine unerwartete Pracht entfaltet. Auf der Piazza Castello baden genüsslich Tauben in den Springbrunnen. Herren in gedeckten, gut geschnittenen Anzügen (sagt Simone), meist graumeliert mit römischem Zinken im Gesicht, schreiten zielstrebig zu offensichtlich Wichtigem. Satt blondierte Damen mit dunklem Teint, in schlichte aber sündteure Gewänder gehüllt (sagt Simone), taxieren ihre Geschlechtsgenossinnen mit einer fast verletzenden Blasiertheit. Ihr gelangweilter Blick lässt vermuten, dass sie beim Akt rauchen.

Nach Süden führt die Via Po, ebenfalls von wuchtigen Arkaden gesäumt, die zum Fluss hinunterführt und auf eine reizvolle grüne Hügellandschaft blicken lässt. Geschafft erreichen wir wieder die Porta Nuova und nehmen den Bummelzug nach Asti.

Am nächsten Tag Nebel, der die schneebedeckten Alpen verdeckt, aber zu der alten Stadt Cuneo passt und sie noch mittelalterlicher erscheinen lässt, obwohl sie es gar nicht ist. Überall Polizei in prächtigen Uniformen, besonders auf der großzügigen Piazza Galimberti, nicht auf Verbrecherjagd, sondern um den Jahrestag der Polizei zu feiern. So schlendern die Polizisten und daneben recht ansehnliche Polizistinnen fröhlich durch die Gassen, - und keiner mault. Conviventia nennen wir das im Languedoc-Roussillon. In Deutschland ging sie verloren. Statt Conviventia kennen wir nur den Protest, die Demonstration, die Abwertung des anderen und insbesondere aller staatlichen Macht. Conviventia ist ein Stück Kultur, unser proletarischer Dauerprotest Zivilisationsabfall.

Abenteuerlich geht es im Schneeregen über den Colle di Tenda nach San Remo, wo uns die vornehme alte Gräfin ihre sonnenbeschienene Kusshand zuwirft. Den Menschen aus den Bergen muss diese palmenbestandene Mittelmeerküste als Paradies erschienen sein. Mit der Sonne kommen die Menschen. Es wimmelt. Darunter manch schönes Kind, aber auch metalldurchbohrte Selbstverstümmler, auf dass man wohl ihre Gräber leichter finde.

Wir fahren nach Hause, an Nizza und Cannes vorbei, durch die Camargue, mit Blick auf Nîmes, die Kathedrale von Narbonne und den schneebedeckten Canigou. Und als wir zu Hause sind, kommen sie wieder, diese dunklen Gedanken und das Wissen um einen nahen Menschen, der stirbt und dem wir nicht helfen können.

Es ist Ostern. An Ostern wird die menschliche Doppelnatur besonders augenfällig. Angesichts der nach allen Kräutern des Roussillons duftenden Lammkeule schluchzt eine Dame händeringend: „Das arme, arme Lämmle!", um anschließend auf ihren wahren Kern reduziert zu hauchen: „Ach, gebe Sie mir noch ein Stückle!"

Kraftgrün der Oleander vor meinem Fenster, links davon treibt die Feige fast gelblich vor der wieder vollen, hellgrünen Esche, hinter der leicht aufdringlich rosarot der Judasbaum hervorlugt. Er kommt aus dem östlichen Mittelmeerraum. Angeblich hat sich Judas an einem solchen Baum aus Scham erhängt. Die Blüten bedeuten das Blut, die flachen Samen die Silberlinge. So betrachtet müsste der Judasbaum sehr viel verbreiteter sein.

Das Leben im August ist das Leben in heißer Suppe. In heißer Suppe kann man nicht schlafen, aber das kann man ohnehin nicht, weil die Mittelmeerfestspiele in reichlich zwei Kilometern Entfernung stattfinden. Wahrscheinlich ist das eine Benefizveranstaltung für Taube. „À partir de minuit", also ab Mitternacht, sollte der Horror zu Ende sein, weshalb gegen zwei Uhr morgens der Klodeckel immer noch wackelt. Aber bei drehendem Wind kann man mit frischen Ohrenstöpseln überleben, und morgen kommt Jane Birkin. Die hat früher immer „je t'aime" gehaucht, so unanständig, dass sie heute noch im Geschäft ist. Wenn sie morgen haucht, nehme ich die Ohrenstöpsel kurz raus. Aber sie haucht nicht, weil es Petrus auch zu laut ist. Die Festspiele fallen ins Wasser und wir in den Tiefschlaf. Deshalb heißt Petrus Sankt Petrus. Aber das gehauchte „je t'aime" hätte ich gerne noch mal gehört, sanctus hin, sanctus her.

Christine kommt mit ihrem Freund und der Vater blickt in Abgründe. Eine unerklärliche Traurigkeit befällt ihn, weil er weiß, dass er verliert, seine Tochter nämlich, und die hat er mehr geliebt als diese je ahnen kann.

Dafür hole ich zwei ältere englische Ladies vom Flughafen in Perpignan ab. Die sind sehr freundlich, fast lustig. Roch es da nicht etwas nach Alkohol? Das muss wohl das Kerosin oder der Zahnersatz sein.

Dann kommt Weihnachten. Der kommunale Lautsprecher beschallt die Christenheit mit den Beatles, die darum bitten, jemanden die Hand halten zu dürfen, was in dieser führungslosen Zeit verständlich erscheint. Die Orangenbäume stehen prall gefüllt, sodass man keine Weihnachtskugeln braucht. Das Kaminfeuer wärmt, die Ente ist heute zarter als meine Frau, und der Wein hat Korken. Oh, du Fröhliche!

Dann steige ich hinauf in „meine" Berge im eisigen Tramontane. Der Sallfort (979 m) trägt eine weiße Haube und ich eine Pudelmütze, mit der ich mindestens so dämlich aussehe wie der ebenfalls alternde Ostfriese Otto. Der Tramontane reinigt die Gedanken. Bei Otto gibt es keine Gedanken zu reinigen. Deshalb braucht Otto auch nicht in die Berge. Bei dem reicht der Deich.

Ob Deich oder Berge, wenn ich so von der Chapelle Saint Laurent bei hellblauem Himmel auf das windgepeitschte grünblaue Mittelmeer blicke, dann sei Gott gedankt, dass alles so kam und nicht anders.

„Souvent femme varie", seufzte der französche König Franz I. (1708–1765) und meinte damit, dass Frauen nicht nur anatomisch andere Wesen sind als wir, Eduard. Sie sind sozusagen die schwirrenden Kolibris im Vogelbauer unserer Seele. Habe ich das nicht hinreißend formuliert? Man könnte es auch anders sagen.

Grüße Deinen Kolibri und alles Gute für das neue Jahr.

Crotttaile, im August 2005

Lieber Eduard,

das Jahr 2005 fängt nicht so gut an. Simone und ich sprechen uns aus, d.h. wir hauen uns ziemliche Kaliber um die Ohren, denn Simone ist die Realität und ich ihr Realitätsverlust. Sie sei eine Feinschmeckerin, eine „Gourmette", sagt sie, und ich ein „Bratkartoffelfuzzi", ein kulinarischer Blindgänger sozusagen. Das tut weh.

Trotzdem müssen wir nach Berlin. Mein Cousin wird siebzig. Eine große Feier mit Tanz und Torte. Leider wackelt mein Zahn oben links so niederträchtig, dass ich befürchte, er könne mir beim linksgedrehten Walzer herausfallen. Deshalb suche ich meinen „Chirurgien-Dentiste" auf, was während der Ferien zwecklos ist, weil er die mit seinen Kindern statt den Zähnen seiner Patienten verbringt. Also ziehe ich den Wackler selber. Das ist immer noch besser, als wenn er ins Dekolleté der Tischnachbarin fällt.

Bei 18 °C steigen wir in Barcelona unter funkelnder Februarsonne in den Billigflieger und blicken zwei Stunden später bei 0 °C auf eine graue Brühe, die sich Berlin nennt. Weil Simone etwas vergessen hat, müssen wir ins KaDeWe. Dort gastiert die verstorbene Marlene Dietrich mit ihren alten Klamotten und singt dazu so sündhaft mit ihrer rauchgeschwängerten Stimme, die heute von der EU verboten werden würde. Um sie herum eine ganze Etage Parfümerie und Schmierstoffe aller Art, die so wirksam sind wie Blattspinat für die Potenz.

Der Winterwind beißt. Zum Aufwärmen gucken wir bei „Guggenheim", Unter den Linden, rein, eine Ausstellung von Jackson Pollock. Der Jackson war Alkoholiker und malt auch so. Wahrscheinlich sind das hier seine Katerbilder. Dagegen der Menzel, Adolf von, in der Alten Nationalgalerie. Der malte nicht nur die Geschichte Friedrich des Großen, der nahm praktisch schon den Impressionismus vorweg. Und das alles hatte er sich selbst beigebracht. Das macht Mut, das beseelt, das beflügelt, bis es dem selbstkritischen Betrachter die melancholische Erkenntnis beschert, dass ihm offensichtlich Adolphs Auge fehlt.

Deshalb Trost suchend ins „Tucher" am Brandenburger Tor, wo es eine literarische Currywurst gibt, die einen das ganze Elend der deutschen Gegenwartsliteratur spüren lässt.

Am nächsten Tag betreten wir züchtig den Pergamonaltar. Vergessen sind all diese dämlichen Götterlümmel aus der Lateinstunde. Das hier strömt Größe aus, das ist wahrlich Kultur, man vermeint Zeus grollen zu hören und Venus, na ja, und dann die Säulen, dorisch oder ionisch, nein, korinthisch, Sie Ignorant, setzen! In dieser fast an Verzückung grenzenden antiken Begeisterung bemerke ich einen Herren neben mir, der auch einst Gott oder sagen wir bescheiden Halbgott war, den Ex-Minister Riester, der hier seine durch Staatspension versüßte Riesterrente lebt, aber offensichtlich noch nicht den rechten Bezug zur Antike gefunden hat, weil er etwas desinteressiert die Hallen durcheilt, keinesfalls mit Venus, sondern seiner Gattin, die ebenfalls eher der Gewerkschaftsbewegung als dem Olymp zu entstammen scheint. Aber dorten, auf dem Olymp, durften wir ihn einst erleben, als Halbgott Riester die Riesterformel für die Riesterrente bei Frau Maischberger erklären sollte, aber nicht konnte.

Deshalb enteilen wir durch das Ischtar-Tor. Ischtar ist die Göttin der Liebe, Venus auch. Aber Venus hat kein Tor. Wie herrlich durch das Tor der Liebe zu wandeln, zumal Herr Riester sich schon entfernt hat. Oh, Berlin, du bist die einzige Stadt der Welt, in der man vom Pergamonaltar herab durch das Tor der Liebe direkt zu Mac-Donald schreiten kann und so den großen Bogen von antiker Welt zur Neuzeit spannt.

„Helden wie wir". Da muss man rein. Heroisch hat sich jeder mal gefühlt, wir in der Balzphase, unsere Frauen nach sieben Ehejahren. Also Kammerspiele. Da spielt der Götz Schubert, und wenn der Götz Schubert nicht gespielt hätte, wäre es ein ziemlich plattes Stück in bester Zwerenztradition gewesen, d.h. sexuell stark und literarisch impotent. Aber es spielt eben der Schubert, und der Schubert würde sogar aus der „Lindenstraße" etwas machen.

Dann wird das Flugzeug im Schneetreiben enteist aber wir nicht. Im Hals kratzt es verdächtig. Aber das kann auch von all den dunklen Gedanken um den nahen Tod von Simones Schwester kommen.

Die kriegt auch der Tramontane in Barcelona nicht weg, auch nicht Emma, die liebevoll ein Essen vorbereitet hat, und auch nicht „Miss Molly", die vor Freude quietscht, als wären wir wiederauferstanden. Die kleben, diese Gedanken, zumal die Ärzte wieder Blut geben, was das Leiden verlängert, ohne die Hoffnung zu stärken.

Derweil versucht Emma ihr Abitur, das gefürchtete „baccalauréat", zu machen. Seitdem wir Papst sind, setzt Emma mehr auf die Vorsehung als auf ihre Bücher. Ihre Vorbereitungen als schüchtern zu bezeichnen wäre euphorisch entstellt.

Nach den Prüfungen in Physik, Chemie und Biologie, immerhin an einem Tag, macht die Vorsehung ein Päuschen, und Emma kotzt vor Stress ins Auto, d. h. in die Tüte, die ich seit Simones erster Schwangerschaft immer noch traditionsbewusst im Handschuhfach habe. Pauken ist Stress, Vorsehung offensichtlich auch. Es riecht streng, und Emma erklärt zwischen zwei oralen Ausscheidungen, sie sei durchgefallen. Da fahre ich fast bei Rot über die Ampel.

Emma hat die „Fits". Weiterkämpfen zwecklos, Abi ade. Statt Nobelpreis Ehrenrunde, statt Doktorhut allenfalls Pudelmütze. Nun sind diese Abiturdepressionen eine ziemlich normale Sache. Sie werden von den Eltern mit flotten Sprüchen, Kraftnahrung oder notfalls einem Glas Cognac therapiert, wobei Eltern in der Regel für abitursbedingte Depressionen anfälliger sind als der Nachwuchs und ergo eher des Trostes bedürfen.

Doch dann werden Mütter zu Hyänen und Väter zu Fallobst. Dann regiert der Konjunktiv Plusquamperfekt, denn wer sich als „Couch Potato" etabliert, wird beim Hochsprung unter der Latte durch müssen. Da helfen auch keine lustigen Bocksprünge. Und hier wird scharf geschossen. Wie auf der Olympiade. Egal ob du jahrelang Klassenbester warst, und dich bereits ein Talentscout für den darbenden Einzelhandel entdeckt hat – wenn du hier daneben haust, bist du draußen. Na, nicht so ganz, weil im Gegensatz zur Olympiade zwischen den Disziplinen ausgeglichen werden kann, Zehnkampf gewissermaßen. Wer zu tief springt, muss um so weiter springen, aber erfahrungsgemäß springen die Tiefspringer auch nicht besonders weit. Emma ist Tiefspringer.

Aber Emma ist Tiefspringer mit Schnauze. Abitur ist wie mit dem Messer in den Atomkrieg ziehen, beschreibt sie strategisch ihre Lage mit der nonchalanten Überheblichkeit unseres Herrn Außenministers. Der hat auch kein Abitur, nicht mal eine abgeschlossene Lehre. Das lässt hoffen. Aber wer will so was in der Familie haben?

Da stehen sie nun die Kandidaten und Kandidatinnen frühmorgens im Schatten der Platanen vor dem altehrwürdigen Lycée Aragon in Perpignan mit ihren vor Aufregung geröteten Gesichtern und plappern nach außen ganz furchtbar cool, als ginge es um den Meistertitel im Sackhüpfen. Abends sind die Gesichter dann blass, das Plappern ein Geflüster und die Mienen düster. Ganz artig wirken sie, wie große Kinder eben.

Auch Emma ist reichlich blass. Von Schnauze keine Spur. Wahrscheinlich hat sie auch noch ihr Taschenmesser im Atomkrieg verloren, so hilflos wirkt sie. Ach, würde sie öfters so wirken. Über das französische „baccalauréat" mag man urteilen wie man will, aber es erzeugt gelegentlich eine Art von Demut, die in dieser Altersklasse nicht eben oft anzutreffen ist und der elterlichen Seele so unendlich gut tut.

Emma ist durchgefallen. „Bac raté", Punktum, keine Chance mehr. Mathe hat ihr den Hals gebrochen. Aber Emma schluchzt nicht. Emma bleibt uns noch ein Jahr erhalten. Da jubiliert das Herz, die Seele lacht, und die Waschmaschine läuft heiß.

Derweil betritt Emma die Welt der Arbeit. Sie hat einen Job in einem Drei-Sterne-Hotel am Strand. Und während sie die Zimmer putzt und das Frühstück richtet und vom Hotelier und seiner Frau angeschnauzt wird, da erscheint ihr so ein Abitur doch ganz erstrebenswert.

In knapp drei Wochen wird das offizielle Ergebnis verkündet, das wir ja schon kennen. Trotzdem geht Emma in die Schule, weil da noch so eine völlig unberechtigte Resthoffnung auf die gefürchtete „rattrapage" schlummert, die mündliche Nachprüfung für Pechvögel und Faultiere, die man unter Umständen noch für resozialisierbar hält. Doch Emma ist auch nicht auf der Rattrapage-Liste. Scheiße, sagt Emma, was sie vielleicht schon ein Jahr früher hätte sagen sollen, und macht sich auf den Heimweg.

Derweil befinde ich mich in dunkle Gedanken versunken im Garten und formuliere meine Philippika an die nicht schuldlos gescheiterte Tochter, als ein durchdringender, langgezogener Schrei aus dem Haus ertönt, der mich auf Grund seiner Intensität erahnen lässt, dass uns noch Schrecklicheres getroffen hat. Da stürzt Simone auch schon die Treppe zum Garten herunter und stößt mit letzter Kraft hervor: „Sie hat es!" Wahrscheinlich hat Madame nicht mehr alle, denke ich, und formuliere weiter. „Aber doch", beharrt sie, „eben hat sie angerufen."

Jetzt trinkt Emma auch noch, vermute ich, recherchiere aber als ordentlicher Tatortzuschauer statt weiter zu formulieren. Doch Emmas Handybatterie ist leer. Eine Stunde später ist sie dann da, mit der Urkunde in der Hand, weil sie die Zweifel ihres Erzeugers ahnt. Unter zehn Punkten beginnt das Fegefeuer. Emma hat 10,33.

Aber erst mal hat sie reichlich Hunger und will zum Vietnamesen. Wir, d.h. unser Verdauungstrakt, haben den Vietnamesen in nicht allzu guter Erinnerung, aber angesichts der herrschenden Euphorie stimmen wir zu und schwingen uns aufs

Rad, um das Wunder von Perpignan mit reichlich Champagner zu begehen und uns die kulinarischen Köstlichkeiten unseres Vietnamesen schön zu trinken.

Am nächsten Morgen haben wir Kopfschmerzen und sitzen auf dem Klo.

So geht das mit den Wundern dieser Welt, lieber Eduard.

Crottaille, im Dezember 2005

Lieber Eduard,

jetzt ist die Zeit, lieber Eduard, Dir Nick Knatterton vorzustellen.
Der gute Nick ist ein Feriengast aus der norddeutschen Tiefebene, aus der Gegend, die den Engländern einst ihre Könige bescherte. Wer Engländer nicht mag, hätte ihnen den Nick geschickt. Aber so weit sind wir noch nicht.
Nick heißt Nick, weil er wie Knatterton aussieht. Nur die Pfeife fehlt. Die Pfeife ist er, aber so weit sind wir ja noch nicht.
Eigentlich mochte ich Nick, als er vor einem guten Jahr hier Ferien machte. Nick und seine Frau Nike, die natürlich anders heißt, waren so deutsch, dass ich nicht nur Heimweh kriegte, sondern auch nostalgisch an die Zeit vor dem Ersten Weltkrieg dachte, als ich noch gar nicht geboren war. So müssen damals unsere Vorfahren gelebt haben. Der Herr war noch Herr im Hause und kein versorgungstechnischer Rumpelsack wie heute, die Frau war nicht nur züchtig, sondern auch folgsam und keine aufmüpfige Emma-Abonnentin, kurz: eine Idylle. Wenn Nick den Frühstückstisch deckt, meinst du, die Gardefüsiliere exerzieren, so exakt und abgewinkelt ist das alles. Kaffee marsch! Dann kommt Nike mit der Kanne.
Klar, bin ich neidisch. Wenn ich „Kaffee marsch!" sagen würde, käme Simone und würde mir die Kanne ans Hirn hauen.
Nick und Nike waren ausgesprochen nett, wohlerzogen und stets frisch geduscht. Ein verlässlicher ländlicher Charme strahlte aus ihnen. Nick ließ erkennen, dass er nicht unvermögend sei, und weil Crottaille und der Süden und wir und überhaupt alles ihm so gut gefiel, wäre es doch schön, wenn er die Ferienwohnung ganz alleine nutzen könne. Dann müsse er sein ganzes Gelumpe nicht immer hin und her schleppen. Er zahle gerne für das ganze Jahr und sei nur ein paar Wochen im Frühjahr und ein paar Wochen im Herbst da, denn die Sommer seien ihm zu heiß, und dann könnte ja Christine da unten Ferien machen. Da war er, der langersehnte Joker. Simones Augen glänzten und wir stießen an.
Als erstes kaufte sich Nick eine Kettensäge, weil ich schon eine hatte. Damit sägte er alles ab, was die Natur in jahrzehntelangem Kampf geschaffen hatte. Meine grüne Seele litt, bis er von der Leiter fiel und nur sein Knattertonschädel den Fall abrupt

an einem Baumstumpf bremste. Dabei entfuhr ihm ein solch erschütternder Seufzer, dass man meinen musste, es sei sein letzter gewesen. Seine züchtige Nike blieb dabei auffallend cool. Entweder machte sie gerade einen Yoga-Lehrgang oder war Alleinerbin. Ich aber schrie nach dem Notarzt. Da Nick inzwischen wieder leise röchelte, reichte der Hausarzt, der seinen kahlen Schädel ein wenig verzierte und ihm Sägeverbot erteilte. Unser Garten war gerettet.

Nicht aber unsere Seele. An zwei Personen und einen kleinen Hund hatten wir vermietet, jetzt saßen 6 ½ im Garten und der Hund. Der Halbe war Nicks Enkel, der glücklicherweise der genetischen Kette seines Opas hatte entrinnen können und ganz passabel für so einen Krümel aussah.

Aber er schrie und das deutlich. Dazwischen das durchdringende Dackelgekläff, weil der wohl die Schwiegereltern nicht mochte, was für den Hund spricht. So, lieber Eduard, habe ich mir immer meinen Lebensabend am Mittelmeer vorgestellt, mit einer Großfamilie, plärrendem Gör, hustendem Dackel und einer Kettensäge.

Am nächsten Tag kommt das Kaminholz. Nick und Nike stehen schon aufgeregt am Gartentor als kämen die Tartaren. Der Holzmann aber ist Katalane, kriegt den Laster nicht durch das Tor und kippt die ganzen Scheite vor die Tür. Eigentlich wollte ich selber stapeln, aber Nick lässt mich nicht. Einen Holzscheit darf ich ihm auch nicht auf den Schädel fallen lassen, weil der ja schon bearbeitet wurde, und mich Simone vergattert hat, auf jeden Fall Frieden zu bewahren. Also staple ich und denke dabei an das Münchener Abkommen von 1938. „Peace in our time", sagte Neville Chamberlain, und dann hatten wir den Salat.

Zwei Tage später müssen wir Nick Knatterton in Moshe umtaufen, nicht weil sein Kopf einer von Phimose befreiten Eichel gleicht, sondern weil Simones Freundin, eine waschechte Pariserin, beim Anblick des Nick spontan und vollkommen unkontrolliert ausruft: „Qu'est-ce qu'il est moche!", was frei übersetzt heißt: Mein Gott, sieht der beschissen aus! Fein wie wir sind, machen wir deshalb „Moshe" aus dem Nick.

Moshe hat tatsächlich einen großen Kopf, wobei wir nicht wissen, ob das alles Kopf ist oder eine Menge Resthydrocephalus. Es muss alles Kopf sein, denn Moshe entpuppt sich plötzlich als eine Art Sprachgenie. Bis gestern konnte er noch kein Französisch, und heute übersetzt er plötzlich Goethe in die Sprache Brigitte Bardots. Und warum? Moshe hat ein neues Wörterbuch. Weil sein Wörterbuch neuer ist als unseres, kann er besser Französisch. Endlich ein Genie im Haus.

Um Moshe zu entfliehen gehen wir abends ins Kammerkonzert nach Céret, wo das Kammerorchester aus Bratislava, vormals Pressburg, aufspielt. Pressburg dürfen wir nicht mehr sagen, weil das deutsch ist. Deshalb dürfen die Franzosen unser Aachen Aix-la-Chapelle nennen, weil das so deutsch klingt. Egal, ich widme mich der Kammermusik, d. h. zuerst der zweiten Geigerin, die so süß ist, dass sie gar nicht mehr spielen müsste. Der erste Geiger sieht aus wie ein Finanzbeamter, legt aber los wie ein Pusztahengst. Dann ist da noch ein Japaner. Ich weiß nicht, was Japaner in Bratislava machen, aber der hier spielt Klarinette, dass dem Tenno bei der Teezeremonie die Tasse runterfallen würde.

Daneben eine blonde Kriemhilde mit der Geige, die so lustlos agiert, als würde sie Wäsche bügeln. Der Chef des Ensembles spielt ebenfalls, ein zusammengesetztes Chordophon, d. h. einen Saitenklinger mit unentbehrlichem Resonanzkörper, wobei es sich weder um die Lyra noch den Trumscheit handelt, was Du, lieber Eduard, genauso wenig verstehst wie ich, weil ich es aus dem Brockhaus S. 332 abgeschrieben habe, nur um damit anzugeben.

Am Ende geben sie „le bourdon" (die Hummel). Der Japaner hummelt auf der Klarinette, der Chef haut sich auf die Backe, als er sie endlich hat, und wir hummeln gegen Mitternacht zurück zu Moshe, dem Holzfäller, Segler, Übersetzer und Freifaller.

Aber Moshe hat Ideen, nämlich wie er uns am besten ärgern kann. Seitdem wir seine Lumberjack-Qualitäten anzweifeln, grollt er ständig, schon weil Alpha-Tiere nicht angezweifelt werden dürfen, denn wir sind sein Rudel, und Rudel beten ihr Leittier an. Bei uns hapert es noch mit dem Beten. Deshalb zitiert Moshe mich mit weinerlicher Stimme zu sich und erklärt, es sei jemand in seiner Wohnung gewesen. Besuch, tippe ich intelligent. Nein, in seiner Abwesenheit. Mein Gott, Einbrecher. Fenster aufgebrochen, Tür geknackt oder so ganz Dünne durch den Kamin geklettert? Nein, nein, mit einem Zweitschlüssel. Aha, und wer hat einen Zweitschlüssel? Wir. Ja, und? Ich habe immer noch Ladehemmung. Ich oder ein Familienmitglied müssen in seiner Wohnung gewesen sein. Ja, klar, sage ich, wir haben ihre Kronjuwelen geklaut und die Schweizer Franken und, ha, ha, die Familienpackung Kondome mit der Mickey Maus drauf. Findet Moshe gar nicht witzig. Es war aber einer in meiner Wohnung, jammert er, und zeigt mir seine Tempotaschentuchfallen auf den Türen, und von so einer Tür ist ein Tüchlein herabgeflattert. Er habe noch mehr so Fallen und es immer geahnt. Da sage ich, ich hätte es auch immer geahnt, nämlich dass er ein Rad abhat.

Das tut der häuslichen Atmosphäre etwas Abbruch. Tatsächlich hat Simone die Zwischentür, die im Tramontane klapperte, fest zugedrückt, wobei das Tüchlein zu Boden flatterte. Jetzt flattert Simone nach unten, um Moshe zu erklären, er könne jederzeit gehen, jederzeit. Das mögen Alpha-Tiere nicht, schon gar nicht von einer Frau.

Moshe sinnt, bleibt aber weiter am Ball, allerdings nur telefonisch. Er hatte einen Kurzschluss, haucht er. Ich weiß, sagt Simone mitfühlend. Nein, einen elektrischen, und da ging das Licht aus.

Bei Moshe geht das Licht öfters mal aus, aber hier war die Heizung schuld. Die hat in seinen Stecker gespritzt, sagt er, den elektrischen natürlich nicht seinen. Das liegt am Druckabfall der Heizung, diagnostiziert Moshe. Wenn der Druck abfällt, spritzt nichts mehr, sage ich, und nehme ihm die Betriebsanleitung für die Heizung weg. Da Moshe aus konstanter Bosheit auch bei tropischem Regen die Fensterläden nicht schließt, ist ihm wahrscheinlich die Soße in seinen Stecker (elektrisch) gelaufen und dann lief nichts mehr. Als nächstes spukt er im Kamin oder lernt Schlagzeug.

Jetzt hat er sich das Abziehbild einer Segelyacht auf die Rückscheibe seines Autos geklebt, die ihn wahrscheinlich als Einhandweltumsegler ausweisen soll, obwohl er noch nie weiter segelte, als unser Hund schwimmen kann. Statt im Kamin zu spuken oder Schlagzeug zu lernen, wäscht er jetzt trotzig jeden Tag (sonntags inbegriffen) und hängt seine Schinkenbeutel in meinen zarten Feigenbaum, sodass die Knospen ihr Köpfchen schütteln, denn sein Hintern scheint noch größer als sein Kopf.

Doch plötzlich mausert sich Crottaille zum Winterkurort. Wir haben hier schon etwas Schnee gehabt, und die Schulkinder jubelten „Weißer Regen", aber jetzt bleibt das Zeug liegen. Meine Wunderzypresse neigt sich bedenklich unter der Schneelast, der Oleander der Frau Nachbarin zeigt in alle Richtungen nur nicht nach oben, unsere Zitrone verneigt sich vor dem weißen Zauber und fällt um. Akuter Vitaminmangel droht, und bald kommen die Rentiere. Spanien und Italien hat es auch erwischt

Was hätten da die alten Römer in ihrer Toga gefroren, weil nur wir Germanen die lange Unterhose kannten. Fassungslos starren die Katalanen auf ihre verschneiten Autos, halten das alles für einen bösen Zauber und bleiben in ihren Höhlen. Welch eigenartiger Wärmetod! Verschneite Palmen. Das ist wie Schinkenbrot mit Schlagsahne.

Sagt der Deutsche diskret, meint er diskret. Der Franzose aber versteht unter diskret das komaartige Schließen von Augen und Ohren. Somit kann man nicht nur unbemerkt in der anonymen Großstadt verscheiden, sondern auch hier in nächster Nachbarschaft auf dem französischen Lande, selbst wenn man vorher noch seinen Endchoral im Garten spielt.

Aber so weit sind wir hoffentlich noch nicht, lieber Eduard.

Crottaille, im August 2006

Lieber Eduard,

endlich kommt Ostern. Ostern kommt jedes Jahr, aber das hat die französische Eisenbahn nicht so mitbekommen. Deshalb hat sie für wenige Züge viele Fahrkarten verkauft. Emma verlangt deshalb in Paris mit stark gekünsteltem, germanischem Akzent als verzweifelte Ausländerin einen Ersatzplatz in der 1. Klasse.

Den kriegt sie, was ihr aber auch nichts nützt, weil sich jemand vor den TGV geworfen hat, wahrscheinlich weil er weder einen germanischen Akzent noch einen Platz hatte. Selbstmord auf der Schiene zum Osterverkehr aber zeugt von mangelhaft ausgeprägtem Gemeinschaftssinn.

Irgendwann steht sie vor der Tür, und es gibt Spargel, weil Spargel hinterher immer so gut riecht, d.h. wir wissen auch ohne Kalender, wann Ostern ist. Nach dem Spargel machen wir den obligaten Osterspaziergang an Meer und Hafen in schon recht lauem Lüftchen. Die Bäume zeigen ihre prallen Knospen, und die Damen lassen bei luftig werdender Kleidung die ihren erahnen. Ich finde, das habe ich noch schöner formuliert als Goethe seinen österlichen Ausflug.

Diese literarische Leistung würdige ich mit einem original Erdinger Weißbier am Hafen, das man, dem Preis nach zu urteilen, mit dem Taxi aus München geholt hat.

Dann kommt die Fußballweltmeisterschaft, und wir sind ein anderes Land. Wir sind so, wie wir immer sein wollten – oder wie wir vielleicht tatsächlich sind, nur hat man uns immer etwas anders eingeflüstert von miesepetrig, größenwahnsinnig, besserwisserisch, kleinkariert, grobschlächtig und dummdreist. Plötzlich hat Deutschland Charme, lacht und strahlt Wärme aus. Plötzlich sind wir die Netten von nebenan, spielen mitreißend und werden höflich nur Dritter.

Christine werkelt inzwischen am menschlichen Körper in der Schweiz, weil Schweizer ja auch Menschen sind, aber nicht so richtig, sagt Christine, weil sie nämlich bei Deutschland gegen Italien für Italien geschrien haben, diese Sauigel. Deshalb fahren wir hin, nach Routenplaner. Der Routenplaner ist soweit ganz in Ordnung, nur braucht man am Freitag keinen Routenplaner, weil am Freitag Planung durch Chaos ersetzt wird, zumal die Schweizer länger arbeiten als die Deutschen, weshalb es den Schweizern besser geht als den Deutschen, und sie deshalb meinen, für die Italiener schreien zu dürfen. Dabei haben wir die Schweiz gar nicht besetzt.

Wieder zu Hause, öffnet sich in den frühen Morgenstunden die Schlafzimmertür. Miss Molly begrüßt uns ganz herzlich, jault vor Wiedersehensfreude und brunzt mir vors Bett. Trotzdem ist das schöner als jeder Staatsempfang.

Plötzlich müssen wir auch in Frankreich Einkommensteuer zahlen, was nicht sein kann, aber ist, weshalb ich mich nach erfolglosen Versuchen beim Generalkonsulat in Marseille und unserer Botschaft in Paris an den Finanzminister in Berlin wende. Dabei ist die Sache ganz einfach wie mir ein hoher Ministerialer mitteilt: „Der Wortlaut des Art.14 Abs.1 DBA-Frankreich in Verbindung mit dem Art. 20 Abs. 2 Buchstabe a Doppelbuchstabe cc DBA-Frankreich mag unsystematisch erscheinen. Zu berücksichtigen ist jedoch, dass die modifizierte Freistellungsmethode zwar als Anrechnungsmethode formuliert ist, tatsächlich aber wie die Freistellung unter Progressionsvorbehalt wirkt."

Aha.

Würde man international die Verkehrsregeln so interpretieren wie die Steuergesetze, hätten wir das Problem der Überbevölkerung gelöst. Es ist die logische Welt der Bürokratie. Sie sagt, geh' mir nicht an die Wäsche, weil ich noch Jungfrau bin. Er sagt, ich muss dir an die Wäsche gehen, damit du nicht Jungfrau bleibst.

Dann brauchst du einen Schnaps, unter Progressionsvorbehalt natürlich, und einen zweiten trinkst du im Rahmen der modifizierten Freistellungsmethode, womit der erste Schnaps wieder aufgehoben ist, und du einen dritten trinken kannst. Erst dann darfst du mit Wilhelm Busch sagen:

Die Welt, obwohl sie wunderlich,
Ist mehr als gut genug für mich.

Dann passieren zwei Dinge gleichzeitig.

Unser edler Literaturnobelpreisträger Günter Grass, den ich immer für einen Kaschuben mit dem Dolch im Gewande hielt, erklärt, er sei mal als Jüngling bei der Waffen-SS gewesen. Das ist etwa so, als erkläre der Papst, er hätte als Bub im Bayrischen ein Bordell betrieben. Dabei geht es gar nicht um die Zugehörigkeit zur Waffen-SS, nicht mal so sehr um das Verschweigen oder die Verfälschung des eigenen Lebenslaufs, obwohl das für einen scheinbar noblen Preisträger ein ziemlicher Hammer ist. Nein, es geht um dieses unerträgliche Moralisieren, um die Pauschalverurteilung einer ganzen Generation, um diese eitle Selbsterhöhung eines selbstberufenen Propheten, der sich somit auf Null reduziert.

Dann die nächste Null.

Die französische Steuer spricht mich nach zähem Procedere frei: zu zahlende Steuer in Frankreich Null! Warum weiß keiner, aber ich. Ganz klar, „die modifizierte Freistellungsmethode ist zwar als Anrechnungsmethode formuliert, wirkt aber tatsächlich wie die Freistellung unter Progressionsvorbehalt."

Dein bescheuerter Besteuerter

Crottaille, im September 2006

Lieber Eduard,

die « Canicule », die tödliche Hitzewelle, tobt durch Haus, Garten und Gassen. Deshalb gehen wir zu den Negern, obwohl man Neger nach Emma gar nicht mehr sagen darf, sondern Mitbürger schwarzer Hautfarbe, weil wir Mitbürger weißer Hautfarbe sind oder auch Mischbürger verschiedener Schattierungen, wobei man sich gelegentlich fragt, wie das mit dem Bürger eigentlich so ist, aber scheißegal, wir gehen zur Gospel Family in unsere Église Notre Dame del Prat aus dem 14.Jahrhundert. Wir, das sind Emma und ich, weil die Mutter Gospelklänge nicht mag.

Wer in Südfrankreich in ein Konzert geht, denke an drei Sachen. Erstens eine gekühlte Wasserflasche, zweitens einen Fächer, der auch durch die Tageszeitung ersetzt werden kann, und drittens, falls man alleine geht, ein Buch, um die Wartezeit bis zum Beginn der Vorstellung zu überbrücken, weil man ja mit der Tageszeitung fächeln muss. Diese Wartezeit kann beträchtlich sein. Empfehlenswert wegen ihres Umfanges sind deshalb „Krieg und Frieden" für Leute mit gutem Namensgedächtnis oder „Vom Winde verweht" für solche, die noch an die Liebe glauben.

Wenn dann tatsächlich die Vorstellung beginnt, hat man so viel Wasser getrunken, dass man pinkeln muss, und Muskelschmerzen im Arm vom vielen Fächeln. Unsere ehrwürdige Église hat keine Fenster, weshalb sie ganz schüchtern durch die Eingangstür klimatisiert wird, wobei der Begriff „klimatisiert" vielleicht etwas hoch gegriffen ist. Mit Konzertbeginn wird die Tür geschlossen. Damit befindet man sich in einer u-bootartigen Atmosphäre, die durch Tageshitze, verbrauchte Luft und verschiedenartigste Ausdünstungen geprägt ist. Das Fächeln wird hektischer.

Einziger Trost in dieser Phase ist der Blick in den sommerlichen Ausschnitt mancher Damen, wobei erstaunlich ist, dass bei vielen Damen mit durchaus ansehnlichem Dekolleté der Rest nicht mithalten kann, während manch attraktives Gesicht auf jeden erwähnungswerten Brustansatz verzichten muss. So ausgleichend ist die Natur.

Inzwischen wird gesungen, und zwar laut. Dabei bleibt unklar, ob hier nun religiöse Inbrunst klangvoll unterstrichen oder vielleicht ersetzt werden soll. Mit dem „Golden Gate Quartett" meiner Jugend hat das nichts zu tun. Hier wird geschmettert. Die schwarzen Sänger und Sängerinnen haben Mikrophone, der Rest kommt vom Mischpult. Zwei Weiße, pardon, zwei Mitbürger weißer Hautfarbe, haben sich darunter gemischt. Sie sind nicht nur an ihrer Pigmentarmut zu erkennen, sondern wackeln auch anders als ihre Mitbürger schwarzer Hautfarbe, irgendwie eckiger. Außerdem haben sie schmale Lippen. Aber singen können die alle, nicht so gut wie mein „Golden Gate Quartett", aber immerhin. Die geballten Urschreie lenken von Hitze und Ausdünstungen ab, nicht aber vom Harndrang. Dabei ist die Problematik unlösbar. Wer nichts trinkt, wird wegen Dehydrierung ohnmächtig, wer trinkt, muss pinkeln.

Dann kommt die Pause von zehn Minuten. Eine Pause von zehn Minuten dauert in Südfrankreich mindestens eine halbe Stunde. In dieser Zeit kann man die CD der Gospel Family kaufen, was einige tun, die ihren Fächer vergessen haben. Außerdem kann man als bisher kunstgeschichtlich Unbefruchteter erfahren, dass Kirchen kein Klo, sondern nur einen Beichtstuhl haben. Die Kirche liegt mitten im Ort, in dem es keine Büsche gibt. Es ist ein Abendkonzert, und abends sitzt hier jeder draußen vor seinem Haus. Mit anderen Worten: Entsorgungschancen gleich Null und noch den zweiten Teil vor der Brust.

Der beginnt mit „Nobody knows the trouble ..." und einigen schönen Soli, wobei die Mitbürgerinnen schwarzer Hautfarbe eindrucksvoll ihre Lippen zwirbeln, als wollten sie das Mikrophon liebkosen, um diesem die herrlichsten Töne zu entlocken. Bei „Oh, Happy Days" wache ich wieder auf, das Ende witternd, aber weit gefehlt. Der Chorleiter legt erst mal seine Lebensbeichte ab und erzählt uns, wie er seinen Glauben fand, während ich den meinigen zu verlieren drohe.

Es schlägt Mitternacht. Mein Puls ist kaum noch wahrnehmbar, die Lungenfunktion deutlich reduziert und meine Harnleiter hängt neckisch aus dem linken Ohr. Derweil klatschen die halbtoten Idioten neben mir wie die Wahnsinnigen um eine Zugabe. Ich klatsche mit, um den Druck im Unterleib zu verteilen. Gleichzeitig habe ich oben Durst, höllischen Durst, weil meine Wasserflasche leer ist. „Some times I'm up, some times I'm down" zwitschern die da vorne fröhlich und provozieren eine geballte Blasenexplosion, sollten sie nur einen Halbton daneben liegen.

Oben hechle ich wie der Hund mit saharatrockener Zunge. Statt nun aber einen mächtigen Schlussakkord zu setzen, bedankt sich der, der seinen Glauben wieder fand, beim Bischof für die Kirche und beim Bürgermeister und den anderen Honoratioren, aber nicht bei mir, der ich 30 € hingeblättert habe.

Gleichzeitig tritt jedoch aus dem total verstaubten und unendlich hässlichen Barockaltar tröstend eine Erscheinung in Form eines grünbraunen, nicht unelegant geformten, schlanken Glasbehälters, der von einem kühlen, perlenartigen Netzwerk überzogen ist und eine Krone trägt.

Richtig, Gospel heißt Evangelium, und Evangelium heißt die frohe Botschaft, die mir da aus dem Barockaltar von vielen Stimmen umrahmt verkündet wird. Der Kühlschrank mit dem Bier befindet sich ca. 800 m von der Kirche – Luftlinie – und 2 m vom Kühlschrank das Klo. Oh, Happy Days ...!

Happy Days auch beim Happy Birthday von Simone, bei dem wir vier alle außerordentlich happy sind, schon weil unsere Mutter das mit ihren 60 jungen Lenzen reichlich verdient hat. Aber happy ist man bekanntlich immer zu kurz. In den frühen Morgenstunden legen wir noch etwas champagnerschwanger Emma in den TGV in Perpignan. Dann rasen wir nach Girona in Spanien und deponieren Christine im Flieger. Und während Emma Paris erreicht und Christine den deutschen Luftraum, stehen wir im Stau vor der Grenze, die doch eigentlich keine sein sollte, es aber ist, weil hier intensiv nach dem teuren, weißen Pulver gefahndet wird, mit dem der Mensch zum Übermenschen wird, ohne Nietzsche gelesen zu haben.

Statt Nietzsche zu lesen und nur schüchtern vom weißen Körperpuder aus dem Drogeriemarkt benetzt, gehen wir erschöpft an den Strand. Dort fängt ein Herr einen prächtigen Tintenfisch mit der Hand und präsentiert ihn stolz einer schnatternden Damenschar, die den Oktopus ganz „mignon", also niedlich, findet. Nun weiß ich nicht, was an einem Tintenfisch niedlich sein soll. Vielleicht sind es seine vielen Tentakel, die die Damen begeistern, schon allein bei der Vorstellung, was man damit alles gleichzeitig machen kann. Oh là là, denkt da die Französin und die Deutsche auch – im Haushalt natürlich.

Dann fragt der Tintenfischfischer die Damen ganz hinterhältig, ob sie denn das Geschlecht des Tentakelträgers bestimmen könnten, was diese verschämt verneinen, aber gleichzeitig mit Glanz in den Augen reges Interesse bekunden. Ganz einfach, sagt der Tintenfischfischer. Setze ich den Süßen zwischen ihre Brüste, Madame, und er fängt an zu grabbeln, dann ist er männlich, lässt er sich fallen, ist es kein Oktopus, sondern eine Oktopa. So einfach kann Biologie sein.

So schrecklich auch. Mit dem Südwind kommen nämlich ganze Quallengeschwader aus Spanien. Schwimmen ist nicht mehr möglich, zumal sie allergische Reaktionen auslösen können, die im Extremfall zum Tode führen. Mich aber faszinieren diese Medusen, sind sie doch das einzige mir bekannte Lebewesen, das die Franzosen nicht verspeisen. Vielleicht ändert das ja der Starkoch im „El Boli", diesem High Society Gourmet Schuppen weiter südlich, indem er Pudding daraus macht, worauf die oberen Zehntausend im Handumdrehen sämtliche Quallen des Mittelmeeres auffressen, und wir endlich Ruhe haben.

 Der Dichter aber singt:

Qualen quellen aus Quallen und quälen den Quast.

Crottaille, im November 2006

Lieber Eduard,

plötzlich sind die Quallen weg und die Badegäste auch, weil sie das mit den Quallen noch nicht geschnallt haben. Da hat man dann viel Platz.

Ich leider auch, denn Simone reist zu den Töchtern. Deshalb schreibe ich folgende traurige Zeilen:

Liebe Mutter, liebe Kinder,
gestern beging ich mein einwöchiges Jubiläum als Herrscher über Haus, Hund und alle Wischlappen mit einem Galadiner. Es wurde Kaspei gereicht, eine rasante, aber einfühlsame Kombination von Kartoffeln, Speck und Ei, raffiniert mit einer Kräutermischung verfeinert und als eindrucksvoll impressionistisch anmutendes Werk serviert, begleitet von einem AOC des Landes bester Provenienz, dessen dunkle Farbe diesen körperreichen, füllen Wein umhüllt und unter dem dominierenden Eindruck des Eichenholzfasses steht, das allmählich beginnt, der Partitur der verschiedenen Rebsorten zu lauschen. So jedenfalls würde es der Weinführer Hachette formulieren, aber der nimmt ja keine Kenntnis von meinem Fasswein für 1,80 €.

Der Abschluss wurde von einem die Geschmacksknospen betörendem Pistazieneis aus der Gefrierkostküche der Madame Picard gekrönt, das in seiner unnachahmlichen, eleganten Originalverpackung auf den Tisch kam und angesichts seines Volumens mit dem Esslöffel bewältigt wurde.

Danach war mir schlecht.

Euer Sous-Chef

Ob Hunde eine Seele haben, weiß ich nicht, aber einen Darm haben sie. Unser muss einen gewaltigen haben, was man am In- und Output dieser Black-Box sehen kann. Deshalb kommt er die Treppen runter, aber nicht mehr rauf. Für 50 Gramm braucht er 75 Minuten Verdauungsschlaf. In dieser Zeit wird die Nahrung in die drei Aggregatzustände zerlegt. Fest und flüssig behält er zunächst für sich, Gasförmiges lässt er entweichen, meist vor dem Fernseher und immer dann, wenn man gerade dem Täter auf der Spur ist oder sie ihn endlich in die Wohnung lässt. Ziehe ich die Nase krumm, glotzt er verständnislos und deutet an, sich jetzt zu nachtschlafender Zeit von den beiden anderen Aggregatzuständen trennen zu wollen. Dabei ist er bei der Entsorgung nicht wählerisch, sondern eher linksliberal, d.h. er scheißt auch mal in die eigene Einfahrt.

Kaum habe ich das Linksliberale entfernt, kommt Madame von ihrer Reise zurück, und wir werden Zeuge eines rätselhaften Schauspiels. Moshe hat seine Frau nach Deutschland geschickt und ist nun alleiniger Herrscher über alle Tempotaschentuchfallen. Aber es brennt kein Licht. Als umweltbewusster Bürger lässt Moshe immer brennen, was da brennen mag, d.h. er scheut dieses stupide An- und Ausschalten je nach Bedarf, und der Strom ist ja in der Miete drin. Er hat lichtermäßig also immer über die Toppen geflaggt, wie wir Fischköppe sagen. Seine Behausung ist ein Lichtermeer und nun – gähnende Dunkelheit.

Das gibt wenn nicht zur Sorge so doch zu Spekulationen Anlass. Ist der von der Gattin temporär Befreite vielleicht über die Grenze in den Truckerpuff, denn man hört den Hund nicht, aber Hunde sind im Bordell unerwünscht. Außerdem ist das Auto da. Stattdessen vielleicht eine schwüle Bordparty an Bord seiner Yacht? Wäre ihm zuzutrauen, aber auch sein Fahrrad ist da und Moshe läuft nicht gerne. Dann aber geschieht das Unfassbare. Moshe stellt die Mülltonne nicht raus. Diese Tätigkeit betrachtet Moshe als hoheitlich, und er macht das tadellos, bis heute jedenfalls.

Da wird es uns ganz mulmig. Er hat es doch gelegentlich am Herzen, und irgendetwas war da mit dem Gerinnungsfaktor, der nicht so gerann wie er sollte. Vielleicht lag Moshe schon geronnen unter seinen Tempotaschentuchfallen? Mein Gott! Also Tür aufbrechen, Falle hin, Falle her.

Doch meine lebensweise Madame gibt Entwarnung, indem sie einen Schlaganfall ausschließt und eher trocken Feuchtes konstatiert. Mit anderen Worten: Moshe hat sich wahrscheinlich einen gelötet. Nur würde Madame nie von „gelötet" sprechen, sondern fein von „Betrinken", was promillemäßig dasselbe ist.

Und so tritt Moshe dann auch am nächsten Morgen, allerdings reichlich spät, um Jahre gealtert und nicht ganz taufrisch duftend in den Garten und erklärt überzeugend, einen grippalen Infekt zu haben. Diesen therapiert er erfolgreich mit kaltem Bier, worauf der grippale Infekt am nächsten Tag verschwunden ist und wieder alle Lichter brennen.

Auch für unseren Ex-Kanzler, der jetzt erfolgreich bei der Firma Gazprom unter seinem neuen Chef Putin, diesem makellosen Demokraten, arbeiten darf und deshalb von dem bekannten, französischen Philosophen Bernard Henri Lévi zum „Weltmeister in der Kategorie Korruption in einem demokratischen Staat" erklärt wird. Nicht immer irren Philosophen.

Wir aber besuchen in der Abenddämmerung die alte Sommerresidenz der Könige von Mallorca in der Künstlerstadt Collioure, blicken über die Bucht mit ihrer alten Wehrkirche auf das höher gelegene Fort Saint-Elme, das Picasso einst kaufen wollte, aber nicht durfte, und in die im Abenddunst verschwindenden Berge und begreifen, dass dies hier ein ganz phantastischer Ort ist, der sich uns schenkt, obwohl wir doch gar keine Weltmeister in auch nur irgendeiner Kategorie sind.

Amateurliga kann auch ganz schön sein, lieber Eduard!

Crottaille, im November 2006

Lieber Eduard,

mein Knie ist auch nicht das, was es mal war, aber das ist vieles andere auch nicht. Deshalb fahre ich nach Freiburg, weil Christine dort in Orthopädenkreisen verkehrt, was nicht verkehrt sein kann, weil man selbst noch weniger über den Bewegungsapparat weiß als die Orthopäden. Orthopäden sind Mediziner, die eigentlich Flugzeugbauer werden wollten, aber Flugangst haben.

Der Orthopäde hat eine Kniearthrose wie ich, was eine gewisse Harmonie herstellt. Weil er auch die dunklen Seiten seines Metiers und meine Tochter kennt, rät er zu nichts tun, weil nichts tun in der Medizin oft besser ist – natura curat, sagten die Alten, die Natur heilt, und starben früher. In Anbetracht meiner Restlaufzeit empfiehlt er, nur das zu machen, was gefällt, und alles zu meiden, was anstrengend ist. Das hätte mir mal einer vor 50 Jahren sagen sollen!

Deshalb genieße ich Freiburg. Mein Gott, wer hier schon alles war. Nach der Pest kamen die Habsburger. Dann die Schweden im 30-jährigen Krieg, gefolgt von den Franzosen unter ihrem sonnigen König und später Napoleon persönlich, der „Im Mohren" abstieg, um „Knöpfle" zu speisen, die man heute Spätzle nennt. Vor lauter Begeisterung schaffte er das Großherzogtum Baden, musste aber vor den Koalitionsheeren flüchten, weil die auch „Knöpfle" essen wollten. Dafür kriegte Freiburg einen Erzbischof, sodass auch für das seelische Wohl gesorgt war. Was macht man, wenn es einem zu wohl ist? Revolution! Die machten die Badener 1848 und die Preußen Klar Schiff, was nicht lange vorhielt, weil die Badener 1918 schon wieder Revolution machen.

Statt der Preußen kommen nun die Nazis, die mehrheitlich überhaupt keine Preußen waren, auch wenn das immer behauptet wird, und nach den Nazis wieder die Franzosen und nach den Franzosen viele, viele Türken und jetzt ich.

Über den Münstermarkt fegt ein kalter Regen. Christine muss eine Gans holen und ich einen Birnenbrand aus dem Schwarzwald, der drohenden Erkältung wegen. Bei Christine habe ich den Eindruck, dass sie das erste Mal eine Gans sieht. Man hätte ihr auch einen Jungstrauß andrehen können. Ich aber weiß, wie ein Birnenbrand schmeckt und erkläre der Marktfrau, 1.000 Kilometer sei ich für ihren

Schnaps gefahren, was diese erfreut aber nicht erschüttert, hat sie doch sogar einen Kunden in Afrika. Deshalb also das Durcheinander da unten.

Ziemlich durcheinander bin auch ich von diesem verdammten Abschiednehmen, dem Birnenbrand und der Kniearthrose. Und als sich die Gedanken endlich etwas glätten, da begrüßen mich schon die im Tramontane schwankenden jungen Zypressen entlang der „Autoroute du Soleil", der Sonnenautobahn, wie eine Rotte trunkener Pinguine im Lodenmantel.

Als Kontrapunkt zum kalten Münstermarkt finden wir an der Spanischen Riviera Tamariu, einen ehemaligen kleinen Fischerhafen, ganz verträumt in einer winzigen Bucht. Hier schwingt laut „Brigitte" Adela den Kochlöffel im „Es Dofi", was „der Dolphin" heißt und nicht „Du bist doof", aber dienstags nie, weil heute Dienstag ist.

Deshalb geht es weiter in unser geliebtes Calella, das Saint Tropez der Costa Brava aber ohne Brigitte Bardot, die inzwischen Katzen füttert, statt Männer zu vernaschen. Hier sitzen wir draußen im Sonnenschein an der Bucht und speisen einfach aber nicht ganz schlecht, wobei wir unserer Verwandten und Bekannten im hohen Norden in ihren Regenmänteln gedenken, was auf einen etwas miesen Charakter schließen lässt, den wir wiederum ziemlich erfolglos mit einem ganz ausgezeichneten „Rosado" bekämpfen (in Spanien ist der Rosé meist ausgezeichnet), wobei ich mir an die sonnenbrandgefährdete Birne greife und keine Lust habe, nach Hause zu fahren, und das Ende November.

Schon naht die Vorweihnachtszeit und in Frankreich die Vorwahlzeit, beides eigentlich schreckliche Vorzeiten.

Wahlen erfreuen die Seele auch nicht besonders, aber in Frankreich wenigstens das, was Freud den Trieb nannte. Wird in Frankreich die reizvolle, aber sozialistische Ségolène Royal (welch ein Name!) das Rennen machen?

Kann man als Sozialistin überhaupt reizvoll sein, schnauzt provokativ fragend der konservative Claude, der stur behauptet, die Verteidigungsministerin Michèle Alliot-Marie (welch ein Name!), die sei doch nun wirklich sexy. Na, vielleicht nicht auf den ersten Blick, aber die hat was, sage ich euch, die hat Stil, Intelligenz und so eine verdammt herbe, aber verführerische Ausstrahlung. Vielleicht, wenn du Masochist bist, hält Alain dagegen, der politisch flexibler ist und deshalb Ségolène als attraktiver empfindet. Aber Beine haben beide vom Feinsten, konstatieren sie unisono. Ich denke dabei an unsere Kanzlerin, die in ihrem Hosenanzug immer so aussieht, als käme sie gerade vom Melken, halte sie aber als Patriot aus der Diskussion heraus.

Und während wir noch so unsere anatomischen Kenntnisse vertiefen, kommt die Dame des Hauses und fragt mich, ob ich die „lunettes magiques" kenne, die magische Brille. Ich habe eine von Fielmann, aber die ist nicht magisch, sondern etwas schmutzig. Also führt sie mich glucksend zum Computer, pardon, zum Ordinateur, denn in Frankreich darf man bei Strafe wegen der Sprachreinheit nicht Computer sagen. Deshalb sagen sie „sandwich" und „weekend", aber wir sind hier nicht bei den philologischen Puristen sondern der magischen Brille.

Auf dem Ordinateur also erscheint eine gepflegte Dame bei der Hausarbeit und unten links ein kleines Feld mit der Aufschrift: lunettes magique. Auf das soll ich klicken, sagt Madame. Ich klicke, und schon steht die gepflegte Dame nackt in der Küche, was Madame ein perlendes Gelächter entlockt. Die nächste gepflegte Dame sitzt auf dem Sofa und trinkt Kaffee. Klick, und die Dame trinkt ihren Kaffee nackt. Es folgen noch mehrere Damen, die ich sukzessiv entkleide, bis ich plötzlich bei der dezent gewandeten Ségolène Royal lande. Aber da kann ich klicken wie ich will, da fallen keine Hüllen.

Stattdessen erscheint ein Spruch: „Wenn Sie mich wählen, zeige ich Ihnen meine Rose." Was heißt das nun wieder? Klar, die rote Rose ist das Symbol der französischen Sozialisten aber auch die lyrische Umschreibung des, nun sagen wir mal, weiblichen Unterstübchens, dort wo mancher irrende Dichter das Herz vermutet.

Wahlkampf à la française.

Und dann kommt er, lieber Eduard, nicht der Weihnachtsmann, sondern der Aufschwung, der beim Weihnachtsgeld noch eklatanter Abschwung ist, aber egal, wir wollen nicht nachtragend sein. Hauptsache, es schwingt wieder in unserer deutschen Republik!

Und weil wir endlich mal wieder so ein bisschen beschwingt sind, legen wir, weil wir Deutsche sind und beschwingt und beschwipst verwechseln aus lauter Freude tieftraurig aber sozial gerecht gleich den Bericht über Armut und Armutsgefährdung nach und fangen an zu weinen. Hätten wir den in der Nachkriegszeit gelesen, wären wir nicht nur beschwingt beschwipst gewesen. Wir hätten uns als Armutsgefährdete vor Freude einen auf die Lampe gegossen.

Wir waren Helden, Eduard!

Crottaille, den 31. Januar 2007

Lieber Eduard,

ich fühle mich, Madame würde sagen „épuisé", der Berliner matschig und der Hamburger „büschen dösig", und ich weiß nicht warum. Das hat man mal, sagt Madame. Deshalb fahren wir trotzdem nach Spanien, wohl ausgestattet dieses Mal mit Einkaufsporsche und Kühlcontainer.

Artig karre ich mein Marktgemüse im Einkaufsporsche durch die Gassen zum Auto, kehre zurück und begleite noch artiger Madame, man glaubt es nicht, in die Damenumkleidekabine bei Zara, so als eine Art Modeberater, Kleiderständer und Zitronenhalter, hat sie mir doch drei dieser Dinger in die Hand gedrückt. Madame hat einen nachtblauen Hosenanzug entdeckt, und ich ahne mit meiner modischen Intuition, dass diese Färbung die Farbe des Jahres sein wird. Wie Little Lagerfeld, aber ohne Zopf, erfreue ich mich an Schnitt und Farbe. Und Madame ist d'accord, aber die Hose nicht. Die ist zu eng (36), da geht schon bei der Vorspeise keine junge Garnele rein, und wir sind doch zum Geburtstagsessen geladen. Also 38. Da passt jetzt ein halbes Spanferkel dazwischen, was ich fachmännisch überprüfe.

Der Traum vom nachtblauen Hosenanzug verweht, aber erst noch ein intensives Beratungsgespräch mit der Verkäuferin in den verschiedensten Sprachfetzen, immer elegant lautmalerisch, aber nie grammatikalisch einwandfrei. Ergebnis: Zurück zu 36, die Hose ist anders zu schließen. Das hätte ich allerdings als Little Lagerfeld auch erkennen können.

Aber ich habe inzwischen ihren Pulli, ihre Jacke, diverse Kleidungsstücke von Zara in verschiedenen Größen und die drei Zitronen über und an der linken oberen Extremität, während ich mit der anderen meine Herzensdame durch Druck auf das halbnackte Gesäß beim Umkleiden stütze, was keine ganz unangenehme, aber verantwortungsvolle Aufgabe ist. Ich stütze noch öfters, auch wenn das physikalisch nicht unbedingt notwendig ist, und siehe da, 36 passt als Hose, aber nicht als Jackett. Ich stütze also weiter, obwohl beim Jackettanprobieren die Stützung des Gesäßes gar nicht notwendig ist. Das ist aber in diesem Stadium egal, weil der nachtblaue Anzug einfach passen muss.

Und er passt und wie, wie angegossen. Gut, man kann damit nicht essen, aber er wirkt hinreißend elegant, und eine Dame kommt bekanntlich nicht wegen der Nahrungsaufnahme zum Festdîner, sondern der Wirkung halber. Und diese, da bin ich als Little Lagerfeld voll überzeugt, diese ist garantiert, wenn sie nicht inzwischen schwanger wird.

Dann deponiere ich als wandelnder Kleiderständer die Restbestände irgendwo im Laden, sortiere meine drei Zitronen heraus und atme tief durch, denn Madame ist inzwischen bei den Schuhen. Als ich durch intensives Ausatmen meinen Kalziumhaushalt wieder in Ordnung gebracht habe, klagt Madame über Hungergefühle. Es gibt für mich kein schöneres Klagen, zumal sie mich ins „La Posta" einlädt, wo uns Mariebelle ganz herzlich begrüßt und abbusselt. Mariebelle hat inzwischen einen ausladenden Hintern. Da passt nicht 36, nicht 38, da müssen wir über 58 nachdenken.

Außerdem könnte ich den mit nur einer freien Hand beim Anprobieren gar nicht stützen.

Dann absolvieren wir das erste Geburtstagsdîner mit dem nachtblauen Hosenanzug. Gegenüber sitzt ein bretonischer Psychiater aus Bordeaux, neben mir seine Frau Louise. Louise ist von frühbarocken Formen und süß, ihr Mann spätbarock und klug. Seine Ausführungen sind gehaltvoll, aber nicht lang, weil er nach spätestens 15 Minuten verschwindet, um eine zu plotzen. Dann kehrt er nach Marlboro duftend wieder zurück und rezitiert weiter, meist über diesen schweinischen Freud, denn er ist Freudianer. Reichlich freudlos dagegen wirkt unsere Psychologin, Madame Tucker-Rennes, neben ihm, die heute mal wieder gar nicht gut drauf ist und schmollt, statt schmachtet.

Weil ich zu wenig zu trinken kriege, mache ich mir so meine Gedanken. Wenn ich nun wegen meiner Rauchsucht zum Psychiater gehe, und der haut während der Sitzung immer mit seiner Marlboro ab, ... aber lassen wir das. Oder ich gehe mit meinen Depressionen zu Madame Tucker-Rennes, und die ist mal wieder von der Rolle? Mein Gott, es ist wie mit den Kindern von Pädagogen und den Rotzlöffeln vom Pfarrer.

Und weil es so schön war, gleich zum nächsten „Anniversaire", der aber in die Hose (nicht in den Hosenanzug) geht, weil sich das Geburtstagskind im ehelichen Clinch mit dem Gatten befindet. Sie schweigen sich an, wo sie doch singen sollten.

Deshalb denke ich. Aus der Häufung der Geburtstagsfeiern im Dezember ist zu schließen, dass der März ein heftiger Paarungsmonat sein muss, obwohl es da noch äußerst kalt ist. Das sind die sogenannten Deckenkinder mit dieser Winterlaune. Wir Wassermänner aber, im Februar geboren sind die sonnigen Sommerkinder. Der gravierende Unterschied ist also, ob man unter oder auf der Decke gezeugt wurde.

Zeugung hin, Zeugung her, erst mal kommt der Weihnachtsmann, und wir sind nicht nur pflichtgemäß fröhlich. Während ich noch die Weihnachtsgeschichte aus Lukas 2 deklamiere, legt „Miss Molly", ob aus Begeisterung über die frohe Botschaft oder aus Altersschwäche, eine kleine Probe ihrer Stoffwechselprodukte unter den lichten Tann just neben die Geschenke.

Es soll ihre letzte gloriose Tat sein. Ein paar Tage später legt sie sich hin und mag nicht mehr, aber erst nach Abreise der Töchter. Eine junge Tierärztin macht das gegen Mitternacht ganz einfühlsam. Ein letzter Blick, dann sinkt die Schnauze auf meinen Unterarm, und ich denke feuchten Auges, wenn doch auch wir Menschen so sterben dürften.

Da ist dann nichts mehr mit Lukas 2 (Fürchtet Euch nicht ...!), da ist dann Matthäus 8, 12 angesagt: „... da wird sein Heulen und Zähneklappern", und das ziemlich lange.

Aber dafür haben wir ja noch Moshe. Moshe kommt mal so eben eine Woche früher als vereinbart, um nach dem Rechten zu sehen, vermutet er doch, wir würden Orgien in der Ferienwohnung veranstalten. Dabei ist Moshe schon Orgie genug. Leider reagiere ich tatsächlich orgiastisch, d.h. nicht wie ich soll, nicht wie ich eigentlich will, sondern allein dem Trieb folgend, und der treibt mich zielgerichtet auf ein Schluss mit lustig oder anders formuliert die Kündigung. Da schluckt Moshe und drückt zweimal die orale Leertaste, um dann grollend zu verkünden, genau das habe er auch vorgehabt. Bei so viel Gleichklang der Seelen wird es einem fast schwindlig vor Glück, bis Moshe nachtritt, und Simone erklärt, unser hübscher Palmenhain sei eher ein Friedhof, ha, ha, da fehlen nur die Kreuze. Hätte ich eine Bestattungslizenz, würde ich schon mal anfangen zu graben, ha, ha.

Mit anderen Worten, das neue Jahr fängt gut an, Eduard.

Crottaille, im Februar 2007

Lieber Eduard,

wegen der Sache mit Moshe, eine Art „clash of cultures", aber ohne Kultur, bedarf ich der Kirche, pardon, des Tempels, wie sie hier sagen, weil ich ja protestantisch bin. Ich bin das mit Stolz, weil meine Vorfahren einst nicht weit von hier aus der Gegend um Montpellier wegen eben dieses Glaubens nach Preußen auswanderten. Heute wandert keiner mehr um des Glaubens willen aus, sondern eher missionarisch ein, und Preußen gibt es auch nicht mehr.

Diese meine Vorfahren aber vererbten mir den Glauben und die Vorliebe für Rouge. Wegen ersterem gehen wir in den Tempel nach Collioure, wo ein Laienprediger vor einem kleinen Häuflein älterer reformierter Christen in einem überaus schlichten Kirchlein predigt, was nach all den überladenen barocken Altären der Gegend recht wohltuend ist und nun wirklich an Preußen erinnert.

Kaum hat er mich erblickt, widmet er sich dem Thema Vergebung, das ich nach dem Schlagabtausch mit Moshe nun gar nicht gebrauchen kann. Irgendwie liegt das mit der Vergebung nicht so in unseren Genen, jedenfalls nicht in meinen, obwohl Rotweintrinker doch in der Regel recht friedliche Menschen sein sollen. Vielleicht ist es auch nur die preußische Schattenseite meiner Erbmasse, die nach Schwert schreit, wo ein Côtes du Roussillon-Village, Jahrgang 1997, vielleicht angebrachter wäre.

Zum Glück sagt der Prediger tröstend, dass die Bergpredigt ja auch nur der Weg zu Höherem sei. Dabei denke ich an Schopenhauer, der auf die Kritik hin, sein Lebenswandel entspreche nicht seiner Philosophie, ganz philosophisch antwortete, der Wegweiser würde ja auch nicht mitgehen. Immerhin bin ich schon am Wegweiser.

Aber interessant ist, dass die moderne Psychologie, natürlich terminologisch verklärt, mit dem Begriff der Vergebung ganz ähnlich arbeitet, nämlich loslassen, die Bande durchtrennen, um aus einer Art Opferrolle herauszukommen. Kurz: Vergebung ist Selbstbefreiung. Nur verheddert man sich bei der Selbstbefreiung gelegentlich in den Fallstricken des Lebens.

Solchermaßen seelisch gerüstet wandeln wir durch das malerische Collioure und blicken über das mächtige Schloß der Könige von Mallorca in die heute graugrünen

Albères. In den engen Gassen treffen wir auf eine Künstlerin, die mehr spricht als sie malt, weil sie Italienerin ist, aber sehr einfühlsam und interessant malt, wenn sie gerade nicht spricht. Vielleicht spricht sie beim Malen auch mit den Farben, aber ganz leise, den leichten, hellen Kompositionen nach zu urteilen.

Dann kaufen wir Brot bei einem echten Bäcker, der so backt wie sein Großvater auch, gehen auf den Sonntagsmarkt unter den alten Platanen und kaufen Oliven bei einem Herrn, der rassisch das ganze französische Kolonialreich in sich vereint, um uns anschließend mit einem „Blanc" in der Februarsonne am Corso mit Blick auf den Hafen zu belohnen. Und während wir da so in der Sonne wärmen, und die Leute fröhlich an uns vorbeischlendern, da fühle ich etwas von der Leichtigkeit des Seins, von dem Privileg, hier im Süden leben zu dürfen, da vergebe ich allen und besonders mir, da entknote ich sozusagen die Fallstricke des Lebens mit leichter Hand.

Aber nicht lange.

Heimgekehrt springt mich Moshes Dackel Hermann an und beschmutzt meine frische, helle Sonntagshose. Hermann springt einen nur an, wenn man eine frische, saubere Hose trägt, mich also recht selten. Nach dieser Schandtat flüchtet er in den Garten, pardon Friedhof, wo er von seinem prallen Frauchen gesucht wird. Dieses Frauchen schrammt nun etwa 80 Zentimeter an mir vorbei, ohne mich eines Blickes zu würdigen. Vielleicht hasst sie Männer in schmutzigen Hosen? Obwohl sie sich für Hermanns Missetat nicht entschuldigt, auch nicht anbietet, mein Beinkleid zu waschen oder wenigstens tröstend in dasselbe zu greifen, beehre ich sie eingedenk der morgendlichen Vergebungspredigt als Gentleman in schmutziger Hose mit sauberem Gruß: „Guten Tag!"

Da grunzt sie mit hasserfülltem Blick zurück: „Tach!", wobei sie das „ch" so lang zieht, als sei tatsächlich der „Letzte Tach" angebrochen, so etwa, wie damals die Schlage zischte als bei der Eva das Feigenblatt fiel. Aber ich behalte meine Hose an.

Dann werden wir Handballweltmeister.

Auch das schafft keine Euphorie. Am nächsten Morgen wird nur Simone gegrüßt. Ich werde als eine Art „quantité negligeable" nicht beachtet. Ich bin eine Null, Eduard, ein Nichts. Das schmerzt. Voller Groll bretter ich abends mit dem Rad einen Hügel hoch und beinahe die Moshe-Gattin nebst Hermann, dem Beinkleidkiller, um. Doch statt nach der Gendarmerie zu rufen, haucht diese ein fast zärtliches „Guten Tag" mit „g" hinten und nicht „ch" langgezogen.

Das gibt mir zu denken.

Auch nicht lange, denn schon naht in der Abenddämmerung Moshe mit einem Brief, den ich doch bitte übersetzen und dann unterschreiben solle. Da wird mir vor Glück ganz schwindlig. Morgens noch geächtet und jetzt Privatsekretär.

Ich deponiere den Brief tief in der Ablage, noch weit unter der Steuererklärung, bis Moshe nach ein paar Tagen zu wissen begehrt, welchen Bearbeitungsstatus denn inzwischen sein Pamphlet angenommen hätte. Diesen muss ich notgedrungen als jungfräulich beschreiben, worauf Moshe etwas in Erregung gerät, was ich auf die Jungfräulichkeit schiebe.

Im Rahmen dieses Erregungszustandes kommen wir uns etwas näher. Dabei ähnelt Moshe ganz fatal unserem Ex-Außenminister Joschka vor dem Untersuchungsausschuß des Bundestages in der Visa-Affäre. Er redet viel und sagt nichts. Immer wenn ich ihn am Haken habe, plädiert er auf Amnesie. Er plädiert so nachhaltig, dass man um sein Resthirn fürchten muss. Dann versichern wir uns gegenseitig unserer Unwertschätzung und hoffen auf kein nächstes Mal.

Weil ich meine Beherrschung nicht verlor, verliere ich am nächsten Tag einen Vorderzahn. Deshalb muss ich nach Deutschland. Nicht dass Franzosen in meinem Alter keine Zähne mehr hätten. Es gibt welche. Aber für die Zähne zahlt die „Sécurité Social" nun mal nicht. Mit anderen Worten, im Maul hört das Soziale auf.

Im Maul herrscht brutaler Kapitalismus. Die Reichen mit Jacketkronen, die Mittelschicht mit Prothesen ostasiatischer Provenienz und die Armen voller Lücken. Aber im Maul regelt auch der Markt. Wozu denn bitte Zahnersatz, wenn man den Wein nicht kauen muss, zumal ein zahnloser Gaumen auch seinen natürlichen Charme entwickelt. Außerdem kann man ja noch immer annoncieren: Suche Frau mit inneren Werten. Habe keine Zähne aber Weinberg.

Mein Zahnstummel erweist sich als renitent, denn auch Zähne können Charaktersache sein. Deshalb tropft es aus meinem Maul. Bei manchen tropft es nur aus dem Maul.

Dafür hat Christine ihre Doktorarbeit fertig. Ich verstehe kein Wort, finde aber einen Fehler, weil ich immer einen Fehler finde, außer bei mir. Aber dann kommt es, auf Seite drei: Für meine Eltern.

Das ist nun wirklich nicht fehler- sondern fabelhaft, da schlucke ich bewegt und pfeife anerkennend durch die Zahnlücke.

Dein Lucky Lücke.

Crottaille, im Mai 2007

Lieber Eduard,

wer es nicht selbst sah, kann nicht glauben, mit welch herablassendem, majestätischen Nicken Madame Moshe meinen Tagesgruß stumm erwidert. Eine kaum wahrnehmbare Bewegung des edlen Kopfes, die Augen fast züchtig gesenkt und die schönen Züge wie eingefroren. Da hätte die Lizzy von England noch eine Menge lernen können.

Simone reist nach Paris. Dort trifft sie eine Kusine, die inzwischen weite Hosen trägt, ohne dass das Herz mitgewachsen wäre. Beide Zustände nerven Simone nachhaltig, sodass Emma ihre Mutter als welke Primel diagnostiziert. Diese hole ich in Perpignan vom TGV ab, aber inzwischen ist die welke Primel durch eine Erkältung zum Quietschentchen mutiert. Deshalb gehen wir zu Dr. Ngo Ngoc Dong, dem Stecher. Der setzt die Nadeln, und die Erkältung ist weg. Jetzt quietscht sie nicht mehr, fängt aber nachts an zu röhren. Wahrscheinlich hat Ngo Ngoc Dong die Lunge erwischt. Wenn sie nicht röhrt, schnarcht sie. Aber das macht sie gelegentlich auch ohne Akupunktur. Wenn sie schnarcht, bin ich wach. Wenn sie röhrt auch. Erblickt sie morgens meine unausgeschlafene Fassade, sagt sie, kein Wunder, wie du schnarchst. Deshalb fange ich an zu husten. Jetzt brauchen wir nur noch einen Dirigenten.

Trotzdem fährt sie nach Deutschland. In Deutschland wird zur Zeit kräftig amnestiert, die RAF-Häftlinge nämlich, was auch langsam Zeit wird, haben doch manche von denen, die damals eine klammheimliche Freude empfanden, uns später regiert.

Dann fahre auch ich nach Deutschland, nicht der Amnestie, sondern des zweiten Zahnes wegen, der mich nicht gänzlich aber mehrheitlich verlassen hat. Da gucken dann doch tatsächlich vier Dentaldoctores in mein Maul, als sei ich die Sphinx oder ein oraler Dukatenscheißer. Implantat oder Prothese ist hier die Frage. Dabei dachte ich immer Prothese sei nur was für's Bein. Der Oberarzt badischer Provenienz sagt gar „Prothesle", der andere „Scheiße". Auf jeden Fall ist es ein Augenzahn, der raus muss. Augenzähne heißen Augenzähne, weil man beim Ziehen derselben die Augen schließt.

Als ich die Augen wieder öffne, weiß ich, dass bei meinem Lächeln keine Dame schwach werden wird. Aber ich kann mit der neuen Lücke La Paloma in Stereo pfeifen.

Dann bringe ich meine Zahnlücken mit nach Hause und setze mich auf die Terrasse, weil Anfang April plötzlich der Sommer ausgebrochen ist. Ich habe immer weniger Zähne, aber unser Freund Ernest hat Alzheimer. Lieber weniger Zähne, obwohl ich die Gattin derzeit nicht küssen kann. Mit Alzheimer könnte ich küssen, wüsste aber nicht warum.

Stattdessen weiß ich um das Faszinierende in der Ehe, nämlich die Entdeckung ganz oder teilweise neuer Facetten beim Partner auch noch nach Jahrzehnten, die einem immer zur Ver – und gelegentlich auch Bewunderung Anlass geben.

„Wenn du dich unterfängst, der Liebe vernünftige Regeln zu setzen, so ist es, als bemühtest du dich, mit Vernunft verrückt zu sein", sagte der römische Dichter Terenz (um 195–159 v. Chr.). Der Terenz hat nachgedacht.

Jetzt wissen wir es: Sie waren alle gedopt, die Helden der Tour de France und anderer Pneuparcours. Wir wissen aber auch, dass wir es immer vermutet haben. Jetzt sind wir empört und tun ganz überrascht. Eines Tages wird sich eine andere Generation totlachen über diesen biochemischen Rekordwahn. Ab diesem Tag wird bei der Tour de France, wie wir es schon mal hatten, wieder anständig zu Mittag gegessen, mit Rouge gespült und einem guten Cognac verdaut. Wer dann aus Versehen die Strecke wieder zurückfährt, wird disqualifiziert. Das Schönste aber an der Tour de France wird die Siegesfeier sein, egal wer gewinnt. Teilnahme ist alles, Sieg Makulatur, und schon haben wir den gesunden Breitensport.

Stattdessen habe ich mein provisorisches „Prothesle" oder prothetisches Provisorium. Die Welt ist ein Provisorium, urteilte der mythische Paladin de Gaulles, André Malraux (1901–1976). Jetzt hab' ich die Welt im Maul. Gut, es fremdelt noch ein wenig wie die Welt auch, aber es passt und ist schmerzfrei, was man von der Welt nicht immer behaupten kann. Es ist also im Gegensatz zur Welt ohne Fehl und Tadel. Malraux irrt.

Das „Prothesle" brauche ich unbedingt für Christines Kolloquium, aber es muss einige Tage vorher eingesetzt werden, da es zu anfänglichen Sprach- und anderen Schwierigkeiten führen kann, d.h. man erweckt den Eindruck eines Angetrunkenen, was zum Kolloquium ebenso wenig passt wie meine vorige Erscheinung als Bahnhofspenner.

Ein Kolloquium ist ursprünglich ein Gespräch, ein netter Schnack, wenn Du so willst, ein colloquium per filum aeneum also ein Telefongespräch, weil Deine Stimme als Botschaft durch den Kupferdraht geschickt wird = voce nuntiare per filum aeneum. Man kann es aber auch einfacher sagen.

Da Lateinisch so gelehrt klingt, machte man später ein Gelehrtengespräch daraus, d.h. wir beide, lieber Eduard, dürfen daran gar nicht teilnehmen. Tue ich aber doch, weil heute Christine ihre Doktorarbeit vor vielen Gelehrten vorträgt, was sie ohne Beteiligung meiner Gene ja gar nicht tun könnte. Deshalb verpasse ich mir nach über 13 Jahren eine Krawatte, wobei der Knoten eher zum Festmachen einer Fregatte geeignet ist, und schreite aufrecht nebst Gattin, die ja auch genetisch nicht unschuldig ist, in die Klinik zum Kolloquium. Ich verstehe nichts, lächle aber dank des Provisoriums in meinem Fang nachdenklich weise und darf den anschließenden Umtrunk bezahlen. Dabei fragen sich die stolzen Eltern klammheimlich, welche ihrer genetischen Anlagen denn dem Kinde zugute gekommen wären, wobei jeder natürlich über die weit dominanteren verfügt.

Aber sie hat das ganz wunderbar gemacht, nicht weil sie es überhaupt gemacht hat, sondern wie, nämlich sympathisch bescheiden und locker im Stoff stehend. Da gab es dann reichlich nicht nur höflichen Beifall, und der Chefarzt beglückwünschte uns, wobei er in Anbetracht unseres Heimatortes fröhlich Französisch parlierte, obwohl ich doch ein deutscher Patriot bin.

Abends speisen wir draußen in der „Enoteca" am Schwabentor, genießen und entspannen. Ich blicke auf eine Riesenlinde, über die weiße Quellwolken emporsteigen, auf die sich im Sonnenuntergang ständig wechselnden Fassadenfarben und auf die Haufen gelber Müllsäcke, die der von den Grünen beherrschten Stadt Freiburg ein so unverwechselbares Gepräge verleihen.

Dann schlendern wir in der lauen Sommernacht durch die engen Gassen, von denen die Konviktstraße mit ihren Glyzinen die Krönung ist, und genießen die besondere, schon sehr südliche Atmosphäre Freiburgs mit unserer frischgebackenen Dr. med. .

Anschließend geht es zum Familientreffen in die Uckermark. Das ist dort, wo Deutschland aufhört. Aber erst müssen wir nach Berlin. Das ist dort, wo Deutschland anfängt – oder angefangen hat.

Wegen der Hitze fahren wir nach Potsdam, die Stadt der Preußen. Heute wohnen da Jauch und Joop. Aber das macht nichts, denn Potsdam ist nicht nur ansprechend, sondern neueste Geschichte pur. Da vermischen sich DDR und BRD, nein, sie vermischen sich nicht, sie grenzen sich ab, sie brüllen sich optisch an. Wer den Pfingstberg zum Bellevue hinaufsteigt, sieht sehr deutlich die Zeugen der Systeme, versteht Churchills Wort von der gleichmäßigen Verteilung des Elends (Funktionäre ausgenommen), muss bei aller Kapitalismuskritik für letzteres System votieren, denn es gibt keine keimfreie Ideologie, es gibt nur im Rahmen des „trial and error" die weniger schlechte Lösung.

Warum aber Familientreffen? Es hat etwas mit Nostalgie zu tun, wird die in der Verfassung ausdrücklich geschützte Institution doch hintenrum durch die kalte Küche staatlich demontiert, weil sie angeblich nicht mehr modern ist. Zwar beweisen Geschichte und Soziologie, dass die Familie Überlebensgarantie ist, aber wer denkt in Wohlstandzeiten schon an solche Lappalien. Außerdem ist Familie wie Ehe auch gelegentlich anstrengend, und genau das will die Spaßgesellschaft nicht.

So sitzen wir am Werbellinsee, kauen nachdenklich am Räucherfisch und blicken auf diese ruhige Seenlandschaft, die so typisch für die Berliner Umgebung ist.

Beim Familientreffen wird zunächst überprüft, wer alles noch da ist. Es folgt die optische Analyse, die recht zufriedenstellend ausfällt, hat doch Cousine Martha kräftig zugelegt, während Onkel Hermann stark vergreist scheint, obwohl wir doch alle älter geworden sind.

Darauf geht es ins Detail, ins Innere sozusagen. Die Cholesterinwerte von Vetter Bastian sind Angst erregend und Base Julia hustet sich ins Grab. Da kann man mit seiner Arthrose doch noch ganz zufrieden sein. Im weiteren Verlauf kommt es dann zur mehr moralischen Beurteilung: Ja weißt du nicht, dass der mal hatte, wo er gar nicht hätte haben dürfen. Und die hätte gerne gehabt, war aber keiner da, der hätte haben wollen.

Sonnengebräunt fahren wir nach Prenzlau zum Eröffnungskonzert der Uckermärkischen Musikwochen im Garten des Dominikanerklosters. Und das ist nun wirklich eine Überraschung, nicht nur weil die so schön singen und das Kammerorchester Preußisches Kammerorchester heißt, sondern weil da alles passt, das Wetter, die Stimmung, das Programm nachdenklich, klassisch, dann wieder spitzbübisch mit viel Humor. Da lebt man auf, da lebt man mit und denkt über dieses unendlich scheinende menschliche Spektrum nach. Hier friedliche Kultur von vielen jungen Menschen getragen, ein paar Kilometer weiter beim G8-Gipfel die vermummten Autonomen, die Frieden sagen, um sinnlose Gewalt zu säen. Ist Humanismus nur Tünche?

„Onkel Albert", ein alter Dampfer, wartet in brütender Hitze auf dem Oberuckersee, einer von den 400 Seen der Uckermark. Mit anderen Worten, hier waren mal Gletscher, die man heute gut gebrauchen könnte. Stattdessen Wärmetod mit Weizenbier. Aber der Blick ist schön. Da baden schlanke Nixen, solche die von alleine schwimmen und eine Wasserschlange. Am Ufer wird geheiratet. Möge diese Hitze dem Paar erhalten bleiben, obwohl die eher nach Vernunftehe aussehen.

Im „Deutschen Adler" lassen wir es ausklingen. So lange es noch „Deutsche Adler" gibt, ist Deutschland nicht verloren mit seiner edlen Schweinskopfsülze und den unnachahmlichen Bratkartoffeln.

Dann busseln wir uns erschöpft zum Abschied bis zum nächsten Jahr. Nächstes Jahr in Quedlinburg, wenn man vorher nicht die Quaddeln kriegt, Hauptsache in den Schoß der Familie, auch wenn du darin umkommst.

Dein pater familias

Crottaille, im Juli 2007

Lieber Eduard,

mein Gott, haben wir uns auf diesen Sommer gefreut, einen paradiesischen Sommer ganz „en famille", das Grundsatzprogramm der Linken zur Rechten, und Bacchus zur Linken und die Sterne über uns. Doch dann verflüchtigte sich Christines Galan urplötzlich getreu dem napoleonischen Lehrsatz, dass es in der Liebe nur einen einzigen Sieg gibt, nämlich die Flucht. („Dans l'amour il n'est qu'une seule victoire, la fuite.") Napoleon ist öfters mal geflüchtet, hat aber nie gesülzt wie dieser Galan, dem schon nach vier Jahren auffiel, dass seine Liebe vielleicht nicht auf ewig die gleiche Intensität würde wahren können. Deshalb hatte er eine Woche vorher noch Ringe ausgesucht.

Und während die Tränen rollen und die Flüche hallen, während wir trösten wie ein ganzes Psychologieseminar, erspähe ich in den benetzten Augen von Madame einen heimlichen Glanz, ganz weit weg und nach innen gekehrt. Da weiß ich, dass sie sich über die Trennung freut, sie womöglich still erhofft hat. So sind die Frauen, Eduard, außen heulen, aber innerlich jubilieren, zumal Schwiegersöhne in spe ohnehin nie ihren Anforderungen genügen und Schwiegertöchter schon gar nicht.

Aber was ist das überhaupt, ein Mann?, fragt Françoise Giroud, diese intelligente und charmante französische Journalistin, und gibt, wie ich meine, den geglückten Versuch einer Erklärung: „Er ist zugleich mein Ebenbild und mein Gegensatz. Wir sind ähnlich und anders, folglich unfähig, uns wirklich zu kennen und gleichzeitig so nahe."* Schön formuliert, aber wenig hilfreich in dieser Situation.

Deshalb machst du dir natürlich so deine Gedanken. Schon Fontane bezweifelt in seiner Abhandlung über Ibsens „Gespenster" im Jahre 1887, ob das alte Prinzip der Vernunftehe die Partner unter dem Strich unglücklicher gemacht habe als die Liebesehe. Jedenfalls scheint die sogenannte Neigungsehe unserer Zeit mit ihrer hohen Scheidungsrate nicht das Gegenteil zu beweisen.

---

*Françoise Giroud: On ne peut pas être heureux tout le temps, Paris 2001, S. 117: „À la fois mon double et mon contraire. Nous somme pareil et autres, donc impuissants à nous connaître vraiment et si proches en même temps."

Beziehungen sollen heute vor allem Spaß machen, nur ist Dauerspaß nicht sehr spaßig. Schon Glück dauert nicht, wie wir wissen, und soll es auch gar nicht, sonst wäre es die Hölle auf Erden, sagt G.B. Shaw.* In jeder Beziehung steckt deshalb auch ein wenig Hölle, sonst ist sie nämlich keine.

Ein One-Night-Stand macht noch keine Beziehung und Fifty-Night-Stands auch nicht. Aber heute wird Glück verbraucht im wahrsten Sinne des Wortes. Ist es verbraucht, wird es entsorgt. Man schafft sich neues an. Pannen sind nicht vorgesehen. Man hat doch Garantie, und bevor die abgelaufen ist, hat man das neue Modell.

Womit wir wieder bei der Freiheit sind, die ohne Verantwortung nicht funktioniert. Aber das will ja keiner hören, weil Freiheit doch grenzenlos sein muss (über den Wolken jedenfalls, so ein Bänkelsänger), weshalb jede Begrenzung als Spießertum deklariert wird und jeder schüchterne, konservative Ansatz als rechtsradikal.

Dafür erfreuen uns diese knubbeligen Zwillinge Kaczynski aus Polen mit ihrer Quadratwurzel, weil sie das demokratische System des „one man, one vote" nicht kapiert haben. Vielleicht sind sie auch nur böse, weil wir sie in die EU holten. Außerdem seien sie dank deutscher Schuld nicht so viele wie sie sein könnten, müssten also noch ein paar Stimmen dazu bekommen. Deutschland auch, nämlich von Schweden wegen des 30-jährigen Krieges. Aber wir wollen nicht so pingelig sein.

Aber was sind die Kaczynkis schon gegen Moshe. Moshe erklärte einst feierlich, im Sommer sei er aus klimatischen und anderen Gründen immer in Deutschland. Jetzt sitzt er Mitte Juli frühstückend im Garten. Ein Mann, ein Wort sozusagen. Deshalb frage ich ihn unhöflich nach seinen Vorstellungen der Jahreszeiten und meine damit nicht Vivaldi.

Statt jubelleichter Sommer also eine dunkle Stimmung etwa wie die der Hugenotten nach der Bartholomäusnacht. Das Wetter macht auch nicht mit, sodass dick auf der ersten Seite der Zeitungen (à la Une) steht: L'été pourri – beschissener Sommer.

Dabei können wir froh sein, überhaupt noch zu leben. Erst vor 50 Jahren wurde die Geschwindigkeitsbegrenzung in deutschen Ortschaften gegen den entschiedenen Widerstand von Medien und ADAC eingeführt. Vorher galt das Überbügeln von Fußgängern als Jagdunfall. Die Medien applaudierten und der ADAC verteilte

---

*„A lifetime of happiness, no man alive could bear it, it would be hell on earth."
George Bernhard Shaw (1856–1950)

Preise. Deshalb wahrscheinlich unser immer stärker werdender Medienvorbehalt und die innere Opposition gegen den ADAC als neue, noch getarnte Volkspartei, immerhin die einzige, die vermag, das deutsche Volk zu einigen. Bald wird ein Auto Kanzler von Deutschland.

Zu allem Überfluss stellt sich auch noch mein Provisorium als provisorisch heraus, d.h. es verliert den ultimativen Test gegen einen Olivenkern. Den abtrünnigen Zahn befestige ich notdürftig mit Sekundenkleber im Fang. Wer mich jetzt küsst, lebt gefährlich.

Emma aber schwingt die Fahne der sozialen Gerechtigkeit, nein sie schwingt sie nicht, sie haut sie einem um die Ohren, und das ist gut so. Sollte sie beruflich scheitern, wird sie schriller werden, sollte sie reüssieren wird mehr liberales Gedankengut greifen, und sollte sie gar Chefin werden, wird sie zum Konservatismus konvertieren. Das ist nun mal der Lauf der Dinge. Der Sozialismus ist eine hervorragende Idee, funktioniert aber nicht. Der Kapitalismus auch nicht, aber der tut so.

Derweil blättre ich in einer französischen Frauenzeitschrift, die mehrere äußerst interessante Vorschläge für ein modisches Epilieren bereit hält. Keine Angst, das hat nichts mit Epilepsie zu tun, obwohl es bei der Fallsucht regelmäßig zu epileptischen Wesensveränderungen kommt, die sich bis zur Demenz steigern können, was beim Epilieren in einigen Fällen Voraussetzung zu sein scheint. Es handelt sich hier aber lediglich um ein schmerzhaftes Zupfen im Schamhaarbereich, wobei die Dame von Welt zwischen einem „Brazilian Landing Strip", einer äußerst schmalen Landebahn also, oder gar enem „Brazilian Hollywoog Strip", einer gerodeten Schamzone sozusagen, wählen kann. Vielleicht krönt aber auch ein kringeliges Herzchen ihren Mons pubis, elegant geschnitten wie die Schlossgärten von Versailles.

Das ist ganz lustig, bis mir das Heftchen aus der Hand fällt. Auch für Herren ist nun das Epilieren angesagt.

Und warum? Man möchte sich wenigstens äußerlich von seinen behaarten Vorfahren unterscheiden – und es soll so ungeheuer sexy sein, obwohl da gar nichts mehr kitzelt.

Die Welt ist ernster geworden, lieber Eduard, und der Mensch aalglatt, was wiederum etwas mit „political correctness" zu tun hat.

Dann zupf mal schön, mein Lieber!

Crottaille, im September 2007

Lieber Eduard,

heute ist der Tag des Heiligen Laurent, was ich nicht weiß. Aber ich steige intuitiv zur Chapelle de Saint-Laurent-du-Mont hinauf, wo mich christliche Choräle empfangen. „Halleluja" klingt es aus dem alten Gemäuer, an dem schon um 900 gebaut wurde, und schallt weit von den Bergen hinab über den katalanischen Garten Frankreichs. Und während die ganz Frommen drinnen die Heilige Messe feiern, richten draußen ebenso gute Geister den kräftigen Imbiss, wobei die Rotweinflaschen klirren als wollten sie ihre eigene Palestrina-Messe zelebrieren, nicht ganz so harmonisch, aber unendlich fröhlicher.

Das liebe ich so am Süden. Bei uns in Deutschland gab es nach dem Gottesdienst immer nur Sekt mit Orangensaft, wobei am Sekt gespart wurde, um die Predigt nicht zu vergessen. Hier wird die Predigt sozusagen substanziiert.

Und während ich noch über die Ausgestaltung christlicher Riten sinne, geschieht das Unfassbare. Ich kreuze den Pfad eines französischen Paares, das mir, wie landesüblich, einen frohen Gruß entbietet, wobei der Herr innehält, und – jetzt fasse Dich, Eduard – mich nach dem Weg fragt. Das würde ein deutscher Mann nie tun. Ein deutscher Mann fragt niemals nach dem Weg, auch wenn er schon auf die ersten Beschriftungen in kyrillischer Schrift stößt.

Was gibt es Schöneres als einer internationalen, sportlichen Auseinandersetzung beizuwohnen, bei der man sich patriotisch nicht einbringen muss und deren Regeln man ohnehin nicht versteht, obwohl der Franzose Claude mit seinem ausgeprägten analytischen Verstand, seiner kartesisch geschulten Geistesschärfe und hoher Eloquenz versucht, uns rugbyfreien Germanen zu erklären, warum sich viele Männer auf einen eiähnlichen Gegenstand legen.

Wir sind nämlich inmitten der Rugby-Weltmeisterschaft, was wir dumpfen Germanen noch gar nicht gemerkt haben. Die Grande Nation trifft auf die gefürchteten All Blacks aus Neuseeland. Und das in Cardiff im verhassten England, obwohl die Walliser gar keine Engländer sind. Viel schöner als das Spiel ist der Kriegstanz der All Blacks vor demselben, ein düsterer, bedrohlicher Kriegstanz der Maori, der Ureinwohner der Insel, der denen aber auch nichts genutzt hat als die Weißen kamen.

Nach schon einer viertel Stunde begreifen wir, dass dieser eigenartige Sport aus England kommen muss, zumal so ein homoerotischer Hauch durchs Stadion wabert, wenn mehrere kurzbehoste Männer aufeinanderliegen und anstößige Bewegungen ausführen, was aber nichts mit Homoerotik zu tun haben soll, wie Claude versichert, sondern rein sportlich zu interpretieren ist, zumal die Herren die Hosen ja anbehalten, obwohl sie gelegentlich nachhaltig daran zupfen. Doch das hat nichts mit Sex zu tun, sondern Verzweiflung.

Inzwischen hat Claude zur Beruhigung bei dieser flotten Eiersuche einen Cognac serviert. Claude serviert Cognac in einem Glas, das von seiner mächtigen Gestalt her einen intensiven Sauerstoffaustausch der Flüssigkeit mit der umgebenden Luft garantiert und gleichzeitig auf Grund seiner Gefäßtiefe einer Verdunstung bei höheren Temperaturen vorbeugt. Wenn die Gäste weg sind, badet Claude seine Katze da drin.

Aber aus diesem Halbaquarium strömt Geistiges und führt mich ins alte Rom. Schnell erkenne ich, dass Rugby die Fortsetzung der Gladiatorenkämpfe mit anderen Mitteln ist, nur dass die Gladiatoren jetzt kurze Hosen tragen, und die Löwen durch die gegnerische Mannschaft ersetzt wurden, was etwas von der Spannung nimmt, aber den Rasen nicht so versaut. Auf jeden Fall ist die Ähnlichkeit der Aktiven mit der Tierwelt weitgehend erhalten geblieben. Verglichen mit ihnen könnte man das Aussehen der Teilnehmer dieser schottischen Hochlandspiele, in denen man sich im Baumstammweitwurf und Wettsägen misst, als durchgeistigt bezeichnen.

Und so ist im Wesentlichen alles beim Alten geblieben: „Panem et circenses", Brot und Spiele im alten Rom, Spiele und Stütze im Jahr 2007, vordergründig zum Ergötzen der Massen, in Wirklichkeit zu ihrer Ruhigstellung.

Wie immer, wenn ich nicht durchblicke, fliehe ich in die Berge – ich bin also oft da oben, und wie ich nach oben will, liegt unten, nämlich am Boden, ein Mountain-Bike-Fahrer ohne Bike, aber mit gebrochenem Arm.

Zum Glück hat ihn sein Helm vor einer satten Schädelverletzung bewahrt, aber irgendwie sieht er etwas verfallen aus. Deshalb betreue ich ihn, während sein Bruder das Auto vom Parkplatz holt. Sein Zustand ist nicht berauschend, der gebrochene Arm schmerzt, aber er haucht nur eine Frage in mein Ohr, ob er wohl heute Abend den Rugby-Match Frankreich – England sehen kann. Das finde ich nun wirklich super. Fast in die Grube gefahren, aber nur die nationale Ehre im Visier, in den letzten Atemzügen gewissermaßen. Deshalb flüstere ich „bien sûr" zurück, worauf er entspannt die Augen schließt, aber nicht für immer, weil sein Bruder inzwischen mit dem Wagen herangefahren ist.

Das Meer brüllt, der Regen klopft, und ich muss mir mein Leben im Konsulat in Perpignan bescheinigen lassen. Nicht nur das, ich muss auch Farbe bei Castorama holen. Aber das geht nicht, weil die EDF, die Électricité de France, streikt. Das sind die mit den vielen Atomreaktoren, die auch fleißig Deutschland beliefern, damit Deutschland atomfrei werden kann. Hoffentlich haben die vor dem Streik die Brennstäbe rausgenommen, denkst du, und fährst traurig nach Hause. Aber nicht lange, denn die Polizei sperrt einige Straßen, damit die armen Funktionäre demonstrieren können, die in Frankreich ungefähr so viele Privilegien haben wie früher der Klerus. Also mitten auf der Straße gewendet und auf Schleichwegen am Meer entlang, das schrille Pfeifen der Demonstranten im Nacken.

Aber mittags haben sie die Brennstäbe wieder drin, weil sie was Warmes essen wollen. Jetzt sollten die Köche streiken und die Bedienung. Kein Service für Funktionäre, keine Behandlung beim Arzt, auch wenn der Exitus droht. Das gibt freie Stellen. Beim Bäcker kriegen sie kein Brot, der Busfahrer lässt sie stehen und der Tankwart pinkelt ihnen in den Tank. Beim Schlachter kriegen sie Gammelfleisch und bei der Fischfrau Gammelfisch und ins Bordell dürfen sie auch nicht, Brennstab hin, Brennstab her.

Die Polizei guckt zu, wenn sie umgebracht werden, und die Feuerwehr wärmt sich die Hände an ihrem brennenden Haus, und ihre Kinder verblöden, weil sie nicht mehr unterrichtet werden. Das, lieber Eduard, das wäre Solidarität.

Geht aber nicht, weil letztere ja auch Funktionäre sind, und Frankreich die meisten Funktionäre in der Welt hat, und wo Funktionäre sind, funktioniert, na, seien wir tolerant, manchmal auch was.

Dein Streikbrecher

Crottaille, im Dezember 2007

Lieber Eduard,

endlich mal wieder in Deutschland und zwar ins Auditorium Maximum der inzwischen zur Eliteuniversität gekürten Universität Freiburg, wo Christine heute ihr Zeugnis und ihre Approbation ausgehändigt bekommt. Nicht nur das, sie bekommt auch einen ihrer gefürchteten Migräneanfälle, den sie als frisch gebackene Medizinerin jedoch wegbombt, wie sie sagt.

Unser Zeitfenster ist etwas eng. Vorher müssen wir noch in den Drogeriemarkt, weil das Zeug in Frankreich so teuer ist, und ich mich regelmäßig rasiere. Außerdem brauche ich vor Aufregung ein Deospray.

Das Auditorium ist gut besucht. Einige Absolventinnen haben gleich ihre Babys mitgebracht, was fälschlicherweise auf ein eher lockeres Studium schließen lässt. Anzugsmäßig ist von der Abendrobe bis zum Freizeitoutfit von Tschibo alles vertreten. Was uns aber eint, ist der Stolz auf unsere genetischen Erzeugnisse, sind doch Intelligenz und Engagement dominant vererblich, was man gut an Goethes Sohn sehen kann.

Dann kommt der Dekan und ist erträglich. Nach dem Dekan kommt Mozart mit einem Flötenkonzert, bei dem natürlich Mozart, aber auch die Flöte fehlt. Die wird durch eine zweite Violine ersetzt, was auch erträglich ist. Darauf folgt als Gastredner ein Chefarzt der Inneren Medizin. Das ist nun einer von dieser seltenen Gattung voller Humor und Esprit, der sagt, was er denkt, aber mehr denken kann, als andere überhaupt sagen können.

Der nimmt sich die Zauberflöte, wiederum von Mozart, und interpretiert sie ein wenig um, als Beschreibung des Medizinstudiums und des Medizinbetriebes nämlich, und macht das so charmant, dass man erst hinterher merkt, dass er die Gesundheitsministerin Ulla Schmidt als klinisch auffällig diagnostiziert hat und ihren blutleeren Adlatus ebenfalls.

Und während ich mir noch die Lachtränen trockne, naht das Unheil in Form eines Oberregierungsdirektors aus Stuttgart, dem Vorsitzenden der Prüfungskommission. Nicht, weil der kein Deutsch kann, sondern weil der gar nicht weiß, warum er hier ist. Der erzählt nun so hinreißend etwas von Bettenauslastung in Baden-Württemberg, dass man sich am liebsten hineinlegen würde.

Dann verteilt er die Zeugnisse mit diesem rotzig, hoheitlichen Blick, obwohl er wahrscheinlich beim Staatsexamen geschummelt hat und über die Partei ins Amt kam.

Und wenn ich mir so die Gestalten betrachte, die da zum Zeugnisempfang schreiten, dann würde ich, ich gestehe es, zu manch einer Ärztin freiwillig gehen, die meisten aber fliehen und einige Herren Doctores ebenfalls. Da ist eine so Dicke dabei, die sich beim Operieren in den eigenen Bauchlappen schneidet, und mancher der Burschen wirkt so intellektuell, dass er die Hämorrhoide auf der Landkarte sucht. Aber das sind die Ausnahmen. Die Mehrzahl wirkt frisch und motiviert – noch jedenfalls.

Danach gehen die anderen zum Festessen und wir zu Aldi. Vollgepackt überschreiten wir gegen 22:00 Uhr die Grenze zur Eidgenossenschaft mit der Ausstattung für eine Drogeriemarktdependance und reichlich Discountgemüse.

Mein Gott, Eduard, keiner von uns mehr in Deutschland. Und das mir als deutschem Patrioten! Aber Auslandsdeutsche sind bekanntlich die besten Deutschen. Fahr mal nach Namibia!

Dafür entdecke ich Thun. Thun hat einen Thalia-Buchladen und ein Antiquariat. Damit ist Thun Kulturstadt. Aber nicht so ganz, denn am See lassen sie bei diesem miesen Klima mehr oder weniger gutgewachsene Damen als Büsten nackt herumstehen, bei deren Anblick es einen fröstelt. Aber das tut es auch bei einigen angezogenen Nicht-Büsten. Wie gesagt, sie sehen aus wie wir.

Die Albères sind schneebedeckt und Simone backt Plätzchen. Wenn sie keine Plätzchen backt, telefoniert sie, und ich stelle fest: Die Flatrate ist ein Fluch.

Aber nicht nur die, sondern auch die weibliche Logik, Eduard. Simone sagt nicht : « Stell' mir mal die Leiter in die Küche ! », schon gar nicht: „Liebling, könntest Du mir vielleicht bitte die Leiter in die Küche stellen?", Simone sagt: „Brauchst Du heute Nachmittag die Leiter?"

„Eh?"

„Ob Du heute Nachmittag die Leiter brauchst?"

„Welche Leiter denn?"

„Als ob wir einen Leiterladen hätten. Na, den großen Tritt."

„Wieso den großen Tritt?"

„Wahrscheinlich, weil der kleine nicht reicht, Du Überflieger."

„Und was soll ich mit dem großen Tritt?"

„Du sollst gar nichts mit dem großen Tritt. Ich habe nur gefragt, ob Du ihn brauchst."

„Wieso sollte ich ausgerechnet heute Nachmittag den großen Tritt brauchen?"

„Das weiß ich doch nicht. Aber bei Deinen komischen Ideen."

„Wieso habe ich komische Ideen?"

„Komm, jetzt lenk nicht ab. Du brauchst die Trittleiter also nicht."

„Nein, was soll denn das Ganze?"

„Hättest Du mir ausnahmsweise mal beim Mittagessen zugehört, wüsstest Du warum."

„Aber ich hab' Dir doch zugehört."

„Eben nicht!"

„Natürlich, ich weiß noch alles. An der Sauce war zu wenig Curry, und Deine Freundin Nadine kriegt einen dicken Hintern und eine noch zarte Cellulitis, Nicole hat angerufen und ist nicht mehr für den Gatten „disponible", was immer das heißen mag, und Altbundeskanzler Schmidt war in der falschen Partei. Nicht schlecht, was?"

„Aber das Wichtigste hast Du wieder vergessen, weil Du nie richtig zuhörst oder weil in Deinem Alter die Speicherkapazität erheblich nachlässt. Ich habe nämlich angedeutet, dass ich heute Nachmittag die oberen Küchenborde putzen will."

„Na ja, das hab' ich nicht so ernst genommen. Du kündigst ja öfters mal was an, und dann ruft die neuerdings hinterlastige Nadine an, oder die indisponible Nicole …"

„Nun werd' mal nicht ausfällig, mein Lieber. Wenn Du etwas kombiniert hättest, hättest Du sofort gewusst, dass ich heute Nachmittag die Trittleiter aus der Garage brauche. In Deinem Alter scheint nicht nur die Speicherkapazität zu leiden, sondern auch die Kombinationsgabe."

„Wenn meine Speicherkapazität nicht ausreicht, kann ich die Leiter nicht finden, weil ich vergessen habe, wo sie ist. Sollte ich sie trotzdem finden, weiß ich wegen fehlender Kombinationsgabe nicht, wofür ich sie brauche. Nennt man Logik, mein Schatz."

„Ihr immer mit Eurer Scheißlogik. Mit Eurer Logik wären wir schon ausgestorben und die Welt hätte den Charme eines Bahnhofklos."

„Ich habe mehr gezeugt als der Bundesdurchschnitt, meine Liebe."

„Und da bist Du wohl auch noch stolz drauf. Ziemlich logisch kamst Du mir dabei allerdings nicht vor."

„Na, ja."
„Was heißt na, ja? Kannst Dich wohl nicht mehr erinnern, was?"
„Natürlich nicht, wegen meiner nachlassenden Speicherkapazität, ha, ha."
„Da scheint mir aber einiges nachzulassen."
Ich habe dann schnell die Leiter geholt.
Dann hat Nicole angerufen.

Zum Glück, Eduard!

Crottaille, im Januar 2008

Lieber Eduard,

dann kommt Weihnachten, etwas zögernd wie es scheint.

Am 21.12. sollte Emma in Girona/Spanien landen, konnte aber nicht in Paris starten, weil da ein unbemannter Koffer in der Halle stand. Früher wurden die geklaut. Heute evakuiert man alle Fluggäste und lässt das Ding explodieren. Sie kam etwas blass und sehr verspätet an.

Am 22.12. waren wir bei Simones Gynäkologin zusammen mit unserem Hausarzt zum Essen eingeladen. Aber dann kam überraschend ein alter Bekannter. Der ist ein und ein halb Mal um die Welt gesegelt. So was hinterlässt Spuren.

Also fuhr Simone alleine mit Emma zum gynäkologischen Abendmahl – aber nicht sehr weit. Sie konnte das ländliche Anwesen in der Dunkelheit nicht finden, weil wir erst ungefähr 20 mal dort waren. Stattdessen fuhr sie in ein Feld, das vom plötzlichen Regen aufgeweicht war und sie nicht mehr freigab.

Wir konnten ihr nicht helfen, weil sie nicht wusste, wo sie war, und unser Rougelevel inzwischen nicht mehr die gesetzlichen Anforderungen erfüllte. Deshalb rief ich die Gastgeberin und deren Gatten zur Hilfe, weil ich Frau und Tochter in nächster Nähe wähnte. „Scheiße", sagte Frau Doktor. Natürlich sagte Frau Doktor nicht „Scheiße", sondern „Quelle catastrophe!", aber sie hätten einen Trecker.

Nun weiß ich nicht, warum Gynäkologinnen einen Trecker haben, aber es klang gut. Ich wusste, dass sie mit ihrem Mann irgendwie in Bio machte, mit diesen grünen Wanderhühnern, sprechenden Enten und selbstgezogenem Salat, der so interessant schmeckt wie sich Kerners Sendung anhört. Aber sie tranken mäßig, womit ich meine Mädchen in guten Händen wusste.

Also setzte mein Bekannter seine saftigen Erzählungen fort, weil er inzwischen die Archipele nordwestlich von Hawaii erreicht hatte, wo die Damen nicht übermäßig bekleidet sind und den ganzen Tag tanzen oder einen Kokosnüsse an den Kopf werfen, wenn man sich weigert, gewisse Krankheiten weiterzuverbreiten.

Als wir bis kurz vor Mitternacht noch immer keine Rettungsbestätigung hatten, versuchte ich die Damen per Handy zu erreichen. Sie hatten derer zwei, denn jeder hat heute ein Handy außer mir. Ein Handy ist per definitionem ein Kommunikationsmittel, mit dem man jederzeit seinen Partner überall erreichen kann, mit Ausnahme meiner Frau und meiner Tochter. Da es schon nach Mitternacht war, wollte ich die Gynäkologin nicht stören, weil ich nicht weiß, was Gynäkologinnen so am Morgen machen.

Endlich hatte ich eine Verbindung und erfuhr, nachdem ich die Definition eines Handys zitiert hatte, dass bei einem Gerät die Batterie leer war und sich das andere in der Manteltasche befand, und Mäntel befinden sich bekanntlich nicht im Esszimmer, sondern draußen in der Garderobe, wie du weißt, mein Schatz. Oh, das Essen war ausgezeichnet. Leider mussten sie das Auto im Acker stecken lassen, weil der Gynäkologentraktor etwas schwach war. Aber man würde das ja morgen, pardon, heute in den Griff kriegen.

Als sie schließlich heimkehrten, hatten wir eine kurze, aber lebendige Unterredung.

Am 23.12. mussten wir also unser Auto bergen. Die Suche dauerte etwas länger, weil sich das Gefährt auch nicht annähernd da befand, wo die Gynäkologin wohnte. Außerdem hatte es über Nacht stark geregnet, sodass der Wagen nicht etwa auf dem Feld stand, sondern wie ein gestrandeter Wal in ihm schwamm. Leider war der Bauer, der helfen sollte, nach Montpellier gefahren. Deshalb riefen wir unsere Versicherung zu Hilfe, was an Sonntagen sehr interessant ist. Die sitzen in Paris und du im Schlamm. Dann kam endlich der Abschleppwagen und fragte, was zum Teufel das kleine U-Boot da auf dem Feld machte.

Höflich verschämt versuchte ich den Haken anzubringen und versank prompt in der Brühe. Jetzt sah ich aus wie ein Rekrut in der Grundausbildung – nur nicht so vaterländisch motiviert.

Es wurde Mittag. Mittags stellt sich für den Franzosen die existenzielle Frage: Essen oder nicht Essen? Falls nein, wird er ohnmächtig. Also gab er sich und seinem Abschleppwagen einen letzten, heroischen Ruck und unser U-Boot kam frei.

Dann gab mir Madame einen Kuss und fand das alles unheimlich komisch. Inzwischen war mein Bekannter abgereist und Christine nahte aus Thun in der Schweiz in ihrem neuen Mini One. Ihr Auto sah großartig aus, unseres buchstäblich wie Scheiße.

Meine Hosen auch.

Am 24.12. passte der Weihnachtsbaum in den Ständer, was ich fälschlicherweise als ein gutes Zeichen deutete. Leider hatte Christine einen Migräneanfall und keine

Tabletten, weil Ärzte so was nicht brauchen. Die Migräne ist eine sehr interessante Krankheit. Keiner weiß, was sie eigentlich ist, aber jeder weiß, weshalb sie zuschlägt, und es passt immer. Ich kriege sie regelmäßig bei Anne Will.

Deshalb verschoben wir die Bescherung auf den 25.12., weil wir ja schon eine hatten. Dann aber wurden wir reich beschert, nicht durch Gaben, sondern durch das spätabendliche, kindliche Gekicher unserer erwachsenen Töchter aus dem Nebenzimmer, wenn du lächelnd merkst, dass Weihnachten an sich ein Geschenk ist und keine reine Erfindung des Einzelhandels.

Aber Weihnachten ist eben nur an Weihnachten, und bevor der Jahreswechsel kommt, kommt Moshe, und wenn Moshe kommt, ist es mit weihnachtlich vorbei.

Moshe will die Wohnung übergeben und ich mich. Aber ich bewahre heldenhaft Contenance. Moshe hat ein Konzept. Wenn jemand ein Konzept hat, muss man es ihm verhageln. Ich hagle vorzüglich. Moshe scheint plötzlich ein wenig orientierungslos. Deshalb norde ich ihn ein, indem ich ihm eine kurze, honorarfreie Psychoanalyse seiner nicht vorhandenen Persönlichkeit unterbreite.

Das verwirrt Moshe. Bei dem beschreibenden Substantiv Saustall versucht er noch, sich trotzig andeutungsweise am Scrotum zu kratzen, wankt aber dann in die falsche Richtung von dannen, sodass ich ihm schon wieder den Weg weisen muss, was besser klingt als es ist. Der Bauer würde sagen, ich hätte ihn vom Hof gejagt, obwohl ich gar keine Mistgabel habe.

Dann beginne ich zu vergeben, indem ich nach und nach Monsieur Moshe von meiner Festplatte lösche, denn Vergebung ist nichts weiter als die Formatierung derselben, um es einmal unchristlich neudeutsch zu formulieren.

Dann gehen wir kräftig Sylvester feiern bei einer Psychiaterin, was ich nach Moshes Verabschiedung heute ganz gut gebrauchen kann. Die führt mich in die Geheimnisse der Seele ein, d.h. sie berichtet, was diese Seele Schreckliches anzurichten vermag, insbesondere bei Politikern, die fast ausnahmslos klinisch auffällig seien. Aber braucht man dazu ein medizinisches Vollstudium?

Zum Glück gibt es Spanferkel, was eher meine Richtung ist als diese schlüpfrigen, Testosteron produzierenden Austern, von denen man Hepatitis kriegt und manchmal angeblich auch was anderes.

Ein frohes Neues, Eduard!

Crottaille, im Mai 2008

Lieber Eduard,

in Deutschland tobt der Kampf der Populisten, wobei man dem Niveau der Auseinandersetzung nach geneigt sein könnte, das Wort von popeln abzuleiten. Dabei ist Populismus ein ganz normaler Bestandteil der Demokratie, wird aber geleugnet wie der Trieb beim Zölibat.

Trotzdem reise ich gen Norden zum Familientreffen. Dabei denke ich noch ganz deprimiert an die gestrige Armutsdiskussion im deutschen Fernsehen, die hier auf der Autobahn ihre Bestätigung findet. Die armutsgefährdete Mittelschicht ist offensichtlich mit ihren Luxuskarossen auf der Flucht. In meinem Kleinwagen schwimme ich mit und werde argwöhnisch beäugt. Wahrscheinlich handelt es sich bei mir um einen Mittelklassenabsteiger, oder ich bin Agent des Prekariats. Auf jeden Fall überholen sie mich alle.

Und dann bin ich plötzlich im tiefsten Mittelalter. Quedlinburg heißt das legolandähnliche Örtchen am Rande des Harzes. Dort gibt es Schweinekopfsülze mit Bratkartoffeln, einen texanischen Domschatz und goldige Erinnerungen an Heinrich Himmler, auch Reichsheini genannt, einen gar erbauenden Mystiker der ganz anderen Art.

Der Quedlinburger Tourist ist Rentner im 5. Dienstjahr mit breitem Bauch und schmalen Lippen. Seine Frau ähnelt ihm an Gestalt, hat aber hinten mehr in der Hose und vorne im Hemd. Der Mann trägt Bart, die Frau barocken Busen. Von weitem sehen sie alle gleich aus. Diese bilden nun aus sozialen und Kostengründen Gruppen, die durch einheimische Sherpas, auch Führer genannt, geführt werden, wobei der Begriff „Führen" uns Deutschen noch etwas Kopfzerbrechen bereitet, weshalb wir geschickt den Anglizismus „Tourguide" bemühen, der aber nicht so recht ankommt.

In der Gruppe gibt es immer einen, der Fragen stellt, um zu beweisen, dass er klüger als der Sherpa ist. Diese Fragen sind von langer Hand vorbereitet und so dämlich, dass selbst Günter Jauch erröten würde. Der Fragesteller lässt beim Fragestellen lässig die Brille auf dem Nasenrücken runterrutschen, was ihm einen intellektuellen Touch verleiht, während die Gattin beifallheischende Blicke in die Runde schleudert, um den anderen klarzumachen, welch intelligenten Lümmel sie sich damals geangelt hat.

Andere dagegen fragen sich, was sie hier sollen oder nach dem Mittagessen, denn nicht jeder kann eine so tiefe mystische Verbindung zum Mittelalter haben wie Heinrich Himmler, der immerhin schon damals eine Brille trug wie heute unsere Intellektuellen, genau so mystisch dachte wie sie und sich nur etwas anders kleidete.

Als Zwangssingle unter so vielen Ehepaaren bemerkt man erstaunt eheliche Rituale, die man einst ganz allein auf die eigene Zweisamkeit bezog. Nun werden sie tröstlicherweise auch von anderen zelebriert, was unendlich entspannend ist.

Aber das Mittelalter war schön, denn da herrschten die Frauen in Quedlinburg. Und wenn die Bürger aufmüpfig wurden, dann holten die Damen eben ihre Brüder, die den Bürgern was auf die Mütze gaben, was wiederum beweist, dass Frauen besser als Männer sind. Deshalb haben wir Deutschen eine Kanzlerin.

Der Domschatz wurde von einem texanischen Leutnant selektiv geklaut, weil Texaner kulturell hochstehende Menschen sind und Sieger moralisch besser als Besiegte. Der Leutnant starb und seine Erben wurden reich. Der Domschatz aber kehrte gegen einige lächerliche Millionen Lösegeld wieder zurück und erstrahlt in altem Glanze.

Nach so viel Mittelalter kriege ich Heimweh und reise vorzeitig ab. Ein weiser Entschluss. Im Regen erreiche ich Freiburg, wo ich wie einst im „Schützen" unterziehe, und vom Elsässer Wurstsalat mit „Brägele" träume und einem deutschen Pils, das mir eine bezaubernde, junge Dame serviert. Der Sprache nach muss das eine Studentin sein, dem Lächeln nach eine Heilige, den Augen nach ein Engel. Nein, es liegt nicht am Pils und der Müdigkeit, auch nicht am mystischen Mittelalter und schon gar nicht an Heinrich Himmler. Ich habe auch nicht gekokst. Aber ich fühle mich fast wie der alte Goethe in Marienbad, war das glaube ich. Da war der noch älter als ich und sie jünger. Dann ruft Simone an. Bei der ging mir das damals ähnlich. Ich hab' dann noch ein Pils bestellt und ziemlich dämlich geguckt.

Ich gucke langsam immer dämlicher, Eduard.

Crottaille, im Oktober 2008

Lieber Eduard,

es gibt eine sogenannte Cluster-Bombe, die auf Deutsch ganz zahm Streubombe heißt, so als wolle man die Bonbons beim Rosenmontagszug unter das Volk streuen. Die Cluster-Bombe aber ist das Resultat menschlicher Perversion, ein synchroner Serienkiller sozusagen, ein gezielter High-Tech Amokläufer, ein unkontrollierter Massenmörder. Doch nicht nur der Mensch ist zur Perversion fähig, sondern auch die Natur, sonst hätte sie ja nicht den Menschen hervorgebracht, könnte man logisch folgern. Die Natur hat ebenfalls eine ganze Reihe schrecklicher Perversionen im Repertoire wie wir wissen, darunter die „Cluster-Kopfschmerzen", die wohl wegen der Cluster-Bombenwirkung so heißen. Emma hat seit einigen Tagen „Cluster-Kopfschmerzen". Emma muss mit dem Notarzt ins Krankenhaus, aber weil „Cluster-Kopfschmerzen" glücklicherweise so selten sind, werden die eher zufällig von einem nachts anwesenden Neurologen diagnostiziert.

Über „Cluster-Kopfschmerzen" weiß man weniger als über die „Cluster-Bombe", weil Bomben weniger kompliziert als Kopfschmerzen sind. Die Götter in Weiß wirken nicht so göttlich in dieser Angelegenheit. Aber es gibt zwei, die wissen mehr als die anderen. Der eine sitzt in Paris, der andere in den USA. Emma fährt mit Begleitung nach Paris, und der Gott in Weiß erklärt ihr das, was bei Wikipedia im Internet steht. Zusammenfassend nämlich reiner Sauerstoff, Cortison und Beten. Besonders Letzteres.

Also beten wir und versuchen, nur halb so tapfer wie Emma zu sein.

In dieser ganzen „Cluster-Scheiße" sagt Simone plötzlich, sie habe mir etwas zu vermelden, was ungeheuer offiziell klingt. Christine habe sich verlobt, ringmäßig jedenfalls, denn da funkelt inzwischen ein Brilli.

Bei uns haben nur die Augen gefunkelt.

Doch die sind müde.

Das kommt von Lola, denn Lola musiziert in den Morgenstunden, nicht die Montez, die Franz Liszt, Alexandre Dumas den Älteren und König Ludwig I. von Bayern um den Schlaf brachte, sondern Lola, die Katze. Als wir vor rund 15 Jahren hier eintrafen, verstarb ihr Frauchen, unsere Nachbarin, was nicht an uns lag.

An ihrem Sterbebett versprach eine andere Nachbarin, sich um die zweijährige Lola zu kümmern, damit sie nicht ins Tierheim musste. Das ging bis vor kurzem recht gut, bis Lola anfing, völlig unmotiviert längere Schreie auszustoßen, wie man sie eigentlich nur von orgiastischen, heißen Kätzchen hinter der Mülltonne kennt.

Weil Letzteres aus Altersgründen ausschied, vermutete man ein altersbedingtes Hungergefühl, was aber leicht widerlegt werden konnte, weil Lola nun wie ein Scheunendrescher fraß, um anschließend wie ein durchgerosteter Minenwerfer ziellos in die Gegend zu feuern, wobei ihre Granaten ein gewöhnungsbedürftiger, herber Duft sowie eine ausgezeichnete Haftung an Schuhsolen jedweder Art auszeichnet.

Also kein organisch begründeter Hunger, sondern seelische Einsamkeit. Wenn nun aber jeder, der seelisch einsam ist wie Lola an zu schreien fängt, hätten wir die Fischerchöre in unserer schönen Sackgasse. Natürlich ist das Lola nicht zu vermitteln, genauso wenig wie uns und den Nachbarn zu vermitteln ist, Lola aus therapeutischen Gründen in die Hausgemeinschaft aufzunehmen, schon weil Lola eine Unzahl von Flöhen ihr eigen nennt.

Lola schreit also weiter, besonders in den Morgenstunden, und röhrt wie ein mittelmäßig begabter Popstar in der Gesangstunde. Das wiederum fördert den Schlaf nur mäßig und senkt die Toleranzschwelle. Obwohl jeder diese verdammte Katze liebend gerne überfahren würde, wird sie tagsüber mit müden Gesichtern bedauert, die arme Lola, die doch schon 17 ist, wobei die Frage vermieden wird, wie lange Katzen eigentlich leben. Mit anderen Worten, es wird etwas eng für Lola.

Um Lola zu fliehen, machen wir einen Ausflug mit englischen Freunden nach Spanien, obwohl die Lofoten heute angenehmer wären. Ausflug ist vielleicht nicht ganz der richtige Ausdruck, weil Ausflug von „ausfliegen" kommt und wir bereits nach sieben Kilometern im Stau stehen. Mehr Fluch als Fliegen also, und doch hat es etwas mit Fliegen zu tun, denn die Fortbewegung in dieser Luxuskarosse, Made in Südwest-Germany, ist fast so schön wie die Businessclass, wenn man keine Flugangst hat. Dementsprechend bequem sitzt man. Das beweist auch der Körperumfang unserer englischen Freunde, denn nach einem üppigen Dinner bleiben in diesem Gefährt die Verdauungsorgane in Ruhelage. Es wird also nicht verdaut, sondern angebaut. Mit Blick auf das eigene Auto wäre ein Vergleich zwischen Queen Mary 2 und Hafenrundfahrt nicht unangemessen, schon um den verletzenden Vergleich von Porsche und Müllabfuhr zu vermeiden.

Da man im Stau seine PS nicht ausspielen kann, gibt es eine Spielkonsole, über die man sich mit Linda, dem GPS, unterhalten kann. Linda ist ziemlich dämlich und kennt all die neuen Kreisverkehre nicht. Wenn Linda unsicher ist oder zu viel getrunken hat, fordert sie mitten im Stau plötzlich zur Umkehr auf oder lackiert sich die Fingernägel. Hat man von Linda die Schnauze voll, kann man über die Konsole die Außentemperatur abfragen, die einen nichts angeht, weil die Klimaanlage effektiver arbeitet als unsere Tiefkühltruhe und wahrscheinlich im Handschuhfach Eiswürfel produziert.

Deshalb kann man die verschiedensten Sender locken. Besonders informativ sind die Weltnachrichten auf Katalanisch, gefolgt von einer gefälligen andalusischen Hirtenweise, bei der offensichtlich die Ziege den Hirten vernascht, bis wir endlich bei Radio Nostalgie landen, wo man noch „La vie est belle" singt, also nicht nur Nostalgie satt, sondern satte Lebenslüge.

Dieser morgendliche Riesenstau ist weder durch plötzlich ausbrechende Kriegshandlungen noch eine religiöse Erweckungsbewegung ausgelöst, sondern kennt nur ein Ziel, Le Perthus, die magische, französisch-spanische Zwitterstadt an der Grenze, diesen unvergleichbaren Konsumtempel, in dem Schnaps und Zigaretten genau um das billiger sind, was man im Stau zur Freude der Ozonschicht in die Atmosphäre bläst. Es ist also ein Nullsummenspiel aber nicht ganz, weil man sonst ja nicht den Spaß im Stau hätte.

Immerhin stehen wir klassenmäßig über den anderen Autos, aber nicht vor ihnen. Nach zwei Stunden haben wir immerhin 18 Kilometer mit einer Pferdestärke geschafft. Dann schaukeln wir lasziv in diesem schuckeligen Blechbordell durch die bekannten Weinorte und machen einen auf Kultur, indem wir die Serpentinen zum ehrwürdigen, alten Kloster Sant Pere de Rodes hinauffahren, nein fliegen, und diesen einzigartigen Blick auf das matisseblaue Mittelmeer und El Port de la Selva genießen. Vor dem Aussteigen fragen wir vorsichtshalber die Außentemperatur ab. Nur schlaffe 37 Grad Celsius, da jubeln die Schweißdrüsen und fangen schon mal an zu pumpen. Aber erst mal gehen wir Pinkeln, wobei der Brite penibel unterscheidet zwischen dem Busch für die Lady und dem Baum für den Gentleman. Nach der Busch-Baum-Benetzung setzen sich beide Hüte auf, die keinen Zweifel an ihrer Nationalität lassen.

Das Kloster interessiert unsere Hutträger weniger, denn es ist bereits „Lunchtime", und wir müssen wieder ins Tal. In La Jonquera, noch auf der spanischen Seite der Grenze, speisen wir im südlichen Ambiente, das immer ausnehmend gut gefällt, wenn der Wein umsonst ist. Dann müssen wir mit ins Escudero, einen abenteuerlichen Supermarkt, um Alkohol für die Kinder des Paares zu kaufen, weil Koma-Saufen nicht ganz billig, aber zur Zeit in ist. Darauf legen wir ab mit unserem Luxusliner und segeln heimwärts. Linda weiß immer noch nicht genau, wo wir sind, aber wer weiß das schon.

Die Olympiade 2008 ist vorbei und wir haben den für acht Jahre eingefrorenen Urin aller Sportler. Sollte einer von denen inzwischen verscheiden, was wir nicht hoffen, dann haben die Nachfahren nicht nur die Asche, sondern auch die Urinprobe, und die Enkel müssen vielleicht schamhaft gestehen, dass Opa doch etwas Unerlaubtes im Kreislauf hatte. Das deutsche gedopte Pferd wird wohl auch acht Jahre eingefroren. Ist die B-Probe wider aller Erwartung negativ, wird es wieder aufgetaut und holt vielleicht Bronze.

Dann lieber zum Besuch von Verwandten bei den Nackten in Port Leucate. Zum Glück weht ein kalter Marin vom Meer, der uns an der Präsentation unserer primären Geschlechtsmerkmale hindert. Dafür gibt es Kartoffelsalat und Hühnerbrust.

Auf dem anschließenden Verdauungsspaziergang überholt uns ein nackter Herr auf dem Fahrrad. Das ist nun so erotisch wie toter Kabeljau. Der Sattel drückt die Backen etwas nach außen, sodass sein Gesäß von hinten wirkt wie ein barocker Engel, der die Geburtstagskerzen ausbläst. Nun wissen wir auch, warum der Glockenstuhl Glockenstuhl heißt, obwohl er die Klingel am Lenker hat. Irgendwie macht man sich Sorgen um sein testikelbewehrtes Tentakel, das in die Speichen geraten könnte. Das aber verhindert der kalte Seewind. Der sensible Spürfaden reicht nicht mal bis zum Reifen.

Etwas ungewohnt auch, wenn einem plötzlich auf dem Spazierweg aus einem Vorgarten schamlos die äußeren Schamlippen einer Dame anblecken, der man gar nicht vorgestellt wurde, und die ihren „gepiercten" Schmuck dort trägt, wo man als Frischling voller Wonne die erste Nahrungsaufnahme durchführte. Wahrscheinlich bedeutet das, Kantine endgültig geschlossen.

Gelegentlich verlässt uns das Internet und bleibt trotz dreistündigen Reparaturversuchen verschwunden. Damit schweigt auch das Telefon, und die Sprechmuskulatur von Madame entspannt sich und wird ganz lieblich weich, denn

Reden ist Silber und Schweigen ist Gold.

Crottaille, im November 2008

Lieber Eduard,

früher hätte man mich als Hexer verbrannt meiner seherischen Fähigkeiten wegen. Zwar sind diese weder ausgeprägt noch nützlich, landen aber gelegentlich einen Treffer, und zwar da, wo es weh tut.

Aber von Anfang an. Emma erzählte einmal von ihrem unangenehmen, pedantischen Hausmeister in Tours, so ein ausgemachtes Arschloch, das meckert aber nichts macht. Letzte Nacht nun erschien mir dieser unbekannte Blockwart im Traum und verwies mich des Hofes. Bevor er mir noch erklärte warum, wache ich elektrisiert auf und reise wie schon lange geplant nach Tours ab.

Es regnet nachhaltig und wird nach Norden immer kälter. Das ist gut so, weil dann die Pausen kürzer werden. Zwischen Montauban und Limoges fährt man durch eine Landschaft, die in ihrer unberührten Urigkeit an einen gepflegten Truppenübungsplatz erinnert. Nach Limoges hört die Landschaft auf und wird durch ein grünes Brett ersetzt, das Assoziationen an Pinneberg und Umgebung auslöst.

Nach 820 Km sind wir bei unserer Kleinen, fallen uns in die Arme und fahren auf den Hof.

Dann kommt der Hausmeister.

Da weiß ich ja schon, was kommt.

Hofverweis. Wir sind keine Mieter und der Platz eines Mieters gilt nicht, auch wenn der seinen Platz nicht nutzt. Während mein Blutdruck ob dieser etwas höheren Logik gefährlich steigt, bleibt Emma ganz cool, diskutiert wie auch Monsieur Blockwart in sanftem Ton, fast heuchlerisch höflich wie mir scheint. Dann kommt die französische Lösung. Der Hauswart geht, wir geloben Besserung und unser Auto bleibt.

Tours ist eine altehrwürdige, bürgerliche Stadt, einst sogar die Hauptstadt Frankreichs, in der man die Markthallen (Les Halles) und das Polizeikommissariat modern gestaltet hat, wie der Architekt sagt. Das wirkt ästhetisch etwa so, als hätte man IKEA auf dem Forum Romanum platziert. Zum Glück ist es dunkel.

Stattdessen erstrahlt das mächtige und prächtige Rathaus, das Hôtel de Ville, und ebenso die Schlitzohrigkeit seines Bürgermeisters, der hier fernöstliche Paare aus dem schönen China traut, obwohl die schon verheiratet sind. Die finden das „wundelbal lomantisch", so in der prallen Pracht des Empire. Der Bürgermeister kassiert und darf jede Braut küssen. Auch eine sehr französische Lösung.

Die Gebäude um das Rathaus sind Jahrhundertwende pur. Ihre Fassaden wirken etwas traurig, so als wäre die Renovierung durch die beiden Kriege unterbrochen. Dabei fand sie nie statt. Bei Fassaden denkt insbesondere die Französin mehr an die eigene, die sie mit Hingebung schmückt, gleich mehrmals am Tage, was, so könnte man nachempfinden, irgendwie reizvoller ist als der Verputz irgendeines alten Hauses.

Dann kehre ich in die Wohnung der Tochter zurück, eine typisch französische Wohnung wie Balzac sie beschrieb. Hier herrscht nicht die züchtige Hausfrau, sondern ein sehr freier Geist. Als Mitbewohner werden uns Frieda und Lotti vorgestellt. Frieda und Lotti sind Zwerghasen, von denn man annimmt oder in diesem Fall stark hofft, es handele sich um weibliche Exemplare, weil sie sich verdächtig lesbisch verhalten, und der Käfig nur für zwei reicht. Es gibt dann noch zwei Kamine, die aber nicht benutzt werden dürfen, weil sonst das Haus abbrennt. Im Rahmen exerzierter Minimalkunst hängen außer im Wohnzimmer Glühbirnen von der Decke, die ein gemütliches Licht verbreiten. So findet man schließlich das Klo, das man eher für ein Schließfach halten könnte. Jedenfalls ist es nichts für Beleibte, denn auch Normalgewichtige können hier keine Drehung vollziehen, d.h. man muss rückwärts reingehen. Wenn man dann endlich sitzt, guckt einem Präsident Sarkosy direkt von einem Riesenplakat ins Gesicht und natürlich nicht nur in dieses, was anfangs zu schamhaften Reaktionen führt, offensichtlich aber die Verdauung fördern soll.

Dafür entschädigt ein Bad, wie für die Mätressen des 19.Jahrhunderts eingerichtet, mit einer Badewanne, die noch auf Füßen steht. Von hier geht der Blick bei geöffnetem Fenster in einen Innenhof wie wir ihn aus Pariser Vorkriegsfilmen kennen und teilweise hinunter, dort wo mein Auto trotz Blockwartdrohung immer noch parkt.

Nachts träume ich vom Hausmeister, der mit Abschleppwagen und einer Guillotine naht.

Tours im Nieselregen wirkt etwas wie eine herausgeputzte Schöne mit schmutzigen Fingernägeln, hat aber trotz des miesen Wetters einen gewissen Charme, besonders um die Rue du Grand Marché mit ihren alten Gassen, wo man sogar eine ziemlich hohe, aber etwas mickrige Fächerpalme findet. Von dort geht es hinunter zur mächtigen Loire, wo ich eine Galerie entdecke, die sehr schöne Bilder mit einer ansprechenden Farbkombination und Maltechnik zeigt sowie mächtige, aber nur angedeutete Akte, die allein durch die gedämpften Farben eine erotische Ausstrahlung erhalten. Der Herr Maler ist auch da und schäkert mit einer Dame, die zwar gleiche Höhe aber nur halbes Alter hat. Mein Blick wandert von den Aktbildern zur Dame und zurück, und mir wird klar, warum das alles so verschwommen gemalt ist.

Dann kommt es zu Definitionsdifferenzen die Zeit betreffend. Man kann das auch anders sagen. Jedenfalls haben wir nur einen Schlüssel. Den haben Mutter und Tochter mit auf den Markt genommen mit dem Versprechen, in einer Stunde wieder zu Hause zu sein. Da ich einen Großteil meines Lebens mit drei Frauen gelebt habe, schlage ich auf diese Stunde einen Sicherheitszuschlag von 50 % und begebe mich nach 1 ½ Stunden Stadtbesichtigung vor das Haus. Nichts. Nach einer weiteren halben Stunde im Nieselregen klingelt mein Nothandy und eine Stimme fragt vorwurfsvoll, ob ich nicht mal nach Hause kommen wolle. Da knurre ich, weil ich sie kalt erwischt habe. Statt einsichtigem Schock, Entschuldigung und etwaiger Läuterung (ich vermessener Naivling!) die nicht unfreundliche Aufforderung, ihnen doch entgegenzukommen, um beim Tragen zu helfen. Ich vermute Unmengen von Kartoffeln, Karotten und Kohl, bis ich im Hintergrund die Tochter höre: „Brauchste nicht, wir stehen noch an der Kasse." Wieso steht man auf dem Markt an der Kasse? Ich gehe ihnen entgegen und erreiche die „National", die Haupteinkaufstraße, mit den hübschen Auslagen der Bekleidungsindustrie. Jetzt stürme ich Zara und andere Tuchhändler, um sie in flagranti zu erwischen. Umsonst.

Inzwischen sind sie zu Hause und fragen pikiert, wo ich mich denn rumtreibe, wobei lautlos der Vorwurf mitschwingt „Du hast nicht mitgetragen, du fauler Sack, dämlicher".

Kaum stehe ich im Flur, vernehme ich noch bevor mir die Zügel der Selbstbeherrschung entgleiten eine gar kümmerliche Klage: „Oh, meine armen Schultern (decodiert: weil du nicht mitgetragen hast, du fauler Sack dämlicher), sie sind ganz abgestorben und dann diese Schmerzen (decodiert: du mitleidsunfähiger, männlicher, fauler Sack, dämlicher)."

Da fragt sich der Sack, seit wann denn Abgestorbenes Schmerzen hat.

Nachts träume ich mit Schmerzen vom abgestorbenen Hausmeister, der morgen früh mit seinem Abschleppwagen kein Auto mehr vorfindet, weil wir abgereist sind.

Aus dem nordischen Wintergrau in den hellblauen Süden wie eine Seelenwanderung, Eduard, himmelhochjauchzend zu Tode betrübt und andersrum aber nie wie du es erwartest.

Deshalb gucken wir nach neun Stunden Autobahn pflichtgemäß „Die Deutschen – Woher wir kamen, wer wir sind"

Und bald nicht mehr sein werden, lieber Eduard.

Crottaille, im Januar 2009

Lieber Eduard,

heissa, wir fahren in die Schweiz, als der auf dem Rücken liegende Sichelmond noch wie im Kinderbuch am Himmel hängt, und ich in Lolas Katzenscheiße trete, was die romantischen Gefühle angesichts des Mondes schmälert und die Abfahrt etwas verzögert. Auf der noch nächtlichen Autobahn verdächtig viele Spanier, von denen wir vermuten, dass es sich um deutsche Spätaussiedler von der Costa Brava und aus Andalusien handelt, die mal wieder einen deutschen Weihnachtsbaum sehen wollen.

Wir haben auch einige kleine Aufmerksamkeiten an Bord, einige Kilo Orangen, ungespritzt, aus dem Königreich Spanien, einige Kilo Fleisch, weil ein halbes Kilo pro Person erlaubt ist, Käse aus den Pyrenäen, weil die Schweizer ja keinen haben, Äpfel vom Markt in Figueres, diverse katalanische Wurstwaren, sieben Sorten Weihnachtskekse in gar prächtigen Dosen, eine frische Ananas, vier Pakete roter Christbaumkugeln und die Weihnachtsbeleuchtung mit Ersatzbirnen, einige Flaschen Cava zum Fest wegen der Stimmung und der Mundflora und natürlich unser Gepäck für die Schneekatastrophe da oben. Wir sind sozusagen eingerahmt und dürfen nicht husten.

Auf der A7, der Autoroute du Soleil, der Sonnenautobahn, bläst uns ein tödlich kalter Mistral so einen Absperrkegel aus Plastik unter die nicht mehr jugendliche Karosserie. Es kracht gewaltig, und wir und die Orangen werden blass.

Bei Valence verlasen wir das Jagdrennen. Tatsächlich wird es etwas ruhiger. Schnee überall, aber die Straßen frei. Dann kommt dichter Nebel und ein träger Stau gebildet aus den Skifahrern vieler Nationen in ihren schicken Geländewagen mit ihren schicken Frauen im schicken Pelz und den etwas blasierten Kindern, die uns und unsere ungespritzten Orangen mustern als hätten wir sie geklaut. Die wollen schnell zu den Liften und biegen kurz vor Annecy ab. Jetzt haben wir freie Fahrt bis Thun, wo der Schnee ziemlich hoch ist.

In Thun ist die Tochter in der Klinik und wartet auf die Skifahrer vieler Nationen mit ihren schicken Brüchen. Die kommen dann nicht im schicken Geländewagen, sondern mit dem Hubschrauber aus Gstaad und anderswo. Wenn sie das Brummen der Rotoren hört, weiß sie, dass es wieder später wird – und es wird immer später.

Kundschaft aus der Luft sozusagen. Aber die gucken dann schon weniger blasiert, besonders wenn sie vor Schreck und Schmerz in die maßgeschneiderte Skihose pinkeln.

Dann kommt der „Heilige Abend", zum ersten Mal aushäusig in der Fremde und nach 15 Jahren mal wieder ganz in Weiß. Christine hat Bereitschaftsdienst im Spital, ihr Schwyzerbub eine satte Erkältung, und Emma ist aus Paris eingeflogen, weil in der Weihnachtszeit die französischen Eisenbahnen gewöhnlich streiken, um das Volk in die richtige Weihnachtsstimmung zu versetzen.

Dezente weißgelbe Lichterketten schmücken die Silhouetten der alten Bauernhäuser und Chalets. Der nächtliche Blick über den See auf das funkelnde Spiez ist noch schöner als Angelina Jolie, und statt Geschenken läuft die Nase. Aber ich habe ja Bibernell Kräuterpastillen vom Pfarrer Künzle, die mir eine nette Drogistin für meine Kundentreue heute Morgen schenkte, obwohl ich noch nie hier war. Und da steht auf der Dose: „Esse Bibernell, dann sterbt ihr net so schnell."

Wieder Zuhause ist das Wetter durchwachsen, aber das Wochenende soll sehr „joli", also ansprechend nett werden, sagt jedenfalls Simones „copine". Aber was ist denn nun bitte eine „copine"?

Als der liebe Gott den Menschen erschaffen wollte und nicht so genau wusste wie der aussehen sollte, muss ihm im Entwurf so ungefähr etwas wie die „copine" vorgeschwebt haben. Die „copine" ist ein weibliches Mehrzweckmodell für Frauen, von der Shoppinggefährtin mit ätherischen Zügen bis hin zur Eheberaterin und in schlechten Zeiten auch als Feindersatz nutzbar.

Eine „copine" ist phasenweise wichtiger als der Ehemann. Sie ist das weibliche Pendant, das man eigentlich selbst nicht sein will, aber mit dem zu sein so bequem ist. Sie ist also so eine Art geleugnetes Spiegelbild, das man vollkommen neutral und emotionslos zu betrachten glaubt, immer mit dem Ergebnis, dass man mit Sicherheit das überlegene Exemplar ist. Je nach Laune wird die „copine" vergöttert oder verteufelt, was natürlich auch umgekehrt gilt. In diesem herzzerreißenden Spannungsverhältnis leben nun beide himmelhoch jauchzend zu Tode betrübt. Weil das auf die Dauer zu anstrengend schien, schuf der liebe Gott als harmonischen Ausgleich den Mann.

Mehr zufällig erscheint an diesem „joli weekend" eine Wetterwarnung auf dem Computer. Die Franzosen gebrauchen das englische „weekend", weil das von der etwas puristischen Académie Française bei Todesstrafe verboten ist. Über dem Golf von Biskaya braut sich etwas Schreckliches zusammen, und dieses fürchterliche Gebräu nennt man „Klaus", weil wohl François etwas zu süßlich geklungen hätte. Gleichzeitig wird der feministische Vorwurf widerlegt, dass man generell Tiefs und Unwettern weibliche Namen gibt.

„Klaus" knallt gegen die französische Atlantikküste, entwurzelt Bäume, reißt Dächer ab und stiefelt wild heulend entlang den Pyrenäen auf uns zu.

Deshalb gehen wir erst mal spazieren. Die Straßen sind seltsam leer, aber das kann auch am Mittagessen liegen. Am Hafen scheint die Sonne, aber auch dort kein Mensch. Als ich gezwungen bin, den Auswirkungen einer altersbedingten Prostatahyperplasie am Waldesrand nachzugeben, bemerke ich einen substantiellen Schub von hinten, der eine nicht unerhebliche Verflachung der Flugbahn zur Folge hat. Kurz darauf ändert sich die Windrichtung ständig. Wer jetzt muss, wird nass. So ein Wirbelsturm en miniature mit einem eigenartig klagenden Summen in der Luft. Als wir die Haustür aufschließen, bricht der Orkan los.

Da freuen wir uns sehr bis das Licht ausgeht. Wer keinen Strom hat, hat auch keine Heizung, obwohl die von Gas gespeist wird. Das Unwetter aber hat sich schon über den weiten Schneefeldern der Pyrenäen erkältet und pfeift jetzt bedrohlich durch die zahlreichen Fensterritzen. Zum Glück haben wir einen Kamin. Ein Kamin gibt Wärme aber kein Licht, und bei Kerzenschein lesen konnten allenfalls unser Altvorderen. Mit der Taschenlampe unter der Bettdecke erscheint auch etwas infantil. Also gucken wir tiefsinnig in die Flammen und unterhalten uns oberflächlich bei einer Flasche Scotch der mittleren Preislage, weil wir das so aus englischen Krimis kennen.

Wirklich schön so ein Abend, ad fontes sozusagen, und weitaus heilsamer als eine Therapie. Der Sturm heult ums Haus, rüttelt an den Fensterläden und tut genau das, was er in jedem schlechteren Märchen tut. Dabei sinnieren wir über die Anfälligkeit unserer hochtechnisierten Massengesellschaft und verscheuchen damit jede romantische Anwandlung. Irgendwann entschlafen wir in dieser nächtlichen Kakophonie.

Am nächsten Morgen strahlend blauer Himmel und eine wärmende Sonne, „joli weekend" wie gesagt. Kein Lufthauch, nicht die Andeutung einer Brise. Dankbar und wohlgemut betrete ich den Garten, um die vom Sturm abgerissenen Palmenwedel zu zählen, als ich gegen eine grüne Wand laufe. Da liegen sie, drei von unseren hochgewachsenen, mächtigen Zypressen mitsamt ihrem Wurzelwerk. Gut erzogen legten sie sich genau neben das Haus. Selbst die großen Blumentöpfe mit der kleinen Palme und dem bauchigen Buchsbaum sind verschont.

Die schlanke, griechische Amphora, die ich einst billig erwarb und die einen dezenten Hinweis auf unseren etwas nachlässig gelebten antiken Humanismus ausstrahlen sollte, ist nur gestürzt wie der antike Humanismus, auch aber unbeschädigt geblieben, was man wiederum vom antiken Humanismus so nicht sagen kann.

Allein meine schattenspendende Feige hat es voll erwischt, aber wie ist nicht auszumachen, weil sie unter der grünen Masse begraben liegt. Erleichtert stelle ich fest, dass es so eigentlich viel luftiger und lichter im Garten aussieht, genau wie wir es uns vorstellten, als wir vor einiger Zeit die dunklen Zypressen fällen lassen wollten, es aber nicht taten, um den bekloppten Nachbarn zu ärgern.

Der hatte nämlich bei seiner Vorstellung vor vielen Jahren ganz unfranzösisch direkt gefordert, die Zypressen müssen weg oder Tribunal. Das war nun eine etwas eigenartige, nicht unbedingt sensible Art, sich als neuer Nachbar einzuführen, worauf wir kräftig düngten. Darauf wurden wir vor den Friedensrichter zitiert, der ihn weniger auf Grund der Faktenlage als wegen seines unfranzösisch groben Verhaltens abwies. Seitdem verbindet uns eine herzliche Nachbarschaft.

Und während ich noch darüber rätsle, ob der Unhold vielleicht nächtens etwas nachgeholfen hat, öffnet sich das nachbarliche Fenster zur Rechten und die Fistelstimme seiner globalisierten Gattin, was mehr ihren Umfang als ihre wirtschaftspolitische Einstellung beschreibt, hallt triumphierend durch den friedlichen Sonntagmorgen und verkündet dem Gatten freudig erregt die frohe Botschaft.

Und während sie so jubiliert, betritt von links die nette Nachbarin Dominique die Bühne. Bevor diese noch ihr ungläubiges Entsetzen formulieren kann, schmettre ich ihr laut und deutlich entgegen: „Ist sie nicht herrlich, diese neue, luftige Szenerie, diese Klarheit der Sicht," und füge vor Bildung strotzend hinzu, „denn was nicht klar ist, ist nicht französisch." Irgendein gebildeter Franzose, ich glaube es war Antoine Rivarol, der wie viele gallische Denker sein eigenes Volk nicht kannte, während bei uns das Volk seine Denker nicht kennt, hat das so eingängig formuliert: Ce qui n'est pas clair n'est pas français. Aber das war schon im 18.Jahrhundert.

Schließlich runde ich philosophisch ab: „So kommt die Natur dem Menschen entgegen", und um mich nicht euphorisch zu verlieren, füge ich wieder irdisch werdend hinzu, dass ich jetzt endlich vom Schreibtisch aus der Nachbarsgattin beim

Sonnenbaden zusehen kann, um gedämpft für mich anzumerken, dieser Kampfkugel auf zwei Beinen mit den filigranen Zügen eines Spanferkels.

Da kichert die Dominique satt wie es nun mal ihre Art ist, und der nachbarliche Fensterladen schließt sich.

Dann duschen wir kalt und folgen einer Einladung von Bekannten zum Mittagessen. Man reicht Spanferkel auf Zigeunerart.

Bon appétit, Eduard!

Crottaille, im April 2009

Lieber Eduard,

es ist eine Katastrophe. Bisher stellten amerikanische und französische Studien unabhängig voneinander einwandfrei fest, dass zwei Viertel Rouge für den Herren eine nachweisbar lebensverlängernde Cholesterinprophylaxe bedeuteten. Gleichermaßen führte das zu einer unendlich seelischen Entspannung, die nur unterbrochen wurde, wenn man die leeren Flaschen zum Glascontainer schleppte, wobei der Verdacht, man könnte es mit der Prophylaxe etwas übertrieben haben, nicht ganz von der Hand zu weisen war. Heute nun wird von einer neueren französischen Untersuchung berichtet, die jeden Alkohol für schädlich hält, eine Art Vaterlandsverrat sozusagen, ein Skandal! Zumindest Volksverhetzung der schlimmsten Art! Und keine Zensur weit und breit.

Wie glücklich war da der mittelalterlicher Mensch. Keine unfrohe Botschaften aus der Diätküche, die Kirchtürme höher als die Banken, und die Investmentbanker hätten sie an den Pranger gestellt oder für vogelfrei erklärt. Sonntags hätten wir uns dann einen gefangen und aufgeknüpft. Halali, halala.

Dafür erfreuen mich die fantasievollen Namen einiger französischer Ortschaften. Bei uns in Deutschland klingt das doch alles recht einheitlich. Im Süden geht es immer auf -ingen aus, im Osten auf -ow und ganz im Norden haben sie es mit -büttel. Aber hier nennen sie ihren Ort schon mal „Condom" (7.836 Kondome, pardon, Einwohner im Gers, Südfrankreich). In der Bretagne gibt es ein „Corps-Nuds", was wie „nackte Körper" klingt, obwohl es gar kein FKK hat. Niedlicher dagegen im Limousin „Monteton", das „mon téton" geschrieben, in der Umgangssprache meine Titte bedeuten würde, wobei die Warze derselben ganz niedlich „le tétin" heißt, also „le tétin du téton", ein bisher unentdeckter Schlagertitel. Ja, und dann kommt das schreckliche Bèze nordöstlich von Dijon, der Senfstadt, das klingt wie „baise!", was wiederum eine etwas intime Beschäftigung im Lendenbereich andeutet. Da kann einen der heilige Penis (Sainte-Verge) in der Poitou-Charente gar nicht mehr erschüttern. Sie können es nun mal nicht lassen, diese Gallier. Aber wer möchte denn unter dieser Anschrift wohnen?

Lieber Eduard, ich finde es ist an der Zeit, sich mal ein bisschen Luft zu machen. Wir entemanzipierten Männer kuschen und halten den Rand, an den wir ohnehin verbannt wurden, und rollen mit den Augen, anstatt wie unsere selbsternannten Amazonen auch mal Attacke zu reiten. Dabei könnten wir so glücklich sein, wenn nicht ab und zu dieses erbärmliche bio-buddhistische Emanzengeschwätz alternder Damen zitronensauer auf uns träufeln würde. Dabei verdrängen sie, dass sie beim Meditieren im Lotussitz fett wie Buddha geworden wären, obwohl statt Meditation schon ganz einfaches Nachdenken reichen würde. Stattdessen üben sie sich in der Kunst des Unglücklichseins und wringen vor lauter Weltschmerz die Hände ähnlich den nahöstlichen Klageweibern, die immerhin nur die Toten bejammern statt die Lebenden zu belämmern.

Männer sind für sie nachweisbar triebgesteuerte, faule Säcke, die nur noch zwangsweise der Fortpflanzung dienen, obwohl die künstliche Befruchtung auf gutem Wege ist. Dabei hatte man phasenweise den Eindruck, dass sie den herkömmlichen Fortpflanzungsriten nicht vollkommen abgeneigt waren. Jetzt aber gilt in vitro statt ins Bettchen.

Sie schwärzen unsere Vergangenheit, verdüstern uns die Gegenwart mit ihren Gezeter und driften arrogant in eine ungewisse Zukunft. Aber sie schaffen den Weltfrieden, obwohl sie den häuslichen missachten, denn sie sind das allein selig machende Morgenrot.

Da lobe ich mir Dali und seine Muse Gala. Gala hat ihren Meister stets verehrt, obwohl der einen an der Klatsche hatte. Aber sie hat immer an ihn geglaubt. Und wer glaubt an uns, Eduard? Ohne Gala wäre Dali nie Dali geworden. Die gelungene Synthese. Kein Wunder, dass wir nicht wie Dali werden, aber andererseits vielleicht auch besser.

Wir gedenken Dali und seiner Gala an einem grauen, regnerischen Tag in Cadaques, wobei es Simone gelingt, uns nachträglich in das ganz kleine Museo Dali einzuschleusen, was nur Simone kann und ich nicht. Das wiederum erinnert an Gala. Aber ich bin ja nicht Dali, schon weil ich nicht so einen stilisierten Antennenschnauzer habe, mit dem ich göttliche Botschaften empfangen kann. Bei mir muss der Katechismus reichen.

Mit einer katalanischen Familie und drei Ungarn schlurfen wir durch die heiligen Hallen, die gar keine sind, sondern teilweise sehr geschmackvoll, ganz einfach eingerichtete Zimmer oder Zimmerchen, immer mit herrlichem Ausblick über die Bucht, auch von den roten, herrschaftlichen, aber getrennten Betten aus. Die Führung auf Katalanisch und Englisch ist so hinreißend wie ein valiumüberdosierter

Prof. Lauterbach, aber das tut der Begeisterung keinen Abbruch. Natürlich hat er wieder seine Eier aufs Dach gesetzt wie in Figueres auch, und endlich wissen wir, warum er es so mit alten Reifen hat, erscheint da doch in großen leuchtenden Lettern der Name Pirelli, und auch das Michelinmännchen grüßt, etwas fett, aber mit Profil. Trotzdem stimmt da alles, die Anlage in einzelne Terrassen gegliedert, von denen eine anheimelnder als die andere ist, das gar nicht Protzige, die Harmonie, die immer wieder durch die Aussicht auf die Bucht unterstrichen wird oder anders, die Bucht ist in die Anlage integriert. Bucht und Haus verstehen sich, gehören zusammen, obwohl Dalis Haus so schön ist, das es auch alleine wirken würde wie auch die karge, felsige Bucht mit ihren Felsenflecken. Aber zusammen gibt das eben ein ganz großes, unvergessliches Werk, gegen das die Kruppsche Villa in Essen ein hässliches Entlein ist.

Es ist Mitte April, und auf dem Place de la République in Perpignan sitzen sie heute in der Mittagspause unter der Sonne wie die Tauben auf dem Markusplatz. Sie gurren auch so vor lauter Wohlgefühl und picken wie die Tauben in ihren Salaten aller Art und turteln tun sie wohl auch, denn der Sommer scheint ganz nahe, und man zeigt schon, als virtuelle Duftmarken gewissermaßen, etwas mehr oder weniger Haut, die man eben nicht nur dem Sonnengott darbietet.

Dann reisen wir zur Hochzeit in die Schweiz. Das ist so eine Hochglanzveranstaltung mit schneebedeckten Bergen, Thuner See und hornblasenden Waidmännern. Christine ist schön und apart, ach was, Christine ist die schönste Braut der Welt, und statt nun stolz auf meine Mitschöpfung zu sein, wird es mir ganz flau im Magen.

Während das Paar sich lächelnd das Ja – Wort in der alten Schloßkapelle gibt, schwöre ich, in meinem nächsten Leben nur noch Söhne zu zeugen. Dann halte ich eine Rede, die einige zu verstehen vorgeben und esse zu viel Hochzeitstorte.

Dabei fällt mir Goethe ein. Sein Reisetagebuch Juni 1775 beginnt am 15.Junius 1775, donnerstags morgen aufm (wörtlich) Züricher see:

Ohne Wein kann's uns auf Erden
Nimmer wie dreyhundert werden
Ohne Wein und ohne Weiber
Hohl der Teufel unsere Leiber.

Solche Euphorien kann offenbar die Schweiz auslösen, bei Johann Wolfgang jedenfalls. Hätte ich das nur vor der Hochzeit begriffen.

Studienbedingt muss Emma wieder nach Tours, und dann ist sie wieder da, die Traurigkeit nach so viel Freude und Dankbarkeit. Ambivalenz nennt man das wohl ganz kalt und steril. Da sitze ich dann auf der nächtlichen Terrasse und empfinde so unendlich viel für unser Cluster geplagtes Kind und könnte nicht behaupten, dass meine Gedanken auch nur annähernd geordnet wären.

Deshalb widme ich mich dem großen Herbert Marcuse, den 68-iger Guru, der die revolutionäre Anarchie predigte und so Teile einer ganze Generation lädierte. Jetzt darf ich ihn mit Hilfe der charmanten Französin Françoise Giroud endlich wenigstens etwas verstehen, hatte er doch eine widerwärtige, wahre Furie zur Frau, die ihn in aller Öffentlichkeit wie ein Kleinkind behandelte. Da kann man sich als Mann schon mal eine andere Gesellschaft wünschen, in der man anarchisch revolutionär die Alte aus dem Fenster schmeißen darf, ohne dass die Polizei intervenieret, weil die Tat ja politisch motiviert ist.*

Auch Frauen können schuldig werden, lieber Eduard.

---

* Françoise Giroud: On ne peut pas être heureux tout le temps, Paris 2001, S.208 : Elle était laide et désagréable…Elle le traita comme un petit garçon … une harpie! Dans ses rêves les plus secrets, Herbert Marcuse devait attendre une société radicalement différente où l'on pourrait par exemple jeter sa femme par la fenêtre sans ennuis avec la police.

Crottaille, im Oktober 2009

Lieber Eduard,

wir werden taxiert. Mit anderen Worten, wir müssen nach 15 Jahren plötzlich auch in Frankreich Einkommensteuer zahlen. Zwar nur 37 €, weil wir arm sind. Aber immerhin. Es geht ums Prinzip, jawoll.

Also fahren wir hin, zu den Steuereintreibern in das schöne Bergstädtchen Céret, wo schon Picasso wirkte und all die anderen, die künstlerisch, aber nicht steuerlich veranlagt waren. Dort stoßen wir auf eine blasse, dickliche Dame mit schlechten Zähnen, ausgewiesen als Contrôleur Principal, weil es ja ums Prinzip geht. Die sondert ein, wie es scheint, sodbrennenbedingtes Lächeln ab und verschwindet wortlos im Nebenraum, der vielleicht ja auch als Folterkammer dient.

Und jetzt passiert das Unfassbare, das Weltbewegende, das, was es eigentlich gar nicht gibt. Sie kehrt zurück und erklärt ohne mit der Wimper zu zucken, dass Finanzamt hätte sich geirrt. Nicht nur das, sie gibt es uns schriftlich (Calcul revenu net imposable erroné). Wie von Kokain durchseucht wallt mein Blut. Aber ich habe Céret schon immer gemocht, nicht nur weil hier unsere Christine aufs Gymnasium ging.

Die Riesenplatanen rauschen wie ein Liebeslied, ihre Blätter tanzen den Finanzamttango im Tramontane, und wir betreten endorphingeschwängert das Museum der Modernen Kunst mit der reizvollen Ausstellung „Céret un siècle des Paysages sublimés 1909–2009".

Aber das fängt gar nicht so sublim an, begrüßt uns doch im ersten Saal der Maler Soutine. Von Soutine haben wir einen mächtigen Kunstband, den uns jemand geschenkt hat, der entweder Soutine oder uns nicht leiden konnte. Soutine malt als läge er stockbesoffen auf einem total schiefen Kanapee. Zum Glück sind das hier nur seine Landschaftsbilder oder sagen wir mal, seine Eindrücke nach dem Erdbeben, denn Soutine hat noch ganz andere Sachen gemalt. Er liebte es, den Schlachtern bei der Arbeit zuzuschauen und die blutigen Tierkadaver auf die Leinwand zu bannen, wobei er an roter Ölfarbe nicht sparte. Sensible Betrachter dieser Werke jedenfalls werden umgehend zu Vegetariern.

Zum Glück gibt es noch andere Maler und eine Schulklasse. Es sind die ganz Kleinen, die sich in jedem Saal auf den Boden setzen müssen und so die Reinigungskosten sparen. Jetzt haben sie jugendlichen Sinn für die Kunst entwickelt und einen schmutzigen Hintern. Manche haben nur einen schmutzigen Hintern und bohren in der Nase. Aber sie sind unheimlich artig, wobei man jetzt schon ihre Entwicklung erahnen kann. Der blonde, kleine Nasenbohrer geht mal zur Müllabfuhr, der zierliche, bebrillte Lockige, der immer dazwischen kräht, wird Rechtsanwalt und die kleine Brünette, die jetzt schon der Lehrerin in den Hintern kriecht, geht zweifellos in den Staatsdienst.

Die kesse Lehrerin aber mit dem schwarzen Pferdeschwanz guckt mehr auf die männlichen Besucher als auf Kunst oder Klasse, wobei sie versucht, noch mehr zu gefallen als die Gemälde.

Aber zurück zur Kunst. Zum Glück gibt es noch andere, die offensichtlich nüchtern auf einem geraden Kanapee liegend malen. Die kriegen das nun auch ganz wunderbar hin mit unserer Paysage du Roussillon, auch wenn manche kubistisch aufmucken, aber das war damals so. Da ist immer oder fast immer das Licht, und von dem haben wir reichlich. Licht gibt den Farben Charakter und den Formen Konturen. Es sind also ganz volle Bilder einer Landschaft, die man so nicht wieder findet, außer vielleicht in der Provence. Aber die Provence hat nun mal keinen Canigou, sondern nur diesen lausigen Mont Ventoux, auf den man notfalls mit dem Fahrrad fahren kann.

Und weil alles so schön in Schwung ist, kriegt Barack Obama den Nobelpreis, auch wenn er nicht weiß wofür. Die wahren Friedensnobelpreisträger aber bleiben unberücksichtigt.

Das sind nämlich unsere Landsleute im Osten, die vor zwanzig Jahren eine ganz bedeutende Revolution gemacht haben, ohne auch nur einen Schuss abzugeben. Aber an die denkt keiner, auch manche Deutsche nicht.

Deshalb feiert Deutschland 20 Jahre Wiedervereinigung in Berlin am Brandenburger Tor. Das erinnert nun stark an eine Abiturientenabschlussfeier. Das Schulorchester spielt etwas Klassisches der Bildung wegen und dann etwas Schmissiges, damit die Leute wieder aufwachen. Dann kommt ein Redner nach dem anderen, und die Leute schlafen wieder ein. Die ganze Tristesse wird durch den Bindfadenregen unterstrichen, und der russische Präsident guckt während der Reden wie das Wetter, weil er zwangsweise einen verpasst kriegt, wenn die osteuropäischen Staaten erwähnt werden. Dagegen ist die Idee mit dem Dominoeffekt, der den Mauerfall symbolisiert, wirklich klasse, aber leider zu kurz.

Seien wir ehrlich. Wir können es nicht. Was hätten die Franzosen daraus gemacht und die Engländer? Aber die hätten wahrscheinlich keine solche Wiedervereinigung hingekriegt.

Hier stehen die mehr traditionelle Werte im Vordergrund, die drei Bs nämlich „Bouffe, Boire, Baiser". Etwas frei, aber schonend übersetzt: die mehrmals am Tage möglichst über einen längeren Zeitraum stattfindende Nahrungsaufnahme (Bouffe) begleitet von den in schlanken Glasgefäßen bewahrten Produkten verschiedenster Rebsorten (Boire) sowie anschließend die Transformation der durch gegenseitig gewachsene Sympathie entstehenden Gefühle in körperliche Ausdrucksformen (Baiser).

Man könnte es auch kürzer sagen.

Wenn sie meist schmatzend oder gurgelnd dennoch politisieren, heizt sich der Schwingkreis ihrer Argumente schnell auf, bis ihre, wenn auch nur noch rudimentär vorhandenen, Revolutionsgene von 1789 durchbrechen und sie aufgebracht schmettern: „An die Laternen!" Doch statt nun den Strick zu holen, ziehen sie es vor, die nächste Flasche aufzumachen und hingebungsvoll von Ambivalenz triefend zu seufzen: „Merde, alors, la vie est belle!" (Obwohl die gegenwärtige politische Situation zu Sorge Anlass geben könnte, ist es uns dennoch vergönnt, dem Leben seine positive Seite abzugewinnen – oder so ähnlich).

In diesem Sinne, lieber Eduard!

Crottaille, im März 2010

Lieber Eduard,

so eine Winterreise von Südfrankreich in die Schweiz mit Sommerreifen erfordert hohe planerische Qualitäten, enge Zusammenarbeit mit diversen Wetterdiensten und psychologisches Einfühlungsvermögen, leidet Madame doch seit geraumer Zeit unter einer ausgeprägten Lastwagenallergie. Das lässt auf den ersten Blick den Sonntag opportun erscheinen. Doch just an diesem Tag macht sich eine starke, kalte Polarströmung aus dem Norden auf den Weg in die Schweiz, um diese in eine Schneehölle zu verwandeln und all das Schwarzgeld sanft zuzudecken. Dabei wären wir so schön durch die Region Rhône-Alpes durchgekommen, wo die Wetterkarte nur einige schüchterne Flocons, von den Schweizern „Schneeflöckli" geheißen, vermeldet. Und so geht es hin und her. Ist die Schweiz schneefrei, prangt die weiße Pracht in den französischen Alpen und umgekehrt.

Sonntag gestrichen, aber der Dienstag sieht mit starken Regenschauern ganz gut aus. Leider fahren da die vielen Laster mit ihren Apfelsinen aus Spanien. Warum man Apfelsinen nicht in einem Eisenbahncontainer transportieren kann, bleibt unklar. Egal, wir fahren am Dienstag und die Gattin schaut nach links. Dann sieht sie die Laster nur auf der Gegenfahrbahn.

Am Freitag kommt der Anruf aus der Schweiz, der eidgenössische Wetteronkel hätte seine Meinung geändert. Das Polartief ist schneller als gedacht. Das sind Tiefs im allgemeinen immer. Sonntag also „flöcklifrei". Aber die französischen Alpen machen nicht mit. Also doch Dienstag, falls das polare Tief nicht wieder umdreht.

Am Samstag erklärt dann France Météo, der Schnee in den französischen Alpen wolle nicht so fallen wie vorausgesagt, was nicht erstaunt, weil das Wetter offensichtlich France Météo nicht leiden kann und macht, was es will. Im Gegenteil, da scheint am Sonntag die Sonne auf unserer Route, sodass man sich schon nach einem kleinen Freiluftpicknick auf irgendeinem uringeschwängerten Parkplatz sehnt.

Also zügiges Packen, auch wenn die Unterwäschelage etwas angespannt ist. Da in Genf der Autosalon tobt, wird uns empfohlen, schon in aller Frühe abzureisen, um Genf bereits in den Mittagsstunden zu durchqueren, weil nachmittags einige neue Rundenspielzeuge der Formel 1 vorgestellt werden sollen.

Die Nacht wird etwas unruhig, weil offensichtlich die Prostata zu Hause bleiben will. Aber um halb Fünf erlöst uns lieblich der Wecker.

Dann rollen wir auf die leere, dunkle Autobahn bei Perpignan bis uns bald auf Höhe der ehemaligen spanischen Festung Salses Aurora, die rosenfingrige Morgenröte, wie es Homer so schön gesungen hat, umfängt. Poesie in Vollendung. Bei Narbonne blendet die inzwischen zur Sonne gemauserte rosenfingrige Morgenröte uns durch die nicht makellose Windschutzscheibe.

Die waldentblößten Corbières bereiten sich fröstelnd auf ein neues Weinjahr vor und, obwohl Sonntag, rollen einige spanische Laster mit Frischobst für deutsche Altersheime nach Norden. Dazu lächelt die Sonne etwas frustriert, weil sie die Temperaturen für diese Jahreszeit einfach nicht aus dem Keller kriegt, so als wollten diese den Wärmetod verarschen.

Da Madame über ein i-Pöttchen verfügt und andächtig Wagner lauscht, immerhin am frühen Morgen, was wiederum kein Siegfried aushält, spiele ich auf der Höhe von Montpellier mit der Radiotaste. Diese beschert mir, wie es sich gehört, zunächst den Verkehrsfunk, der einige fröhliche Weisen an diesem sonnigen Morgen absondert, die mich freudig an die vor uns liegende Route durch die wunderschönen französischen Départements Gard, Drôme und Isère denken lässt. Plötzlich weicht die leichte Muse einer Wetterwarnung, einer Wetterwarnung der zweithöchsten Stufe, Vigilance Orange, die gleich nach der Hölle kommt. Diese gilt wegen heftiger Schneefälle insbesondere für die Départements Gard, Drôme und Isère.

Doch gemach. Wer traut schon Météo France in Frankreich? Außerdem scheint hier, kurz vor dem Département Gard, die Sonne.

Gut, die Entgegenkommer haben auffällig viel Licht. Aber vielleicht sind sie schon ein Weilchen unterwegs und etwas schläfrig. Tatsächlich lässt sich da auch ganz schüchtern so ein kleines Schneeflöckchen auf der Windschutzscheibe nieder.

Typisch Météo France, lachen wir, die machen aus einem „Flöckli" einen Schneesturm. Aber dann rattern auf der Gegenfahrbahn zwei Riesenschneepflüge vorbei, die man in Südfrankreich gar nicht vermuten würde. Trotzdem setzen wir unsere sommerreifliche Reise fort, um nur das zu glauben, was man selbst geschaut.

Und da gibt es plötzlich viel zu schauen oder besser, kaum etwas zu schauen, weil man wenig sieht. Die Kurve auf die A7, die „Autoroute du Soleil", die Sonnenautobahn, nehme ich noch recht schwungvoll und freue mich über die minimale Verkehrsdichte, bis diese weiße Puderwelle über uns herfällt und den Verkehr von drei erst auf zwei und dann eine Spur verengt. Vor uns riesige Salzstreuer, hinter uns dieselben Idioten wie wir mit Sommerreifen. Minus 2 Grad inzwischen. Bald haben wir Rouge am Stil.

Eine erotisch klingende Frauenstimme im Radio fordert die Zuhörer auf, doch lieber zu Hause zu bleiben, so als käme sie gleich vorbei, um die Daheimgebliebenen zu trösten. Aber zum Umkehren ist es zu spät. Die Aus- und Auffahrten sind bereits hoch mit Schnee bedeckt. Geräumt wird nur die Autobahn. Voraussage: 40 cm, in den Bergen, dort, wo wir durch müssen, erheblich mehr. Wagner hilft auch nicht mehr. Vielleicht können wir noch ein Motel an der Autobahn erreichen? Zu lesen haben wir ausreichend dabei.

Inzwischen ist unser Auto hinter dem Salzstreuer wie eingelegter Hering, und die hinter uns fahren wie die Teufel, um den Anschluss nicht zu verlieren. Wenn hier einer bremst, macht er viele neue Bekannte – gleich hier auf der Autobahn oder später im Krankenhaus.

Bei den vielen Durchsagen fällt uns auf, dass sie sich auf Südfrankreich beschränken. Nun gut, Lyon ist für die meisten auch schon Südfrankreich, aber für uns fängt der Midi erst bei Valence an. Lyon als zweitgrößte französische Stadt wird aber gar nicht erwähnt. Lyon muss also passierbar sein. Wir fahren nach Norden Richtung Lyon. Eine verrückte Welt! Man flieht wegen Schneetreibens aus dem tiefen Süden nach Norden.

Fliehen ist etwas übertrieben. Wir schleichen mehr, aber konstant. Der Schnee leckt inzwischen am Unterbodenschutz und reinigt ihn. Die Sache ist etwas lemmingartig, aber einfach, weil es an Alternativen fehlt. Es bleibt allein die Hoffnung, dass der Oberlemming kein Vollidiot ist. Dabei gibt es den gar nicht. Die Vollidioten sind wir.

Trotzdem erreichen wir Vienne, die alte Römerstadt vor Lyon. Der Schneefall lässt nach, und die ermüdend langweilige Umgehungsautobahn Lyons erscheint uns reizvoller als die Via Veneto im Hochsommer. Dann Abfahrt in Richtung Genf. Grüne Wiesen, kahle Bäume, grauer Himmel und kein verfluchtes Weiß.

Als wir befreiend bei Nantua wieder die Berge Richtung Haute-Savoie erklimmen, bemerke ich wohlgemut, dass es hier eigentlich auch schneien könnte, schon weil Météo France die Gegend für schneefrei erklärt.

Da schneit es, und es schneit kräftig.

Aber nicht lange. Bei Null Grad Celsius passieren wir den Autosalon in Genf und freuen uns, dass wir immer noch dieselben sind und hoffen, dass die Boliden oder wie das heißt Winterreifen haben.

Es ist halt wie so oft der Weg und nicht das Ziel, lieber Eduard.

Crottaille, im Oktober 2010

Lieber Eduard,

ich habe eine aktinische Keratose. Vielleicht hast Du auch eine und weißt das nur nicht. Wir wissen so vieles nicht. Früher konnte ich Arztbesuche immer in eine endlose Warteschleife schieben, jetzt macht Christine gnadenlos die Termine bei den lieben Kollegen in der Schweiz. Nun bin ich beim lieben Kollegen Dermatologen. Dermatologen sind zwangsweise eigenartige Menschen, weil die Haut sehr eigenartige Gebilde hervorzubringen vermag, die nicht immer unseren ästhetischen Empfindungen entsprechen. Außerdem beschäftigen sich Dermatologen intensiv mit den Folgen einer der schönsten und gelegentlich auch folgenreichsten menschlichen Tätigkeiten. Dann nennen sie sich Venerologen, was weniger mit den Venen als der Venus zu tun hat. Diese ist bekanntlich die Göttin der Liebe, aber keine liebliche Göttin, sonst würde sie die Liebenden nicht ab und zu so unlieb bestrafen.

Wie gesagt, sie sind aus nachvollziehbaren Gründen etwas eigenartig. Meiner sieht aus wie ein pausbäckiger Todesengel mit Humordefizit und nimmt mich im wahrsten Sinne des Wortes unter die Lupe. Dann flüstert er etwas von „aktinischer Keratose", um, als er meinen etwas inhaltsleeren Blick gewahrt, erklärend hinzuzufügen, dass es sich dabei um ein „carcinoma in situ" handelt, wobei dem Latein Entwöhnten nicht ganz klar ist, ob das nun ein Krebs in Lauerstellung ist oder ein sitzen gebliebenes Karzinom. Jedenfalls kriegt man das Ding, wenn man den Ölles zu lange in die Sonne hält, ohne erleuchtet zu werden.

Hinterher erfahre ich, dass das Ferkel Damen Botox spritzt, damit sie eine Sinnlichkeit ausstrahlen, die sie gar nicht haben. Auch Herren sollen darunter sein, auf dass man ihre hängenden Tränensäcke nicht mit anderen Körperteilen verwechselt. Die Praxis läuft ausgezeichnet, und im Herbst will er mir sozusagen das Fell über die Ohren ziehen, um mich von dieser aktinischen Keratose zu befreien. Vielleicht haut er mir ja dann auch eine Gratisprise Botox in die Figur, aber hoffentlich nicht in die Lippen, weil dann das „Prothesle" herausfällt, was die sinnliche Wirkung wieder etwas relativieren könnte.

Zur Ablenkung lese ich Fontane. Der tröstet so schön. Vor allem versteht er im Gegensatz zu mir die Frauen: „Glaube mir: ich kenne die Frauen. Ihr könnt das

Einerlei nicht ertragen, auch nicht das Einerlei des Glücks. Und am verhasstesten ist euch das eigentliche, das höchste Glück, das Ruhe bedeutet. Ihr seid auf Unruhe gestellt. Ein bisschen schlechtes Gewissen habt ihr lieber als ein gutes, das nicht prickelt, und unter allen Sprichwörtern ist euch das vom „besten Ruhekissen" am langweiligsten und am lächerlichsten. Ihr wollt gar nicht ruhen. Es soll euch immer was kribbeln und zwicken, und ihr habt den überspannt sinnlichen oder meinetwegen auch heroischen Zug, dass ihr dem Schmerz die süße Seite abzugewinnen wisst."* Noch Fragen, Eduard?

Um dem Schmerz die süße Seite abzugewinnen, gehe ich mit ihr ins Konzert zu Ehren von Frédéric Chopin, der in diesem Jahre 200 geworden wäre, was wir keinem wünschen wollen. Dieses findet in unserer ehrwürdigen, frühmittelalterlichen Wehrkirche statt. Der Eintritt ist frei. Deshalb fangen die Solisten später an. Oder vielleicht, weil der Bürgermeister auch später kommt. Der trägt wie immer ein kariertes Hemd, wohl weil er am Sonntag anbaut oder der Hühnerstall mal wieder an der Reihe ist. Ich setze das gleich poetisch um, schon weil die Kirchenbank so hart ist:

Monsieur le Maire ist Sozialist und trägt das Hemd kariert,
weil man das sonst vergisst und sich eventuell geniert.

Herrlich, nicht? Er fährt nämlich einen dicken Mercedes, den ihm Lidl finanziert hat, so geht das Gerücht, damit sie ihren Laden an der Zufahrtstraße zum Strand bauen dürfen und nicht in der Industriezone wie alle anderen auch.

Dann aber kommt Mendelssohn-Bartholdy, der Felix, gleich mit dem Allegro vivace aus der Sonate I Opus 45, und Simone flüstert mir ins Ohr, dass die Madonna im frisch renovierten Altar nun plötzlich Kreolen trägt, was ich nicht gleich verstehe, weil Kreolen Ohrringe sind und keine Mischlinge wie ich einst lernte. Diese Ohrringe aber sehen so bescheuert aus, dass schon Teile des Kirchenvolkes protestiert haben sollen. Ich würde mich dem Protest anschließen, wenn der ganze goldbesetzte, mächtige, nein nicht mächtige, überdimensionale Altar abgeschafft werden würde.

Das Andante ist lieblich und wohlfühlend. Beim Allegro assai gucke ich auf die pausbäckige Engelschar und bin froh, Protestant zu sein. Am Piano François-Michel Rignol, der als brillanter Mathematiker der Musik anheim fiel. Zum Glück, muss

*Theodor Fontane: L'Aldultera

man sagen, denn der spielt so leicht und unaufdringlich, so unfassbar unmathematisch gefühlvoll.

Doch dann grüßt Beethoven mit einem mächtigen Allegro con brio, und ich muss schon sagen, diese deutsche Art Musik zu machen hat so was. Da ist gleich alles wieder wach, und selbst die Kaugummi kauende Dame vor mir hält wegen der anstürmenden Notenwucht kurz inne. Immerhin bis zum Allegro fugato. Da mahlt sie dann weiter.

Inzwischen löst das Gesäß den Musiksinn ab. Es schmerzt. Aber nicht lange. Die 14-jährige Helena Riols spielt solo den Wiener Karneval von Robert Schuhmann. Riols ist eigentlich ein weit verbreiteter katalanische Name, aber Helena trägt mehr asiatische Züge.

Wahrscheinlich ein Adoptivkind. Deshalb kann sie auch so gut spielen. Was heißt gut? Sie spielt mitreißend und souverän. Die Welt wird von ihr hören. Aber nur vielleicht, denn die Welt hört heute auf Lena, diesem kasperartigen Bühnenverschnitt ohne Stimme aus Hannover. Die Helenas dieser Welt aber verschwinden hinter dem grellen Medienevent eines aufgeplusterten Spatzes.

Dann kommt endlich das Geburtstagskind Frédéric Chopin und mit dem Scherzo wird man so richtig auf den Violoncellospieler aufmerksam, dem Schweizer Daniel Brun, der nicht nur liebevoll über sein Instrument streicht, sondern ihm die verschiedensten Töne entlockt und damit Teile eines ganzen Orchesters ersetzt. Der harmoniert gar prächtig mit dem Pianisten und wirft gelegentlich Blicke nach oben, so als wolle er in seine geliebten Schweizer Berge lugen. Zum Glück ist ihm dabei nicht der Altar im Wege. Dabei wirkt der gar nicht wie ein Musikus. Da kommt etwas Kompaktes, Bodenständiges rüber, bis man seinen Streichbewegungen folgt.

Standing Ovation. So was hätte unser Bürgermeister, der im karierten Hemd, auch gerne. Endlich kommt die Zugabe. Und die sagt der Züricher Brun so herrlich einfühlsam in seinem getragenen Schweizer Französisch an, so charmant und angemessen an diesem Tag, der nämlich in Frankreich der Muttertag ist, und sie spielen ein so wundervolles Lied von Schuhmann, das ich gar nicht kenne, das aber all das auszudrücken scheint, was so einen Muttertag ausmacht – den Dank an die stille Hingabe der Mutter, die Dankbarkeit, diese prächtigen Töchter haben zu dürfen, all das klingt durch die Harmonie der Töne, und es ist mir scheißegal, ob der Bürgermeister im karierten Hemd ins Konzert kommt.

Dabei bin ich vollkommen unmusikalisch, wie Du weißt.

Crottaille, im Juli 2011

Lieber Eduard,

nach einem herrlichen Spaziergang am Meer Pfannkuchen mit Gurkensalat, weil doch irgendein gelegentlich tödlich wirkender Erreger auf den spanischen Gurken thront, und diese sind aus Spanien, olé. Danach gepflegte Siesta und ein süßer, starker Kaffee.

Ja, und dann fühle ich mich plötzlich ausgesprochen beschissen. Natürlich die spanischen Gurken. Nichts mit olé, eher adios. Nach Gurken stoße ich immer so auf, wahrscheinlich weil ich nicht richtig kaue. Also ist Grappa angesagt. Nach Grappa aber ist mir eher zum Krepieren. Hässlicher, bohrender Schmerz knapp unter dem Brustbein, Schweißausbrüche und Zittern am ganzen Körper.

Natürlich ist der Hausarzt im Urlaub und der Bereitschaftsarzt im Centre Médical ist auch nicht so bereit wie er sollte. Deshalb ruft Simone mit feuchtem Blick und flatternden Fingern den Notarzt, denn nach unseren, wenn auch äußerst begrenzten medizinischen Kenntnissen, könnte es sich hier um einen Herzinfarkt handeln, sagt jedenfalls unsere Erste Hilfe Fibel. Der Notarzt hat die auch gelesen, schüttelt den Kopf und sein Stethoskop und ruft nach der Feuerwehr. Die schiebt mich in ihr Auto und macht das Blaulicht an. Ein letzter Blick auf die weinende Simone, dann Klappe zu und „kissing the worl good-bye" sozusagen.

Nun, da ich Gelegenheit habe, wenigstens einen Begriff der Endlichkeit zu schauen, entsteht die Frage, ob ich das Wort des alten Martials „Fürchte weder dein letztes Stündlein, noch wünsche er herbei" (Martails, X. XLVII, 13: summum nec metuas diem nec optes) tatsächlich verinnerlicht habe. Die modernen Pädagogen nennen das assimiliertes Bildungswissen, weil sie weder wissen, was Assimilation noch Bildung ist. Oder aber kam diese unendliche Gelassenheit aus dem Schlauch der Infusion, die so kräftig über mir schaukelte, weil die Gemeinden lieber ihren Kreisverkehr bepflanzen als die Frostschäden des letzten Winters zu beseitigen?

So wurde ich auf die Pritsche gefesselt wieder Zeuge dieses unüberbrückbar scheinenden Gegensatzes von Geistes- und Naturwissenschaften.

Um ehrlich zu sein, es war mir scheißegal, und ich hätte dieses über allem schwebende Gefühl (obwohl angeschnallt), gelegentlich gerne des öfteren im Leben gehabt.

Dann öffnete ich die Augen in Kabine 4 der Notaufnahme und stellte fest, dass ich erstens immer noch auf unserer schönen Erde weilte und zweitens in Frankreich, weil die Fassung der Deckenleuchte an einem Draht pendelnd aus der Wand hängt.

Es sind eben die kleinen Dinge, die erfreuen.

Vorläufige Diagnose einer recht burschikosen, aber keinesfalls hässlichen Ärztin: Kein Herzinfarkt, sondern wahrscheinlich Lebensmittelvergiftung. Also doch die Gurken? Und irgendein Enzym, das für das Herz zuständig ist, hat seine Zuständigkeit nicht mit ganzer Hingabe erfüllt, sondern liegt knapp unter dem Grenzwert.

Ich bleibe in Kabine 4. On vera, man wird sehen.

Nachts hat dann das Herzenzym wieder zugelegt, und wenn nichts ist, bin ich wieder zu Hause. Aber erst zur Echographie. Da kommt ein Echograph, der besser Tierarzt im Schlachthof geworden wäre, und wird natürlich fündig. Bei manchen weiß man schon vorher, dass sie fündig werden: Schwere, akute Gallenblasenentzündung durch Gallensteinbildung. Das ist nun schon etwas gefälliger als Herzinfarkt, obwohl auch das nicht gefällt, zumal ich es auf der Liste etwaiger Ablebensfaktoren ziemlich hinten geführt hätte.

Aber das wirklich Schöne an diesem so schwarzen Tag ist die prompte Ankunft Christines aus der Schweiz nach einer Woche Nachtdienst, die sich um den Vater kümmert. Vor Aufregung hat sie sogar Barcelona und Girona verwechselt, und jetzt zeigt sie dem Vater auf dem Röntgenbild seinen Gallenstein, auf den Asterix und Obelix stolz gewesen wären.

So was reißt dann alles wieder raus.

Wenn nun aber Galle, Mandeln und Prostata alle Irrläufer der Natur sind, fragt man sich natürlich, wie das denn so mit dem Hirn ist.

Und während ich noch so sinne über das Hirn als Irrläufer der Natur, entlassen sie mich nach drei Tagen aus dem Gesundheitsknast mit schwerer Bewährungsauflage in Form einer höllischen Diät garniert mit reichlich Antibiotika. Es beginnt eine wunderbare Zeit, geistig frei schwebend, immer kurz vor dem Erbrechen mit diesem parfümierten Antibiotika-Geruch in den Nüstern. Nachdem ich mir sechs Krimis reingezogen habe, bin ich fieberfrei. Die Leber lüftet und hängt apathisch irgendwo rum, weil sie nichts zu tun kriegt, und der schonkostgeplagte Magen schrumpelt auf Backpflaumengröße.

Jetzt könnte man operieren.

Doch die Klinik wird bestreikt, nicht wegen mir, sondern weil hier immer mal wieder gestreikt wird. Da wird mancher deutscher Gewerkschaftler so richtig neidisch und spricht euphorisch von französischer Streikkultur, obwohl doch Gewerkschaften im Allgemeinen nicht so furchtbar viel mit Kultur zu tun haben. Dann ist der Streik vorbei und der Herr Doktor im Urlaub. Das einzig Statische scheint mein Gallenstein zu sein, der unerschütterlich zu mir hält, was mich ehrt, aber nicht sonderlich erfreut.

Und dann ist es so weit. Ganz viele fahren in den Urlaub und ich von Christine beordert in die Schweiz zum Entsteinen, weil hier der Doktor ja im Urlaub ist, und ich die Schnauze voll habe von dieser kastrierenden Diät. Dabei unterscheidet mich von den Urlaubern nur der Grad der Vorfreude.

Dann wache ich als ein vom Stein befreiter Herr und nicht als der Freiherr vom Stein auf und stelle fest, dass mir die Hälfte meiner Schambehaarung fehlt, obwohl ich gar keine Zustimmung zum Scheren gegeben habe. Aber so sind sie, die Schweizer.

Am nächsten Tag entlassen sie mich, weil ich ja ständig unter ärztlicher Aufsicht stehe, denn Christine wacht tagsüber nach ihrem Nachtdienst in der Uniklinik und nachts wacht ihr Doktor-Mann über mich Entsteinten.

Da ich nichts zu essen kriege, übermannt mich der Bildungshunger. So lerne ich Plattdeutsch in einem Merian über Mecklenburg-Vorpommern. Da oben heißt das Handy „Ackerschnacker" und der impotente Herr ist als „klötenlahm" zu bedauern. Eine zu Herzen gehende Sprache, fast so schön wie Schwyzerdütsch.

Weil es Mitte Juli ist, wird es ganz weihnachtlich in der Schweiz. Die Temperaturen sinken unter Null, und die Vögel fallen vom Himmel. Nein, nicht ganz so schlimm, aber die Erderwärmung erreicht die Eidgenossen nicht. Deshalb schwimme ich mit den nach südlicher Sonne lechzenden Reisenden inmitten der hüpfenden, holländischen Wohnwagen nach Hause, wo mir auf dem Rastplatz kurz vor Nîmes erst mal der Tramontane den Scheibenkäse vom Butterbrot bläst.

Auf Höhe der kargen Corbières ergreift mich dann die Begeisterung für erneuerbare Energien, hier in Form der mächtigen Windräder, die man, so scheint es jedenfalls von der Autobahn aus gesehen, recht windgeschützt angeordnet hat. Die Stangenspargel stehen jedenfalls etwas lustlos herum und verstellen den Blick auf die dahinter liegenden Pyrenäen. Vor Perpignan treten sie dann in Massen auf und drehen sich so träge, dass es nicht mal für den Teekocher reicht. Wie unästhetisch sind doch diese erneuerbaren Energieträger, wie elegant dagegen das Atom. Außerdem strahlt es.

Ich auch, lieber Eduard, denn jetzt muss ich mit voller Hingabe die verlorenen Pfunde ersetzen, worum mich ein beträchtlicher Teil der deutschen, männlichen Bevölkerung beneidet, und die schlafende Leber reaktivieren. Nie wurde ein Auftrag mit solcher Hingabe erfüllt. Und während die Lebensfreude wieder steigt, fallen die Aktien. Die Aktien fallen eigentlich immer, wenn man anfängt sich zu freuen, aber um das zu verstehen, muss man Wirtschaftswissenschaften studiert haben.

Zum Glück hab' ich keine.

Crottaille, im September 2011

Lieber Eduard,

wir sind mal wieder eheuntauglich. Deshalb diskutieren wir. Wenn wir diskutieren, redet einer, und der andere hört nicht hin. Wir sind tatsächlich anders, nicht nur anatomisch, und weil man mal Freud gelesen hat, muss man doch nicht gleich das ganze Psychoanalysemaschinengewehr rattern lassen. Außerdem hat Freud geschnupft, der Hund, und ich nicht.

Wenn sie so aus meiner von ihr angelegten Stasi-Akte zitiert, gehöre ich eigentlich ins Zuchthaus und sie in den Musentempel.

So was kann nicht gut gehen. Deshalb haue ich ab und füttere die Hunde beim Freund im tiefen Tal, der eine Teilzeitehe führt. Die Hunde lassen sich streicheln, ohne zu beißen, und widersprechen nicht. Nur die Katze motzt rum. Aber so sind sie die Katzen – und die Frauen.

Und dann geschieht das Unfassbare. Am nächsten Tag radelt sie mit mir ans Meer. Da liegen wir nun nahe an der heute satten Brandung, der Zuchthäusler und die Muse. Und nicht nur das. Die Seidensanfte küsst gar ihre ihr angetraute freudsche Fehlleistung. So werden das ganz harmonische Stunden an einem herrlichen Spätsommertag. Und weil das nicht so ganz die Regel ist, lieber Eduard, sei es Dir hier mitgeteilt, schon um Dich ein wenig neidisch zu machen, aber Du wohnst ja auch nicht am Meer.

Schrieb ich was von Harmonie? Harmonie ist mehr eine ephemere Erscheinung, von der wir uns wünschten, sie sei es nicht. Weil wir das aber nicht kapieren oder kapieren wollen, kommt es zur Disharmonie. Die steht vor der Tür. Nicht Hannibal ad portas, sondern schrecklicher noch die Tante. Nicht meine, sondern Simones, weshalb mir Simone so harmonische Stunden bescherte praktisch als Vorweg – Bonus für Kommendes, und was da kommt ist genauso wie befürchtet.

Deshalb flüchte ich an den morgendlichen Strand, ergebe mich dem einschläfernden Wellenschlag und finde so wieder etwas Harmonie in den Körperformen einiger weniger Damen, was beweist, dass Harmonie selten ist. Schon Kant wusste das, obwohl der selten am Strand von Königsberg lag. Die Natur will gar keine Harmonie, sie will Zwietracht, denn von der Harmonie eingelullt schlafen wir ein, während uns die Zwietracht aufrüttelt, das Adrenalin zischen lässt, und wir zu Helden werden. Deshalb hat man das Ehegattensplitting erfunden.

Leider hat die Tante auch noch eine Bombenkondition. Sie entpuppt sich nicht nur als fast olympisch im sportlichen Bereich, sondern auch als wackerer Zecher, wobei ihre gedanklichen Ausführungen mit fortschreitender Stunde weder durchdachter noch sprachlich prononcierter werden.

Dann reist die Tante ab, und wir winken zum Abschied vor lauter Glück mit dem Bettlaken statt mit dem Taschentuch.

Dafür haben wir abends Gäste. Die sind ungefähr so alt wie wir, woraus sich bei noch nächtlichen Temperaturen von etwa 30°C die Themenwahl ergibt. Wir beginnen mit einer vergleichenden Analyse verschiedenster Krankheiten, wobei wir selbst Erlebtes und vermeintlich Gehörtes oder Gelesenes vermischen.

Weil Krankheiten gelegentlich zum Ableben führen, landen wir beim Tod. Tod hat mit Religion zu tun, weshalb verschiedene Religionsentwürfe diskutiert und verworfen werden, schon weil ein anwesender Physiker den Urknall erläutert. Da ich meine Herkunft nicht auf den Urknall reduziert sehen möchte, höre ich weg. Dann machen wir noch ein wenig in Homöopathie, Akupunktur und allgemeiner Esoterik, um uns anschließend mehr griffigen Themen zuzuwenden wie etwa Stuttgart 21.

Dabei wird mir in den frühen Morgenstunden klar, dass der tiefere Sinn sozialer Kontakte offensichtlich in der Erfahrung zu bestehen scheint, dass es anderen noch schlechter geht als einem selbst. Greift diese Trostfunktion nicht, wird sie von der Neidfunktion ersetzt, die wiederum für das Bruttosozialprodukt zuständig ist.

Um nicht einer unerklärlichen Tristesse zu verfallen, radle ich schon ganz früh morgens ans Meer, denn das Meer ist der große Tröster, jedenfalls für mich, und ich radle so, dass die Muskeln sauer werden und der Hintern schmerzt. Schmerzende Hintern aber sind ein echter positiver Lebensbeweis, lieber Eduard.

Zähne auch, selbst wenn es nicht die eigenen sind, sondern der sogenannte „Appareil dentaire", der Dentalapparat, auch Gebiss genannt. Der macht im oberen Bereich knack, und zwei wunderschöne künstliche Zahnattrappen liegen auf dem Teller. Deshalb muss ich zu meinem deutschen Dentisten nach Spanien. Jetzt darf ich nicht mal lächeln, weil ich wie ein ältlicher Rapper aussehe, der zischend „Motherfucker" ausbläst. Aber Autofahren geht noch, so lange ich die anderen Verkehrsteilnehmer nicht anblecke. Fernsehen auch, denn da kommt „Borgia" 6. Folge, und die sind noch hässlicher als ich.

Nach „Borgia" kommt die Wetterwarnung Vigilance Orange (Das „g" bitte ganz weich sprechen wie in "Sch-eibenkleister" und nicht italienisch wie in „Ha-tschi"), weil die Franzosen schon wieder Herbstferien haben. Gleich drei Tage richtiges Sauwetter. Da kann man in sich gehen, nass werden oder in der Zollenklave Le Perthus Schnaps und Zigaretten einkaufen. Die Masse optiert für das Letztere, und ich muss da durch, um meinen „appareil dentaire" aus Figueres zu holen. In Spanien regnet es ein wenig weniger kräftig wie mir scheint, weshalb ich umsonst bei Lidl parke, aber ein gutes Stück laufen muss. Als ich aussteige regnet es etwas kräftiger als erwartet, weshalb ich nasse Hosen kriege.

Jetzt habe ich nasse Hosen und keine Zähne. Die kriege ich nicht vom Dentaldoktor, der sich wohl aus Scham über sein etwas desolates Elaborat verdünnisiert hat, sondern von seiner netten Sprechstundenhilfe, die fröhlich Spanisch zwitschert und das gute Stück, von dem ich annehme, dass es auch wirklich das meinige ist, an und einpasst, womit ich wieder äußerlich wie eine vergilbte Raubkopie von Gary Cooper ohne Haare und Colt erscheine.

Dann taste ich mich etwas U-Boot-artig durch Le Perthus und bewundere wie die entfesselten Massen ihre zollgedämpfte Beute durch den prasselnden Regen abschleppt. Das erinnert etwas an die Sacco di Roma, die Plünderung Roms 1527, obwohl ich gar nicht dabei war, aber ohne Dentalapparat so ausgesehen habe. Zum Glück brennt es nicht, weil es ja regnet.

Man muss für alles dankbar sein, lieber Eduard!

Crottaille, im Oktober 2011

Lieber Eduard,

das Wasser beißt schon ein wenig, und die Sonne wärmt nur schüchtern. Es herbstet. Deshalb fahren wir zu Emma in das Land der langen Hosen, in die Tourraine oder anders: Aus dem Licht in die Kälte.

Die Ufer der Loire glänzen in herrlichster Herbstfärbung bei spärlicher Sonne. Es ist der Fluss der Schlösser. Nirgends in der Welt gibt es so viele Schlösser – so viele schöne Schlösser. Instinktiv entscheide ich mich für Chenonceau, na ja, nicht so ganz instinktiv, sondern nach Studium eines eindrucksvollen Bildbandes, in dem ich ein sehr ansprechendes Bild des Gemaches der fünf Königinnen entdecke.

Fünf Frauen in einem Zimmer? Das klingt hochexplosiv. Da muss es Opfer gegeben haben. Oder war es die Eleganz der gesamten Schlossanlage, die über dem Fluss Cher thront, und wie ich meine, in dieser Form einzigartig ist?

Es ist genau so hinreißend wie erwartet. Das ist auch kein Wunder, weil es das „Schloss der sechs Frauen" genannt wird. Fünf hatten wir ja schon in einem Zimmer. Aber jetzt sechs?

Da ist zunächst Catherine Briçonnet. Sie leitete den Bau von 1513–1521, weil ihr Gatte als Schatzkämmerer, heute sagt man Banker, auf der Jagd nach den Boni zu wenig Zeit hatte. Und das war gut so, jedenfalls was das Schloss betrifft, denn das zeigt nicht nur eine ästhetisch äußerst ansprechende Fassade, sondern auch eine praktische Anordnung der Räume wie sie nur ein hausfraulich versiertes weibliches Wesen erdenken kann. Oder anders: Auch in der Architektur brauchen wir die Quotenfrau.

Ähnliches gab es auch in Preußen, allerdings zwei Jahrhunderte später, als die Geliebte des „dicken Wilhelms" (Friedrich Wilhelm II., 1744–1797), Wilhelmine Enke, spätere Gräfin von Lichtenau, mit der Bauaufsicht über das Brandenburger Tor betraut wurde. Und das hat sie dann ja auch recht ordentlich hingekriegt.

Zurück zum Bankergatten unserer Catherine. Die Überprüfungen seiner Finanzen zwei Jahre nach seinem Tod ergab, dass er dem Staatsschatz viel Geld schuldete. Um diese Schulden zu tilgen, musste sein Sohn Chenonceau dem König Franz I. überlassen. Heute schulden die Banker dem Staatsschatz schon viel Geld vor ihrem

Ableben und statt Schlössern haben sie ein verschlossenes Nummernkonto in der Schweiz.

Nach dem Franz kam der Heinrich. Der Heinrich stand auf ältere Damen, in diesem Falle der Diana von Poitiers. Die war zwar 20 Jahre älter als er, was aber nichts machte, weil sie mit 70 noch wie eine Dreißigjährige aussah (wie ein Zeitzeuge berichtet), obwohl sie nur 67 wurde. Kurz: sie galt als immerschöne Frau, die es gar nicht nötig hatte, sich zu schminken, aber, wie der gleiche Zeitzeuge vermutet, wohl jeden Morgen einen Trank und andere Drogen zu sich nahm. Wahrscheinlich waren die aus dem Hause L'Oreal, was andererseits bezweifelt werden muss, denn dann wäre die Diana nicht immerschön gewesen.

Etwas verwirrend, aber nicht lange, denn der Heinrich fällt 1559 beim Turnier tot von Gaul und die Diana seiner Witwe in die Hände. Die nimmt nun Rache für den Seitensprung des Gatten. Diana muss Chenonceau verlassen. Künftigen Mätressen aber sei geraten, dem Geliebten jede Art von Ritterspielen zu untersagen.

Noch ein kleiner modischer Insider-Tipp. Diana von Poitiers, die immerschöne Frau, trug stets die Trauerfarben schwarz und weiß. Vielleicht hilft's?

Die strafende Witwe war nun keine andere als Katharina von Medici, die wir Protestanten ja schon aus der Bartholomäusnacht kennen, in der sie unsere Vorfahren umbringen ließ. Viel wichtiger aber für Frankreich war ihre Rolle als „Mutter der französischen Küche". Sie war es, die der bis dahin recht rustikalen französischen Küche italienisches Raffinesse einflößte, weshalb Präsident Sarkosy die französische Küche von der UNO zum Weltkulturerbe erklären lässt, ohne Berlusconi auch nur den Nachtisch zu überlassen.

Aber zurück zu unserem Chenonceau. Mein Gott, was da jetzt los war unter Katharina, der Prunkliebenden, getreu dem Motto ihres Vorfahren Lorenzo di Medici (1449–1492): „Facciamo festa tuttavia". Zu deutsch: Jetzt wird erst recht gefeiert! Keine schlechte Losung bei aufkeimenden Depressionen.

Aus den Wasserläufen stiegen junge Sirenen, und ihren Liedern antworteten Nymphen, die aus den Gebüschen kamen, so der Michelin von 1975. Muss das da geraschelt haben, besonders wenn die Damen des Hofes leicht bekleidet und mit offenem Haar die Gäste begrüßten, außer Katharina natürlich, die leicht zur, sagen wir es mal etwas höfisch, Vollschlankheit neigte.

Auf Katharina folgt ihre Schwiegertochter Luise von Lothringen, die Untröstliche. Jetzt ist nichts mehr mit „Facciamo festa tuttavia", jetzt wird getrauert und zwar um den ermordeten Gatten, König Heinrich III. Alles ist mit schwarzem Samt bespannt, und Luise trägt bis zu ihrem Tode weiß, die Farbe der Trauer am Hof. Deshalb auch der Beiname „Die weiße Dame oder weiße Königin".

So gegensätzlich wie Katharina und Luise, wie die Farben der Trauer schwarz und weiß ist der Renaissancemensch, denn er vereint beides „Frömmigkeit und Ausschweifung, antiken Sinnengenuss und christliche Askese", so der englische Historiker John R. Hale.

Es ist das Zeitalter, das nichts mehr glaubte und noch nichts wusste, meint Egon Fridell in seiner Kulturgeschichte (München, 1976, S. 175).

Und was sind wir?

Wir sind das Zeitalter, das nichts mehr glaubt und meint zu wissen.

Doch zurück zu den Frauen vom Schloss Chenonceau, das nach dem Ableben der traurigen Luise eine zeitlang in Vergessenheit geriet, bis es der Krongutsverwalter Dupin im 18.Jhh. erwarb. Das war nun die Zeit der Salons, und Madame Dupin, eine Verehrerin der schönen Literatur, leitete nicht nur so einen Salon, sondern ließ ihre Söhne gleichzeitig von Jean-Jacques Rousseau erziehen. Das war nun ein wackerer Pädagoge, der lieber andere Kinder erzog als die eigenen, denn die hatte er im Findelhaus abgegeben und einem relativ sicheren Tod überantwortet. Aber Ideen hatte der Mann! Bis heute sind viele, auch bei uns, ganz hin und weg von dem lieben Jean-Jacques.

Wenigstens wurde er auf Chenonceau „dick wie ein Klosterbruder" wie er gesteht. (Jean-Jacques Rousseau: Confessions). Von seinen Kindern im Findelhaus konnte man das nicht so sagen, falls sie denn überlebt haben sollten.

Im 19.Jhh. kam dann Madame Pelouze, eine Freundin der alten Kunst, und machte aus der Restaurierung des Schlosses ihr Lebenswerk, sodass das Schloss der sechs Frauen von Chenonceau bis heute als ein Juwel der französischen Schlossbaukunst erstrahlt, vielleicht das strahlendste überhaupt.

Sechs Frauen, ganz ohne Quote über fünf Jahrhunderte. Chapeau, mes dames!

Dann wandeln wir mit vielen anderen durch die Gemächer, die nicht nur sehr viel kleiner sind als erwartet, sondern auch erheblich geschmackvoller. Besonders gefällt das Gemach der fünf Königinnen mit dem riesigen, weißen Kamin, der einen erhellenden Gegensatz zur Dunkelheit des Raumes bietet. Überhaupt erscheinen die Räume etwas niederdrückend dunkel, was teilweise an den Seelen einiger der Bewohner gelegen haben könnte.

Im Wesentlichen besteht das Mobiliar aus einem Riesenkamin, einem Riesenbett und zwei mächtigen Stühlen. Wo bleibt da die Garderobe? Nun gut, es gibt kleinere Nebenzimmer. Doch auch da finden wir keine Schränke. Die haben doch wohl nicht in ihren Kleidern geschlafen, obwohl das keineswegs abwegig erscheint, weht doch schon jetzt im Oktober eine kühle Brise vom Cher herüber. Und dann erst im Dezember, wenn sich die kalten Stürme vom Atlantik über das Land legen, und der große Kamin verglimmt, dann sind sie in ihre Himmelbetten gehüpft, haben die schweren Damastvorhänge zugezogen, und …

„Die Erziehung des Armor", ein echter Corregio in Öl auf Holz, hängt im Gemach der Katharina von Medici, wobei man sich fragt, wozu der Gott der Liebe erzogen werden soll. Aber wahrscheinlich bedarf es in Frankreich, dem Land der Liebe, auch hierfür einer Auswahlprüfung, eines Concours.

Oder lernt der Pummelige mit den gestutzten Flügeln nur das Bogenschießen?

Die kräftige, unbekleidete Dame links neben ihm entspricht so recht dem Renaissancebild von der Frau, deren Sinnlichkeit durch wallende, fließende Linien und einen mächtigen Busen unterstrichen wird. Daraus wäre auf eine heutige, nicht unwesentliche Renaissancetradition zu schließen, die man mit den aus den modernen Naturwissenschaften gewonnen Mitteln unseres Jahrhunderts teilweise noch vertieft und strafft.

Mit diesen wallenden, fließenden Gedanken (s.o.) geht es eine Treppe tiefer in den Bereich wahrer Sinnlichkeit, in die Küche. Und die ist nun wirklich ein wahres Eldorado, keine einfache Küche, sondern ein gewaltiger Küchentrakt. Kein Wunder, dass der Askese predigende Rousseau hier einen Wanst kriegte.

Doch dann steigen wir auf bis zur Galerie, für mich der eigentliche Höhepunkt von Chenonceau, gewaltig und doch hell und beschwingt, mit ganz klaren Linien, verziert nur an beiden Enden durch gewaltige Renaissance-Kamine: 60 Meter lang, 6 Meter breit mit 18 Fenstern über die Cher-Brücke gebaut. Diese im Grunde schlichte Galerie über dem Fluss, eingerahmt von einer kräftig grünen Landschaft, macht Chenonceau so einzigartig.

Und während ich noch das mit endlosen Grünschattierungen gesegnete Flussufer durch die hohen Fenster der Galerie betrachte, fällt der berühmte Wermutstropfen in das Glas meiner Betrachtungen, lese ich doch in der Galeriebeschreibung (etwa ein Drittel davon), dass im Zweiten Weltkrieg der Cher die Demarkationslinie zwischen dem freien und besetzten Frankreich bildete, und durch das den Fluss überschreitende Schloss viele Menschen in die freie Zone geschmuggelt wurden. Soweit so gut. Dann aber der Schlusssatz: Während des gesamten Kriegs stand eine deutsche Batterie bereit, auf Befehl Chenonceau zu zerstören. Diese bösen Deutschen, durchrieselt es den internationalen Besucher, diese Barbaren hätten doch glatt das schöne Schloss in Schutt und Asche gelegt.

Haben sie aber nicht. Wollten sie auch gar nicht. Im Gegenteil, man hat sich nachdrücklich bemüht, französische Kulturdenkmäler zu verschonen, im Gegensatz zu den Alliierten und ganz besonders im Gegensatz zur Französischen Revolution.

Bin ich nun ein kleinlicher Chauvi und großer Revanchist? Mitnichten. Ich finde nur, dass man auf solche Sätze im Jahre des Herrn 2011 in einem sich vereinigenden Europa besonders in kulturgeschichtlichen Pamphleten verzichten kann – und ganz besonders, wenn sie falsch sind.

Dann trinken wir erst Mal einen Kaffee und spazieren durch die Gärten der Diana de Poitiers und der Katharina von Medici, die zu dieser Jahreszeit floristisch nicht allzu viel zu bieten haben. Das wiederum stört den nordischen Betrachter kaum, hat er doch höchste Bewunderung für die Geschicklichkeit französischer Gartenkunst, aber eine nicht klar definierbare Abneigung gegen so eine Art zivilisierter Natur, um das Wort Vergewaltigung zu vermeiden. Da liegt ihm doch die englische Park- und Gartenkultur näher. Es ist wie mit einer schönen, äußerst gepflegten Frau. Man guckt gerne hin – aber nicht lange.

Dann verabschieden wir uns von der Loire, den Schlössern und unserem Emma-Schatz, die ihre schwere Krankheit so unendlich tapfer erträgt und dabei noch eine mitreißende Fröhlichkeit ausstrahlt.

Da wissen wir, was Tapferkeit wirklich ist.

Crottaille, im Februar 2012

Lieber Eduard,

die „Patronne"* kommt aus der Schweiz zurück und strahlt wärmend von innen, was mir sehr gut gefällt.

Aus Dankbarkeit widme ich ihr zu Weihnachten ein farblich lautes Stillleben in Öl, das sie sich wünschte, und das man neuerdings mit drei „l" schreibt, um es noch stiller zu machen. Aber es gefällt ihr. Darauf sind vier mit verschiedenen Flüssigkeiten (alle trinkbar) gefüllte Flaschen und vier halb gefüllte Gläser, aber keine halb leeren.

Und genau darauf kommt es an, lieber Eduard!

Am 1. Weihnachtstag gibt es traditionell Ente. Danach hält der kreditgeplagte Herr Bundespräsident Wulf eine Rede und ich mir den Bauch.

Zur allgemeinen Erheiterung erzählt Christine beim Nachtisch nette, kleine Geschichten aus dem Krankenhaus. Da liegt ein vom Balkan zugewanderter professioneller Mafiosi mit einer schweren Beininfektion und erklärt freundlich dem behandelnden Arzt: „Wenn Bein muss ab, Dein Kopf auch ab. Macht Familie meine!" Als ob wir nicht immer wussten, dass die Familie die Urzelle der Gesellschaft ist.

Die aushäusige Sylvesterfeier läuft auch nicht so gut und die Badezimmerrenovierung schon gar nicht. Irgendwie klappert das neue Jahr noch, und Madame attackiert mich hinterhältig mit „mein Liebster". Da bin ich immer ganz wach, aber machtlos.

Deshalb fahren wir nach Rom, weil ich Geburtstag habe. Das soll sich als Fehler erweisen.

In Barcelona ist der Parkplatz nicht da, wo er sein soll. Dann folgt die Wartephase. Die Wartephase ist länger als die Flugphase. Dafür kann man in der Wartephase drei Mal pinkeln gehen, aber nichts trinken wegen der kurzen Flugphase. Als es dunkelt sind wir in Roma Ciampino. Ein wenig Antike unter den Schirmzypressen

---

*Die Bezeichnung „Patronne" hat nichts mit der Patrone zu tun, obwohl genauso gefährlich explosiv. Es handelt sich hier um die weibliche Form von „Patron", dem Herrn des Hauses, den es inzwischen nur noch in seltenen Einzelexemplaren und da meist in Form des Singles oder Witwers gibt.

und ein Hauch von Grandezza (Piazza Venezia) wabern schon durch die Dunkelheit und lassen hoffen.

Das Hotel Kolbe Roma (Via Di San Teodoro 48) mit seinem modernen, sachlichen, aber durchaus ansprechenden Design liegt direkt am Forum Romanum, genau dem Forum Romanum, das die Seite 1 des Lateinischen Lehrbuches zierte, bei dessen Anblick der unbeschwerte jugendliche Schüler den Schwur tat, diesen verdammten Ort nie im Leben aufzusuchen. Heute steht er nun davor.

In strömendem Regen über die Tiberbrücken nach Trastevere und die erste römische Pizza, eine Pizza infernale, in einem urigen Kellerlokal (Sette Oche: Via die Salumi 36) mit reichlich Montepulcino. Das mit der höllischen, infernalen Pizza hätte ich sein lassen sollen, gilt doch Nomen est Omen.

Zum Frühstück gibt es Brötchen, Rosette genannt, die sind außen knusprig und innen hohl. Damit erinnern sie etwas an den Zustand des Landes. Deshalb suchen wir Trost im morgendlichen Regen bei Marc Aurel auf dem Kapitol. Der war nun wirklich knackig, innen wie außen, vor allem geistig, auch wenn er eine der schönsten zwischenmenschlichen Aktivitäten etwas herablassend minimalistisch beschrieb: „Es ist die Reibung eines Eingeweides und Ausscheidung von Schleim, mit Zuckungen verbunden." (6.Buch, 13. Kapitel). Das wird der Sache nun wirklich nicht gerecht. Marcus Aurelius sitzt auf einem Pferd und grüßt andeutungsweise wie der Führer des nicht ganz tausendjährigen deutschen Reiches. Ach, hätte Letzterer ihn doch gelesen und auch nur ein klein wenig verstanden!

Weiter Blick auf die sieben Hügel Roms und dann hinunter zur Piazza Venezia und dem gewaltigen Monumento Nazionale a Vittorio Emanuele II., um die 1870 gewonnene Einheit Italiens zu feiern. 1870! Wie bei uns, allora! Nur haben wir kein so schönes, nein, schön ist es nicht, wir haben kein so monumentales Monument, weil wir nicht wissen, was Grandezza ist.

Über den Corso Vittorio Emanuele zum Pantheon und durch das enge Gassengewirr an den Tiber, wo von der anderen Seite der Justizpalast an der Piazza dei Tribunali grüßt, gegen den unser Bundesgerichtshof ein Gartenhäuschen ist. Gleich daneben erhebt sich mächtig die Engelsburg, in die man des öfteren verschwand, wenn es etwas brenzlig wurde, und das wurde es regelmäßig, wenn die bösen Germanen aus dem Norden einfielen. Praktischerweise verband man den Vatikan mit dieser Trutzburg, was besonders der Borgia-Papst Alexander VI. zu schätzen wusste. Bis 1901 war die Engelsburg gar nicht so engelhaft, sondern ein Gefängnis.

Im Gewaltmarsch wieder zurück ins Hotel, und, weil wir es nicht lassen können, abends über den Tiber nach Trastevere. Etwas viel für einen Tag, aber Roma beata verlangt diese intensive Zuneigung wie eine schöne Frau – und Rom ist schön – selbst bei diesem Sauwetter.

Dann wird es ernst. Wir gedenken voller Gedanken ganz nachdenklich in der Via Sistina. Hier lebte einst eine junge Dame, die mir so nachhaltig den Kopf verdrehte, dass ich sie ehelichte und ihr noch heute ehelich verbunden bin. Wenn ich so die Lage der Via Sistina an der Spanischen Treppe und die nähere Umgebung betrachte, dann habe ich schon reichlich Glück gehabt, dass die junge Dame dieses Ambiente für mich verließ. Das aber beweist wiederum, dass Liebende nicht ganz richtig im Kopf sind.

Wir schlendern auch über die Via Veneto, wo die Reichen und Schönen ihren Café zu nehmen pflegen und nicht nur den, heute aber bei diesem Sauwetter der Häuslichkeit frönen. Natürlich suchen wir auch den berühmten Fontana di Trevi auf, in dem sich einst die kurvenreiche blonde Anita Eckberg sündhaft suhlte, oder war das in einem anderen Brunnen? Es gibt ja so viele davon in Rom, aber nur eine sich sündhaft suhlende Anita Eckberg.

Hier werfe ich rückwärts über die Schulter eine Münze in den Brunnen wie es Brauch ist, um eines Tages wieder nach Rom zu gelangen, obwohl doch die Anita da gar nicht mehr sündig suhlt.

Das macht aber nichts, weil es ja noch den Vatikan und sein Museum gibt. Für Vatikan und Museum braucht man bei recht flüchtiger Betrachtungsweise so ungefähr fünf Jahre und ein halbes. So kann man im Durchlauferhitzerverfahren zwar alle Superlative bemühen, aber richtig hängen bleibt nichts. Deshalb gucke ich aus dem Fenster in die gepflegten vatikanischen Gärten und bemerke entzückt, wie diese eine immer nachhaltiger werdende weiße Färbung annehmen, bedingt durch einen arktisch anmutenden Schneefall, der Rom zum letzten Mal vor 30 Jahren heimsuchte.

Ob Katholik ob Protestant, ob Pope oder Papst, ob Laie, Gläubiger oder Atheist, es schneit auf alle in diesem südlichen Rom, und unabhängig von der inneren Einstellung haben die meisten nasse Füße wie wir. Inzwischen ist der Busverkehr ausgefallen und Schlitten gibt es nicht. Deshalb nehmen wir die U-Bahn, weil es unter der Erde nicht schneit, denn unter der Erde ist die Hölle und zwar in Form von römischen Menschenmassen, die die gleiche Idee hatten wie wir. Stazione Termini müssen wir umsteigen. Da ist nichts mit umsteigen, das ist umschieben. Immerhin habe ich an diesem Tag mit 30% der römischen Bevölkerung engen Körperkontakt gehabt, aber keine Freunde gefunden.

In diesem Superchaos gelingt es Simone durch Zufall ein Bombenrestaurant gleich um die Ecke (All' Ombra del Grande Cinema: Via die Fienili, 56) zu finden, das auch noch bei akuter Lawinengefahr erreichbar ist. Da weiß ich, es geht wieder aufwärts, obwohl wir uns Sorgen um die sich aus Paris nähernde Emma machen. Die ist immerhin gelandet und steht nun bei Termini im Schneesturm, um ein Taxi zu ergattern, über eine Stunde lang und kriegt dabei eine ihrer gefürchteten Cluster-Attacken. Aber unsere Emma macht das alles wie einst Cato der Ältere oder war es der Jüngere? Die setzt sich in die heiße Badewanne bei uns im Zimmer und kaut fröhlich ihr Käsebrot, das Muttern ihr im Schneechaos besorgte, weil es im Hotel ab 22:00 Uhr nichts mehr zu Essen gibt.

Nachts schneit es noch etwas prächtiger, sodass das Geburtstagsständchen meiner drei Ziegen am nächsten Morgen durch die Schneemassen leicht gedämpft wirkt, die Wärme desselben aber Gletscher zum Schmelzen bringen würde. Außerdem singen sie herrlich falsch.

Die Römer aber freut der Schnee nach 30 Jahren. Sie wandeln durch das weiße Elend und freuen sich als seien das EU-Subventionen. Voller Glück bauen sie Schneemänner, nicht Schneemänner wie in Deutschland mit einer Karotte als Nase und einem alten Hut, sondern Schneemänner und Schneefrauen, deutlich voneinander unterscheidbar. Da hat der Schneemann eine kleine Gurke im Lendenbereich umrahmt von zwei winzigen Zitrönchen, und die Schneefrau einen lieblichen Busen mit, wie mir scheint, bei dieser Kälte erigierten Brustwarzen.

Als wir uns durch die weißen Massen stampfend langsam aus Richtung Engelsburg dem Vatikan nähern, glaube ich in einer über Lautsprecher übertragenen italienischen Ansprache „unseren" Papst zu vernehmen. Ganz klar wird das, als er die vielen Pilger auf dem Petersplatz in deutscher Sprache begrüßt. Nur sehen können wir ihn nicht, bis wir ihn plötzlich in einem Nebengebäude am Fenster ausmachen. Und was macht der Papst als er uns erblickt? Er schließt das Fenster und schweigt.

Das haben wir nun wirklich nicht verdient.

Deshalb suchen wir ein Restaurant. Dieses ist italienisch und voll. In italienischen Restaurants in Italien gibt es nicht nur etwas Gutes zu Essen, sondern auch meist eine gefällige Theatervorstellung an den Nebentischen. Hier sind es zwei Familien mit einem hinreißenden Repertoire. Wegen der die Worte begleitenden Handbewegungen braucht das Restaurant keine künstliche Belüftung.

Dann fliehen wir den Schnee, aber nicht die Kälte, die uns bei strahlend blauem Himmel in Barcelona empfängt und nicht nur bis nach Hause begleitet, sondern gleich auch noch bei uns einzieht, weil die verdammte Heizung nicht anspringt. Aber morgen will der Installateur vorbeischauen. Der kommt tatsächlich, aber die Heizung nicht. Da ist ein höchst kompliziertes Teil defekt, das erst bestellt werden muss, sagt er, und das kann dauern. Aber Eiseskälte scheint die Hirntätigkeit zu stimulieren, denn man erinnert sich, früher seine Ölheizung bei Startschwierigkeiten im Winter mit einem Haartrockner angewärmt zu haben. Unsere läuft zwar mit leicht entzündlichem Gas, aber bevor ich als Gefrierfleisch von dieser Erde scheide, greife ich todesmutig zum Heizlüfter, denn auch Gasexplosionen wärmen, wenn auch nur kurzfristig. Aber das Gas ist heute friedlich und nach zwei Stunden röhrt erst die Heizungsdüse und dann wir vor Begeisterung.

Dann taut das Haus langsam auf. Aber Madame nicht. Der Poet würde sagen: Hinter der lieblichen Maske verbirgt sich ein Gift speiender Vulkan, und auch ein lindes Lüftchen kann Vorbote eines schrecklichen Tsunamis sein. Dabei gerät unser Kommunikationsverhalten etwas in Schieflage, wenn nämlich Gesagtes konstant mit dem kurzen, aber umfassenden Begriff „Quatsch" kommentiert wird. Auf „Quatsch" folgt auch keine Begründung, warum denn nun „Quatsch". „Quatsch" ist sozusagen absolut, ex cathedra nämlich, und duldet weder Nachfrage noch Widerrede. In „Quatsch" ist „basta" schon drin. Eigenartigerweise wird „Quatsch" meist von Frauen gebraucht, was natürlich „Quatsch" ist. Und damit „basta"!

Hast' mi ?, lieber Eduard, wie der Bayer sagt.

Crottaille, im Mai 2012

Lieber Eduard,

Hermes, der Götterbote, in Zweitfunktion auch Gott der Reisenden, muss eine gespaltene Persönlichkeit gewesen sein. Schon beim Blick auf den ungepackten Koffer fühlt man ganz intensiv, wie schön es doch eigentlich zu Hause ist. Gleichzeitig produziert die, wenn auch mit zunehmendem Alter etwas reduzierte Reiselust, recht ansprechende Bilder.

Es handelt sich also, wie der Psychologe sagt, um einen klaren Appetenz-Appetenz-Konflikt, womit ich weiß, wie der Konflikt heißt, aber nicht, wie ich ihn lösen könnte.

Da hilft nur packen und losfahren. Vollkommen unabhängig davon, ob wir schon gepackt haben oder nicht, brauchen wir immer genau zwei Stunden bis zur Abreise. Selbst wenn wir im schon gepackten Auto die Nacht verbringen sollten, würden wir exakt zwei Stunden brauchen, um zu starten. Man könnte das Akklimatisierungs- oder Transformationsphase nennen, es ist vollkommen egal. Wir brauchen zwei Stunden.

Qualmen nach zwei Stunden endlich die Reifen, gehen wir unsere Liste der wahrscheinlich vergessenen Dinge durch, fragen uns zum vierten Male, ob die obere Hintertür abgeschlossen ist, und der leicht defekte Wasserhahn in der Waschküche wirklich nicht mehr leckt. Wenn wir damit fertig sind, sind wir in Narbonne.

Ab Narbonne ist es uns dann völlig egal, ob wir was vergessen haben, die Hintertür abgeschlossen ist oder der Wasserhahn leckt. Wir sind sozusagen reiseeuphorisch.

Leider geht es Madame nicht so gut. Sie hat eine starke Anti-Auto-Allergie, die sie bei jedem überholten Laster spürbar zucken lässt. Gleichzeitig referiert sie über zentraleuropäische Verkehrssicherheitsprobleme, die sie mit der sanft angedeuteten Frage würzt, wann es denn wohl uns erwischen wird.

Ab Valence ist die Strecke relativ lasterfrei, was hier im Sinne als von Lastern befreit gemeint ist. Deshalb greift sie zum i-Pod. Doch das gespeicherte Musikprogramm missfällt ihr. Sie vermisst ihren Wagner, den sie sich gelegentlich bei sommerlichen Reisen schon in den frühen Morgenstunden reinzieht und zwar so laut, dass man den Verkehrsfunk nicht mehr hört. Rienzi heißt irgend so ein Wagnertyp, den ich am liebsten zu Risotto verarbeiten möchte. Letztes Mal führte uns Rienzi in eine Schneekatastrophe beim Übergang auf die A7, die Autoroute du Soleil, die Sonnenautobahn.

Dann versucht sie zu lesen. Aber beim Lesen wird ihr immer schlecht, was weniger am Text, sondern ihren Augen liegt. Deshalb diskutieren wir die finanziellen Probleme unserer geplanten Hausrenovierung, deren Kosten gefährlich nahe in Richtung Hungertod explodieren. Auch das stimmt wenig euphorisch.

Deshalb fängt sie bei Aix-les-Bains an zu husten. Ihr Husten kommt von meinem verdreckten Autofilter, sagt sie, weil sie auch im Auto von Nicole immer husten muss. Ich wette, dass mein Filter sauberer ist als der von Nicole, aber das löst das Problem nicht. Also schalte ich die Klimaanlage ab. Jetzt hustet sie nicht mehr, friert aber. Deshalb mache ich die Klimaanlage wieder an. Nun friert sie nicht mehr, hustet aber auch nicht. Dieses Phänomen beschäftigt uns bis Bern.

In Bern ist komischerweise kein Stau, und ich habe immer noch von meinem Benzin, das ich vorgestern in Spanien tankte. Deshalb fahren wir weiter, olé, und als wir in Oberhofen bei Thun angekommen sind, sagt mir mein Bordcomputer, ich könne eigentlich noch weiter fahren. Doch auf den höre ich nicht, sondern auf meine Frau, denn die sagt, du bist gut gefahren, mein Lieber, außer den paar „Kinken". Ich kann mich an keine „Kinken" erinnern. Nun gehört meine Frau wirklich nicht zu der Sorte, der man übertriebene Lobhudelei nachsagen könnte, denn sie lobt mehr in homöopathischen Dosen, d.h. wenn sie Scheiße sagt, klingt da schon eine kleine Anerkennung mit. Deshalb nehme ich das mit den „Kinken" nicht so tragisch und gehe Schlafen. Beim Schlafen fahre ich Auto. Bis Mitternacht bin ich schon wieder in Valence.

Ostern muss man wegen Goethe immer einen Spaziergang machen, denn „vom Eise befreit sind Strom und Bäche durch des Frühlings holden, belebenden Blick." Deshalb wandeln wir nach Thun im kalten, schneeschwangeren Sonnenschein. Thun ist eine fast perfekt geschminkte, etwas kühle Schönheit. Das Stockhorn steht artig da, wo es stehen soll, und die Aare fließt gemächlich durch die Stadt. Die bunten Blumenrabatte scheinen mit der Pinzette angelegt und zeigen ihren österlichen Frühlingscharme pünktlich vom gestrigen Schnee befreit. Die Spaziergänger, noch winterlich eingehüllt, wirken so solide wie der Schweizer Franken, und über allem thront die Burg und die alte Stadtkirche, Symbole vergangener Macht, aber der Stadt erst ihren Charakter verleihend. Was wären alle unsere Städte ohne die mächtigen Burgen und Kirchen? Sie wären hässliche, kaum unterscheidbare Ameisenhaufen wie unsere Großstädte heute.

Hier wird die Stadt aufgesogen durch die gewaltige Landschaft, die einen durch die Stille anbrüllt, fast drohend die trotz des Schnees dunklen Berge, die dem See seine Färbung geben, sodass die weißen Schwäne auf ihm zu leuchten scheinen. Ein kalter Wind kommt herunter, der den Frühling daran hindert, Frühling zu sein.

Auf der Uferstrasse rollen die wachsgepflegten Limousinen, auf der Seepromenade flanieren, nein gehen zielstrebig, viele ältere, sportlich gekleidete Schweizer Damen, ganz anders als die erotisierenden französischen Rüschendamen gleichen Alters, die es einfach nicht lassen können.

Gemächlich zieht ein weißer Dampfer über den See und bläst gelegentlich sein Nebelhorn zur Freude der Passagiere als wolle er unterstreichen, dass Seefahrt noch immer Not ist. Die Schwäne schwanen, und ein Haubentaucher putzt seine Haube, weil heute Ostersonntag ist.

Das einzig Irritierende in dieser fast perfekten Harmonie ist die Sprache, die scharf wie die Bergzinnen in das französisch verwöhnte Ohr sticht. Dann aber grüßen Eiger, Mönch und Jungfrau (v.l.n.r.) und die Arthrose jodelt. Auf der grünen Wiese im Oberhofener Schlosspark spielen vier Schwule mädchenhaft unschuldig miteinander. Etwas weiter das Denkmal Winston Churchills unter flatterndem Union Jack, der immerhin als Erster erkannte, die falsche Sau, nämlich uns, geschlachtet zu haben.

Aber was sind das für Gedanken angesichts der bunten Frühlingsblumenrabatte? Da richtet man doch lieber dankbar den Blick hinauf an die grünen Hänge, wo der Oberhofener Weiße gedeiht, ein wunderbar herber, erfrischender Tropfen.

Zum Freitag, den 13. April, sind wir wieder zu Hause. Das ist bekanntlich der Tag mit der schwarzen Katze von links – oder war es rechts? Da sowieso heute etwas in die Hose geht, zieht man sie erst gar nicht an. Ohne Hose aber ist man nicht präsentabel, weshalb man sich nicht präsentiert, d.h. man gammelt so rum, weil, wenn man nichts macht, ja auch nichts in die Hose gehen kann. Philosophisch ziemlich geschickt, aber wenig produktiv. Komischerweise schneit es nicht.

Am 1.Mai wird bei uns nicht demonstriert – oder nur am Rande, sondern fleißig kapitalisiert, d.h. man versucht das zu verkaufen, was eigentlich auf den Müll gehört. Man nennt das „Vide Grenier", also den Dachboden ausräumen, und genauso sieht es auch aus. Aber das trifft nicht den Kern, denn man steht mit seinem Mist in den alten Gassen und kommuniziert. Doch schon in aller Frühe streunen die Profis beim Aufbau der Stände durch die Gegend in Erwartung, einen echten Chagall zu finden, den Monsieur und Madame Dupont bislang für einen missglückten Comic gehalten haben.

Derweil scheint die Mutter der Demokratie, Griechenland, vom eigenen Kind erschlagen zu werden. Wenn das keine antike Tragödie ist! Und wir, die wir einst lernten, das Land der Griechen mit der Seele zu suchen (Winckelmann), wir suchen nur noch im Portemonnaie, die 1.000 € nämlich, die angeblich jeder Bundesbürger, ob Greis ob Kind, für die Wiege der Demokratie zahlte und nie wieder sehen wird.

Alles fließt, „Panta rhei", sagte Heraklit
Nur nicht zurück, lieber Eduard!

Crottaille, im Mai 2012

Lieber Eduard,

ich brauchte eine Bescheinigung EU/EWG vom Finanzamt in Céret. Es ist die 18., wenn mich nicht alles täuscht. Erst mal bekommt man eine Nummer. Nummer ist besser als Name, da übersichtlicher und leichter aussprechbar. Außerdem fühlt man sich wie eine Nummer, d.h. devot und ist als solche leichter beherrschbar.

Die Nummern erscheinen gut sichtbar und elektronisch gesteuert auf einem kleinen Bildschirm, der leider defekt, pardon, „hors de service" ist. Der Bildschirm ist also nicht brutaldeutsch kaputt, sondern eben „hors de service", was einfühlsam übersetzt bedeutet, dass dieser Apparat momentan nicht geneigt ist, seine Funktion in vollem Umfang zu erfüllen. Deshalb brüllen oder kreischen, je nach Geschlecht, die Staatsschatzeintreiber die Nummer. Wenn eine Nummer schlecht verständlich akustisch im Raum hängt, gucken sich die Wartenden lauernd an und hoffen, dass jemand aufsteht. Steht keiner auf, stehen sie alle auf. Dann wird die Nummer wiederholt, und der Falsche nimmt Platz.

Die einzelnen Staatssäckelverwalter sind durch leichte Paravents getrennt, die nur schemenhaft das Nachbaropfer erkennen lassen und deshalb in den frühen Hollywoodfilmen, als die Damen noch scheinbar schamhaft den Briefträger im Morgenmantel empfingen, reichlich Verwendung fanden. Hinter ihnen entkleidete sich aufreizend langsam der Star. Man war kreativ gedanklich gefordert und musste nicht, wie heute, beim Optiker nachbessern. Aber ich schweife ab.

Wie gesagt, diese Paravents lassen den Nachbarn nicht nur schemenhaft erkennen, sondern auch seine ganz individuelle Duftnote passieren, eine Art kabelfreier Lügendetektor sozusagen. Außerdem kann man gut mithören. Damit weiß man nicht nur wie er riecht, sondern auch versucht, die Steuer zu bescheißen. Man kann also viel lernen.

Nur ich nicht, weil ich ja die Bescheinigung EU/EWR brauche. Die kenne ich nach 18 Jahren, nur die Dame vom Finanzamt nicht. Wahrscheinlich weiß sie auch nicht, was die EU ist. Aber das kann man ihr nicht übel nehmen. Immerhin staunt sie über das dreifach gefaltete deutsche Formular, das noch für Kohlepapierdurchschriften konzipiert ist und so nostalgische Erinnerungen an das Mittelalter weckt.

Leicht verwirrt findet sie die französische Übersetzung auf Seite zwei und drei. Französisch auf einem deutschen, wenn auch mittelalterlichen Formular, da jauchzt die nationale Seele und der Stempel, hier Tampon genannt (diese Ferkel), knallt auf das labbrige, die Umwelt schützende Papier.

Dieses Papier trage ich nun, langsam und aufrecht schreitend, aber tief bewegt, wie einen altägyptischen Papyrus zum Auto. Jetzt bin ich endlich Europäer – auch wenn ich gar nicht weiß, was das ist.

Auf dem Place Gambetta inmitten des Städtchens in aller Frühe ein Herr mit Hund. Der Herr grau meliert von gedrungener Gestalt, der Hund auch, aber angeleint. Ebenfalls auf dem Platz zwei Herren, einer mit Baguette der andere mit Croissants. Dazu eine alte Dame mit weiß ondulierten Haaren.

Plötzlich wird der grau melierte Hund von gedrungener Gestalt unruhig. Der Herr am anderen Ende der Leine und die Herren mit den Backwaren als auch die weiß ondulierte Dame wissen, was jetzt kommt, weil es beim Menschen ja ähnlich ist. Nur tänzelt der Mensch im allgemeinen nicht so.

Also, der Hund löst. Für den der Jägersprache Unkundigen: Der Köter kackt auf den Place Gambetta, eingedenk der Losung (nicht Lösung) des Namenspatrons des Platzes: „N'en parler jamais, y penser toujours " (nie darüber sprechen, immer daran denken), aber damit war damals, 1870, Elsass-Lothringen gemeint und nicht die Hundelosung.

Nur ist heute nichts mit „N'en parler jamais" auf dem Place Gambetta. Der grau melierte Herr spürt förmlich die erwartungsvollen und gleichzeitig herausfordernden Blicke der anderen. Es besteht Handlungsbedarf seinerseits, weil sein Hund ja schon gehandelt hat, und die anderen Anwesenden bereits den Vorwurf vorformulieren.

Die weiß ondulierte Dame will es gut erzogen höflich bei „Pardon, Monsieur, aber Ihr Hund scheint mir etwas vergessen zu haben", belassen, während der Herr mit den Croissants, ein ehemaliger Gendarm, vorhat, staatstragend korrekt, aber ohne Gnade das Gesetz zu zitieren: „ Monsieur, das kostet 300 €, und ich bin bereit, unter Eid vor Gericht auszusagen!"

Der mit dem Baguette hat noch etwas Restalkohol von der gestrigen politischen Versammlung im Blut. Er liebt es etwas drastischer. Als politisch Engagierter ist er nun weniger der Wahrheit als der Wirkung verpflichtet, weshalb er, nicht ohne sich nach möglichem Publikum umzusehen, nachdrücklich vorartikuliert: „Hören Sie, meine Frau ist auf Hundescheiße ausgerutscht und jetzt bin ich Witwer!" Sollte seine Frau unerwartet auftauchen, würde er sie damit trösten, dass es hier um höhere politische Ziele geht und sie auf ein Dutzend Austern mit Champagner ins schon früh geöffnete Bistro einladen.

Kurz: Die Atmosphäre ist geladen. Von einem möglichen Sturm auf dem Place Gambetta zu sprechen ist in anbetracht der anwesenden Personen vielleicht etwas übertrieben (aber das war der Sturm auf die Bastille auch), dennoch wird eine leichte Art von revolutionärem „Grande Terreur" im Anfangsstadium spürbar.

Verzweifelt wühlt der grau melierte Herr von gedrungener Gestalt in den Taschen, findet aufatmend ein zerknittertes Tempotaschentuch und zieht es fast triumphierend heraus, um damit das Rätsel der Lösung des Lösens zu lösen. Gut, das Tempotaschentuch reicht nicht ganz. Der Rest benetzt seine Finger. Auch seine Schuhe sind nicht unbeschadet davongekommen. Aber er – als untadeliger Bürger nämlich. Die Spannung weicht. Man nickt sich wissend zu, lächelt gar und geht seines Weges, weil nun mal eine lockere Lösung beim Lösen die beste ist.

Seit gestern wüten mächtige Brände an und hinter der Grenze. Vier Menschen müssen sterben, einige Häuser sind abgebrannt und viele, viele Hektar Land sind vernichtet. Ursache im lauen Sommerwind, zwei achtlos weggeworfene Zigarettenkippen, nimmt man jedenfalls an, weil beide Brände von Parkplätzen ausgingen. Zwei Kippen, vier Tote. Kein Zweifel: Rauchen tötet.

Heute Morgen nun radle ich wie gewöhnlich ans Meer, springe todesmutig in die Fluten und mache die ersten prustenden Züge, als ich ein höllisches Geräusch über mir wahrnehme. Es sind die Canadairs, die roten Löschflugzeuge, die kurz über mir einschweben, um nicht weit vor mir das Wasser aus dem Meer aufzunehmen, dann in einer Kurve hochziehen, um hinter den Bergen die immer noch lodernden Flammen zu bekämpfen.

Wäre ich nun etwas weiter rausgeschwommen, und die Canadair hätte mich mit dem Wasser aufgesogen, dann wäre das wohl eine kombinierte See- Luft- und Feuerbestattung geworden, eine Dreifachbestattung sozusagen. Das hätte mich posthum berühmt gemacht als Erfinder des absolut sicheren Abgangs, empfehlenswert für Erbschleicher mit Angst vor einer eventuellen Obduktion. Aber ich ziehe es doch vor, wieder zurück zu schwimmen als die zweite Welle Canadairs naht und radle auf der Strandpromenade zurück, dorten die zahlreichen Touristenjogger herumhüpfen, die mehrheitlich nur für den Orthopäden interessant sind.

Nun hat Frankreich einen Präsidenten, der ja mehr aus Versehen als aus Vorsehung Präsident wurde. Der heißt eigenartigerweise Hollande und hat vor der Wahl eine Menge versprochen, kann also nicht so sparen wie Frau Merkel das will. So sehen das die Deutschen und vergessen dabei, dass es um mehr geht, denn wider Willen ist die Bundeskanzlerin zur europäischen Führungsfigur stilisiert worden, und das hält kein Franzose aus, weil, so de Gaulle im vertrauten Kreise, die Einigung Europas zwar von Frankreich und Deutschland durchgeführt wird, dabei aber Frankreich der Kutscher ist und Deutschland das Pferd. (Luigi Barzini: Auf die Deutschen kommt es an, Hamburg 1983, S.177). Wir dürfen also ziehen und manchmal auch wiehern – aber nicht zu laut.

Dafür kommt in Frankreich die Linke mit absoluter Mehrheit ins Parlament und, da Frankreich nun mal das Licht der Welt ist („La France est la lumière du monde"), wie es ganz bescheiden de Gaulle nicht nur einmal formulierte, wird die Welt etwas heller mit Hollande, es sei denn Angela Merkel hält ihr Portemonnaie geschlossen.

Nach so viel lichtintensivem Frankreich und als Pferd völlig untauglich suche ich Trost bei den Euroskeptikern von der feuchten Insel. Diese wohnen in einer gepflegten Apartmentanlage mit herrlichem Blick auf den Hafen. Früher waren da die Klingeln mit den Namen der Bewohner. Aber das war zu einfach, weshalb sie die Klingelübersicht durch einen kleinen Bildschirm ersetzten, der die Bewohner einzeln in alphabetischer Reihenfolge zeigt, wenn man die richtige Taste findet. Will man zu Apollo (der hier natürlich nicht wohnt), ist das ziemlich einfach, bei Zeus (der scheint hier auch nicht zu wohnen) muss man schon ziemlich oft drücken. Ich muss nur bis S. Aber das ist ohnehin egal, weil man bei Sonne (und die scheint hier relativ oft) sowieso nichts auf dem Bildschirm erkennen kann.

Gut, man kann nun seine Hose oder das Hemd ausziehen und als Schattenspender über den Kopf halten und so die Namen entziffern und dann klingeln. Wenn darauf die Haustür mit einem Summen geöffnet wird, nimmt man die Hose unter den Arm und sagt „Bonjour". Aber nicht heute, weil ich zwar über die Gegensprechanlage schon Kontakt hatte, aber kein Summen ertönt. Stattdessen erscheint die Lady, die als grazil zu bezeichnen äußerst frivol wäre, persönlich im Hauseingang und zwar – im Badeanzug. Da sieht man gleich, was die hat, nämlich zu viel. Und dann ab mit diesem Nymphchen in den Fahrstuhl. Der ist für Vier, aber durch uns reichlich ausgefüllt, was nicht an mir liegt. Dann legt die Dame des Hauses dezent ein leichtes Tuch über den Speck und wirkt trotzdem recht fröhlich bei dieser Hitze und ihrem Gewicht. Das liegt aber nicht an ihrer inneren Einstellung, sondern an sogenannten Aufhellern, wie sie gesteht.

Da frage ich mich natürlich, wieso man hier Aufheller braucht, wenn Frankreich das Licht der Welt ist, oder hatte etwa der General de Gaulle davon genascht und bei seinem Abgang das Licht gelöscht?

Trotz all dieser Helle, woher sie auch immer kommen mag, ist die Selbstmordrate im europäischen Vergleich sehr hoch. (OECD). Das gibt Anlass zu vielen Spekulationen, an denen ich mich nicht beteiligen möchte, aber eine Interpretation scheint mir in die richtige Richtung zu weisen. Es könnte der Gegensatz zwischen Realität und französischem Traum sein. Der Gallier mystifiziert gerne, negative Ereignisse ignoriert er oder interpretiert sie um, kurz: er nimmt das Leben nicht wie es ist, sondern wie es sein sollte.

Und so unbedarft es klingen mag,
vielleicht liegt gerade darin der Charme Frankreichs.

Crottaille, im Dezember 2012

Lieber Eduard,

du erinnerst Dich an die Dame mit dem päpstlichen Blick, eine Pariserin polnischen Ursprungs, mit dem schönen Namen Pierette. Pierette sehe ich manchmal beim morgendlichen Zeitungsholen, wie sie zu früher Stunde die Gassen durcheilt, immer voll gestylt mit jugendlich wirkender Figur und Maske, die Haare so klassisch arrangiert als käme sie gerade vom Friseur, pardon, Coiffeur. Du erinnerst Dich auch an ihren bretonischen Gatten Jean, der nachhaltig die Kehle netzt und seine Rente zur Pferdewette trägt. Dieser wird nun seit Jahren als potentieller Todeskandidat gehandelt, weil bei ihm fast nichts mehr so richtig funktioniert außer dem Schluckmuskel. Aber der Sturkopf trotzt allen Prognosen und wettet kräftig weiter, obwohl er wie seine Pierette auch die 70 weit überschritten hat.

Das könnte nun alles seinen geregelten Gang mit prognostiziertem Ausgang gehen, hätte Pierette nicht einen Herren getroffen, der schon hinter sich hat, was ihr nach Einschätzung der Nachbarn noch bevor steht, einen Witwer nämlich, der ihr den Hof macht. Pierette gefällt das ausnehmend gut. Sie macht lange Spaziergänge mit ihrer Neuerwerbung und schwebt in den Wolken, die sich herbstlich über den Albères zusammenziehen. Welch ein Glück – wenn auch ein spätes.

Dann kommen wie bei den herbstlichen Wolken auch die ersten kleinen Eintrübungen. Was rein platonisch begann, droht grenzüberschreitend rein philosophische Gefilde zu verlassen. Alain, so heißt der Witwer, fängt an zu grabbeln. Das mag Pierette nicht. Ihre Nachbarin Nicole, der Philosophie weniger zugeneigt, findet das nicht nur natürlich, sondern auch wünschenswert, obwohl, so hat ihr wiederum Pierette geklagt, sich der arme Alain einer Prostataoperation hat unterziehen müssen, die, wie bei diesem Eingriff üblich, gewisse systemimmanente Folgen hat, die sich in einer Reduktion der Funktionen dieses sich in der Nähe der Prostata befindlichen Organs äußert.

Nicole findet so etwas traurig, tröstet aber in der Erkenntnis, dass dieses zweifellos für die Liebe wichtige Organ nicht unabdingbar für den Liebesgenuss ist. Dabei lächelt sie wissend mit den Falten, die sie sich demnächst liften lassen will, weil eine Erbschaft ins Haus steht.

Dafür kann aber Alain handwerklich noch alles, ein „Do it yourself allround Genie" sozusagen.

Nun bläst der Tramontane aus den inzwischen schneebedeckten Hochpyrenäen, als bei Pierette sonntags die Heizung streikt. Eingedenk der zwar auf manchen Feldern eingeschränkten, aber handwerklich unangetasteten Fähigkeiten ihrer Neuerwerbung Alain, möchte sie diesen um Hilfe bitten, kann das aber aus verständlichen Gründen nicht direkt. Deshalb ruft sie ihre Nachbarin Nicole an. Diese soll sich nun als Bekannte des Prostatalosen ausgeben und mit Alain zur Reparatur erscheinen, um wenigstens etwas Wärme in die Bude zu bringen.

So kommt es – aber nicht wie gedacht. Alain erscheint mit Kneifzange und Schraubenzieher und Pierettes Gatte Jean mit einem kräftigen Schluck. Dann prosten sich Jean und Alain zu und sind sich nach dem dritten Gläschen ungeheuer sympathisch. Ach was, sympathisch, Jean vermeint einen neuen Freund gefunden zu haben, für den sein Haus immer offen steht.

Da wird es der guten Pierette Angst und Bange.

Aber immerhin ist die Bude warm.

Unter den neueren Wortschöpfungen gefällt mir besonders „Entschleunigung". Endlich mal kein Anglizismus, endlich mal ein veritables deutsches Wort: Entschleunigung. Das hat so was Beruhigendes, ganz anders als Bremsen. Bremsen ist so abrupt, beim Bremsen gehst du mit dem Kopf durch die Scheibe. Nun gut, wenn du nur entschleunigst statt zu bremsen, könntest du auch mit dem Kopf ... Aber lassen wir das.

Entschleunigung ist sanft, fast schmeichelnd. Man sagt nicht mehr teutonisch brutal „Manni ist ein fauler Sack", sondern „Manni entschleunigt". Wer es aber mit der Entschleunigung übertreibt, der kriegt die Grundsicherung. Auch so ein neuer Begriff. Früher kriegte der gar nichts oder den Hintern voll. Davon ist er heute im Grunde sicher.

Nur dürfen nicht allzu viele zu sehr entschleunigen, weil dann nämlich die Grundsicherung futsch ist. Das Leben ist eben etwas kompliziert und ein Königsweg nicht gefunden, außer in den Parteiprogrammen. Allerdings habe ich des öfteren das Gefühl, das mit der Entschleunigung haben die hier unten schon längst spitz – außer beim Autofahren, lieber Eduard.

Und dann kommt Weihnachten, aber unsere Emma nicht, weil sie krank ist, und mit halber Mannschaft ist es nur halb so schön trotz winterlicher Schweiz mit Eiger, Mönch und Jungfrau (v.l.n.r.).

Dafür erfreut uns Simone, die mich ganz spontan beim Frühstück mitten im Satz unterbricht (was sie gelegentlich tut, wenn das Thema sie nicht nachhaltig berührt oder ein Geistesblitz auf sie niederfährt), um freudig erregt zu fragen: Wollt Ihr mal meinen neuen BH sehen? Und noch bevor wir etwas erstaunt bejahen können, schiebt sie den Pulli nach oben und zeigt uns ihre spitzenbesetzten, in zartem Rosa oder war es in Violett gehaltenen Körbchen, weil doch die Formen die Farben überlagern (ein interessanter Aspekt in der bildenden Kunst). Diese Körbchen schieben nun zielgerichtet beide Kugeln in die vorgesehene Umlaufbahn, was nicht nur ein Meisterwerk französischer Lingeriekunst, sondern durchaus auch ein ästhetischer Genuss ist. Aber kann man mit so einer Frau ins Restaurant gehen oder Bahn fahren?

Erschüttert wandle ich über die luftigen Höhen an den See. Immer wenn sich der Himmel über dem Thuner See verdunkelt, werden meine von der norddeutschen Tiefebene geprägten Gene wirksam, und ich empfinde diese hohen Berge als Bedrohung. Der See ist eben nicht die See. Die See ist ganz weiter Horizont, der See ist naher Tellerrand – gelegentlich mit Sprung. Ah, die Gene!

Dunkler Himmel, schwarze Berge schneegepudert, Hamburger Nieselregen über dem ebenfalls schwarzen und windgepeitschten Thuner See. Trotzdem bis zum Schloss Hünegg in der frühen Abenddämmerung, die fatal an einen selbst erinnert. Abenddämmerung als bezeichnende Überschrift für dieses Jahr. Der Körper baut ab, mon vieux, ohne jeden Zweifel, der Geist ist noch präsent – noch, und die Weisheit des Alters besteht im Wesentlichen darin, dass man auch Unangenehmes schneller vergisst.

Alter ist nichts für Feiglinge, lieber Eduard.

Marseille, im März 2013

Lieber Eduard,

endlich dürfen auch wir Auslandsdeutsche diesen kleinen, schnuckeligen Personalausweis beantragen. Außerdem brauche ich einen neuen Pass, falls mir die EU eines Tages zu klein wird, was nicht an mir liegt. Dazu müssen wir zum Deutschen Generalkonsulat in Marseille. Das ist eigentlich nicht schlecht, weil Marseille dieses Jahr Kulturhauptstadt ist und außerdem die Patenstadt Hamburgs. Außerdem soll es eine ausnehmend schöne Stadt sein, wenn man nicht gerade in das Kreuzfeuer rivalisierender Banden gerät.

Deshalb rufe ich im Konsulat an. Dort antwortet ein charmanter Franzose auf Deutsch, wobei sein Deutsch charmanter ist als fundiert, was nichts macht, weil mein Französisch weder fundiert noch charmant ist. Ich errate aber, dass ich mich an meinen Computer bequemen soll. Der führt mich auf die sogenannte Homepage. Nach Studium der Homepage weiß ich viel über unsere beiden Länder, über die Problematik von Mischehen verschiedener Nationalität, wenn die sich nicht richtig mischen, und dass ich einen Termin nur über das Internet kriege.

Dann geht es in die Tasten. Achtung! Für meinen Passantrag brauche ich einen Termin, für den Personalausweis noch einen Termin und für Simone einen dritten. Nun kann ich aber nicht in freier Prosa schreiben, dass ich gerne mal mit meiner Frau vorbeikommen möchte, um gewisse administrative Angelegenheiten zu erledigen. Das kapiert der Computer ja nicht. . Stattdessen fülle ich für jeden einzelnen Termin ein längere Formblatt aus, wie ich heiße, wo ich wohne und wie es mir geht. Das läuft auch ganz gut, weil ich beim zweiten ja schon richtig in Schwung bin.

Aber dann beim dritten für Simone. Die hat einen anderen Vornahmen, aber den gleichen Nachnahmen. Das war damals so. Trotzdem wohnen wir zusammen und haben dasselbe Telefon. Das dürfen wir aber nicht. In dicker, roter Schrift blökt mich der feindliche Computer an: Diese Angabe muss eindeutig sein. Bei einem anderen Termin wurde sie bereits verwendet! Muss ich mich jetzt scheiden lassen oder einer von uns ausziehen?

Wir rätseln etwa eine halbe Stunde. Wir tippen uns heiß. Aber der feindliche Computer schmeißt uns raus. Der will uns nicht, nur weil wir immer noch zusammen leben. Gut, das ist spießig und unmodern, aber man könnte doch auf die Älteren etwas Rücksicht nehmen. Tut der aber nicht.

Ich ventiliere hörbar. Doch dann geschieht das Unfassbare, ich überliste dieses unterbelichtete Arschloch, indem ich im dritten Antrag die Ländervorwahl vor unsere Telefonnummer schiebe und beim Wohnort in Frankreich ein F einfüge, obwohl das ja eigentlich unlogisch ist, wenn nach dem Wohnort in Frankreich gefragt wird. (domicile en France). Und dieser debile Bekloppte (man beachte die Tautologie, aber davon hat ein unterbelichteter Computer ja keine Ahnung), der freut sich wie das Schwein am „Veggie-Day" und verspricht, er werde meinen Antrag bearbeiten und wieder von sich hören lassen.

Also planen wir, könnten wir doch am Montag gemütlich nach Marseille gondeln, dienstags dann die Pass- und Ausweisangelegenheiten im Deutschen Generalkonsulat erledigen, um anschließend am „Vieux Port" mit Blick auf die vielen Boote eine echte „Bouillabaisse" zu naschen. Am nächsten Tag würden wir die Europäische Kulturhauptstadt 2013 erkunden. Falls die Sonne lachen sollte, ginge es immer an der Küstenstrasse entlang zum Besuch des einstigen, zur Entblätterung frei gegebenen Gänseblümchens namens Brigitte Bardot nach Saint Tropez, die sich heute mehr um marode Zooelefanten als fallende Flora kümmert. Dann ginge es in unser geliebtes San Remo in unseren alten Albergo mit dem antiken, quietschenden Fahrstuhl, aber prächtigem Blick aufs Meer.

Meteo France liegt meist daneben, aber bei Schlechtwettervoraussagen sind sie ganz gut. Nichts mit entblätterten Gänseblümchen und quietschenden Fahrstühlen. Sonntag und Montag noch heiter bis wolkig, wie der Wetterfrosch sagt, dann aber satter Regen über dem Land.

Deshalb ziehen wir schon am Sonntag etwas traurig von dannen.

Punktlandung im Campanile in Marseille-Nord mit Sonderangebot 39 € statt 75 €. Wir haben Zimmer 317. 317 ist da, wo 317 nicht sein sollte, aber das hat etwas mit der „clarté" zu tun, dieser uns Germanen nicht zugänglichen französischen Klarheit, die uns gelegentlich etwas trübe vorkommt.

Um die Ecke ist eine Bushaltestelle mit vielen sehr individuell angelegten Gestalten, um es mal gefällig auszudrücken. Deshalb sind wir beim Studium der Fahrpläne etwas erstaunt als uns eine extrem pigmentierte Dame (da haben wir aber den politisch korrekten Sprachsaubermännern ein Schnippchen geschlagen, lieber Eduard!) auf verständlichem Deutsch ihre Hilfe anbietet.

Dann kommt der Bus und es uns etwas Spanisch vor, weil wir hier pigmentmäßige Ausnahmeerscheinungen sind. Wir sind im Norden Marseilles gelandet. Im Norden liegen die Problemviertel, die der Franzose charmant als „quartiers sensibles" bezeichnet. Deshalb sehen sie nun nicht besser aus – im Gegenteil. Zidane stammt aus so einem Viertel, aber die können nicht alle Fußball spielen. Deshalb machen sie andere Sachen. Unsere Mitreisenden sehen auch nicht so unbedingt nach Fußball aus. Aber wir landen lebend am berühmten „Vieux Port", dem alten Hafen Marseilles.

Offen gestanden bin ich etwas enttäuscht. Das hätte man schöner hinkriegen können. Das wirkt auf den ersten Blick reichlich zusammengewürfelt, ohne jeden Stil. Die schüchterne Abendsonne will nicht so recht wärmen an diesem Sonntagabend über dem „Vieux Port" in Marseille Anfang März.

Dann nehmen wir wieder unsere Linie 97 durch die grauen Elendsviertel im Norden der Stadt. Wir sind die einzigen Mitbürger weißer Hautfarbe im Bus, und dazu noch Ausländer. Es ist ruhig, man ist höflich, nicht nur das, sondern zuvorkommend. Eine Frau, bei der sich offensichtlich Afrika und Asien genetisch vereint haben, bietet uns lächelnd ihren Sitzplatz an lange bevor sie aussteigt. Kein Gepöbel, keine Angetrunkenen, eine angenehme Ruhe, fast Harmonie liegt in diesem Bus, der durch die Nacht auf der A7 nach Norden rumpelt. Vielleicht ist es auch nur eine resignierende Passivität. Aber das glaube ich kaum. Resignation lächelt nicht, und wenn, nicht so.

Ich aber habe mich auf dieser nächtlichen Busfahrt durch die Elendsviertel im Norden Marseilles ein wenig geschämt und sehr viel umgedacht.

Wieder mit der Buslinie 97 durch die „quartiers sensibles" zum alten Hafen vorbei an der Börse, wo 1934 König Alexander I. von Jugoslawien und der französische Außenminister Barthoud ermordet wurden. In Marseille ist immer was los. Wir wollen auf die hoch über der Stadt thronenden Basilika Notre-Dame de la Garde. Von der blicken wir bewundernd über die Stadt und das Mittelmeer mit den kleinen Inseln vor der Küste bis hin zum neuen Hafen, wo die großen Fähren nach Korsika und Nordafrika an der Pier liegen.

In der Basilika wird der Befreiung von den Deutschen 1944 gedacht. Da fühlt man sich national wieder gestutzt, aber europäisch hoffnungsfroh. Unsere Väter und Großväter scheinen viel herumgekommen zu sein. Dann widme ich mich den vielen Votivtafeln an der Kirchenwand. Das sind etwa computerschirmgroße Marmortafeln, auf denen man sich bedankt, dass seine Gebete erhört wurden. Atheisten würden das als eine Art Quittung für erbrachte Wunder diskreditieren und dabei übersehen, mit welchem Vertrauen und welcher Glaubenskraft hier „quittiert" wird. In der Regel geht es um die Heilung schwerster Krankheiten, in einer Seefahrerstadt natürlich um die Rettung aus Seenot, aber auch ganz allgemein um den Schutz der Familie. Eine Dame bedankt sich gar, dass sie ihre längst verloren geglaubte alte Liebe wiedergefunden hat. Da wird es einem doch warm ums Herz.

Deshalb steigen wir hinunter zum Fort St. - Nicolas, das die Einfahrt zum alten Hafen bewacht. Aber erst mal steht gleich unterhalb der Basilika ein amerikanischer Panzer, älteres Modell, mit dem Rohr auf die Kirche gerichtet. Das ist eigentlich ungezogen, war es aber nicht, weil ein französischer Oberst hier 1944 Marseille von den Deutschen befreit hat. Den Panzer hatte er sich bei den Amis ausgeliehen.

Und so finden wir überall in Frankreich eindrucksvolle Denkmäler der Befreiung Frankreichs durch Franzosen, wobei leider die erhebliche Mitwirkung ihrer Alliierten verschwiegen wird. Französische Geschichtsschreibung beschreibt eben nicht „wie es eigentlich gewesen (Ranke)", sondern wie man es gerne gehabt hätte. Darin liegt natürlich auch ein gewisser Charme. So schrieb de Gaulle als junger Offizier ein kriegsgeschichtliches Werk über alle französischen Schlachten, über alle – außer Waterloo.

Am alten Hafen zurück Richtung Canebière, der berühmten Einkaufsmeile, und dorten als Muss eine Bouillabaisse, dieser hinreißenden Fischsuppe, die so ziemlich alles enthält, was mir nicht schmeckt. Aber da muss man als Tourist durch. Zur Ablenkung wandern meine Blicke über die Tische und beobachten die essenden Franzosen. Dabei essen die gar nicht. Das ist Oralerotik, ganz intensiv und schamlos, die Mobilisierung aller Sinne oder sagen wir fast aller. Dieser verklärte Blick, diese fast zärtlichen Bewegungen des Besteckes, diese lasziven Kaubewegungen – nein, mit Nahrungsaufnahme hat das hier nichts zu tun. Wenn die dann das Glas heben, wünschen sie sich nicht gegenseitig alles Gute, sondern ihrem Darm.

Dabei fällt mir immer wieder auf, wie dieses kalorienreiche Zeremoniell bei den älteren Herren naturbedingt doch seine Spuren hinterlässt, bei ihren Gattinnen aber selten, obwohl die gleichermaßen zulangen. Frauen verbrennen also innerlich intensiver, weshalb bei ihnen auch das Feuer der Liebe heller leuchtet. Das hätte kein Franzose charmanter sagen können.

Herzlich, Deine Charmeur-Imitation

Thun/Schweiz, im April 2013

Lieber Eduard,

abends gerade vom „Vieux Port" zurückgekehrt, erhebt sich mächtig ein Sturm. Ob es sich um den schrecklichen Mistral handelt ist nicht auszumachen, auch relativ uninteressant, obwohl der große Friedrich Nietzsche ihn besungen hat:

> *Mistralwind, du Wolkenjäger,*
> *Trübsalmörder, Himmelsfeger,*
> *brausender, wie lieb ich dich!*

Nur hat der Wind bei Nietzsche nicht die Regenrinne des Hotels abgerissen und mit dieser so brutal gespielt, dass man meint, die Hell's Angels treten die Tür ein. Die Rezeption gegen Mitternacht ist untröstlich, wir auch. Der Wind spielt weiter. Klarer Fall von Trübsalmörder.

Deshalb sind wir morgens nicht besonders frisch und müssen etwas trübselig auf das Generalkonsulat. Der Himmelsfeger fegt weiter und jagt die Wolken. Der Hoteldirektor ist auch schon da. Zum Glück kennt er Nietzsche nicht, gewährt aber bedauernd einen Sonderpreis. Jetzt haben wir ökonomisch Glück, aber nicht geschlafen. Außerdem regnet es, weil der Himmelsfeger nicht richtig gefegt hat.

Trotzdem wird es noch recht lauschig entlang der Corniche Président Kennedy und Promenade George Pompidou am Meer entlang bis zur Avenue du Prado, an der das Konsulat liegt. Da erinnert nichts mehr an den armen Norden. Das hier ist Mittelmeerluxus pur mit Blick auf die vorgelagerten Inseln und das Meer. Eine gespaltene Stadt in Nord und Süd.

Statt Tricolore zur Abwechslung mal Schwarz-Rot-Gold, ästhetisch ein Grauen, aber Heimat. Ein älterer, kleiner Franzose öffnet das Gittertor des Konsulats und sagt: „Hände hoch, Hosen runter!" Nein, nicht ganz, er ist „Security" und nähert sich mit einem Detektor, der Sprengstoff riechen kann. Wir riechen nur unausgeschlafen. Der Detektor schweigt.

In der Passstelle (neuerdings mit drei „s"), was wie ein Druckfehler aussieht und lautmalerisch wie defekter Zahnersatz klingt, in dieser Passstelle ist es wie in einer

Bank. Schusssicheres (schon wieder drei „s") Glas und Schiebeschubladen (man beachte die Alliteration!). Dann beginnt die Konsulatsmaid ihre Recherche in unsere familiäre Vergangenheit, nimmt die Fingerabdrücke für das FBI und kichert heimlich über unsere hässlichen, aber biometrischen Passphotos.

Zurück über die Corniche in Regenschauern. Jetzt sind wir genau sechs Mal mit derselben Buslinie gefahren und sechs Mal war es eine andere Route. Das nennt man flexibel.

Trotzdem erreichen wir das Hotel, schmeißen uns in den Hobel, wie der handwerklich verbundene Mensch sagt, und eilen im Regen statt nach Saint Tropez zu Brigitte Bardot nach Hause. Immer wenn mich der Schlaf übermannt, lege ich das Neujahrskonzert der Wiener Philharmoniker auf. Das reicht für 75 Kilometer.

In der Heimat hat ein Unwetter gewütet, und weil Dauerregen so hübsch ist, fahren wir Ostern zu Christine in die Schweiz. Rasten muss man im Auto mit Krümeln zwischen den Beinen und Verspannungen am Hintern. Man fährt so eine Art Rallye, in der jeder den anderen vollspritzt, damit er nichts sieht. Um die Spannung etwas zu erhöhen, lassen einige das Licht aus. Währenddessen liest Madame mir aus dem äußerst bewegten Leben von Alma Werfel vor. Aber die hatte auch keine Krümel am Hintern. Dann sind wir in der Schweiz – aber nicht lange, denn Christine hat uns für eine Woche eingeladen, „ad fontes" sozusagen, besonders mich als Fischkopp. Mit anderen Worten, ich soll mal wieder in die Elbe spucken und Fischbrötchen essen.

Fünf Uhr Wecken. Zum Feldflughafen Bern – Belp. Man geht praktisch vom Auto zum Flugzeug, eine kleine Dornier, die auch in Sackgassen landen kann. Leider habe ich mein Schweizer Taschenmesser in der Hosentasche vergessen. Dieses wird zur Kriegswaffe erklärt und konfisziert.

Dann grüßt meine Heimatstadt von unten. Die Häuser erinnern an England. Überhaupt ist Hamburg eine gelungene Melange aus Skandinavien, England und natürlich Deutschland. Deshalb wird im Hotel Schwäbisch gesprochen, weil Mercedes da gerade sein neuestes Modell vorstellt. Das ist schon ab 80.000 € zu haben, wahrscheinlich nur mit drei Rädern, aber schon gefährlich an der Grenze zur grünen Reichensteuer. Um die Schwaben turnen nun viele Menschen in dunklen Anzügen herum. Dunkle Anzüge sind ein Zeichen der Trauer. Wahrscheinlich beerdigen sie den Euro oder ihre Aktien, hängt doch Mercedes derzeit etwas hinterher.

Das Hotel am Alten Wall schmeichelt dem Auge durch ein modernes, aber gefälliges Design. Doch wo das Design triumphiert leidet gelegentlich die Praxis. Zwischen Bad und Schlafzimmer ist eine Glassäule angebracht, sodass man der Liebsten beim Duschen zuschauen kann, wie auch der Nachbar gegenüber am Fleet, wenn man die Vorhänge offen lässt. Geht die Liebste dann nachts pinkeln, wird man durch den Lichtschein geweckt. Ein sehr lebendiges Design sozusagen.

Was aber ist ein Fleet? Ein Fleet ist ein hanseatischer Canale Grande ohne Gondeln mit schmutzigem Wasser. Über diese Fleete wandeln wir an den Hafen und werfen einen Blick auf die immer noch kreißende Elbphilharmonie.

Auch alte Jugendfreunde treffe ich wieder, die immer noch genauso sprechen wie ich damals, und auf Nachfrage erklären, sie seien „wie Arsch und Pott", was ich allerdings bildlich nicht mehr so exakt einordnen kann.

Natürlich zu den Landungsbrücken. Da hüpft das Herz des Hamburgers. „Is' Hein schon in den Hafen der Ehe eingelaufen?" – „Nee, is noch auf Hafenrundfahrt." Aber die wollen wir heute noch nicht machen. Deshalb sage ich dem Anmacher vor der Barkasse: „Danke, heute nicht." Da mault der: „Sagt meine Alte auch immer."

Stattdessen Övelgönne. Övelgönne ist einzigartig mit diese schnuckeligen Kapitänshäusern entlang der Elbe mit Blick auf den breiten Strom, wo sich immer etwas bewegt, und es konstant nach Brackwasser und Diesel riecht. Die Lebensader der Stadt, deren Pulsgeräusch das Tuckern der Schiffe ist.

Auf einem fahren wir zurück Richtung Landungsbrücken. Das sind nicht mehr die behäbigen, grün-weißen HADAG – Dampfer von einst. Das sind moderne, unpersönliche Automaten, auf denen es plärrt „Gangway wird bewegt", und dann bewegt sich die Gangway, egal, ob einer darauf steht oder nicht, und wenn er plötzlich emporgehoben wird, weiß der Bayer, was eine Gangway ist.

Abends stirbt dann die Innenstadt und plätschert vor sich hin wie ihre Fleete.

Früher gingen in Hamburg die Damen aus betuchter Gesellschaft zu Michelsen auf einen Hochlandtee und Kanapee bevor sie mit dem Highlander auf das Kanapee stiegen, was etwas verwirrend klingt, es aber nicht ist, weil es sich beim Hochlandtee-Kanapee um ein mit Delikatessen belegtes Weißbrotschnittchen handelt, während der Highlander mit seinem Kilt aus Schottland stammt, aber auch ein Hamburger aus Blankenese sein darf, der mit der Teetrinkerin das Kanapee aufsucht, wobei es sich hier nicht um ein Weißbrotschnittchen handelt, sondern um ein Himmelbettchen, in dem man sich, obwohl „canapé" im Französischen eigentlich bedeckt bedeutet, nicht unbedingt bedeckt halten muss. Egal, ob man das nun versteht oder nicht, Michelsen gibt es nicht mehr, Michelsen verkauft seine Delikatessen im Internet. Und auch Schümanns Austernkeller, wo sich früher die Damen und Herren vor oder nach dem Kanapee mit ein paar schlüpfrigen Meeresmuscheln und perligem Champagner stärkten, ist pleite. Mit anderen Worten, der Kapitalismus funktioniert nicht mehr.

Deshalb müssen die Betuchten in die Speicherstadt und die neue Hafen-City ziehen, damit sie sehen, wie andere arbeiten. Das ist nun teilweise recht gelungen, die Verschmelzung von Alt und Neu, auch wenn moderne Architektur sich stark an Lego anlehnt und mir deshalb etwas sehr eckig erscheint. Aber das wird durch die Rundungen einiger Wohn- und Bürotürme aufgefangen, bei denen die Quadratmeterpreise alpine Höhen erreichen, obwohl Hamburg gar keine Berge hat. Da müssen sie dann ins trübe Wasser der Gezeiten schauen oder reinspringen, wenn der Investmentbanker von nebenan sie über's Ohr gehauen hat.

Beim Frühstück frage ich mich, ob Höflichkeit in Deutschland inzwischen als Schwäche gilt, oder bin ich nur falsch? Kein Grüßen im Fahrstuhl. Man betritt denselben wortlos und dreht den bereits in der Kabine Befindlichen den in der Regel ästhetisch trostlosen Hintern zu. Man schafft sich Platz im Café, denn Übergewicht braucht Platz. Man lässt die Schwingtür des Restaurants schwingen, weil sie ja Schwingtür heißt, so nach Art des Western Saloons, und wer sie an die Birne kriegt, ist selber schuld. Ich fürchte, ich muss mich nach fast 20 Jahren Südfrankreich erst wieder eingewöhnen.

Es nieselt. Es nieselt oft in Hamburg. Nieselregen passt zu Ohlsdorf, dem größten Friedhof Europas, ein grandioser, stiller Park, der nachdenklich stimmt mit seiner Geschichte und seinen alten Bäumen, von denen die Nässe wie Erinnerungen tropft. Dort ist ein Stein, unter dem vier Menschen vereint sind, die ganz wesentlich und unterschiedlich mein Leben bestimmt haben. „Summum nec metuas diem nec optes", sagte Martial: Fürchte weder Dein letztes Stündlein noch sehne es herbei. Darin liegt eigentlich die wesentliche Aussage des Christentums, auch wenn das immer verdrängt wird.

Aus der Ruhe des Friedhofes ins Getriebe des Flughafens, der, da in Hamburg alles maritimen Bezug hat, gebaut ist wie ein Schiff mit Kommandobrücke und Vorschiff. Fuhlsbüttel, hier und besonders in Groß-Borstel bin ich aufgewachsen, eine trotz Kriegszerstörungen und Armut ganz wunderbare Kindheit und Jugend, die trotz aller Entbehrungen nichts entbehrte.

Doch die regenschweren Wolken schieben sich unter unsere kleine Dornier. Die Stadt, meine Stadt, bleibt unsichtbar, grüßt nicht mal zum Abschied, wohl weil ich mich vor schon so langer Zeit, wenn auch unfreiwillig, von ihr verabschieden musste.

Und dann sind wir auch schon im Sinkflug auf Bern.

Und auf einmal habe ich „so'n büschen" Heimweh, lieber Eduard.

Crottaille, im Juli 2013

Lieber Eduard,

plötzlich ist sie da, die Canicule, die Hundehitze, die sich nicht höflich anmeldet, sondern einen anspringt. Die letzten Schneeadern auf den Canigou sind dahin wie der tiefe, erholsame Nachtschlaf auch. Dankbar für den leisesten Hauch, der einen gelegentlich ganz schüchtern durch die Bartstoppeln huscht, wälzt man sich schwitzend von Position zu Position, einem Spanferkel nicht unähnlich. Fenster und Fensterläden sind weit geöffnet, sodass jedes knatternde Moped zum Terroristen wird. Deshalb würgt man seinen Gehörschutz in die Muschel. Jetzt hört man nicht mehr das Moped, sondern seinen eigenen mickrigen Blutkreislauf. Wenn man den nicht mehr vernimmt, wacht man schweißgebadet auf und meint, man sei tot. Ist man irgendwie auch. Aber einer muss ja Baguette holen.

Und während du durch die windstillen Gassen schleichst, fängst du an, deinen Körper zu hassen, weil er statt Schweiß Alleskleber absondert. Den Gravitationsgesetzen folgend wälzt sich dieser lavaartig in Richtung Unterhose, wird vom Hosengummi kurz gestaut, um sich dann in die ausgeprägten Tallandschaften im Bereich des Musculus glutaeus maximus zu ergießen. Dabei bildet sich ein Fleck von solcher Intensität, dass er noch deutlich im hinteren Teil der Sommershorts wahrgenommen wird, weshalb die dämliche Verkäuferin dir beim Rausgehen hinterher kichert statt dir einen guten Tage zu wünschen.

Gelegentlich küsst mich die Muse, weil ich sonst ja nicht geküsst werde, und ich lasse meine Ölfarben gewaltig sprechen, nachdem sich über Tage ein gewisses Bild im Hirn festgesetzt hatte. Nun kriegen wir uns bei Farben gelegentlich in die Wolle, obwohl ich besser male als sie. Aber es geht hier um definitive Zuordnungen wie leichtes ins Grau übergehendes Braun oder samtig wirkendes Rot mit sanftem lila Einschlag oder so. Ich muss dann immer nachgeben, weil ich unter einer weit verbreiteten Grünschwäche leide. Das stimmt traurig. Aber nicht so traurig wie die mit einem tiefen Seufzer von ihr vorgetragene Jahreszahl unserer Ehe, wobei ich den Anlass nicht auszumachen vermag.

Was hat denn nun Grünschwäche mit der Länge der Ehe zu tun? Auf jeden Fall murmelt sie als ich farblich mal wieder daneben zu liegen scheine und das gentlemanlike mit meiner Grünschwäche begründe, obwohl, und da bin ich mir sicher, das leicht ins Grau übergehende Braun doch ein samtig wirkendes Rot mit sanftem lila Einschlag war, da murmelt sie so herzerweichend plötzlich 44 – 44 Jahre mit Dir. Die Modulation ihrer Stimme oder sagen wir besser des Stimmchens lässt nur eine sehr reduzierte Interpretationsbreite zu, eine Tatsache, die noch durch ihren gesenkten Blick unterstrichen wird. Bemerkt sie dann aber die zunehmende Mattigkeit in meinen Augen, die doch eben noch so strahlten, dann fügt sie listig hinzu, wobei sie ihre Stimme wieder leicht anhebt, wie schnell doch diese 44 Jahre vergangen seien. Das gibt nun wieder Interpretationsvolumen nach oben – obwohl man da nicht so sicher sein kann.

Zum Trost haben wir ja unsere Medien als die Fortsetzung des orientalischen Märchenerzählers mit anderen Mitteln, was sie heute wieder beweisen durften, nämlich an dem Tag, an dem uns ein Kind geboren wurde. Nein, kein neuer Heiland, obwohl man das vom Medienaufwand her annehmen könnte, sondern ein stinknormales Menschlein mit königlichem Touch als Dritter in der Thronfolge, falls die Queen von England tatsächlich irgendwann sterben sollte. Nur kann man den königlichen Miniknirps noch nicht sehen. Der wird gerade gewickelt oder zwecks Entlassung auf Wehrtauglichkeit untersucht. Und weil man ihn nicht sehen kann, zeigt man uns eine Tür, die Tür zum Krankenhaus, und die zeigt man minutenlang, was unheimlich spannend ist. Vor der Tür tummeln sich nun Tausende von Journalisten aus aller Welt, die auf die Tür starren und dabei berichten müssen. Da es über die sichtbare Tür nichts zu berichten gibt, berichten sie über das, was hinter der Tür ablaufen könnte, obwohl sie weder etwas sehen noch wissen. Das ist Journalismus.

Und sie sprechen ohne zu stottern, ohne rot zu werden, so getragen über das, was sie nicht wissen, so als wüssten sie es. Juristisch eine Art von Hochstapelei, denn sie geben vor, etwas zu haben, was sie gar nicht besitzen. So gesehen gehören die alle in den Knast. Aus therapeutischen Gründen lese ich dann die Spiegel Chronik 2012 und finde Erbauliches:

„Politische Geschichten sind heute meistens auch Mediengeschichten. Wenn eine Geschichte groß wird, dann über die Medien. Sie spielen ihre Rolle und machen zu einem Teil die Realität, die sie dann beschreiben und kommentieren."*

*Dirk Kurbjuweit in „Wonne und Grauen" Spiegel Jahres-Chronik 2012 S. 22

Also nichts mit Schöpfungsgeschichte oder Ur-Knall, sondern die göttlichen Medien. „Erst war die Presse, und dann kam die Welt", sagte Karl Kraus. So ist es. Sie machen Kanzler, Katastrophen und Kabarett. Besonders Letzteres.

Zum Trost machen mir die Soziologen ein Geschenk, weil sie feststellen, dass Männer, die von ihrer traditionellen Rolle (Auto waschen, Garten verunstalten etc.) abweichen und sich im Haushalt nützlich machen, weniger Geschlechtsverkehr haben. Oder um es eingängiger zu formulieren: Je öfter die Männer den Kochlöffel schwingen, um so seltener schwingen sie ..., aber lassen wir das. Natürlich sagen Soziologen das anders. Aber es scheint so, dass Männer, die sich von ihrer traditionellen Rolle entfernen, dafür büßen müssen, weil sich die Ehefrau sagt, wer in der Küche so aktiv ist, muss das nicht auch im Schlafzimmer sein, es sei denn er wischt Staub.*

Immer wenn es mir schlecht geht, sagt Simone wie aus der Pistole geschossen: Hatte ich auch schon, egal ob Halsschmerzen, Kniearthrose oder Herzarrhythmien. Sie hatte es auch schon und vor allem viel, viel schlimmer. Irgendwann bin ich versucht zu vermelden, dass mir das Glied abgefallen ist.

Inzwischen hat Deutschland gewählt. „Le Monde" (überparteilich wie Casanova homosexuell) bedauert gar die arme Angela, die dieses von einer trostlosen Zukunft geplagte Land regieren soll. Keine Kinder, ergo geht die Wirtschaft baden, und außerdem praktisch nur Mini-Jobs, die nicht in die Rentenkasse einzahlen. Deutschland vergreist verarmt, und Angela beerdigt uns. „Le Figaro" (überparteilich wie Assad friedlich) meint gar, man könne von den Deutschen lernen. Immerhin favorisierten in Umfragen über 50% der Franzosen Madame Merkel, und „Paris Match" (überparteilich wie Paris Hilton intelligent) erklärt sie gar zur Königin Europas.

Was aber den gallischen Geist verstört, ist die Ansage der siegreichen Kanzlerin: „Heute feiern wir, aber morgen wird wieder gearbeitet." „Übermorgen!" hält da ihr Parteifußvolk grölend dagegen. Da lächelt die Kanzlerin wohlwollend und sagt: „Na gut, dann eben übermorgen. Aber die hier auf dem Podest schon morgen!". Kein Wunder, dass vor langer Zeit der englische Gesandte am preußischen Hof klagte, er würde lieber unter den Affen Borneos dienen als unter dem preußischen König.

Aber es kommt noch schlimmer.

In Großbritannien werden mittlerweile Frauen dreimal öfter wegen häuslicher Gewalt festgenommen als Männer. Bei uns werden in den Familien etwa gleich viele

*Revue Américaine de Sociologie zitiert im Indépendant Februar 2013

Frauen und Männer handgreiflich.* Dabei fangen die Frauen aber öfter an (kennen wir) und sind auch noch öfter bewaffnet (Nudelholz). Nicht nur das, sie üben viel mehr psychische Gewalt aus (kennen wir auch, erst ganz subtil schleichend, und bis du das geschnallt hast, bläst die Psycho-Artillerie dich vom Hocker.) Aber der Mann als Opfer psychischer Gewalt wird einfach tabuisiert, der arme Sack. Da gerät dann ganz unmerklich die Homo-Ehe ins Visier, weil die immer so lieb zueinander sind. Deshalb werden sie staatlich gefördert.

Vielleicht werden dann Männer auch so alt wie die Frauen, wobei nicht ganz von der Hand zu weisen ist, dass hinter unserer mangelnden Lebenserwartung vielleicht ein Masterplan steht. Aber deshalb muss man uns doch nicht schon vor dem Ableben hauen. Oder führt schon der psychische Druck zu demselben? Vielleicht liegt es auch an der Erziehung? Von der Kita bis zur Uni. Alles Frauen. Die produzieren dann vorsätzlich uns Luschen. Wir Männer brauchen eine Quote, jawoll!**

Zum Troste erzählt mir dann Madame abends beschwingt eine Geschichte, die keine Geschichte ist, sondern ein aufrührender Tatsachenbericht:

Ich hatte Dir, lieber Eduard, von Pierette (74) berichtet, die mit dem päpstlichen Blick und ihrem außerehelichen Verehrer Alain (73), der versuchte das Platonische ihrer Beziehung zu korrumpieren, indem er sozusagen die rein philosophischen Gefilde verließ, um sich auch manuell zu betätigen, oder anders ausgedrückt, er fing an zu grabbeln, obwohl er auf Grund einer Prostataoperation unter den damit verbundenen systemimmanenten Folgen litt.

Deshalb trennte sich Pierette von Alain und etwas später auch von ihrem Gatten, was aber nicht an Pierette lag, sondern ihrem Ehemann, weil der verstarb. Alain aber machte sich nun nicht wieder an die taufrische Witwe ran, sondern an eine begüterte ältere Dame, aus dem Schaustellergewerbe wie berichtet wird, die wahrscheinlich mit ihm Achterbahn fahren wollte. Das nun konnte der gute Alain ihr aus postoperativen Gründen so nicht bieten, und Geisterbahn reichte ihr offensichtlich nicht. Sie trennte sich, und das Mitgefühl des ganzen Damenkreises gehörte nun dem armen Alain und seinem durch den chirurgischen Eingriff etwas schüchternem Glied.

*„Männerstudie" der Evangelischen Kirche 2010
**FAS 21. Juli 2013, Feuilleton: „Der Feminismus hat sich verirrt" von Ralf Bönt

Aber da kannte man Alain schlecht. Der brauchte kein Mitleid, der brauchte was Junges, wobei jung hier relativ gemeint ist, also etwa eine Dame auf der guten Seite der 60-iger. Die fand er, und jetzt kommt's, das Wunder nämlich, das nun in aller Munde ist: Elle l'a réveillé – wörtlich also: Sie hat ihn wieder erweckt oder, ohne blasphemisch werden zu wollen, er ist wieder auferstanden.

So eine frohe Kunde zaubert nun einen durch kein Alter getrübten Glanz in die Augen der nicht mehr jungen Damen, der nicht nur das unerwartete Wunder gebührend würdigt, sondern auch die Anerkennung widerspiegelt, die sich in der dezent nach innen gestellten Frage formuliert: Wie hat sie's nur gemacht?

Wollen wir hoffen, dass davon keine Art Wiedererweckungsbewegung ausgeht, obwohl die neuerdings erblastige Nicole (75) schnöde erklärt, sie lasse sich liften und sucht sich dann was Junges.

In Anlehnung an Wilhelm Busch wollen wir nicht ohne eine gewisse Demut hinzufügen:

Gelobet aber sind die Sachen,
die auch im Alter Freude machen

Crottaille, im Juni 2014

Lieber Eduard,

zögernd nähere ich mich dem Spital, nicht Krankenhaus, denn ich bin in der Schweiz, was ich schon daran merke, dass ein Mann sorgfältig das Parkhaus mit dem Staubsauger reinigt wie Mutti das Schlafzimmer. Vielleicht ist er aus der Psychiatrie abgehauen?

Dann muss ich zum Röntgen. Im Wartezimmer liegt die illustrierte Schweizer Woche aus mit dem schönen Titel: „Ich könnte mir auch einen Freitod vorstellen!", was die Stimmung ungemein hebt.

Als Erster rausche ich um sieben Uhr morgens in den OP, höre Mozart und kriege eine Knieteilprothese. Der Anästhesist ist aus Hannover und trotzdem lustig. Gegen ein Uhr bin ich wieder auf Station und habe Schmerzen trotz Schmerzpumpe, bei der man sich bei Bedarf bedienen kann. Vielleicht ist die Pumpe kaputt oder mein Bedarf zu hoch. Deshalb kommt eine Schmerztherapieschwester (ebenfalls aus Hannover) und setzt mich außer Gefecht, obwohl ich das ja schon bin.

Raus aus dem Knast in die REHA, sogenannte Hafterleichterung. Ich werde sogar im Sitzen gewogen von einer französischen Pflegerin aus dem Elsass, die drei Jahre in Deutschland gearbeitet hat und jetzt seit 11 Jahren in der Schweiz ist. Es sind die hohen Berge, sagt sie, und meint das Salär.

Schon naht die Physiotherapeutin, eine ältere Schweizerin mit mindestens 1000 Volt, was man von Schweizerinnen im Allgemeinen nicht so erwartet. Aber diese hat 15 Jahre in Barcelona gelebt und ihr Lieblingsort ist Cadaques, was ich vollen Herzens nachvollziehen kann. Dann hübsch beugen und strecken. Leider darf man erst nach sechs Wochen wieder Auto fahren. Aber nur ganz vielleicht.

Da wird mir das Herz ganz schwer. Und beugen und strecken. Aber vielleicht kriegen wir das mit viel Üben schon früher hin. Und strecken und beugen. Da wird das Herz wieder etwas leichter. Und beugen und strecken. Montag muss ich aufs Fahrrad.

Eine ländlich gefestigte Schweizer Maid massiert mein Knie. Das Knie freut sich. Es freut sich so, dass es auf das Fahrrad, pardon, Velo darf mit Blick auf Eiger, Mönch und Jungfrau (v.l.n.r.).

Die Ärztin ist deutsch, blond, mittelalterlich und etwas burschikos. Sie fragt nicht mal, woher ich denn aus Deutschland komme. Irgendwie geht unser Nationalbewusstsein flöten. Vielleicht ist sie ja auch schon eine echte Europäerin, was die Schweizer nun eher mehrheitlich nicht sind. Dann sehe ich ihr Bild in der Personalübersicht des Warteraums in der Physiotherapie: Sie ist die Frau vom Chefarzt, allerdings ohne Doktorgrad. Da musste sie wohl auf die Gören aufpassen.

Zum Mittagessen werde ich Tisch 44 zugeteilt. An Tisch 44 sitzen schon zwei Rollstuhlfahrer. Der männliche ähnelt dem Kommissar von der Soko Leipzig, wenn der zu lange nicht mehr beim Friseur war und einen über den Durst getrunken hat. Er kommt mit seinem Oberschenkelhalsbruch aus Luzern und ist auf dem Parkett ausgerutscht. Auf blankem Parkett ist schon so mancher ausgerutscht.

Der weibliche Rollstuhlfahrer kommt aus Biel und spricht nur Französisch, obwohl doch Biel angeblich zweisprachig sein soll. Tatsächlich, sagt sie, die einen sprechen ein schlechtes Französisch, die anderen ein schlechtes Deutsch. Dabei hatte ich unter Zweisprachigkeit immer etwas ganz anderes verstanden. Wenn unsere Konversation abebbt, nimmt sie ein elektronisches Taschenbuch und liest.

Kaum auch nur andeutungsweise verdaut, muss ich ins Seminar über Rehabilitation. Der Vortragende macht das recht gut, und ich werde Seminarbester, weil ich das operierte Knie schon über 90 Grad biegen kann. Drum merke: Wer sich am meisten verbiegen kann, wird Bester.

Deshalb gehe ich wieder auf mein Velo und drehe später den Krückenwalzer, d.h. ich laufe auf und ab und beneide jeden, der keine Krücken hat, obwohl ein Mensch ohne Krücke eine sein kann.

Abends protestiert mein Knie ob der Aktivitäten und muckt genau da, wo es vor der Operation schon weh tat. Deshalb schlafe ich schlecht und lese nochmals „Die unsichtbare Flagge" von Peter Bamm, ein Buch, das eigentlich in jeden deutschen Geschichtsunterricht gehört, schon weil es jede Pauschalisierung vermeidet.

Vom Ehrgeiz geheilt (immerhin Seminarbester gewesen), lasse ich mich massieren, und der Kerl greift mir doch tatsächlich ans Scrotum und nennt das Lymphdrainage oder so ähnlich. Dabei hab ich es doch am Knie. Das hat man nun von der Ganzkörpermedizin.

Dann Labor und Blut gezapft von einer ganz niedlichen Blondine. Meine Finger sind zu kalt, sagt sie, aber wärmen muss ich sie selber.

Ich war nie in einer Partei, jetzt bin ich in der Kniegruppe bei Frau Trachsel. Frau Trachsel spricht Schwyzerdütsch, weshalb ich nichts verstehe und die Übungen versaue. Die Übungen sind sogar mit Musik. Das ist wie Salatdressing auf Kuhfladen. Anschließend dürfen wir aufs Zimmer und uns hinlegen – aber ohne Frau Trachsel. Die hat Dienstschluss.

14 Tage nach der OP kommen die Fäden raus, da die Wunde angeblich wundervoll verheilt ist. Ich mache Velo und Formel I. Formel I ist wie ein Bekloppter im Kreisverkehr durch die Parkanlage mit den Krücken zu hoppeln. Die richtige Formel I ist zwar schneller, aber genauso bekloppt.

Dann schmeißen sie mich raus. Sie nennen das Austritt, und keiner sagt was von Fahrverbot. Deshalb suche ich alle 100Km ein Hotel auf der Karte, falls das Knie muckt.

Tut es aber nicht. Nur meine Kondition läst zu wünschen übrig, weshalb ich mit Haribo und Cola dope. Dann hat mich der Wilde Süden wieder mit neuem Knie und das am Muttertag, der gleichzeitig Europawahltag ist, obwohl da gar nicht so viele hingehen.

Warum wohl, lieber Eduard?

Crottaille, im August 2014

Lieber Eduard,

nachts bricht ein fürchterlich Sturm aus Süden los, der die Mülltonnen umwirft und einem den Schlaf raubt. Deshalb gehe ich morgens um ein Uhr raus im Pyjama und sammle den Müll wieder ein. Madame hält das für übertrieben deutsch. Offensichtlich ist sie schon zu lange hier. Auf jeden Fall treffe ich keine Nachbarn, und hinterher bedankt sich auch keiner bei mir.

Noch etwas müde von der Sturmnacht bin ich verwundert über unseren Souverän, das Volk: Im April 1944 jubelten mehr als eine Million Pariser dem Marschall Pétain zu, im August ebenso viele dem General de Gaulle, der 1945 den Marschall zum Tode verurteilen ließ. (Schneider, Wolf: Die Sieger, München 1996, S. 387). Auf den damaligen Photos kann man sogar dieselben Personen erkennen. Zum Glück ist der Mensch flexibel, lieber Eduard.

Es ist wieder Zeit für die Broussailleuse, vielfach auch verwechselt mit der Bouillabaisse, was aber eine würzige Fischsuppe ist, die keinen Krach macht, während die Broussailleuse wörtlich übersetzt ein Buschwerkvernichter ist, eine Vorrichtung am langen Stil, an dem unten ein kreisender Metalldraht angebracht ist, der jeder Pflanze oder Pflänzchen den Garaus macht, wobei der Klang derselben eine Mischung aus röhrendem Hirschen und defektem Traktor ist mit einer Dezibelzahl wie wir sie von den Konzerten der Rolling Stones kennen. So ähneln dann auch die pflanzlichen Reste nach der Behandlung durch die Broussailleuse dem edlen Antlitz eines Mike Jagger. Der Sinn der Broussailleuse ist es nun, alles wieder abzuschneiden, was die Natur in hingebungsvollem Einsatz geschaffen hat, eine status quo ante-Strategie sozusagen, d.h. dein Garten sieht hinterher aus wie ein gestyltes, total enthaartes Model, dem die Hose rutschte. Kunstgeschichtlich basiert die Erfindung der Broussailleuse auf den Schlossgärten von Versailles, wo auch nichts wachsen durfte wie es wollte, sondern musste wie es dem Sonnenkönig gefiel, d.h. bei den Hofdamen sprießte es natürlicher als im Garten (Annahme).

Simone ist derweil in Deutschland. Ich wundere mich über die Stille im Hause, spreche deshalb laut mit mir selbst (immer einfühlend nett, nie kritisch, also ganz lieb), schreibe meinen Einkaufszettel für die Tiefkühlkost und ihr einen Liebesbrief:

Liebes Glühwürmchen,

ich stehe zeitig auf, weil hier ja morgens nichts glüht und schäle Apfel und Banane. Letztere macht einen etwas schlaffen Eindruck und schmeckt nach altem Teppichboden.

Es ist warm, und der Tramontane faucht durch das Land, sodass man verzweifelt mit den restlichen Zähnen knirscht und die nach Farbe lechzenden Wände hochgehen könnte. Raus kann man nicht, weil von oben nicht nur Gutes kommt. Mit anderen Worten: Ich war heute so effektiv wie ein auf Beton gefallener Holzwurm.

Jetzt gucke ich „Ein starkes Team", weil ich dann an uns denke, obwohl ich gar nicht Otto heiße, aber mein Haupthaar ähnlich trage.

Hoffe, Dir geht es gut. Ich aber wärme mein Herz mit Gedanken an Dich, meine Seele (endlich) mit einem Glenmorangie und meine alten Knochen mit dem Heizkissen.

Morgen früh ist es dann wieder arschkalt.

Dein temperierter Gatte

Nun gut, nicht unbedingt Romantik pur, aber besser als SMS. Außerdem lebe ich ja „in einer sinnstiftenden Austauschbeziehung mit kommunikativer Wertschöpfung", so die Frankfurter Allgemeine Sonntagszeitung. Wer so Ehe definiert, braucht gar nicht erst zu heiraten.

Dann ist das Glühwürmchen wieder da, glüht aber nicht, sondern wirkt reichlich blass. Sie hat eine Gastro. Gastro ist, wenn sich Verdautes Freiheit nach oben verschafft. Gastro ist wie Grippe, nur etwas tiefer. Ich trage den Eimer, und sie bleibt im Bett, was äußerst bedenklich ist, weil sie Bett während des Tages für eine Vorstufe der Gruft hält. Dann schenkt sie mir ihre Gastro. Ich liege flach und sie erhebt sich wieder, wie es in einer guten Ehe sein sollte. Zum Glück kann ich schon wieder lesen, weil die Vorwarnzeiten etwas länger geworden sind.

Überall D-Day, Publikationen über Publikationen, dicke Bücher, dünne Bücher, alles vor genau 70 Jahren. Aus den Illustrierten quillt förmlich der Sand von den normannischen Stränden. Frankreich hatte sich von der Nazi-Herrschaft befreit – nur wo waren die Franzosen? Gerade mal 177 waren dabei, das sind etwas über 0,1% der Invasionstruppe.* Heute, zu den Feiern, sind es weitaus mehr.

*Stephen Clarke: 1000 Years of Annoying the French, London 2010, S. 578

Selbst Putin ist gekommen, wird aber wie ein Aussätziger abgestellt zwischen dem Herzog von Luxemburg und der dänischen Königin. Die englische würdigt ihn keinen Blickes. Nur unsere Angela spricht ihm ins kalte Herz und flüstert: Wladimir, mir graut vor dir.

Dann kommt Christine aus der Schweiz. Wenn Christine kommt, wird das Wetter schlecht, man nimmt mir mein Auto weg und es gibt Fisch.

Währenddessen macht Emma ihren Master I mit Auszeichnung, und ist trotzdem traurig, weil sie die angestrebte Doktorandenstelle an der Universität Tours nicht kriegt, aus Geldmangel. Der französische Staat muss sparen – und wie. Der Präsident hat schon eine Planstelle in der Elysée-Küche gestrichen. Mit anderen Worten, die Zeichen stehen auf Staatsbankrott.

Zum Trost schlägt Deutschland Brasilien im eigenen Land mit 7:1, was einer Art Hinrichtung gleichkommt, und zieht ins Endspiel ein. Dann werden wir auch noch Fussballweltmeister. Der Jogi ist der „Gröschte" trotz seiner Frisur und nicht immer verständlichen Diktion, die Spieler haben ihren Marktwert erhöht, und das Volk berauscht sich an einem sonst eher schüchtern sprießenden Nationalgefühl. Wenn wir jetzt noch die Kommentatoren abschaffen könnten, wäre das Glück vollkommen.

Das ist es auch fast als ihr Handy auf der Rückfahrt vom Einkaufen klingelt. Da sie Deutsch spricht, nehme ich an, es handele sich um ein Familienmitglied. Ich höre nur „Gibt's nicht!", „Kann nicht sein!" usw., bin neugierig wie die Bunte, frage aber nicht nach, weil ich so tue als sei ich ein voll kontrollierter Typ. Und dann kommt's! Emma hat ihr Doktorat, Emma verdient ihr erstes Geld, Emma unterrichtet demnächst an der Universität – und ich fahre fast auf die nächste Verkehrsinsel.

Dafür läuft es einem bei manchen Gästen kalt über den Rücken, wenn sie drohen, nächstes Jahr wiederzukommen. Dieses Mal ist es ein deutscher Professor für künstliche Intelligenz mit seiner Gattin und zwei Kindern, die offensichtlich gestört sind, was nicht an der künstlichen Intelligenz liegen muss. Jedenfalls stößt der vierjährige Bursche plötzlich völlig unmotiviert markerschütternde Schreie aus, die die letzten Feigen vom Baum fallen lassen und die Zugvögel vom Kurs abbringen. Wenn er schreit, fängt sein gerade lauffähiges Schwesterchen ebenfalls an zu schrillen, nur auf einer anderen Frequenz. Das geschieht mit solcher Intensität, dass Putin seine Panzerkräfte unbemerkt durch den Ort verschieben könnte.

Der schrillende Schreier hängt noch mit vier Jahren ständig am Schnuller, was seine sprachliche Ausdrucksfähigkeit ein wenig einschränkt, aber die Entwicklung zu einem starken Raucher erwarten läßt. Pädagogischen Erziehungsversuchen gegenüber zeigt er eine ausgeprägte Abneigung. Spricht die spatzige Mutter, schreit der Sohn. Dann schrillt das Schwesterchen, und die Restkonversation erstirbt im akustischen Inferno.

Doch dann wird die Romanik studierende Mutter nachdrücklich pädagogisch tätig, indem sie ihrem ständig schreienden Monster androht, sie könne sich vielleicht vorstellen, in Überlegungen einzutreten, in deren Folge sie zu der möglichen Entscheidung kommen könnte, eventuell die abendliche Gummibärchenration zu kürzen. Diese geballte Drohung beeindruckt nun unsere Heulboje zutiefst, sodass er den Geräuschpegel deutlich nach oben fährt, was man gar nicht mehr für möglich gehalten hätte. Dabei unterstützt ihn seine schrillende Schwester und der Professor kocht.

In ihren kurzen Sendepausen schmeißen sie ihre Feuchttücher in unsere etwas sensible Kanalisation, sodass ich bei deren Befreiung feststellen darf, dass nicht nur ihre Sprachorgane über ein volles Volumen verfügen.

Vor dem Schlafengehen (wenn man das so nennnen will) trommelt der Schnullerbubi noch ein wenig, sodass man um das Restmobilar fürchten muss. Aber wenn man den Fernseher voll aufdreht, kann man noch etwas vom Programm mitkriegen, auch wenn die im Fernsehen so seltenen Pointen in seinem Trommelwirbel untergehen.

Heute, heissassa, ist Abreise, und sie packen und sie packen, der Herr Professor und sein Spatz, und Bubi schreit als spiele ein Marder mit seiner Phimose, und das Schwesterchen schrillt als hätte sie auch eine. Und während sie noch Hab und Gut in ihre vielen IKEA-Tragetaschen verstauen, erinnert doch der Herr Professor, sodass wir es auch richtig mitkriegen, ganz prononciert seinen am Schnuller hängenden, vierjährigen Sohn, dass sie heute doch eigentlich zur Dichterlesung wollten.

Da weiß ich, was künstliche Intelligenz ist, lieber Eduard, und fürchte um den Dichter!

Crottaille, im Oktober 2014

Lieber Eduard,

in unserem Haus braucht man drei Paar Hausschuhe für verschiedene Sektoren. Da ist zunächst der allgemeine Hausschuh für, sagen wir mal, den Kern des Hauses, dort, wo man lebt oder vorgibt, es zu tun. Steigt man aber hinauf in die gerade renovierte Etage, so sind die allgemeinen Hausschuhe auf der obersten Treppenstufe zu parken. Man schlüpft dann in Spezialslipper oder geht in Ermangelung derselben barfuß. Dies ist der (fast) sterile Bereich des Hauses, der für Gäste gesperrt ist, auch wenn sie über ein amtsärztliches Attest verfügen oder adliger Abstammung sein sollten.

Beim Austritt aus der Ummauerung geht es dann in die Gartenlatschen, die nach kurzen Regengüssen nicht ungefährlich sind. Sie sind offen für ihre Umwelt und speichern die kleineren Partikel von allem, was so im Garten anfällt, wie abgefallene Blüten, Grassreste und Vogelscheiße. Diese Partikel werden von den Füßen durch Reibung weiter verkleinert und verbinden sich teilweise mit der Epidermis, um mal der ganzen Sache einen pseudo-wissenschaftlichen Anstrich zu geben.

Beim Verlassen des Gartens schlüpft man vorschriftsmäßig wieder in den allgemeinen Hausschuh. Dieser übernimmt nun das durch Reibung reduzierte Gartengemenge, verkleinert es immer weiter, theoretisch bis zur Atomspaltung, und übergibt es oben dem Spezialslipper oder verteilt es durch den nackten, aber leicht bedeckten Fuß.

Bei nicht gehbehinderten Menschen ergibt sich somit im Hause ein Kreislauf, der nach einer Weile garantiert, dass alle Schuhe völlig unabhängig von den vorgeschriebenen Sektoren ein identisches Innenleben führen.

Aber mach' das mal deiner Frau klar!

Deshalb mache ich Triathlon: Radfahren zum Meer, ins Meer tunken und hinterher zu Fuß Baguette holen, was allerdings nicht als olympische Disziplin anerkannt ist.

Kurz vor der Sibernen Hochzeit, oder ist es schon die Goldene, was heute ohnehin kaum einer weiß, weil es höchstens zu Leichtmetall reicht, gehen wir als altes Ehepaar auf Reisen. Natürlich in die Schweiz. Aber vorher besuchen wir noch französische Freunde. Die leben jetzt über dem Ain-Tal, in der Nähe von Lyon, in einem mächtigen, alten Bauernhaus, sozusagen am Arsch der Welt. Das ist ein wahrer Landsitz mit alten Bäumen und vielen Blumen, ein rechtes Refugium – und der Friedhof gleich nebenan.

Normalerweise reist man nach dem Frühstück ab. Da Christine in der Schweiz erst gegen 19:00 Uhr aus dem Krankenhaus kommt, denke ich nach. Nachdenken ist gut, aber nicht immer. Es sind ca. 300 Kilometer Luftlinie von hier, und wir haben viel Zeit. Da könnte man sich doch mal das französische Ufer des Genfer Sees angucken, das mondaine Evian-les-Bains vielleicht.

Aber erstmal machen wir mit unseren Freunden einen kleinen Ausflug in die Umgebung, an den See bei Nantua nämlich, wo 1944 auch die Deutschen waren und auf dem Rückzug einige Widerständler erschossen. Das trübt die Stimmung ein wenig wie auch meine fast geniale Reiseplanung.

Dann gibt es Mittagessen. Das Mittagessen heißt Mittagessen, weil es gegen Mittag eingenommen wird. Deshalb sind wir gegen 16:00Uhr schon damit fertig und reisen tatsächlich ab. In Genf angekommen muss ich mich entscheiden. Ich entscheide schnell, locker und falsch.

Bei Evian-les-Bains scheint der See zu kochen und über der Schweiz ballen sich schwarze Wolken, was kein ganz gutes Zeichen ist. Auch das Schweigen von Madame ist kein ganz gutes Zeichen, und das alte Navi fängt an zu spinnen.

Aber die kurze Gebirgsquerung rüber an den Thuner See werden wir doch wohl auch noch schaffen. Leider wird es erst dunkel, und dann kommt der Regen, aber nicht nur der, sondern die Stimme von Madame, und es ist nicht nur die Stimme, sondern vor allem der in ihr gehüllte, prallgefüllte Inhalt, der mich wie eine Alpenlawine trifft. Aber ich halte durch, schon weil eine Scheidung jetzt unvermeidbar erscheint.

Ein wahrer Höllenritt über den Col de la Croix und Col du Pillon nach Gstaad. Hinter mir diese Bergaffen in 20 Zentimeter Abstand (alles Audi), vor mir die Blendvariationen, die mehrheitlich beim TÜV scheitern dürften und von der Seite ihre unbeschreiblichen Bemerkungen, die als Psychoterror zu beschreiben untertrieben wäre. Und es nimmt kein Ende. Alles sieht gleich aus in der Dunkelheit, und alles wiederholt sich wieder und wieder, scheinbar auch die Entfernungen, die nicht schmelzen wollen. Saanen, Zweisimmen, bei Boltingen bin ich schon fast immun gegen die Kampfsprüche von rechts, obwohl die jetzt schon eine Spur von Ironie tragen, und klappe die Ohren ein.

Endlich Spiez. Da habe ich mal am Hafen ein Bier getrunken. Jetzt könnte ich mich besaufen, denn ich weiss, dass ich zwar kurz vor der Scheidung stehe, aber nun zu der obersten Klasse der Ralleyelite gehöre. So was gibt Kraft.

Nach der nächtlichen Bergquerung gestern nennt Madame mich nur noch den „Irrläufer", was nicht sehr gefällig ist, aber nicht mehr so weh tut. Mein neues Knie zwickt ebenfalls, was aber auch seelisch bedingt sein kann. Durch den Dunst grüssen Eiger, Mönch und Jungfrau (v.l.n.r.).

Kaum wieder Zuhause stürzt nicht nur der Computer ab, sondern fast auch ich, denn die Krankenhausrechnung aus der Schweiz suggeriert bei schwächelndem Euro von der Gesamtsumme her keine Knie-OP, sondern eher eine Generalüberholung des gesamten Körpers inklusive Austausch des Hirns mit dem eines verstorbenen Nobelpreisträgers, abgesehen von der aufrollbaren Penisverlängerung und den automatisch aufblasbaren Pobacken. Mit anderen Worten, wir sind nicht so besonders gut drauf, als wir gen Norden zu unserer Doktorandin Emma ins herbstlich Tours reisen, aber wo Emma ist, ist die Sonne, auch wenn die gar nicht scheint.

Dort erweisen wir natürlich dem Heiligen Martin unsere Referenz. Der gab seinen Mantel einem frierenden Bettler, was ich in Anbetracht meiner Schweizer Krankenhausrechnung sehr sympathisch finde, weil ich wohl auch bald einen brauche.

Dann geht es auf nach Loches. Dort ist die Erste Maitresse des Königs Karl VII. von Frankreich begraben, die wunderschöne Agnès Sorel. Agnès führte den offenen Busen in die Mode ein, was leider wieder in Vergessenheit geraten ist. Sie starb ziemlich jung, und man weiß nicht genau warum.

Jedenfalls war es eine Überdosis Quecksilber. Ärztlicher Behandlungsfehler oder gezielte Überdosis? Schwer verdächtigt wurde Karls Sohn, der spätere Ludwig XI., der die Agnes nun gar nicht mochte. Oder war es ihre Brust? Jedenfalls konnte man ihm nichts nachweisen, und sein Vater nahm auch gleich wieder eine neue Maitresse, um nicht ganz aus der Übung zu kommen.

So was stimmt traurig. Deshalb gehen wir zwecks Aufheiterung zum Martelet-Turm. Der Martelet-Turm war aber ein Kerker und so was stimmt noch trauriger. Acht Jahre saß hier Ludovico Sforza ein, wie man so schön sagt. Der war Herzog von Mailand und hatte schwarze Haare, eine dunkle Haut und eine noch dunklere Seele, weshalb man ihn auch Ludivico Moro nannte. Der saß, weil er den französischen König verraten hatte. Und als er endlich entlassen wurde, fiel er vor lauter Freude tot um, was bei unseren Knackis eher seltener passiert.

Nebel liegt über der Loire bei unserer Abreise, weite Nebelfelder ziehen sich hin bis hinunter nach Clermont-Ferrand in der rauhen Auvergne. Und Nebel, ganz schwerer, dunkelgrauer Nebel liegt auch über unserem Gemüt, denn er hat nun doch zugeschlagen, erbarmungslos mit grenzloser Brutalität.

Sein Name ist „Charançon Rouge"
(Täterbeschreibung folgt)

Crottaille, im Dezember 2015

Lieber Eduard,

er ist nicht nur brutal, sondern auch unendlich häßlich, dieser „Charançon rouge", der unter dem Decknamen „Rhynchophorus ferrugineus" operiert. Einfach strukturierte Menschen wie ich nennen ihn den Rüsselkäfer, womit man eigentlich auch gewisse männliche Wesen belegen könnte, die ihr Lebenszentrum etwas weiter unten haben.

Die Maden dieses Rüsselkäfers sind nun wahre Palmenkiller. 2006 ist das Schwein in Frankreich eingereist und erst letztes Jahr bei uns im Roussillon gelandet. Besonders die „Phoenix canariensis" von den kanarischen Inseln liebt er, und davon haben wir reichlich im Garten. Die Palmenkrankheit ist meldepflichtig. Dann kommt einer vom Rathaus, der „Mairie", sagt, Palme krank, und schickt dir ein Unternehmen, das von oben (Palmen sind manchmal ziemlich hoch) Gift spritzt, was nicht nur ziemlich kompliziert, sondern auch ziemlich teuer ist. Wirkt das Gift nicht, kommen sie wieder und sägen deine Palme ab. Das ist einfacher, aber auch nicht viel billiger. Dabei habe ich immer meine „Phoenix canariensis" beneidet, denn bei Dattelpalmen kommen 20 weibliche Exemplare auf einen Mann. Wenn Du etwas hinduistisch veranlagt bist, lieber Eduard, solltest Du Dir so Deine Gedanken für die eventuelle Wiedergeburt machen.

Jetzt aber wird das majestätische Gewächs Scheibe um Scheibe zerlegt, und heraus fallen widerliche Larven. Da schon nach Marc Aurel alles auf der Meinung beruht, meinen wir nun, dass alles viel heller und luftiger wirkt, nur um nicht zu heulen. Aber der untere Stamm ist uns als eine Art Podest geblieben, und darauf werde ich Simone nackt als Aphrodite stellen, wenn sie nicht artig ist, oder sie mich als einen etwas erschlafften Herkules mit Knieschonern. Zum Glück sind wir nicht bei Facebook.

Ende November meldet sich der Herbst, erst etwas schüchtern, dann aber zunehmend aus allen Lagen blasend, sodass die Feigenblätter durch die Luft segeln, und die segeln wirklich, weil sie viel größer sind als Eure mickrigen Blätter da oben. Deshalb trug Eva ein Feigenblatt. Das segelte dann auch irgendwann durch die Luft, woran weniger der Wind als der Adam beteiligt war, und dann hatten wir den Salat.

Denke ich so an die Eva und ihr segelndes Feigenblatt, mache ich mir Gedanken, warum die Franzosen so sehr viel mehr Kinder haben als wir Germanen.

Da gibt es viele, nicht nur soziologisch interessante Ansätze. Es könnte am Klima liegen oder der Nahrung (Austern). Vielleicht liegt es auch am Knoblauch, obwohl man den früher gegen den Wahnsinn benutzte, womit zwar ein gewisser Zusammenhang gegeben ist, aber noch keine Erklärung. Es könnte der Wein sein, aber Bier geht ja auch. Vielleicht ist es das Fernsehabendprogramm, oder sie spielen mehr miteinander als wir? Oder das Kindergeld? Aber das soll sich erst ab drei lohnen.

Auf jeden Fall fällt hier oft das Feigenblatt. Und so betrachte ich, ohne das Problem gelöst zu haben, mit nicht immer ganz reinen Gedanken die gelbbraunen Segler, die gemächlich aus meiner mächtigen Feige auf die Erde schweben.

Morgens brüllt das Meer über eine Distanz von etwa 2 Kilometern. Wir haben inzwischen Météo Alerte Rouge und das Wasser in der Ferienwohnung. Bei Südost–Ost läuft die Sauce nicht ab, weil ja das brüllende Meer dagegen hält. Bei einem Bekannten sind die Lichter ausgegangen und sein Bett schwimmt im Untergeschoss. Dafür hat sich sein Hirtenhund abgeguckt, wie die Menschen Pipi machen und es ihnen gleich getan. Nur hat er in der Aufregung vergessen, den Klodeckel zu heben. Eine Bekannte in Banyuls-sur-Mer hat gar keinen Klodeckel mehr, weil ihr Haus vom Hang verrutscht ist.

Simone entwässert wie eine Verrückte, angeblich weil ich das ja nicht kann wegen des Knies und sowieso nichts sehe, obwohl man diesen Defekt bekanntlich durch eine Brille mildern kann. Dagegen darf ich die unterfluteten Gegenstände verschieben, damit sie wischen kann. Das ist zwar auch nicht so witzig für das Knie, aber ich habe endlich eine Aufgabe.

Mittags trinken wir erst mal einen Rouge, weil wir ja nicht gefrühstückt haben, und Emma ruft an, weil sie gerade Nachrichten schaute, die ganz schreckliche Bilder von Crottaille zeigten. Da sagt ihr die Mutter, dass der Erbschaftsfall gerade noch nicht eingetreten sei, und der Vater bedauert, dass alle Weihnachtsgeschenke fortgeschwemmt seien, obwohl er noch keines hat, er sich aber ein Schlauchboot wünscht.

Der Tramontane bläst alles wieder trocken, und der Sperrmüll bleibt liegen, weil Sperrmüll nach dem Unwetter Hochkonjunktur hat. Da kann man gut sehen, wie häßlich die Nachbarn eingerichtet sind – pardon, waren.

Der bissige Tramontane hat sich nach fast sechs Tagen endlich ausgehaucht, weshalb wir auf den Markt in Figueres fahren, um reichlich frische Orangen für die bitterkalte Schweiz zu kaufen und bei 22,5°C im Schatten in das dortige Serrano-Paradies einzukehren, um das Schönste vom Schwein bei einem gefälligen Roten draußen in den alten Gassen zu genießen, wobei einem ergreifend klar wird, was für arme Schweine Vegetarier sind.

Mit den vielen Orangen gehen wir auf die Schweizer Sommerreifenrallye mit dem Ziel einer weihnachtlichen Familienzusammenführung in zugiger Bergluft bei gleichzeitiger Nervenprüfung durch die Wetterlage, wann oder ob man wieder nach Hause kommt. Das ist nur etwas für ausgesprochen starke Seelen oder Bekloppte, je nach Blickwinkel. Der Hersteller sagt, Winterreifen sind ab 7°Celsius aufwärts eher unangebracht. Also haben wir keine und ersetzen sie durch das Prinzip Hoffnung, wenn wir zu den Eidgenossen fahren.

Das gibt dann so einen gewissen Kick, schon weil Wetterberichte im Allgemeinen sehr vage und im Besonderen oft falsch sind. Selbst wenn sie einigermaßen stimmen, ist die Interpretationsbreite gewaltig. Der Schweizer spricht noch von „Schneeflöckli", wenn sich gewaltige Schneemassen auf die Erde legen, um das ganze Schwarzgeld zu verdecken.

Während andere vor der Bescherung am geschmückten Baum ihren Wunschvorstellungen nachhängen, sei es ein Smartphone, auf das man sich auch setzen kann, ein satter Scheck für den Baumarkt oder eine straffe Brust, sind unsere sorgenvollen Blicke nach oben gerichtet, dort wo die „Schneeflöckli" wohnen und noch ein Weilchen bleiben sollen.

Tatsächlich habe ich wieder eine ganz herrliche Drei-Ziegen-Weihnacht, atme tief durch, denn die Hänge unter der Schneegrenze sind grün, selbst in Gstaad, wo die Reichen und Schönen residieren, und jetzt nicht ihren Après-Ski zelebrieren können, sondern sich in ihren luxuriösen Chalets auf den Wecker gehen.

Abends haben wir dann 30cm Neuschnee.

Inzwischen machen die „Schneeflöckli" Überstunden. Die Berge sind nicht sichtbar in dieser Schneehölle. Wahrscheinlich können wir erst nächstes Jahr wieder fahren. Vielleicht werden wir ja inzwischen eingebürgert? Derweil scheint die pralle Sonne über dem Roussillon.

Dann plötzlich am letzten Tag des Jahres ein Schneeloch, ein schüchterner Sonnenstrahl. Die Autobahnen sind frei und unsere Sommerreifen surren.

Ein Frohes Neues, lieber Eduard!

Marrakesch, im Mai 2015

Lieber Eduard,

wir haben eine Art von Schwiegersohn in spe, Emmas Lebensgefährten seit zehn Jahren, ein ganz feiner Kerl, wie wir meinen, den wir immer über den grünen Klee loben, weil der doch so feinfühlig, korrekt und zurückhaltend ist. Kurz: ein Prachtkerl. Und wir verfügen nun mal über eine reife, solide Menschenkenntnis, uns macht nämlich keiner etwas vor, zumal ja auch wir feinfühlig sind, manchmal jedenfalls, und man muss doch froh und dankbar sein, dass unsere Emma so einen ausgesprochenen Gentleman abbekommen hat, obwohl der Begriff Gentleman vielleicht etwas aus der Mode ist, aber im vorigen Jahrhundert hätte man ihn noch als solchen bezeichnet, auch wenn er Franzose ist, aber die sagen „honnête homme", ein ehrenwerter Mann also, und die sind selten geworden, lieber Eduard.

Der letzte Satz hat mich ganz aus der Puste gebracht.

Zu recht, denn der „honnête homme" entpuppt sich plötzlich als schwerer Soziopath. Was das ist, wußte ich bisher nicht, wollte es eigentlich auch gar nicht wissen und schon gar nicht auf einen treffen. Guck selbst nach, Eduard, denn das dauert eine Weile bis Du das verstanden haben solltest. Bei uns hat es auch eine ganze Weile gedauert. Jedenfalls ist ein Soziopath einer, der vorgibt, etwas zu sein, was er gar nicht ist, weil er nämlich psychisch krank ist, um es ganz vornehm und vor allem schonend auszudrücken. Man könnte es auch anders sagen – ganz anders.

Wir brauchen deshalb ganz schnell einen Szenenwechsel. Deshalb fliegen wir Ryanair – nach Marrakesch. Weil das eine andere Welt ist, und wir noch nie in Afrika waren. Weil wir nicht immer an Emmas Soziopathen denken wollen. Weil wir Bilder aus dem Kopf kriegen müssen oder doch wenigstens durch andere ersetzen.

Und das gelingt – teilweise jedenfalls.

Marrakesch taucht aus der Wüste auf. Vor dem El-Badi-Palast steigen wir aus dem Taxi und betreten eine schmale, schmutzige Gasse, die ich bei Dunkelheit nicht betreten würde. Hier liegt unser Riad Carina, und unser Riad Carina ist Orient pur, im besten Sinne. Etwas dunkel zwar, aber man kann die Haremsdamen schon ahnen.

Aber vor den Haremsdamen kommt der Souk. Was ist ein Souk? Ein Markt, aber ein etwas eigenartiger, eher eine Art Gerümpelkammer oder Gasse, in der es alles zu kaufen gibt. Da werden Mopeds neben dem Schlachter repariert und Datteln neben dem Frisör verkauft. Apropos Moped, die fahren, nein, sausen mit hoher Geschwindigkeit durch die engen Gassen, dass es einem Angst und Bange wird. Aber es liegen keine Tote rum. Nur habe ich Sorgen um mein Knie und spritze zur Seite. Ich spritze oft. Und über allem liegt friedlich ein herber Urinduft, das Parfüm des Orients.

Endlich wird es lichter. Wir haben den Platz der Gehenkten erreicht, den Djamâa el Fna, welch anheimelnder Ort. Da trinken wir erstmal einen frisch gepressten Orangensaft, denn Vitamine unterstützen das Immunsystem, und das hat hier offensichtlich viel zu tun.

Statt der Gehenkten erfreuen uns einige Berberäffchen und sich wiegende Giftschlangen, die, wenn sie ein Gehör hätten, den vor ihnen hockenden Flötenspieler beißen würden. Dazu trommelt es wie verrückt, und ab und zu bläst ein chronischer Asthmatiker in eine ausgediente Trompete.

Dann singt mich der Muezzin oder wie der heißt in den Schlaf.

Der nächste Tag fängt nicht so gut an. Ich vergesse meine Zahnprothese. Ich habe noch nie meine Zahnprothese vergessen. Das macht mir Angst. Überhaupt habe ich viel Angst heute. Ich könnte im Souk überfahren (ziemlich wahrscheinlich) oder entführt werden (auf einem Eselkarren), mir könnte das Trommelfell platzen bei dem ganzen Krach hier oder meine Nasenschleimhäute entzünden sich durch die ganze, nicht immer angenehme Geruchspalette. Ich habe Angst um mein Knie, meine Frau (Kaufrausch) und die zusätzlichen Gepäckgebühren. Es gibt auch nichts gegen meine Angst, denn Alkohol ist in den Souks und auf dem Platz der Gehenkten verboten. Ich sehe nur die vielen, vielen jugendlichen Arbeitslosen und das darin schlummernde Potential. Da muss nur einer richtig zünden.

Überschrift über das Ganze: Laute Lethargie.

Nachts surren dann die Ochsenfrösche ihre Suren.

Zwischen Marrakesch und Essaouira liegt der Mond, landschaftlich gesehen. Dieser ist bevölkert von ausgemusterten Astronauten, die sich in biblische Gewänder gehüllt haben und sinnend auf ihre Schafe blickend an ihren langen Bärten kratzen. Sie leben in flachen, lichtlosen Gebäuden und sind wahrscheinlich glücklicher als wir, obwohl über allem eine von Staub zerfressende Perspektivlosigkeit liegt.

Plötzlich aber schießt ein Baum aus dieser Fast-Wüste, ein grüner Baum, und dieser grüne Baum ist voller Ziegen. So ein Anblick ist bedenklich und könnte auf eine Überdosis schließen lassen. Aber wir sind hier nicht im Land der Haschisch anbauenden Riffkabylen, sondern bei den Arganiennüssen, olivenartigen Früchten, die von den Ziegen gefressen werden, um hinterher ihre Kerne auszuscheiden, die zu einem geschmackreichen Öl zermahlen werden.

So wird aus Scheiße zwar nicht Gold, aber ein wertvolles Produkt, das man in den Salat tröpfeln kann oder sich ins Gesicht reibt, um sein Alter zu leugnen. Finden die Ziegen keine Arganiennüsse mehr unter dem Baum, steigen sie auf denselben, was nun ein wirklich schönes Bild ergibt, ein Baum voller Ziegen statt Äpfel oder Affen. Praktisch ist es auch. Die Ziegen holen sich die Früchte, und man muss nicht schütteln wie bei den Oliven.

Dann frischt es auf. La Mer, aber dieses Mal der Atlantik mit seiner Brandung. Dieses Essaouira ist nun trotz seines Namens ein sehr gefälliger Ort, durch den es sich gut flanieren läßt. Der Fisch ist frisch, wenn auch zu lange gegrillt, und der Kommentar nach dem Essen in fast akzentfreiem Deutsch vorgetragen von einem abenteuerlich aussehenden Marokkaner weniger geistreich als überraschend: Nach dem Essen sollst du rauchen oder eine Frau gebrauchen. Steht wahrscheinlich in einer etwas fundamental ausgerichteten deutschen Koranübersetzung.

Unser junger, gut erzogener Fahrer würde so etwas nie sagen. Der spricht ein gehobenes Französisch, obwohl auf der Straße gelernt, fährt professionell sicher und flucht auch nicht als er zum dritten Mal von der Verkehrskontrolle angehalten wird. Entweder haben sie zu viele Polizisten oder sie suchen jemanden.

Marokko ist kein einfaches Land.

Bahia hieß die Lieblingsfrau des Großwesirs Ba Ahmed Ben Moussa, also einer Art Bundeskanzler oder Premierminister. Aber der gute Ahmed hatte noch drei Nebenfrauen außer seinem kleinen Liebling Bahia. Selbst das reichte ihm nicht. Er lüstete zusätzlich noch nach 80, ich wiederhole 80 Konkubinen. Offensichtlich waren die Herren damals aus einem anderen Holz geschnitzt, obwohl der Begriff Holz in diesem Zusammenhang irgendwie unpassend wirkt.

Aber da will man nun doch mal wissen, wie es sich so mit 84 Mädels lebt. Recht großzügig natürlich. Die brauchen viel Platz und er seine Ruhe, gelegentlich jedenfalls. Und geschmackvoll ist der Palast auch. Noch herrlicher ist der Garten, zumal wenn man sich vorstellt wie der Ahmed da mit den 84 Versteck spielt. Gleichzeitig denkt man betrübt an den eigenen, obwohl auch palmenbestanden, aber eben nicht ganz so traumhaft belebt.

Zur Abwechslung widmen wir uns der Natur im Jardin Majorelle, schon um diesem staubigen Einheitsrot zu entkommen (Marrakesch die rote Stadt). Das ist nun wahrhaft prächtig. Ganze Bambuswälder und die verschiedensten Palmen geschmückt mit reichlich Bougainvillea in allen Farben und immer wieder diese eregierenden Kakteen, dass es einem ganz stachelig wird. Leider sind nicht nur Pflanzen da, sondern auch viele Menschen – zu viele scheint mir.

Deshalb gehen wir in die ruhige Kosy-Bar, wo es ganz unmuslimisch ein Glas Rouge für 6 Euro gibt. Dafür kriege ich zu Hause über drei Liter vom Fass auf Treuekarte, der auch noch besser ist. Aber hier kann man die vielen elegant dahinsegelnden Störche betrachten, die auf Nahrungssuche sind oder vor der Ehefrau flüchten, auf jeden Fall sehr viel eleganter schwebend als Ryanair.

Am Nebentisch sitzt ein Transvestit mit langen blonden Haaren und sehr männlich kantigem Gesicht und säuft sich langsam aber sicher die Huke voll. Immerhin schwingt er das Glas mit einer gewissen Eleganz, was man von dem Holländer weiter hinten nicht so sagen kann. Der zitiert den Kellner als sei er im Western Saloon und trinkt das Bier aus der Flasche. Seine fette Begleiterin fixiert uns mit einem so hasserfüllten Blick als hätten wir schon wieder Holland besetzt und in die Amsterdamer Tulpen uriniert. Derweil denke ich über eine mögliche Weltreligion nach. Man muss sich doch nicht immer streiten, besonders nicht über das, was man ohnehin nicht weiß. Lassen wir doch das Herz sprechen, aber auch das hat bekanntlich Arrhythmien. Es ist zum Verzweifeln.

Deshalb lasse ich wieder ab von meiner Weltreligion und lausche dem Muezzin, der abends sein ochsenfroschartiges Lied singt, wenn der Wollfaden nicht mehr weiß, sondern grau erscheint. Morgens ist es dann anders herum, was die Sache auch nicht besser macht.

Da denke ich doch lieber an Ba Ahmed Ben Moussa und seine Bahia, seine drei Nebenfrauen und die 80 anderen, die da herumhuschten.

Da braucht man dann keine Weltreligion mehr, lieber Eduard.

Crottaille, im November 2015

Lieber Eduard,

die nächsten Monate lassen wir aus. Sie sind zu schwarz, und auf Schwarz kann man mit schwarzer Tinte nicht schreiben.

Nur so viel: Emma lebt nach einer erfolgreichen Reanimation.

Jetzt müssen wir erst mal selbst seelisch reanimiert werden, falls das überhaupt möglich ist, denn wenn sich das Leben nach all diesen erdrutschartigen Ereignissen wieder zu normalisieren scheint, wird man plötzlich ganz unsicher und fragt sich: „What's next?"

Aber ich gratuliere noch meiner Emma zu ihrem 30-igsten und sage ihr charmant, jetzt bist du ja schon eine etwas ältere Dame, worauf sie mir antwortet, genau, sie würde auch schon das Klimakterium spüren. Happy Birthday! Emma geht es wieder besser, nein, Emma ist wieder fast die Alte, Emma lebt, und wir alle wissen, was ein Soziopath ist. (Obwohl ich mir da nicht so sicher bin).

Unsere Nachbarin heißt Dominique. Dominique ist herzensgut. Ihr Herz ist größer als ihr Organisationstalent, um es mal schonend auszudrücken. Sie wandelt auf dem schmalen Grat zum Messi, und manchmal fällt sie runter. Dabei ist ihr Häuschen so hübsch – von außen. Dominique ist eine geschiedene Arztgattin, was die Frage aufwirft: Hat er sich scheiden lassen, weil sie ein Messi ist, oder wurde sie zum Messi, weil er sich scheiden ließ.

Die Frage ist irrelevant, weil Inneneinrichtung und Haushaltsgestaltung sehr individuell zugeschnitten sind, um nicht zu sagen fast künstlerisch, vermitteln sie doch einen Hauch von, sagen wir mal, von Sodom. Gomorrha ist im Garten.

Dominique lebt phasenweise recht inaktiv, sieht man von ihren zahlreichen Ausflügen ab. Diese Phasen sind relativ lang, bis sie urplötzlich von einem wahnsinnigen Tatendrang befallen wird. Sie zieht Gummistiefel und Gartenhandschuhe an und attackiert das Grün. Aber nicht lange. Dann hat das Grün gesiegt.

Außer die Dschungelwiese, pardon, der Rasen, denn Domique hat einen Rasenmäher aus dem letzten Jahrhundert, der seinen Geräuschen nach offensichtlich dampfgetrieben ist. Zum Glück ist er meistens „hors de service", kaputt nämlich. Aber Dominique findet immer wieder einen Deppen, der ihr das Ding repariert statt es ins Museum zu bringen. Dabei hat sie inzwischen so viel investiert, dass es für einen Mähdrescher mit Hubschrauberlandeplatz gereicht hätte.

Dominique reagiert ad hoc, d.h. meistens nicht, aber wenn, dann kräftig, nämlich immer, wenn sie plötzlich dieser unwiderstehliche Drang überwältigt, das Ding anzuwerfen und zu mähen. Es müssen erotische oder esoterische Auslöser sein. Meistens lösen sie am Sonntag Nachmittag aus.

Es kann aber auch sein, dass erst ein paar ihrer „Copines", ihrer Freundinnen, vorbeikommen, die meist beziehungslos dahindämmern und sich an ehemals männlichen Aktivitäten erfreuen wollen. Dann klingt perlendes Gelächter über den Gartenzaun und kündigt Kommendes an. Sie lachen sich sozusagen in Ekstase, um dann das Gerät anzuwerfen, worauf jede Konversation im Umkreis von zwei Kilometern erstirbt außer die der Damen.

Dann rattert das Ding los über das unübersichtliche Gelände und stößt nicht nur auf eine liebliche Graspflanzenwelt. Darunter sind auch abgesägte Baumstämme, und wenn der Rasenmäher auf diese stößt, protestiert er mit Geräuschen, die stark an den Kohleabbau unter Tage erinnern. Bei noch grünen, nur halbverwesten Pflanzen erinnert sein Klangbild dagegen eher an eine Guillotine.

Dann spätestens wird es Zeit, Fenster und Türen zu schließen, und das Haus zu verlassen. Oder man bleibt zu Hause und hofft, der Rasenmäher würde den Geist aufgeben. Das tut er auch, aber nicht so ganz. Er ist nur ein wenig komatös. Eine der Damen sagt wenig damenhaft „Merde". Da wacht er wieder auf.

Nach einer Stunde ist die Hälfte des wuchernden Grüns gemäht, wobei die Maht gemächlich auf den Boden sinkt und dort verharrt – auf ewig. Aber der Rasenmäher fängt nun an, nachdrücklich zu stottern. Das kann am überforderten Motor liegen, muss aber nicht, denn es ist 12 Uhr Mittag, genau der Zeitpunkt, an dem es den Franzosen schwindlig wird und offensichtlich den Motoren auch.

Fröhlich ruft die Dominique zum Apéro auf ihrer Terrasse, und ihre Wiese liegt vor ihr im schönsten Irokesenschnitt.

Jetzt warten wir, bis der Indianer zugewachsen ist.

Und dann betritt der Enkel die Bühne, eigentlich von mir Willem van de Thunersee geheißen, und Willem soll angeblich so wie ich aussehen, was kein ganz gutes Zeichen ist. Willem lächelt gelegentlich, befriedigt aber im Wesentlichen die Grundbedürfnisse eines menschlichen Frischlings, die dem des tierischen sehr ähnlich sind, wobei der menschliche aber lauter ist.

Oma ist ganz aus dem Häuschen, und ich auch, als ich sehe, mit welcher Liebe und Hingabe unsere Christine ihren Kleinen bemuttert. Da wird es einem ganz warm ums Herz, und man meint, so etwas wie eine Lebenskonstanz zu fühlen.

Willem van de Thunersee scheint mir seine Umwelt mit Echolot zu erkunden. Er sendet starke Geräusche aus und erkennt durch die Reflexion der Wellen seine Umgebung. Die Intensität seiner Emissionen läßt auf ein nachhaltiges Interesse schließen. Fängt er eine neue Erkenntnis ein, lächelt er verschmitzt und wackelt etwas unkoordiniert mit den äußeren Extremitäten. Darauf schreit er nach Nahrung. Er schreit oft nach Nahrung.

Die Oma kann das alles deuten. Entweder muss er ein Bäuerchen machen, im Volksmund auch als satter Rülpser bekannt, oder es ist etwas in die Hose, pardon, Windel gegangen was man auch bei starkem Schnupfen riechen kann, oder aber ist er auf Nahrungssuche. Die Oma hat das alles im Griff und schickt den Opa in die Küche, wo er dann die Speisen zubereiten muss. (Drei Löffel Muttermilchersatz mit 70 Millilitern babygeeichtem heißen Wasser und noch mal 30 Milliliter kaltes Wasser darauf). Dann tut die Oma einen Klacks der Sauce auf ihre Handarterie (Temperaturcheck) und steckt den Schnuller in seinen Rüssel. (Prinzip der Luftbetankung von Kampfjets im Einsatz).

Darauf gibt sich der Betankte der Ruhe hin, entspannt lächelnd wie Adonis nach ..., aber so weit sind wir noch nicht.

Heute ist der 11.11., „Victoire", der Sieg über uns Deutsche 1918. Der Sieg hat viel Blut gekostet, der Frieden von Versailles noch mehr. Deshalb Europa ohne Grenzen. Klar, da muss man sich manchmal etwas überwinden. Das tun wir auch und gehen zu unserem deutschen Zahnarzt nach Empuriabrava über der Grenze in Spanien, wo man vom Behandlungsstuhl auf die Luxusyachten blickt. Leider wackelt ein Zahn unten rechts. Da tröstet auch nicht mehr die straffe, jugendliche Brust der hübschen Zahnpflegerin, die immer „bien, bien" sagt, obwohl nichts „bien" ist.

In der Kabine nebenan erzählt die frisch gebackene Oma ganz euphorisch, dass sie nun endlich den langersehnten Enkel hat, einen kleinen Schweizer. Da seufzt der Dentist: „Nun denn, da muss man durch! Aber ich mag keine Schwarzen!". Das irritiert die Oma und sie hakt nach: „Wieso Schwarzer?" „Na, Sie haben doch einen kleinen Schwarzen als Enkel". So entlarvt man Rassisten. Darum merke: Bei der Zahnbehandlung nicht sprechen, es könnte zu Mißverständnissen führen.

Zum Trost lädt uns Pierette nach Hause zum Kaffee ein. Zum Kaffee gibt es Champagner, weil ja Sonntag ist, richtigen Champagner der Spitzenklasse und nicht wie bei uns zu Hause Cava aus Spanien für 4,80 €. Immer wenn es Champagner oder Ähnliches gibt, hält Madame das Glas ans Licht und kontrolliert die Blasenbildung. Steigen die senkrecht nach oben, lobt sie das Produkt und schluckt es. Ich würde es auch schlucken, wenn die Blasen rumkurven. Aber das ist Geschmackssache.

Während die Blasen aufsteigen, diskutieren wir über Nukleartechnik, Bergwandern und die nymphomanische Nicole. Für Nukleartechnik ist Pierre zuständig, für das Bergwandern ich und die Damen für die Nymphomanie im fortgeschrittenen Alter. Letzteres ist interessanter als Nukleartechnik und Bergwandern zusammen, da Nicole (77) ihrem jugendlichen Liebhaber (Mitte 40) nicht nur ihren Körper, sondern auch ihr Konto anvertraut hat. Damit ist davon auszugehen, dass in absehbarer Zeit ihr Körper eine eher untergeordnete Rolle spielen wird.

Dabei erfährt man auch, dass die Lebensgefährtin des jugendlichen Liebhabers in Toulouse, der er nur rein platonisch verbunden ist, wie er der lüsternen Nicole erklärt, einen begüterten Alten unter ihre Fittiche genommen hat. Das wiederum läßt ein wenig an eine alterserotische Variante von Bonnie and Clyde denken mit dem gleichen Ziel, Kohle nämlich, nur etwas subtiler.

Will man aber weiter an das Gute in der Welt glauben, könnte man geneigt sein, das Wirken des jugendlichen Liebhabers mit seiner Lebensgefährtin in Toulouse als eine Art gnadenvoller Sterbehilfe der anderen Art zu interpretieren.

Da braucht man dann kein Hospiz mehr, lieber Eduard!

Crottaille, im April 2016

Lieber Eduard,

die Maler streichen weiß und arbeiten schwarz. Wenn sie nicht so weiß streichen wie wir wollen, können wir sie nicht anschwärzen, weil wir keine weiße Weste haben. Dann können wir uns über das Weiße nur noch schwarz ärgern. Zum Glück fällt keiner von der Leiter.

Leider ist Madame gar nicht gut drauf. Es handelt sich um die sogenannte Stützstrumpfkrise, da sie selbige nicht finden kann und wir doch weg wollen, an die Côte d'Azur nämlich. Dort, wo die Reichen und Schönen und Gelifteten hausen, pardon, residieren und schon morgens ihren Champagner trinken, pardon, schlürfen.

Dorten nun residieren nicht, sondern hausen unsere englischen Freunde, die vor dem grausigen Wetter auf der feuchten Insel geflohen sind. Der Reiz dieser Unternehmung liegt unter anderem darin, sie vollkommen zu überraschen und uns an ihren dämlichen Gesichtern zu erfreuen. Das klingt nun ein wenig pervers, ist es auch, aber ich habe ja auch Übermorgen Geburtstag, und an meinem Geburtstag ist meist schon auf Grund der Wetterlage nicht viel los.

Das gefällige Hinterland der Provence wird abgelöst durch den Betonkleister bei Nizza, der uns bis Menton begleitet. Aber Menton ist anders. Menton ist eine Perle, la vieille France. Dort befindet sich tatsächlich unser Objekt, das schwer fällt zu beschreiben, schon weil es kaum vergleichbar ist. Es nennt sich Atrium. Tatsächlich sind mitten in der Stadt um ein kleines, parkähnliches Gebilde, Häuser hochgezogen worden, die man als angenehm seltsam bezeichnen könnte. Diese wachsen teilweise sehr hoch in den Himmel, so vier bis fünf Stockwerke und beherbergen kleine Ferienapartments und Mietwohnungen. Oben ist eine Terrasse, von der man das nahe Mittelmeer sehen kann und nach unten auf das Atrium schaut, eine bunte Versammlung verschiedenster Pflanzen, die teilweise, obwohl es Februar ist, kräftig blühen. Unter der obligaten Palme eine kräftige Bananenstaude, und das alles mitten in der Stadt.

Die Vermieterin ist eine ältere Lady, deren Vater das hier alles entworfen und gebaut hat. Es war einmal eine große Galerie, erklärt sie, und wandelt mit uns zum Auto, um uns die Garage zu zeigen. Diese ist in etwa einem halben Kilometer direkt am Meer neben dem Museum Cocteau. Gegenüber von mir parkt ein riesiger, weißer BMW mit russischem Nummernschild. Wir sind an der Côte d'Azur angekommen.

Unsere Ferienwohnung ist ziemlich weit oben, direkt unter unseren englischen Freunden, sagt die Lady. Und jetzt kommt der Überraschungscoup. Wir klopfen zart, wir klopfen laut. Keiner da. Deshalb hole ich in drei Etappen erstmal das Gepäck aus der Garage, währenddessen die Gattin hinterlistig in meiner Abwesenheit nochmals den Überraschungscoup einleitet, fündig wird und voll den Anblick der dämlichen Gesichter genießt während ich leer ausgehe. Ich gehe öfters leer aus.

Der nächste Tag beginnt mit der tiefschürfenden Frage, warum man die Resttapete an die Badezimmertür klebt. Tapete im Bad irritiert ein wenig. Dafür entschädigt der Blick auf das buntgrüne Atrium und die Stadt. Dann gehen wir auf ein Croissant und einen Kaffee.

Kaum ist wieder Leben im Körper, steigen wir angesichts unserer Restlaufzeit hoch auf einen ganz exquisiten Friedhof mit weitem Blick über die Bucht bis hin nach Italien. Dort liegen sie nun mit diesem herrlichen Blick, obwohl der ihre gebrochen. Es sind vor allem betuchte Engländer und Russen, die sich hier Heilung von der damals unheilbaren Tbc erhofften. Die etwas Ärmeren durften zu Hause sterben. Doch im Tod sind sie alle gleich, einheitlich zwei Quadratmeter mit rostigem Gitter drum herum. Auch der Blick ist derselbe.

Dann habe ich mal wieder Geburtstag, was bei mir noch ziemlich regelmäßig eintritt, und die Sonne scheint warm und herzlich. Deshalb nehmen wir einen Bus. Der Bus fährt nach Saint Agnes hoch in den Bergen, d.h. er kriecht schwindelerregende Serpentinen hoch. Doch keiner kotzt.

In Saint Agnes endete die Maginot-Linie, aus meiner taktischen Sicht zu früh, aber das macht nichts, weil die Maginot-Linie sowieso nicht das hielt, was sie versprach. Hier oben ist nun ein mittelalterlicher Kräutergarten und eine Hütte, in der die nicht mittelalterliche Wärterin hockt, die mich mit einem Französisch begrüßt, das auf grenznahe italienische Wurzeln schließen läßt. Die deutet lautuntermalend nach Süden, wo ich weiße Wolkengebilde wahrnehme. Aber das ist Korsika, und auf den korsischen Bergen liegt Schnee.

Im mittelalterlichen Kräutergarten nehmen wir auf Steinen Platz und verspeisen unser Geburtstagsmenü, bestehend aus gekauften Sandwiches, die ebenfalls etwas mittelalterlich schmecken. Aber Picknick ist nun mal eine englische Erfindung, und Engländer brauchen das ab und zu, auch wenn es dabei nicht regnet.

Dazu gibt es Wasser. Das habe ich nicht verdient. Aber der Ausblick ist hinreißend und die abenteuerliche Fahrt mit dem Bus ins Tal auch. Jedenfalls habe ich überlebt und bin nun ein Jahr älter.

Da Madame inzwischen bei Emma in Tours weilt, mache ich einen Ausflug nach der reizenden Bucht von Paulilles zwischen Port Vendres und Banyuls-sur-Mer, ein ganz reizender Ort, an dem ehemals eine Dynamitfabrik stand, die noch heute das schöne Gefühl vermittelt, es könne vielleicht etwas liegengeblieben sein, das nach seiner ehemaligen Bestimmung sucht. Nein, heute ist das Ganze eine gepflegte Anlage bis hin zum Strand und den durch Pinien garnierten Blick auf das Meer. Hier ist gut sein, aber ich will weiter, denn in der Ferne lockt der berühmt, berüchtigte Leuchtturm von Cap Béar, dort wo die Stürme richtig toben, wenn bei uns im Garten nur die Feigen vom Baum fallen.

Die Karte aber zeigt keinen Weg, weil die Karte klüger ist als ich, wie sich leider erst später herausstellt. Ich, gewandet wie ein Spaziergänger auf der Strandpromenade zum Five O'Clock Tea, schaue mich etwas betreten um und finde einen schmalen Pfad, der für ausgebildete Bergziegen geeignet scheinen mag und ins Nirgendwo führt. Dieser ist für künstliche Knieträger vollkommen ungeeignet. Lederne Halbschuhe passen hier hin wie Ballettschläppchen zur Rübenernte im Regen.

Aber mit einer urdämlichen Sturheit kraxele ich weiter. Ganz selten begegne ich menschlichen Wesen und wenn mit tadelloser Ausrüstung, derben Wanderschuhe mit Profil, Wanderstöcken und Rucksack. Wie die aussehen haben sie wahrscheinlich auch einen Lawinenmelder für alle Fälle dabei. Mit meinen Halbschuhen komme ich mir vor wie eine Balletteuse beim Schuhplattler und werde auch so beäugt. Nach 2 Kilometern höre ich mich sagen aufzuhören. Aber den Riesenleuchtturm von Cap Béar möchte ich schon noch sehen und ein Photo machen als Beweis meines guten Willens. Also krieche ich weiterhin die Hänge hoch und rutsche sie runter. Da taucht er plötzlich auf, ist aber noch eine Ewigkeit entfernt.

Jetzt sagt meine innere Stimme, ich sei total bescheuert, und wer bescheuert ist, gehört bestraft. Also zur Strafe weiterwackeln. Rechts geht es steil abwärts, unten schäumt das Meer, und es gibt eigentlich nichts, was den freien Fall bremsen könnte. Nach oben geht es steil aufwärts mit dem nicht ganz blanken Felsen, denn der ist mit unzähligen Kakteen gesprenkelt. Dazwischen mein Ziegenpfad. Da denke ich an meine drei Ziegen und sage mir, als Ziegenbock kann ich mich doch nicht so einfach gehen lassen und umkehren. Dann ziehe ich die Jacke aus. Als die Beinmuskeln sich einzeln melden und an zu kreischen anfangen, bin ich da, stolz wie Bolle, streichle den alten Leuchtturm und werde fast weggeblasen.

Von der anderen Seite kann man mit dem Auto hochfahren. Aber das ist nichts für Bescheuerte.

Der April führt uns dann in die Schweiz zu Willem van de Thunersee, unserem Enkel, und ich lerne, dass sich bei Vergrößerung der Pupillen sein Schließmuskel öffnet. Ich finde, seine Pupillen vergrößern sich ziemlich oft. Das Kleinkind entdeckt also mit Erstaunen diese Welt und findet sie dann Scheiße. Natürlich ist das noch eine gewagte Anfangsinterpretation der neueren Jugendpsychologie, reicht aber für eine Doktorarbeit. Jedenfalls soll der Enkel, gerade protestantisch getauft, später ein von Dominikanern geführtes Eliteinternat besuchen. Das ist wie Elektropraktikum beim Schreiner. Wahrscheinlich kriegt er dann wieder große Pupillen.

Endlich mal wieder in der Heimat, dem Land meiner Väter, und was erwerbe ich da? Eine Toilettenrückersattungskarte (welch' mächtiges Wort!). Heissa, ich bin im Land der Wortzusammensetzer und kaufe mir gleich ein Toilettenrückerstattungskartenetui für den Bundesautobahntoilettendauergast.

Das Land verharrt noch im Winterschlaf. Der Regen prasselt, und die vielen Baustellen grüßen. Nach längeren Wildwasserfahrten landen wir in Hamburg. Mein Gott, Heimat, nur sehe ich nichts. Hier war die Grenze. Richtig pralle Geschichte und wir waren dabei. Jetzt sind wir eins und doch nicht. Endlich Schwerin, erst Mal mit Platte, aber aufgemotzt. Das Schloss in der Abenddämmerung mit goldenen Kuppeln. Die sind neu. DDR war nicht goldig. Und dann das Hotel, das keines ist, aber mit viel Liebe einen etwas skurrilen englischen Touch verleiht bekommt, abhängig davon, was man unter Englisch versteht. So könnte man unser Refugium notfalls auch als Suite bezeichnen. Auf jeden Fall passt nichts zu nichts, und wir nach der Fahrt auch nicht mehr zu uns.

Schwerin ist viel Wasser mit etwas drum herum. Der Pfaffenteich mit den Kirchen der Altstadt erinnert etwas an die Hamburger Binnenalster, und beim Blick von der Schlossinsel werden Erinnerungen an Stockholm wach. Das Schloss ist eigentlich schrecklich schön, schrecklich der vielen verschiedenen Stilarten wegen, oder sagt man gefälliger architektonische Melange? Und schön, weil es wirklich ein Märchenschloss ist und auch sein will auf seiner traumhaften Insel.

Heute sitzt da die Landesregierung – und der Traum ist aus.

Deshalb wandeln wir durch die Altstadt, auch so ein Juwel. Prächtige Bürgervillen und gedrungene Fachwerkhäuser im Wechsel, alles recht anheimelnd trotz des feuchtkalten Windes und abschließend im Kartoffelhaus Schweinskopfsülze aus dem Glas mit Remoulade und Bratkartoffeln so reichlich wie die Bindegewebsansammlungen mancher junger Maid. Nur geht das bei uns wieder weg.

Schwerin ist ein wunderschöner Ort, allerdings mit langen, langen Wintern, die etwas auf die Menschen abzufärben scheinen. Die kommen nicht so recht aus ihrem dicken Wintermantel, die trauen nicht so recht dem Frühling und dem Fremden, die blühen nicht oder nur furchtbar schüchtern. Eine kühle Schöne, dieses Schwerin.

Nach 1017 Kilometern und 987 Staus sitze ich endlich vor meinem Elsässer Wurstsalat mit Brägele (für Nichtalemannen sind das Bratkartoffeln) in Freiburg im Breisgau im Hotel und rätsel, warum auf dem Toilettenpapier „Love is in the air" steht.

Aber man kann ja nicht alles wissen, Eduard!

Crottaille, im Juli 2016

Lieber Eduard,

endlich der Wonnemonat Mai. Ein frühlingshafter Sommer ist da und der Abflusskanal im Garten trotzdem feucht. Wie das? Entsorgt da vielleicht jemand heimlich? Ich beuge das Haupt (was man des öfteren tun sollte), blinzel kurzsichtig in den Abgrund ohne klüger zu werden, und erhebe mein Haupt ruckartig nach oben (was man nicht tun sollte), weil der scharf abgebrochene Ast eines Lorbeerbaumes in meinen Schädel fährt und zwar bis auf den Knochen wie ich später erfahre.

Auf jeden Fall blute ich wie ein Schwein beim Schlachten (das sagt man so) und fühle mich auch so, obwohl ich noch nie geschlachtet wurde. Sehen kann ich nichts mehr wegen des blutroten Vorhangs vor den Augen und schwindlig ist mir auch und keiner zu Hause. Als ich die Blutung gerade etwas unter Kontrolle habe, kommen mehr zufällig meine Schweizer Doctores. Da beide HNO-Ärzte sind, nehme ich an, dass mit meinem Ölles ihre Zuständigkeit gegeben ist, obwohl meine Wunde ja oberhalb der Verbindungslinie Nase – Ohren liegt. Wahrscheinlich muss hier der Hirnchirurg ran, aber sie erbarmen sich, notfallmedizinisch einzugreifen.

Leider haben sie nicht das notwendige Instrumentarium und jetzt ist Mittagszeit. Die ist in Frankreich heilig. Aber gegen Abend haben sie alles organisiert, und ich werde von meinem Schwiegersohn vernäht, wobei meine Tochter assistiert, was sehr tröstlich ist. Dabei ist das Sterilisieren mit hochprozentigem Alkohol (gegen den ich normalerweise nichts habe) direkt auf die Wunde eine ganz neue Erfahrung, und ich kann doch nicht die Zähne zusammenbeißen, weil die dann rausfallen. Also klopfe ich vor Schmerz auf den Küchentisch, denn die Küche ist zum OP umfunktioniert. Sieben Nähte, da kann man nicht meckern, und einer, wie ich meine, ohne Betäubung. Vielleicht bin ich aber auch nur hypersensibel. Danach fühle ich mich richtig gut, und mein Schwiegersohn meint, das liege am Adrenalin. Nun habe ich nicht nur eine Coco déplumé (Französischer Slang für Glatze = gerupfte Kokosnuss), sondern auch noch eine deformierte Coco. Auf Grund des Adrenalins verkünde ich etwas überheblich, dass wahrscheinlich nur meine redundante Intelligenz raus wollte. War ja auch höchste Zeit!

Saubere Naht, sagt mein Hausarzt. Nur wie es darunter aussieht, kann man erst später beurteilen. Deshalb fahren wir erstmal zu der alten Gräfin San Remo an der ligurischen Küste, weil wir von den Kindern nach Ascona im Tessin eingeladen sind. Wir fühlen uns so wie die alte Gräfin aussieht, obwohl Madame gar keine frische Schädelnaht hat. Man nennt das Solidarität. Die Promenade ist schön wie vorher, nur fehlen eine ganze Reihe von Palmen wie bei uns als Opfer der Globalisierung – wie wir vielleicht auch.

Die Italiener sind lauter als die Franzosen und nicht so elegant höflich, meinen wir zu erkennen. Von einem Strassencafé aus lernen wir schnell, dass das Leben in Italien eine Oper ist, in der der Motorroller die Hauptrolle spielt. Nach meinen Berechnungen müßten überall zahlreiche Verkehrstote und Schwerverletzte herumliegen. Doch die Straße ist frei, weil Vespas fliegen können.

Abends fühlen wir uns so bescheiden, dass wir die hinreißende italienische Küche, die Madame seit ihrer Zeit in Rom doch so stark verinnerlicht hat, meiden und eine Art Obdachlosenlunch in Form von Mortadella und einem Pappbecher Landwein von Coop auf dem Zimmer im Hotel zu uns nehmen. Irgendwie sind wir nicht gut drauf. Altersbedingte Zerfallserscheinungen, zu viele Bioprodukte, germanischer Weltschmerz oder Angst vor Sarah Wagenknecht als rote Zarin im Designergewand?

Ligurien sieht so aus wie wir innen, nebelverhangen und regenschwanger. Dann kommt das Piemont und erinnert etwas an Pinneberg und Umgebung, auch wettermäßig. Ich habe die Route über Turin gewählt, um Milano zu umgehen. Dann landen wir im 5 Sterne Hotel zu Ascona im Wissen, dass wir hier gar nicht hingehören. Gestern noch Landwein aus dem Pappbecher, jetzt livriertes Empfangskomitee. Da nimmt mir doch so ein zivil Uniformierter meinen Autoschlüssel ab, als sei ich volltrunken gefahren und stellt meinen alten Golf ganz hinten ab, damit er die Luxuskarossen nicht anstecken kann. Zum Glück fällt keine Mortadella aus dem Koffer. Die Gattin findet meine in San Remo für 14,90 € erworbene Weste (damit nicht alles aus den Taschen fällt) nicht ganz angemessen. Wahrscheinlich hält man mich jetzt für den Hotelklempner.

Abends Galadiner im „Casetta"*, wo ich vom Nebentisch erfahren darf, dass der etwas schwäbelnde Herr bereits seinen neuen Mercedes, S-Klasse versteht sich,

---

*Hier wurden im Mai 1945 die Geheimverhandlungen zwischen den Alliierten und SS General Wolff über eine deutsche Teilkapitulation geführt (Operation Sunrise).

bestellt hat. Da ist man dann doch froh für ihn. Was sollte nur der Nachbar denken, wenn er den alten noch ein Weilchen fährt? Insolvenz wahrscheinlich, der arme Sack. Derweil schläft mein alter Golf wie ein von Algen besetzter Flusskiesel zwischen all diesen Autojuwelen da draußen.

Auch wir entschlafen sanft, obwohl wir doch gar keinen neuen Mercedes, S-Klasse, bestellt haben. Dafür schwäbeln wir nicht.

Ascona ist ein eidgenössisch domestiziertes Italien. Es weckt Erinnerungen an Italien, ist es aber nicht. Es ist die Schweiz. Nun gut, nicht die alemannische Schweiz, das Tessin eben, aber es soll ja auch nur die Sehnsucht nach „bella Italia" wecken, weil man hier unbeschwert Deutsch sprechen kann – oder was man dafür hält.

Auch am gegenüberliegenden, italienischen Ufer ist noch nicht so richtig „bella Italia". Da hat man sich ganz gehörig auf den nördlichen Nachbarn eingestellt, der meint, er erkenne schon leichtes, neapolitanisches Flair, täuscht sich aber. Eher China. Wieso das? Der Markt in Cannobia wird praktisch von Chinesen beherrscht, denn die riechen den Yen, pardon, den Schweizer Franken offensichtlich schneller als andere.

Und wie die Geschichte so spielt. Früher eine arme, karge Gegend, in der man nicht im Traum begraben werden wollte, heute vom Geldadel bevölkert, der sich dort in dieser herrlichen See-Gebirgslandschaft präsentiert. Sylt im Alpenland sozusagen. Was fehlt sind die Fischbrötchen und die Nackten. Wie anheimelnd die alten Dörfer mit ihren Kirchen angeklebt an den Höhen des Ostufers des Lago Maggiore, wie ideenlos architektonisch die Behausungen am Westhang von Ascona. Aber man hat einen schönen Blick. Natürlich kostet so ein Blick, und man kann sich an guten Tagen auch sonnen.

Wir fahren, nein, wir rauschen mit dem Boot unseres Schwiegersohns über den Lago, und das ist nun wirklich ein rauschhaftes Erlebnis, weil ich ja aus Hamburg nur Barkassen kenne, und die wiegen sich mehr in der Tiede, wie wir Fischköppe sagen. Das hier aber ist wie Jagd, eine Art Schnellbooteinsatz gegen Heroinschmuggler (angenommen). Der braucht in einer Vietelstunde mehr Sprit als ich auf 1.000 Kilometer. Und wo das Adrenalin den Körper peitscht, da sinkt unser Willem van de Thunersee in den Tiefschlaf in Amis Armen, weil er die Omi Ami nennt. Mich nennt er Api. Auch nicht schlecht.

Morgens dann Terrassenfrühstück an diesem herrlichen See mit Sonne, Sahne und Spatzen sowie ein Buffet für Schwererziehbare. Warum man da alle Köstlichkeiten dieser Welt schon morgens präsentiert, bleibt rätselhaft. Morgens ist der

Mensch doch fast rein. Nein, es geht um den Willen. Der Wille ist Trumpf, ich muss mich überwinden und tue das auch, weil ich nur zwei „Hörnli" nehme. Aber nicht lange. Dann lege ich nach wie im Rausch, und das nicht nur ein Mal. Meine Grundsicherung für den Tag sozusagen, denn die Schweizer haben gestern die Grundsicherung zu 79% abgewählt, was, glaube ich, für die Schweizer spricht. Obwohl, so ungefähr 2.500 Franken für umme, wäre auch nicht schlecht. Sicherheitshalber nehme ich noch ein „Hörnli".

Abends wieder ins „Casetta". Da sitzen doch zwei häßliche, dicke, deutsche, böse Frauen zwei Tische weiter und arbeiten hingebungsvoll am Bild des „ugly German". Das sind die Momente, wo man sich eine Zweitbürgerschaft wünscht. Aber der italienische Kellner reißt das alles wieder raus. Der hat sein Deutsch in Erfurt gelernt, obwohl man das gar nicht hört. Aus nationalen Gleichgewichtsgründen sitzen dann am nächsten Abend zwei häßliche, dicke, böse Frauen Schweizer Nationalität hinter uns. Das lindert ein wenig. Vor allen versteht man nicht so viel. Da denke ich an den dicken, italienischen Gärtner von heute Morgen, der ein Lied trällernd seine Gewächse liebevoll betrachtet und all das artifizielle Gemüse um ihn herum gar nicht beachtet.

Gleichermaßen liebevoll betrachten wir unseren Enkel, mit dem wir Enten am See füttern. Mit kleinen Kindern füttert man Enten am See und später als alter Sack füttert man auch wieder Enten am See oder meinetwegen Tauben im Stadtpark. Darin muss ein Geheimnis sein, so eine Art Enten-Kreislauf des Lebens oder geht es nur ums Füttern? Auf jeden Fall sind das gute Stunden mit Tochter und Enkel am diesem herrlichen Lago Maggiore.

Etwas traurig abschiedsgeschwängert über Lugano-Milano-Genova wieder zur alten Gräfin San Remo und von dort nach Hause zur „Villa Schrott". Das Thermometer steigt auf 36°C und die Hortensien hängen verzweifelt im seichten Meereswind, weil sie unsere Nachbarin etwas sehr schüchtern benetzte.

Wer reist, sollte Kakteen pflanzen, lieber Eduard.

Crottaille, im Februar 2017

Lieber Eduard,

die Tochter und der Junior kommen, England geht (Brexit). Aber was juckt es uns. Der „Lütte" guckt, versteht und lächelt wiedererkennend so wunderbar, dass es einem durch und durch geht. Das Rudel funktioniert. Noch auf dem Parkplatz am Flughafen Barcelona wird er trockengelegt. Heute werden die schon so richtig international trockengelegt, in der Schweiz, in Spanien und in Frankreich, trockengelegte Globalisierung sozusagen. Gegen Mitternacht sind wir wieder zu Hause.

Die nächsten Tage herrscht Willem van de Thunersee, auch kurz Willy genannt, in einer Art Absolutismus. Er macht das sehr, sehr charmant, so das man den Absolutismus nicht so merkt. Die Bäckerin ist hin und weg, und selbst der alte Nachbar murmelt: „Qu'est-ce qu'il est beau!", denn hier gucken auch Männer in den Kinderwagen. Willy ist schnell, sehr schnell, dabei ist sein Hoppelstil nicht unelegant. Sein Wissensdurst ist unstillbar. Auch hat er gewisse Vorlieben, zum Beispiel Kabel jeder Art, die besonders stromdurchflossen von Interesse sind. Das Highlight ist jedoch mein USB-Stick. Wird ihm dieser verwehrt, schaltet er auf meinen Ventilator um, besonders wenn der gerade läuft. Essen tut er, auch wenn das von manchen bestritten wird. Als Gourmet nimmt er sogar ein Joghurt mit Erdbeermarmelade und – Aioli, eine Art Senf! – zu sich, ohne die Miene zu verziehen oder gar zu kotzen. Entweder hat er einen sehr soliden Darmtrakt oder keine Geschmacksknospen.

Was mir aber am Besten gefällt, ist mit welcher echten Hingabe seine Ami sich um ihn kümmert, ihn bemuttert, füttert und in den Schlaf singt. Den Api aber singt keiner in den Schlaf, obwohl ich mit der Ami schon länger verheiratet bin. Die pfeift mir höchstens was.

Währenddessen scheißen uns die Tauben aus den Palmen zu. Die hängen da vollkommen nutzlos rum, weil sie nicht mal die Palmenschädlinge fressen. Die sind nicht von hier, sondern wie erwähnt erst 2006 eingewandert, diese Schweine, und was die Taube nicht kennt, das frisst sie nicht. Das ist wie mit den Neonazis und dem Döner. Aber ständig gurren die da oben in ihrer Palme, und ich weiß nicht, ob sie balzen oder schon brüten. Ich kenne mich da nicht so aus, weil Menschen bei diesen Tätigkeiten ja nicht so gurren. Jedenfalls gurren sie meiner Erfahrung nach nicht beim Brüten. Da sind sie eher still und essen saure Gurken.

Auf jeden Fall sondern sie nach unten ab, um es mal vornehm zu formulieren. Inzwischen sitzen oben in den Palmenwedeln acht von diesen Ratten der Lüfte, wie sie Realisten bezeichnen. Aber nicht Picasso, der sie als Friedenstaube malte, obwohl das gar nicht so abwegig ist, weil sie ja bei hinreichender Intensität eine kriegslähmende Decke über die Welt breiten.

Wetterwarnung. Es donnert, blitzt und haut runter wie seit Monaten nicht mehr. Deshalb habe ich gestern unseren Abwasserkanal bei abendlichen Temperaturen weit über 30°C gereinigt, so gereinigt, dass er fast aussieht wie ein Wellnessbad, und das Ende September.

Trotz des Wetters flüster ich morgens zärtlich: „Heute vor genau 48 Jahren bist Du in meine Leben getreten."

Da sagt sie: „Oh, oh".

Ziemlich interpretationswürdig finde ich, schon rein lautmalerisch betrachtet.

Und sie hat sich zusätzlich noch gebückt, so wie sie sich nicht hätte bücken dürfen, nach Aussage ihres Nervus ischiaticus jedenfalls. Jetzt hat sie Schmerzen und geht krumm. Ich kenne das. Und wenn wir uns vor 48 Jahren nicht getroffen hätten, könnte ich ihr heute nicht dem Arm bieten, damit sie aufstehen kann. So macht alles wieder Sinn.

Ich finde, ich bin rein philosophisch gar nicht schlecht drauf, oder ?

Leider nicht so analytisch durchdacht und geistvoll formuliert wie von der amerikanischen Schauspielerin Brooke Shields, die feststellt, dass Rauchen tötet, „Smoking kills", und überzeugend warnend hinzufügt, dass man, wenn man tot ist, einen ganz wichtigen Teil seines Lebens verloren hat. („If you are killed, you've lost a very important part of your life.") Nur was macht man dann mit dem Rest, lieber Eduard?

Madame hat es mit den Sternzeichen. Ich bin sicher, dass sie heimlich Horoskope liest, schon weil ihre „Copines" teilweise den Wahrsagerinnen anheimgefallen sind. Jedenfalls glaubt sie fest, dass die Sterne uns prägen, und dass man da nicht so einfach aus seiner Haut kann. Mit anderen Worten, gib ihr dein Sternzeichen, und sie weiß, wer du bist. Mein Sternzeichen nagelt mich sozusagen fest, und so konstatiert sie trocken, dass Wassermann (ich) und Jungfrau (sie) überhaupt nicht zueinander passen. Das merkt man manchmal. Aber jetzt so einfach beim Spaziergang herausgeplatzt? Immerhin ist sie direkt, auch wenn es schmerzt. Ihre Sterne aber kann sie sich …, obwohl die ja ans Firmament gehören.

Trump wird überraschend Präsident der USA, wobei man sich nicht vorstellen kann, dass der überhaupt ein Sternzeichen hat. Da nach G.B. Shaw Demokratie ein System ist, das sicherstellt, dass die Menschen immer die Regierung kriegen, die sie verdient haben, müssen die Amis ziemlich mickrige Typen sein. Nun hatten sie es aber auch nicht ganz einfach, nämlich die Wahl zwischen Teufelin und Beelzebub. Beelzebub hat gewonnen. Etymologisch kommt Beelzebub wahrscheinlich vom Hebräischen „Sebul", was Kot heißt. Irgendwie macht das Sinn.

Schon rein wissenschaftlich gesehen handelt es sich wahrscheinlich um den Dunning-Kruger-Effekt zweier Forscher der Cornwell Universität New York, der im Wesentlichen eintritt, wenn man zu doof ist, um zu erkennen wie bekloppt man eigentlich ist, ein im Grunde sehr tröstliches und vor allem weitverbreitetes Phänomen.

Natürlich gibt es jetzt wieder tausend Prognosen, die genau so falsch sind wie die Wahlprognose, außer natürlich meiner. Trump wird die Steuern für Reiche senken, die Schulden erhöhen und die mexikanische Mauer nicht bauen. Außerdem müssen alle gefälligen weiblichen Geschöpfe in Nähe des Weißen Hauses Höschen aus Blech tragen.

Aber Trump ist ja nicht die einzige psychische Auffälligkeit, um es gefällig zu umschreiben, in der langen Reihe der amerikanischen Präsidenten. Man denke nur an Warren G. Harding, der schon mal während einer Unterhaltung aufstand und dann in einen Kamin des Weißen Hauses pinkelte.*

Irgendwie wird es etwas langweilig ohne Madame, die mal wieder zwecks Enkelbetreuung in der fernen Schweiz wirkt, und Emma erklärt, sie hätte Absinth getrunken, von dem ich dachte, der sei verboten. Ist er aber nicht, jedenfalls nicht mehr. Auf Französisch wird er „La Fée verte", die grüne Fee genannt. Vincent van Gogh hat ihn getrunken, etwas reichlich offensichtlich, und sich dann ein Ohr abgeschnitten, Baudelaire sowieso, aber auch Paul Gaugin (wegen der Farben) und Ernest Hemingway wegen der literarischen Einfälle, und als die dann ausblieben, hat er sich erschossen.

Dann lieber Rouge.

*Bill Bryson: One Summer America 1927, London 2013, S. 258

Vor ziemlich genau vier Jahren bescheinigte mir ein Schweizer Augenarzt eine stark fortschreitende Erblindung, wie Du weißt. Eigentlich dürfe ich in der Schweiz gar nicht mehr Auto fahren, bedrohte er mich. Das war nicht nur eine tragische Diagnose, das war Beleidigung. Aber in einer Privatklinik könnte man das ja alles korrigieren, schlug er vor, allerdings aus der Privatschatulle, weil die Kasse das nicht zahlt.

Damals tröstete mich meine Medizintochter, die immerhin in Augenheilkunde promovierte, weil sie wohl um die Relativität augenärztlicher Diagnosen wusste (Annahme). Es sei mehr ein augenlichterndes Dahindämmern, das man nicht allzu ernst nehmen, aber kontrollieren sollte. Ich nickte mannhaft, litt enorm und führte laufend eigene Tests durch. Hatte ich dann einen überaus seelisch schmerzlichen, pseudoaugenärztlichen Befund (Gestern war meine Frau noch viel näher), stellte sich meist als Ursache eine nicht makellos gereinigte Brille heraus. Das tröstete momentan, nahm aber nichts von der seelischen Last einer möglichen, bevorstehenden Erblindung, insbesondere bei Betrachtung ästhetischer Meisterwerke wie sie die Natur (ohne chirurgische Eingriffe) oder der Impressionismus schuf.

Deshalb vereinbarte ich insgeheim einen augenärztlichen Termin in Freiburg. Second opinion, wie man das unter Eingeweihten nennt. Der Doktor ist sogar adelig, ganz alter preußischer Adel, aber schlaffer Händedruck. Ich hoffe, mein Augeninnendruck ist genauso.

Der klemmt mein Kinn vor eine Art Blackbox und lässt mich Zahlen raten. Dabei lobt er meine vermeintlichen Treffer irritierend oft, was nun wieder gar nicht zu der Schweizerischen Prognose (fortschreitende Erblindung) passen will. Vielleicht hat er getrunken, aber es weht ein frischer Odem herüber. Ich fürchte, ich werde hier verarscht.

Überhaupt nicht. Ich habe einen Adlerblick für mein Alter, sagt er, vielleicht auch nur wie ein Geier, aber immerhin. Ich könne sogar wieder in der Schweiz Auto fahren, lästert er, weil er Schweizer nicht mag. Er hat da so eine Cousine, sagt er. Aber die kenne ich nicht.

Benebelt vor Glück wanke ich zu „dm" und werde nach einer mir unbekannten „Pay back-Karte" gefragt. „Kenne ich nicht", sage ich, „bin nicht von hier." „Da kannscht aber schon gut Deutsch, gell", sagt sie, „macht siebe fuffzig."

Zurückgekehrt vermögen die Damen meine fast grenzenlose Euphorie nicht in gleicher Intensität mit mir zu teilen. Aber sie können ja auch nicht wissen, wie ich die letzten Jahre unter dieser Schweizer Diagnose gelitten habe. Und nun von potentieller Blindheit zum Licht sozusagen. Kein Wunder, dass ich strahle.

Doch dann kommt Weihnachten. Weihnachten wieder in der Schweiz und dieses Mal sogar mit Winterreifen. Leider kommt statt dem Weihnachtsmann der Noro-Virus mit einem ganz großen Sack, und über dieses Lazarett da in den verschneiten Bergen zu schreiben, verbietet mir der Anstand, lieber Eduard.

Deshalb stelle ich mich der rauhen Wirklichkeit und vertiefe mich in die Geheimnisse der dortigen Sprache. Dass mein Glied Schnäppi geheissen wird, weiß ich von meinem Enkel. Meinem Glied ist das egal. „Gschwellti" haben nichts mit dem Schnäppi zu tun, sondern sind Pellkartoffeln, und dazu könnte man ein „Mistkratzerli" (kleines Hähnchen) bestellen, falls es einem dann noch schmeckt. Sonst nimmt man halt ein „Plätzli", ein Schnitzel, Hauptsache, es handelt sich um „währschafti Choscht". Was das ist, weiss man aber erst hinterher. Wie so vieles im Leben, lieber Eduard.

Dafür werde ich im Neuen Jahr schon wieder Opa, obwohl ich das gar nicht verdient habe.

Am Freitag, den 13.01. kommen der Professor Gaswan Zerikly und der Mister Conrad Wilkinson nach Crottaille, um auf einem Klavier, pardon, einem Flügel zu spielen, getrennt und zusammen. Das Konzert fängt erst um 20:30 an, also nach der Tagesschau, wo sich ältere Ehepaare meist schon im Schlafrock begegnen. Uns aber weht der eiskalte Tramontane durch die nächtlichen Gassen in den Salle du 14 Juillet, in dem tatsächlich ein Flügel steht, von dem man angesichts der Umgebung annehmen muss, dass er da nicht hingehört. Der „Salle", der kein Saal ist, sondern eher ein größeres Zimmer für ein Skatturnier, ist eine Schande für den 14. Juillet 1789, aber vielleicht war der 14. Juli rückwirkend betrachtet auch mehr mickrig als so grandios wie man ihn nachträglich gerne machte. Aber dieser Saal, der keiner ist, wird plötzlich grandios, nämlich durch das gewaltige Klavierspiel des Syrers Zerikly, der einen einfühlsamen Chopin präsentiert. Dann spielen sie vierhändig, der Syrer und der Engländer, den Franzosen Claude Debussy nämlich, und man fragt sich als Laie, wie man so was macht, so mit 20 Fingern auf engem Raum. Anschließend widmet sich Conrad Wilkinson, der ein wenig dem jungen Oscar Wilde ähnelt, dem großen Franz Liszt, mit Werken aus der Zeit, als der Franz schon ziemlich religiös war und nicht mehr der Lebemann von früher, als die Damen so nach seinen Locken lechzten, dass er sich einen haarigen Hund anschaffen musste, um die rege Nachfrage zu bedienen. Der spielt nun ausgesprochen professionell, sodass man die Vögel hört, wie der Heilige Franz von Assisi auch, der dann anschließend über die Fluten schreitet, „marchant sur les flots", was man deutlich hören kann, ohne nass zu werden.

Dann gibt es als Belohnung den üblichen „pot", was kein Pott ist, sondern ein in Pappbechern servierter Wein, obwohl der Syrer lieber Whisky trinkt, wie er bemerkt. Dieser Professor Gaswan Zerikly ist nun ein nicht nur interessanter, sondern auch humorvoller Mann, der sehr gut Deutsch spricht, weil er in Berlin studiert hat und im Sommer eine Klavierakademie in Weimar leitet.

Die Wetterkarte von Météo France zeigt eine sonnenbeschienene Republik mit einer kleinen Ausnahme: Pyrénées Orientales unter schwangeren Regenschleiern. Aber das Wetter passt perfekt zur Präsidentenentweihungsfeier in den USA. Diese Familie Trump kommt mir vor wie die Aliens, aber vielleicht ist das nur die postfaktische Neuzeit. Nach McDonald also „The Donald", wobei Trump von „to trump" nicht nur triumphieren bedeutet, sondern im britischen Slang auch „pupsen".

Aber er nennt das Twittern.

Crottaille, im März 2017

Lieber Eduard,

regelmäßig werde ich ein Jahr älter, aber das geht vielen so. Nur fahren die nicht nach Sanary-sur-Mer in die Nähe von Toulon, ohne zu wissen wie das da aussieht. Aber an Geburtstagen ist nun mal Flucht angesagt. Also nichts wie hin, zumal Madame ohnehin mal wieder der Reisevirus juckt.

Das Hotel ist direkt am Hafen mit Blick auf denselben aus einem etwas engen Zimmer. Beim Ausladen gewahre ich ein deutlich lesbares Schild am Hotel. Hier im Hotel de la Tour war während der deutschen Besatzung die Kommandantur der Wehrmacht untergebracht, was beweist, dass unsere Väter nicht nur ziemlich weit herumgekommen sind, sondern auch einen feinen Geschmack bei der Wahl ihrer Unterkunft hatten.

Dann speisen wir zu Abend, obwohl wir ungern zu Abend speisen, aber ich habe ja Geburtstag. Und da ist sie wieder diese entspannte, französische Atmosphäre, die das Essen zelebriert, es genießt und das ganze wie eine gelungene Inszenierung erscheinen lässt. Vor allem die junge Dame auf den hohen Hacken (oder waren es Ministelzen?) mit dem raffinierten Kleid, die unbeschwert ihren Minipudel durch das Restaurant führt, nein, paradiert. Zum Nachtisch kriegen wir noch ein ausgesprochen nettes französisches Ehepaar aus Paris als Nachbarn serviert, die fürchterlich auf die Engländer schimpfen. Wahrscheinlich liegt das am Hundertjährigen Krieg (1337–1453). So was hinterläßt Spuren, obwohl der ja schon ein Weilchen vorbei ist.

Kann ein Geburtstag schöner sein? Langer Blick auf den Hafen und seine Lichter, die so herrlich funkeln und bald erloschen sein werden wie die eigenen auch. Da ist schon eine Menge Dankbarkeit, besonders für die Frau neben einem, nicht für die Länge der Zeit, sondern das wie.

Dunkle Wolken, Sturm und Regen. Trotzdem hat Sanary sur Mer Charme. Es ist noch touristenfrei und dementsprechend authentisch. Man promeniert am Hafen, kauft den fangfrischen Fang direkt vom Fischerboot und sitzt natürlich im Café, weil man halt sehr oft im Café sitzt, denn das Café ist die soziale Nabelschnur. Ohne Café ist der Franzose heimatlos.

Von Sanary sur Mer geht es nach Saint Tropez, weil ich endlich diese Schicki-Micki-Hochburg kennenlernen soll. Landeinwärts nach Le Lavandou und die Corniche des Maures. Aber viel Blick ist da nicht auf das Mittelmeer, einige Aussichtspunkte ausgenommen. Stattdessen kriecht man sehr oft mit nur 30 km/h den Blick auf den Vordermann bis Cavalaire sur Mer. Und da habe ich schon das unbestimmte Gefühl, dass unsere Küstenstraße bis runter nach Cerbère mindestens so schön ist, ich verdammter Chauvinist. Von Cavalaire sur Mer geht es landeinwärts bis Saint Tropez, das Saint Tropez der Reichen, der Schönen und Gelifteten.

Am Hotel fahre ich knapp vorbei, will zurücksetzen, aber da steht ein Flic von der Police Municipal. Der sieht nicht besonders vergeistigt aus. Ich will ca. 30 Meter zurücksetzen, aber er verbietet es. Also fahre ich durch die halbe Stadt bis zur nächsten Landung. Aber die klappt, und der Bekloppte steht immer noch da und sieht, wie ich elegant rückwärts einparke (obwohl ich das gar nicht kann) und der Hotelwirt anerkennend nickt und sagt „genial!". Da lebt man auf.

Aber nicht lange.

Denn Saint Tropez entlarvt sich als zwar nettes Städtchen am Mittelmeer, aber nicht mehr als das. Gut, manches ist sehr gefällig, wie die gepflegte Vertretung von Dior, aber dann der Hafen. Dort dümpeln die Milliardärsplastikschüsseln (Provenienz Valetta oder London) und versauen den Blick. Keine Strandpromenade, nur Hafen pur mit bruchbudenartigen Cafés und Restaurants. Da muss man sich nicht etwas gepflegter darstellen, denn die bekloppten Touristen kommen ohnehin. Saint Tropez ist in – bei mir ist es out.

Leider rächt sich das. Madame ist anderer Meinung, nein, sie ist enttäuscht, dass ich ihre Begeisterung nicht teile, obwohl ich mich wirklich anstrenge.

Aber ich finde Collioure, die Künstlerstadt an unserer Küste, attraktiver und sage das auch. Hätte ich doch geschwiegen, denn „behutsames Schweigen ist das Heiligtum der Klugheit", so Baltharsar Gracian (1601–1658).* Leider bin ich weder behutsam noch klug und schweigsam schon gar nicht, weil ich den Baltharsar irgendwie nicht verinnerlicht habe. Der hat nämlich recht und sagt: „Ein wildes Tier ist die Zunge: hat sie sich einmal losgerissen, so hält es schwer, sie wieder anzuketten." Weil das mit dem Anketten, aber nicht so richtig klappt, denke ich an Napoleon, für den es in der Liebe nur einen Sieg gab, die Flucht nämlich. Und Brigitte Bardot hat das

---

*Drittes Kapitel der Handorakel, Stuttgart 1968, S. 5

zitiert*, unsere Brigitte aus frühen Jugendtagen in „Gänseblümchen wird entblättert", wo wir gar nicht ins Kino rein durften damals, aber irgendwie reinkamen (Krawatte obwohl nur 1,48 m gross und Pickel im Gesicht).

Und diese Brigitte wohnt hier noch immer, unser Gänseblümchen Brigitte Bardot, weshalb ich das gemeinsame Quartier verlasse und nach Trost suchend auf den kalten Marktplatz trete, um mich sozusagen seelisch auszulüften. Doch Brigitte, die doch in diesem Ort so nah sein muss, deren Lächeln uns damals wärmte, oder sollte ich ehrlicherweise sagen, deren gänseblümchenbefreiter Körper uns Pubertierende eher erhitzte, unsere Brigitte ist auch älter geworden. Vor allem soll sie umfangmäßig ganz schön zugelegt haben, der Lack ist also ab, Brigitte, aber das wäre richtig gemein zu sagen, wenn ich nicht wüßte, dass sie Front National wählt.

Etwas durch die kalte, frische Luft gedanklich gereinigt, kehre ich zurück, und finde, dass Madame sich inzwischen ziemlich zivilisiert benimmt. Irgendwie hat sie ihre Zunge wieder unter Kontrolle und die meine ist ohnehin gedanklich immer noch ans Gänseblümchen angekettet, aber auch nicht so ganz, weil ich finde, dass die Gattin doch viel attraktiver ist, schon weil ich Schmolllippen nicht so mag und die Front National schon gar nicht. Aber das sage ich ihr natürlich nicht, weil behutsames Schweigen doch das Heiligtum der Klugheit ist.

Dabei hätte sie nur in unserem alten, vergilbten Merianheft „Französische Riviera" von 1961 (Nachlass) blättern müssen, wo Jean d'Ormesson, Diplomat und Schriftsteller, die Problematik sehr schön beschreibt. Er mag Saint Tropez (hat er recht), aber nicht die Besucher, und beklagt den allgemeinen Snobismus, der, „wenn er sein Programm erfüllt hat, sich von selbst auf die Suche nach jungfräulichen Ländern begibt". Selbst unser Gänseblümchen liebäugelt inzwischen mit der strengen Bretagne, sagte Monsieur d'Ormesson, immerhin schon 1961!

Morgens hat es Anfang Februar gerade mal 4 °C in Saint Tropez. Da hauen wir ab über Sainte Maxime Richtung Draguignan auf die Autobahn, eine Landschaft dem Vallespir bei uns vergleichbar, nur nicht so schön, aber das sage ich nicht, weil ich ja inzwischen behutsam in meinem Schweigen bin.

Wer schweigt, pennt oder denkt. Der Monsieur d'Ormesson hat recht. Snobismus tötet, jedenfalls die Anwohner, außer denen natürlich, die damit Kohle machen.

*En amour il n'y a qu'une seule victoire, la fuite. Napoléon zitiert in Brigitte Bardot: Initiales B.B., Paris 1966, S. 182

Massentourismus tötet ohnehin, denke ich an Venedig, was mich irgendwie an die Taubenscheiße in meinem Garten erinnert. Lieber das als so einen Humancontainer vor San Marco.

Zum Glück können die bei uns an der Côte Vermeille gar nicht einlaufen. Die Buchten sind viel zu flach. Da müßten sie dann die Massen ausbooten und das kostet. Deshalb bleiben wir verschont, und Snobismus kommt hier ohnehin nicht an, kriegen die Katalanen doch schon Zustände, wenn sie nur ein Pariser Nummernschild sehen. Da sitzen nämlich die drin, die meinen, immer alles besser zu wissen. Außerdem können sie nicht Auto fahren.

Abends landen wir Zuhause und ich wieder mal beim guten alten Baltharsar Gracian, der mir nachträglich zum Geburtstag zuflüstert: „Der Kluge lebe wie er kann, wenn nicht wie er wünschen möchte." (S. 60)

Mir reicht schon, wenn ich noch ein Weilchen leben kann, ohne mir etwas zu wünschen, lieber Eduard.

Crottaille, im September 2017

Lieber Eduard,

Madame ist bei den außereuropäischen Eidgenossen und ich in Afrika. Nun, nicht so direkt, sondern Afrika an der Strandpromenade. Die Trommeln fegen bedrohlich über das Land. Nichts für das zarte, mozartgeschulte Ohr (kleiner Scherz) des kultivierten Mitteleuropäers (noch ein Scherz). Aber der Rhythmus geht in die Beine, und zwar die Beine der vielen französischen Schulkinder, die sich verzückt zu den Bongos winden und wippen. Eine im Wortsinn bewegende Art der Völkerverständigung, und das kurz vor dem zweiten Wahldurchgang. Ich verspreche ihnen, dass ich das hier nicht Madame Marine Le Pen erzähle. Sonst kriegen sie von der was auf die Bongos.

Deshalb weg von der Politik, hin zur Kunst. Der englische Maler Peter Clarke wird 80 Jahre alt, und zwar in der malerischen Bucht des Hostal Empuries in der Nähe von Estartit/Spanien, kein schlechter Ort, um 80 zu werden. Wir hatten eine gute Zeit mit Peter und seiner Valerie in Crottaille, bis sie uns vor 10 Jahren verließen, um auf ihre neblige Insel zurückzukehren. Er wollte eigentlich bleiben, sie nicht, und weil sie eine gute Ehe führen, gingen sie. Weil auch wir eine gute Ehe führen, erklärt Madame nach dem herzigen Wiedersehen, dass der Peter mit 80 weniger Falten habe als ich. Überhaupt gewinnt Madames Ausdrucksfähigkeit mit fortschreitendem Alter erkennbar an Frische, ohne aber damit immer erfrischend zu sein.

Um seelischen Ausgleich bemüht, widme ich mich nochmals den exakten Naturwissenschaften, und zwar der Elektrizität, aber nicht der Elektrizität, wie wir sie verstehen, sondern der große Hegel (1770–1831):

„Elektrizität ist der Zweck der Gestalt, der sich von ihr befreit, die Gestalt, die ihre Gleichgültigkeit aufzuheben anfängt; denn die Elektrizität ist das unmittelbare Hervortreten oder das nahe von der Gestalt herkommende, noch durch sie bedingte Dasein – aber noch nicht die Auflösung der Gestalt selbst, sondern der oberflächliche Prozess, worin die Differenzen die Gestalt verlassen, aber sie zu ihrer Bedingung haben und noch nicht an ihnen selbständig geworden sind."*

*Zitiert nach Friedell, Egon: Kulturgeschichte der Neuzeit, Band 2, München 1976, S. 1018

Wahrscheinlich kriegt man damit keine Lampe zum Glühen. Aber der war ja auch Philosoph. Deshalb sitzen wir immer noch im Dunkeln. Im Dunklen aber kann man gut nachdenken, besonders philosophisch ohne allerdings erleuchtet zu werden, weil das mit der Elektrizität nun mal nicht so ganz einfach ist.

Um abzukühlen fahren wir in die Schweiz und werden ganz herzlich als Ami und Api von der Kinderschar begrüßt. Leider zeigt sich der Generationswechsel schon im Kinderzimmer. Willy hat von IKEA eine Kinderküche und einen Staubsauger. Früher kriegten wir ein Holzschwert und einen Fussball. Entmannung, wo man hinguckt.

Dann setzt sich die Ami mit dem Enkel zur Musikstunde vor ihr kleines Notebook, und der Willy alias Valentin ist so vertieft in die Kindermelodien. Der ist ganz woanders, ganz in seiner Welt, ganz entspannt und friedlich. Der hat soeben erfahren, was ein glücklicher Moment ist, genauso wie ich beim bloßen Zusehen. Aber er weiß noch nicht, dass solche Momente sehr selten sind. Inneres Behagen hat Goethe das genannt und ist auf gerade mal 30 Tage in seinem Leben gekommen. Aber das sage ich dem Willy nicht.

Willy hat Geburtstag, den Zweiten, und weiß das gar nicht. Deshalb nimmt Willy erst mal seinen Besen und fegt, während wir „Happy Birthday" singen, was überall in der Welt schrecklich atonal klingt, so als wolle man dem Geburtstagskind den Geburtstag versauen. Aber wer fegt, der ist gelassen, außer er kriegt den Besen nicht mehr unter dem Sofa hervor (unprofessionelle Besenhaltung). Dann kriegt der Willy die Fits, wobei Fits eine Art, sagen wir mal, psychologische Ausreißer mit Kontrollverlust sind. Eheleute kennen das.

Derweil grinst die Ono, seine Schwester Joséphine, friedlich vor sich hin. Aber die wird ja nicht zur Kenntnis genommen, weil sie keinen Geburtstag hat und nicht auf die Pauke haut. Ono ist pflegeleicht, Ono ist Gemütsmensch, und wenn Willy weiter so schlecht isst, haut ihm Ono später einen auf den Zeiger falls er sie nervt.

Welch ein Blick aus dem Kinderzimmer über den ruhigen See mit einzelnen weißen Segeln hinauf auf die mächtigen Berge. Ohne Zweifel, die Schweiz ist schön, hier am Thuner See jedenfalls. Und wenn dann noch die Eisenbahn am gegenüberliegendem Ufer fährt, dann bist du in Legoland, so sauber und exakt aufgebaut ist alles. Nur Legoland lebt nicht.

Südfrankreich dagegen hat Charme. Charme lebt, ist sogar sehr lebendig, vielschichtig, eben nicht exakt aufgebaut. Charme schillert, Schönheit ruht, lieber Eduard.

Hier nun ein Gedächtnisprotokoll, gegeben zu Crottaille am 05.08.2017 um 21:35 Uhr:

Vor einer guten Stunde erklärte die mit mir verehelichte Simone L., Mutter unserer zwei Kinder, Folgendes:

In ihrem Damenkränzchen gibt es eine Dame namens Pierette (nicht zu verwechseln mit der Dame gleichen Namens und dem päpstlichen Blick). Diese Pierette nun sei wirklich ganz lieb im Gegensatz zu Simones Freundin Jeanette, die nun mal ein veritabler Besen sei – und jetzt kommt's – *wie ich selbst*.

Leider gibt es keine Zeugen außer den Grillen draußen, und die sind nicht im juristischen Sinne geschäftsfähig.

Da mache ich Depp mir seit über einer Woche tiefsinnige Gedanken um die Seelenlage meiner Frau, die mir in Ermangelung einer psychoanalytischen Terminologie, so, wie soll ich sagen, so etwas sehr pissgurkenhaft erscheint. Ich bastle sogar selbstkritisch als scheinbarer Freudianer an meiner Seele rum. Was bringt sie so sehr gegen mich auf, der doch schon auf Grund der vorherrschenden Temperaturen vollkommen defensiv ums Überleben kämpft. Mein Gott, sie will Besen sein, ein richtiger Besen, ein Besen mit Kratzbürste inklusive. Sie will fegen, wegfegen, und was macht sie mit dem Stil?

Egal, was sie macht, meine Chancen auf einen friedlichen Lebensabend sind minimal, immer belastet mit der Frage: Was kann man gegen einen Besen tun?

Tröstlich nur, neue Besen kehren gut, alte aber nicht, und wir sind ja schon ein Weilchen zusammen. Das wiederum eröffnet Perspektiven.

Es bleibt aber das Problem, wie ich meinen selbsternannten Besen denn nun nenne. „Geliebter Besen" klingt ein wenig nach Reinigungsfirmenlogo, also versuche ich zeitgemäß zu anglisieren. Der Besen heißt „broom", also könnte ich sie „Broomy" rufen. Ich finde aber „Broomy" klingt zu nett für meinen Besen.

Da schlägt das Spanische schon ganz anders zu und zwar bei Besen mit dem direkten Hinweis „unfreundliche Frau": „bruja" oder „arpía". Die müssen da offensichtlich weit verbreitet sein, aber ich kann kein Spanisch. Deshalb tauche ich in ihr geliebtes Italienisch: „la ramazza". Das klingt doch schon nach was. Darf ich vorstellen: „Mia ramazza". Begleitet von einem kleinen Lächeln wirkt das hocherotisch. Aber es kommt noch besser. Im toskanischen Italienisch ist der Besen „la granata", und das bedarf nun wirklich keiner weiteren Ausführungen, wissen wir doch um die tödliche Wirkung derselben.

Dabei hat sie gar keinen Waffenschein.

Ziemlich verwirrt setze ich unser alterndes Gefährt recht schwungvoll rückwärts ans Gartentor, was eine sichtbare Beule am selbigen zur Folge hat, die ältere Semester wohlwollend mit gewissen Formen der noch jungen Brigitte Bardot vergleichen könnten. Aber am Auto fast nichts. Ich bin Deutscher, ich liebe mein Auto, aber wirklich fast nichts oder sagen wir kaum was. Franzosen würden sagen, gar nichts. Aber dann dieses sich wölbende Tor.

Zum Glück sind „Granata" und ihre Freundin aus Deutschland außer Hauses, wahrscheinlich beim Besenreiten. Aber unten ist ein Arzt, ein Notarzt sogar, und Notärzte haben Notideen, auch für verunglückte Gartentore. Der will mein kurviges Tor heilen. Dazu benutzt er listig seinen großen Audi. Dem Audi kann man eine Anhängerkupplung aufsetzen. Diese hat bekanntlich einen kleinen Kopf für den Hänger. Diesen navigiert er nun millimetergenau nach meiner Weisung an das Tor und zwar dort, wo die Biegung nach Innen maximal ist. Zwischen Tor und Anhängerkupplungskopf halte ich ein Brett und weiß nicht, was passiert. Entweder fliegt mir das Brett um die Ohren oder das Tor wird aus den Angeln gehoben und fällt auf mich oder den Audi, wobei ich ins Krankenhaus muss und der Audi auf den Schrott. Dann gibt er im Rückwärtsgang etwas Gas und das Brett bricht, eine etwas eigenartige Art der Brennholzzubereitung.

Ich hole ein neues Brett. Das Brett hält, und das Tor bewegt sich, d.h. es biegt sich in die Gegenrichtung und die Kurve wird annähernd gerade, von Brigitte Bardot zu Twiggi sozusagen. Dann atmen wir auf, weil das Tor in der neuen Form verharrt und sogar locker schließt.

Mann, hab' ich ein Glück heute,
und der Doktor hat ja Schweigepflicht.

Thun/CH, im November 2017

Lieber Eduard,

gelegentlich fühlt man sich mit zwei kleinen Enkeln wie ein Zivildienstleistender in der Geschlossenen, besonders wenn beide schrillen, und man nicht weiß, ist es Hunger, Windel oder Weltschmerz. Wird es dann aus unerfindlichen Gründen ruhig, lesen wir in Willy's buntem Kinderbuch mit den vielen Bildern. Da pinkelt doch tatsächlich ein Junge in den Busch, das Ferkel, und Willy (2 ½ Jahre) gesteht, schon mal in die Wohnzimmerecke gepinkelt zu haben, und dann gab es eine Pfütze, wobei das „Pf" von Pfütze nicht so glatt über seine Zunge geht. Aber ich schätze seine Aufrichtigkeit.

Dann saugt Willy. Er hat einen Miele-Kinderstaubsauger und saugt furchtbar gerne, jedenfalls mit mehr Hingabe als ich. Miele macht das nicht ungeschickt. Willy wird eingedenk seiner fröhlichen Kindertage nur mit Miele saugen. Dem kommt kein Dyson ins Haus.

Eigentlich isst Willy nicht gerne, außer Pizza von Ami (Omi). Da schaufelt er so richtig rein. Dabei stört ihn nur seine neben ihm platzierte Schwester Ono (10 Monate), auf die er gerne verzichten möchte. Deshalb bittet er Mama, Ono doch auf der Fussmatte vor der Haustür abzulegen. Das ist zwar nicht sehr gentlemanlike, aber immer noch besser als Findelhaus.

Der künstlerische Höhepunkt des Tages aber ist die musikalische Darbietung auf Amis Notebook wie etwa „Cacahouète Pirouette" oder das Lied von den Krokodilen. Da lauscht er andächtig und gerät auch schon mal in rhythmische Schwingungen.

„Etwas lauter, bitte", sage ich bei „Cacahouète Pirouette", weil ich ja nicht mehr der Jüngste bin. Da nickt die Ami (ist ja auch nicht mehr die Jüngste) und fummelt intensiv an ihrem Notebook herum, worauf einiges passiert, aber der Ton nicht lauter wird, weshalb die Ami schließlich in dem ihr zuweilen eigenen Basta-Ton erklärt, die Lautstärke sei genau richtig. Das ist wie wenn du dem Fahrer sagst, er solle bremsen, aber er findet die Bremse nicht und behauptet der Wagen steht.

Ono robbt wie ein US Ledernacken in Richtung Schaukelpferd. Schaukelpferd ist von Willy besetzt. Willy erkennt Annäherung des Feindes (Schwester) und beißt zu. Darauf Ono außer Gefecht und schrillt nach Sanitäter. Der naht in Form der

Mama. Mama pustet zartes Händchen (Bissspuren sind noch sichtbar) und hält Bergpredigt. Bergpredigt wird von Willy abgenickt, aber nicht verstanden, womit er schon früh zum guten Christen wird.

Wer aber die Welt nicht mehr versteht, widmet sich der Kunst. Hier hat Willy eindeutig Fortschritte gemacht., war er bisher doch mehr der Kunstrichtung des Pointillismus verfallen, indem er geierartig mit dem Filzstift aus etwa 30 cm Höhe auf das Papier stieß, wieder zurück federte, um erneut zuzustoßen. Jetzt aber übt er sich in kräftigen, langen Linien, die nicht nur über das Papier, sondern auch über die Tischdecke bis hin zu seinem Hals laufen, was sozusagen den Künstler auch körperlich mit seinem Werk verbindet. Dabei löscht er brutal alle meine unvergleichlichen Kunstwerke aus.

Inzwischen ist Ono wieder gefechtsbereit und robbt heran, was ihm einen schrillen Schrei entlockt, den Ono etwa eine halbe Oktave höher erwidert. Jetzt schrillt es durch die Hallen, und ich finde, Ono schrillt schriller. Nachdem Ami (Omi) die Ono bäuchlings aus dem Gefechtsfeld gezogen hat, kehrt kurzfristig Ruhe ein. Aber nur kurz, denn Ami hat mit ihrer berüchtigten Spürnase einen ihr unangenehmen Geruch ausgemacht.

Da der Täterkreis einzugrenzen ist, führt sie eine Riechprobe am Objekt durch. Zweifellos, Willy ist als Täter enttarnt, und wird unter erneutem, schrillen Schrei ins Badezimmer verbracht. Aus Solidarität schrillt Ono mit, obwohl sie gar nichts in der Hose hat. Durch das Schrillen dringen nun einige verzweifelte Selbstgesprächsfetzen von Ami (Omi) an mein Ohr wie etwa „bis obenhin zugeschissen" und „Konsistenz wie Steinkohle" oder „der hat doch erst vor kurzem".

Dann gibt es Abendessen.

Wir haben mal wieder Sehnsucht nach Deutschland. Das ist nicht so sehr Heimweh, sondern vielleicht eher das Verlangen nach einem anständigen Drogeriemarkt. Außerdem habe ich einen satten Büchergutschein von meiner Tochter für die berühmte Buchhandlung Rombach in Freiburg, und Madame war schon so lange nicht mehr in der Heimat, sodass ich um ihre germanischen Wurzeln fürchten muss. Also machen wir uns auf von Thun in der Schweiz nach Freiburg im Breisgau. Das sind schlaffe 200 Kilometer, was für eine eintägige, intensive Shoppingtour reichen sollte. Außerdem haben wir eine lange Liste von Emma, die noch länger nicht mehr im Lande war. Sie braucht unbedingt Pfanni-Knödel, Dr. Oetker-Pudding und andere deutsche Delikatessen.

Über Basel hängt eine Dunstglocke wie man sie nur von Los Angeles aus dem Fernsehen kennt. Dann aber strahlen wir bei 5 °C erwartungsvoll mit der Sonne um die Wette. Leider ist der sorgfältig geplante Parkplatz gesperrt. Weltmännisch disponieren wir um. Wir kennen uns ja hier aus (Sechs Jahre Medizinstudium der Tochter). Das Parkhaus hat drei Ebenen. P1 und P3 leuchten rot, also besetzt wie wir meinen. Deshalb nehmen wir P2. P2 leuchtet hoffnungsvoll grün. Mann, ist da Platz. Da kann man quer parken. Nur einige Schweizer und Franzosen, eigenartigerweise keine Deutschen. Die parken wohl woanders. Um das Parkhaus wird gebaut. In Freiburg wird immer gebaut, weshalb nur wenige Menschen das Münster mal gerüstfrei gesehen haben. Aus dem Baugewirr dann mit schmutzigen Schuhen auf die Hauptgeschäftsstraße, die berühmte KaJo. Ka steht für Kaiser, der Joseph hieß. Da sitzen ein paar Obdachlose mit ihren Hunden. Obdachlose nennt der Engländer wenig feinfühlend „down and outs". Aber wir sind ja keine Engländer. Wir geben trotzdem nichts.

Dann Karstadt, erstes Schwerpunktziel. Karstadt hat geschlossen. Vielleicht Inventur oder Middelhoff ist wieder am Ruder. Aber auch wenige Leute auf der Straße. Ist ja auch verdammt kalt heute Vormittag. Leider haben auch die anderen Geschäfte zu. Also doch Inventur. Könnte man am 31.Oktober ja schon mal so langsam mit anfangen. Aber alle gleichzeitig? An der Nordsee um die Ecke will ich mir ein Fischbrötchen für den kleinen Hunger holen. In Frankreich gibt es keine Fischbrötchen. In Freiburg heute auch nicht, die Nordsee hat Ebbe.

Aber der Bäcker nebenan hat auf. Da reicht mir eine kopftuchbewehrte Muslimin zum Troste eine Butterbrezel. Auch nicht schlecht. Von der Muslimin erfahren wir, dass heute Reformationstag ist. Na und? Klar ist heute Reformationstag, weiß ich doch als guter Protestant. Nur weiß ich als Auslandsdeutscher nicht, dass heute bundesweit der 500. Jahrestag der Thesen des Martin Luther feierlich begangen wird. Deshalb glotzen wir ziemlich blöd, etwa so wie der Papst als er von Luthers Thesen erfuhr.

Erschüttert rollen wir unsere Shopping-Liste wieder ein und knirschen mit den restlichen Zähnen, obwohl Madame noch alle hat. Als adoptierte Südfranzosen aber sagen wir: La vie est trotzdem belle und fahren nach Colmar ins Elsass. Da gibt's was Gutes auf den Teller. Ich weiss das, obwohl Madame mich für einen kulinarischen Blindgänger hält. Nach Colmar sind es so um die 50 Kilometer, und ich bin schon länger auf Reserve. Aber das macht nichts, weil die Franzosen ja keinen Reformationstag haben, obwohl sie sich unter Macron ständig zu reformieren scheinen.

Statt Tanke jedoch endlose, herbstbelaubte Alleen und mit Rauhreif bereifte Wiesen (Man beachte die sinnlose Alliteration). Der Zeiger an der Tankuhr scheint langsam zu klemmen. Aber dann Erlösung irgendwo in der Pampa. Die Erlösung brauchen wir auch, weil wir ab jetzt etwa 40 Kilometer bis Colmar im ersten Gang kriechen. Immer wenn das Navi einen Parkplatz gefunden hat, ist der gesperrt oder schon besetzt. Mehr zufällig fährt gerade einer weg und wir rein. Lauter Deutsche hier. Das sind die, die wir in Freiburg vermissten. Ganz Baden versammelt sich hier. Reformationstag, Feiertag in ganz Deutschland, aber nur dieses Mal, weil es ja 500 Jahre sind.

Und sie schwängern die Luft mit ihrer weichen, quallenartigen Sprache. „Isch", sagen sie. Der Berliner sagt „Icke". Das klingt nach was. Aber „Isch"?

Die Gattin kauft Tee für die Tochter, und die Tusse im Teeladen weiß nicht mal, wo Perpignan ist. Wahrscheinlich hält sie Tee für schwarzen Kaffee. Dafür finde ich in einer Seitengasse ein Restaurant. Etwas touristisch versaut, aber mit elsässischem Wurstsalat (das ist der mit Käse). Neben uns ein mittelalterliches, sprachloses deutsches Ehepaar. Sie, überblondiert und übergewichtig, tippt schmallippig in ihr Smartphone, während er die Speisekarte auswendig lernt. Dann die Bestellung zackig auf Deutsch, denn vom Elsässer kann man ja wohl verlangen, dass er Deutsch spricht, verdammt noch mal. Zwoi Bier und e Wurschtsalat. Kein „bitte", kein kleines „merci". Dabei braucht man doch gar kein Französisch zu können. Ein freundliches „Bonjour" reicht doch schon. Da freut sich der Elsässer. Der ist nämlich tatsächlich Franzose, obwohl er ja mal Deutscher war. Aber das ist lange her.

Gestärkt fahren wir über Mulhouse und Basel in die Nacht. Und als es kurz vor Bern so richtig dunkel wird und die Sternlein funkeln, seufzt Madame im träge fließenden Verkehr eingedenk des missratenen Tages voller Traurigkeit: „Und alles wegen diesem Luther, diesem fetten Sack!", wozu man anmerken muss, dass wir in einer Mischehe leben, und sie eine Katholische aus bayrischen Landen ist.

Und so haben auch wir im Dreiländereck dem 500. Jahrestag der Reformation, wenn auch nicht ganz demütig, gedacht.

Enttäuscht fahren wir wieder gen Süden ohne „dm", ohne Pfanni-Knödel und Dr. Oetker Vanillepudding, aber mit Luther im Herzen.

Was war das doch für ein Kerl, dieser Luther! „Aus einem traurigen Arsch fährt kein fröhlicher Furz"*, hat er gesagt. Ist das nicht Poesie in höchsten Graden? Nicht nur an uns, sondern auch an die Haremswächter im Osmanischen Reich und die

Kastraten an den Opernhäusern Europas hat er gedacht und wissenschaftlich exakt konstatiert: „denn mit der Verschneidung vergeht ja nicht das Verlangen, sondern nur das Können."* Und ganz offen nimmt er dazu persönlich Stellung: „Ich wollte mir lieber zwei Paar ansetzen lassen, als den einen abzuschneiden!"* Der Mann überzeugt.

Das gilt auch für die unwillige Keuschheit, sprich unfreiwillige Ehelosigkeit (Zölibat), „denn auch da hört die Natur nicht auf zu wirken."* Deshalb sagt er es gerade heraus: „Fließt es nicht ins Fleisch, so fließt es ins Hemd."* Da kommt der Praktiker durch.

Übrigens, das fast tausend Jahre umstrittene Zölibat wurde erst 1139 zur Pflicht. Sie hätten die Finger davon lassen sollen und sich viel Ärger erspart, denn

Qui veut faire l'ange, fait la bête.
Pascal (1623–1662)

Zu Deutsch: Wer engelsgleich werden will, lässt die Sau raus – oder so ähnlich., d.h. gelegentlich auch mal Fünfe gerade sein lassen. Die Betonung liegt dabei auf „gelegentlich".

In diesem Sinne, lieber Eduard!

*Zitate aus Malessa, Andreas: Hier stehe ich, es war ganz anders, Holzgerlingen 2017

Crottaille, im Dezember 2017

Lieber Eduard,

die Novembersonne lacht und lädt ein zu einem Sonntagsbummel in Collioure mit Markt und Apéro an der Bucht, Corso und leichtem Sonnenbrand auf der „Pläte". Leider sind wir sozusagen dienstlich hier, eine Art Juniorenbetreuung durch Senioren, denn unsere Bekannten von der feuchten Insel sind über 10 Jahre jünger als wir, aber der Mister Stenton scheint 20 Jahre älter.

Der hat seit langem etwas am Bein und vielleicht nicht nur da. Das klingt lustiger als es ist, denn der gute Mister trinkt zu viel, sagt die Misses. Nur weiß man nicht so recht warum. Hatte er immer schon Depressionen oder erst jetzt, weil seine Beininfektion nicht verheilen will. Nein, sagt da die Lady, der hat schon immer gesoffen, aus Kummer, weil er sich keinen Ferrari leisten kann wie der Schwiegervater seiner Tochter Victoria, zu dem die Victoria aber am Vorabend ihrer Hochzeit „Fuck off!" gesagt haben soll, was die alte Königin Victoria nun nie getan haben würde. Immer diese skurrilen Hochzeitsbräuche auf der Insel. Aber nun hat sie Zwillinge, und alles ist wieder gut mit dem Schwiegervater, aber nicht mit Mister Stenton, weil man bei dem nie so richtig weiß, soll man Mitleid haben oder ihm das Glas wegnehmen. Jedenfalls erzählt er bei jedem Treffen, wenn er gerade mal wieder aufgewacht ist, mit feuchten Augen, sein Vater habe mir als Deutschen nicht die Hand gegeben, weil dessen Bruder von einem deutschen Panzer überrollt wurde, in dem ich nachweisbar nicht saß. Da könnte ich ihm auch einige Geschichten erzählen, tue das aber nicht als praktizierender Europäer, und weil ich ja nicht genau weiß, Mitleid oder nicht.

Auf jeden Fall gehen wir in ein nettes Restaurant und speisen. Das ist nicht ganz ungefährlich, weil Mister Stenton dauernd kräftig niest, und ich Angst habe, er könne seine Knocheninfektion durch die Nase über meinen „Salade bergère" verteilen. Aber seine Frau lebt ja noch und ist ausgelassen fröhlich.

Ich freue mich auch, jedenfalls ein wenig, weil diese beiden Brexitfanatiker auf einem Mal ziemlich versöhnliche Töne anschlagen. Wahrscheinlich fürchten sie, dass wir grässlichen Kontinentaleuropäer ihnen ihre Ferienwohnung in Crottaille wegnehmen und sie gar nicht mehr reinlassen. Derweil schläft Mister Stenton. Vielleicht ist er auch nur geistig abwesend und denkt an die Königin. Der Ober ist auch geistig abwesend und streut den Rotwein durch die Gegend, wahrscheinlich gegen die Knocheninfektionserreger. Vielleicht desinfiziert Mister Stenton auch deshalb von innen. Aber wie kommt das Zeug ans Bein? Sorry, ich werde hier wieder gemein, weil ich ja nicht weiß, Mitleid oder nicht. Jedenfalls helfe ich ihm auf, wobei man nicht weiß, liegt es am kranken Bein oder dem Desinfektionsmittel. Aber den Brexit finde ich manchmal gar nicht so schlecht, lieber Eduard.

Wir wollen Emma besuchen, und wer reist, braucht Renni. Deshalb gehe ich mal schnell in die Apotheke. Die Apotheke ist immer gut besucht. Franzosen lieben Medikamente. Man muss sich anstellen. Vor mir zwei Herren d'un certain âge. „Certain âge" bedeutet, dass die Verwelkungsphase bereits eingesetzt hat aber noch verneint wird. Beide sind etwas beleibt, haben Haltungsschäden und Militärhosen (Fleckentarnung) an. Das hätte mich warnen sollen, zumal jede Nation eine andere Fleckentarnung hat. Wahrscheinlich macht jeder andere Flecken.

Der erste Gefleckte ist schon dran und im Gespräch mit dem Apotheker vertieft, ganz tief vertieft. Das ist hier so üblich. Wahrscheinlich gehen sie nochmal die Diagnose des behandelnden Arztes durch. Sie flüstern, aha. Wohl eine schleichende Syphilis oder schon Impotenz? Vielleicht hat der arme Kerl ja was an jedem seiner Organe? Aber wie viele Organe hat der Mensch? Wenn er über zehn hat, stehe ich hier noch in einer Stunde.

Er muss über zehn haben oder seine zählen doppelt. Wahrscheinlich ist das ganze Zeug der Menge nach zu urteilen eher für seine Pferde oder andere Vierbeiner. Endlich haut er ab und grinst. Ich wünsche ihm oder seinem Pferd heftige Nebenwirkungen.

Dann kommt der vor mir. Der hat einen grauen Zopf und flüstert auch mit dem Apotheker. Es ist kurz vor Zwölf und die Chancen auf Renni minimieren sich. Ich finde, Renni sollte es bei Lidl geben.

Ich habe dann mein Renni doch noch gekriegt, ganz ohne flüstern, und kann also abheben in Richtung Norden, um unsere Emma zu besuchen.

Wir fahren über Toulouse erstmal nach Sarlat-la-Canéda, wobei Sarlat nicht in Kanada liegt, sondern in der schönen Dordogne. Sarlat ist Mittelalter pur, weshalb wir es uns als selbst im ausgehenden Mittelalter befindlich (Kleine Schmeichelei) noch einmal ansehen wollen. Das gebuchte Hotel ist gar kein Hotel, sondern eine „Gîte", eine Art Ferienwohnung für den Durchreisenden, aber sehr ansprechend in einem alten Gemäuer mit einem herrlichen Hof.

Die Nacht fällt und die Temperaturen auch. 4°Celsius, und die Feuchtigkeit steigt von der Dordogne hoch. Jetzt aber sattes Dîner à la Périgord zur Belohnung. Wir durchstreifen die mittelalterliche Altstadt. Ständig wähnt man, die drei Musketiere um die Ecke kommen zu sehen, allerdings mit Pudelmütze. Aber da kommt nichts um die Ecke. Wir sind praktisch alleine. Die Menschen haben sich inzwischen völlig in ihre Höhlen zurückgezogen. Sarlat gähnt – vor Kälte.

Wir auch, sehen uns tief in die Augen und verkünden unisono, heute kein Dîner à la Périgord wie geplant, sondern selbstgemachte Reisestullen (prima im Kofferraum gekühlt) und ein Côtes du Rhône von der letzten Reise, der auch aufgetaut etwas besser sein dürfte. Aber das macht nichts, weil wir schon gegen halb Zehn entschlafen.

Der Morgen ist hell und das Auto weiß, nämlich über beide Ohren zugefroren. Zum Glück habe ich noch so einen Plastikkratzer aus alten nordischen Zeiten. Der ist so wirksam wie Penatencreme bei Hämorrhoiden. Dafür tröstet das Frühstück im Wohnzimmer der Vermieterin, zumal da eine Pariserin am Nebentisch traurig gesteht, dass sie nicht um alles in der Welt mit dem Rauchen aufhören kann. Da sitzt man dann kerzengerade eingedenk des eigenen heroischen Entzugs vor vielen Jahren, wie tapfer man doch durch die Hölle gegangen ist, diese Charakterstärke, dieser wahnsinnige Wille, Supermann ohne Zweifel – und war doch nur ein trauriger Jammerlappen, der nachts von seiner Kippe träumte.

Die Autobahn A20 ist hier mautfrei. Statt Maut jedoch Schneeflocken. Die vereinigen sich, um die linke Spur samtweich zuzudecken. Wir haben zwar Winterreifen, aber die anderen nicht. Immerhin ist die A20 gesalzen. Das Salz taut Eis und Schnee zu einer Sauce, die an die Windschutzscheibe klatscht und die Sicht stark minimiert. Allerdings nicht bei allen, weil mit zunehmender PS-Zahl die Sehfähigkeit des Fahrers zunimmt, eine ganz revolutionäre Erkenntnis der Optik. So können Porschefahrer sogar hinter die Erdkrümmung gucken.

Bei Châteauroux geht der Schnee in Regen über, und das Navi überrascht uns mit einer Punktlandung mitten in Tours, obwohl die Dame bei Nennung der Straßennamen eine eigenartige, uns unbekannte Sprache benutzt. Dort begrüßt uns nun unsere Emma, die heute ihre Uni schwänzt. Bei Emma ist es immer etwas kalt. Nun gut, mit zwei Pullovern übereinander kann man im Wohnzimmer überleben, aber im Schlafzimmer erfriert man.

Nach einem heißen Kaffee bin ich teilweise wieder aufgetaut und begebe mich an die winterliche Loire, dieweil die Damen shoppen. Bei arktischen Temperaturen sitzt ein mittelalterliches Paar an der Uferpromenade auf einer Bank und herzt sich so intensiv als gäbe es kein Morgen. Der Intensität nach zu urteilen gehen beide fremd.

Dann treffe ich mich mit den Damen in einem Riesencafé in Centre Ville gleich gegenüber dem mächtigen Rathaus, in dem Borussia Dortmund mit Fans feiern könnte. Die Herrentoilette ist mit „Gentlemen" gekennzeichnet, was ich nun in Frankreich überhaupt nicht erwartet hätte.

Meine „Ladies" übergeben mir den Hausschlüssel, weil sie mich zu Recht loswerden wollen, und ich finde in Emmas ziemlich umfangreicher Bibliothek „Die Frauen der Nazis" von Anna M. Sigmund. Das ist nun wieder so ein Buch, das in den Schulunterricht gehört, weil es ein lebendiges Geschichtsbild zeichnet, weil es zeigt, dass nicht nur Männer Schweine sind, und beweist, dass die Medien uns ständig verarschen.

Mit dieser Erkenntnis gehe ich in meinen Iglu, den ich allerdings mit Madame teile. Ansonsten hätte ich nicht überlebt.

Frauen können Leben retten, lieber Eduard!

Crottaille, den 14. Februar 2018

Lieber Eduard,

in vier Tagen habe ich Geburtstag. Den will ich ganz geruhsam, also altersgerecht, begehen. Gut, wenn das Wetter mitspielt, könnte ich die Dame meines Herzens nach Port Vendres entführen, in der Sonne einen Apéro am Hafen nehmen und dann ins Fischrestaurant mit dem schönen Blick. Aber eigentlich würde mir auch Zuhause reichen, so mit Zeitung, einem guten Massana vom Eichenfass und abends Tatort.

Doch dann hat Christine eine Idee. Wenn Christine eine Idee hat, ist das eigentlich keine Idee mehr, sondern schon die erste Phase der Durchführung, was wiederum nicht heißt, dass die Idee nicht ganz prächtig wäre. In Christines Ideen liegt immer etwas undefinierbar Bestimmtes, das wach rüttelt. Kurz, Christine will ihre Eltern zu Vaters Geburtstag nach Nizza einladen. Und weil Christine Christine ist, hat sie auch schon ein Hotel ganz in der Nähe der weltberühmten Promenade des Anglais und weiß auch schon, wann sie aus Basel kommend in Nizza landen wird.

Da muss man dann nicht mehr lange nachdenken, sondern sich ins Auto setzen, ungefähr 500 Kilometer vor der Brust. Wenn es etwas lebhafter auf der Autobahn wird, und man seine Maut mit abgezählten Münzen in ein Körbchen werfen kann statt mit der Karte zu bezahlen, was wiederum unheimlich spannend ist, weil man gespannt wartet, ob die Schranke auch aufgeht, was sie ja nicht tut, wen man sich verzählt hat oder die Schranke defekt ist, dann ist man, falls die Schranke tatsächlich aufgeht, in Nizza. Und schon rollen wir über die weltberühmte Promenade des Anglais, deren Namen das Navi etwas seltsam ausspricht, und landen, man glaubt es nicht, punktgenau am Hotel.

Dort spricht man Deutsch, weil das Hotel in deutscher Hand ist, in weiblicher, Schwarzwälder Hand nämlich. Diese alemannische Dame war im Hotelgewerbe tätig, hatte sich in Nizza verliebt, eine alte, baufällige Villa erworben und daraus ein Hotel gemacht, ein sehr schönes wie wir sehen. Und dieses Hotel hat inmitten der engen Gassen dieser Stadt sogar einen Parkplatz, einen ganz kleinen mit vier Plätzen. Das ist unbezahlbar in Nizza. Das muss man genießen, auch wenn der so eng ist, dass man das Auto nur durch den Kofferraum verlassen kann.

Nur rund 200 Meter und wir sind auf der Promenade des Anglais mit diesem unvergesslichen Blick über die Stadt, den in der Ferne schneebedeckten Bergen und natürlich dem Meer, das hier wegen des kiesigen Untergrundes sehr viel heller ist als bei uns. Hier fand das Massaker statt, mit einem Lastwagen wie später in Berlin, reingerast in die feiernde Menschenmenge am 14. Juli 2016, dem Nationalfeiertag, fast 90 Tote hinterlassend. Aber Nizza hat getrotzt und gelernt. Natürlich bewegliche Absperrpoller hier und da, aber nicht störend. Nichts erinnert mehr an die Katastrophe auf der Promenade. Den Opfern wird in einem Ehrenmal in der Gärten Masséna direkt gegenüber gedacht.

Auf der Promenade aber wird gejoggt, auf der Promenade ist Leben wie zum Trotz, auf der Promenade wird gelacht. Es ist ein sehr gemischtes und sehr angenehmes Publikum, natürlich gelegentlich auch etwas skurril, wenn einem ein gedrungener, stark bärtiger Kobold lächelnd entgegenkommt, der eine Mülltonne hinter sich herzieht, aber nicht zur Müllabfuhr gehört. Die Mülltonne ist sein Zuhause, sein Wohnmobil, wenn man so will. Sein Inventar ist in der Tonne. Der Schlafsack ragt ein wenig heraus. Man könnte unendlich traurig werden bei diesem Anblick, aber der Kobold lächelt, nicht resignierend, sondern, wie mir scheint, mit einer Art überlegender Fröhlichkeit. Aber das kann auch am Rouge liegen.

Wir biegen ab zur Altstadt, der « Vieille Ville ». Zeit für den Apéro. Der Apéro ist kein Feierabendbier unter Kollegen, kurz gekippt und tschüss, der Apéro wird zelebriert bis man irgendwann essen geht, so langsam ab 20:00 Uhr. Gegenüber dem gewaltigen Palais de Justice nehmen wir Platz in der bunten Menge, und ich sehe, wie gegenüber auf der riesigen Freitreppe des Palastes eine Richterin in schwarzer Robe heraustritt, um eine zu rauchen. Nervös trippelt sie auf ihren High Heels hin und her. Vielleicht hat sie gerade ein Todesurteil verkündet und die Beweislage war etwas dünn.

Doch dann nähern sich aus der Dunkelheit des Platzes zwei Soldaten in Kampfausrüstung, die Maschinenpistole in Vorhalte. Der eine bleibt vor dem Lokal stehen, der andere betritt zielstrebig dasselbe. Da wird's einem etwas flau. Vielleicht hat er einen Salafisten erspäht, und gleich geht es los. Irgendwie wirkt er entschlossen, nickt dem Besitzer zu, wechselt mit dem ein paar Worte und entschwindet mit der Maschinenpistole – auf die Toilette. Das Publikum aber nimmt keine Notiz. Normalität in Frankreich. Der Anschlag von 2016 praktisch um die Ecke ist nicht vergessen.

Und dann schweben sie elegant über die Bucht, nicht die Engel, sondern die Flugzeuge zum Aeroport Nice – Côte d'Azur. Man kann das Richtungsfeuer an der Landzunge gut sehen. Mein Gott, wenn das mal einer verschiebt, dann landen sie irgendwo im Mittelmeer, weil ihnen der Sprit ausgeht. Aber die haben ja auch nicht mein Irritationsnavi, mein geographieresistentes GPS, das so komisch spricht und selten weiß, wo es eigentlich ist.

Aber das geht mir gelegentlich selbst so, lieber Eduard.

Ziemlich früh schwebt Christine aus Basel ein. Am Flughafen verwirrt mich ein großer Pfeil mit der Aufschrift « Kiss and Fly ». Klar, bei manchem « Kiss » hätte man vor Glück davonfliegen können, aber was soll das hier ? Unsere Tochter ist schon da. Aber beim Rausfahren sehe ich im Rückspiegel wieder dieses « Kiss and Fly », was mich sehr nachdenklich macht, bis mir ein bekloppter Motorrollerfahrer an die Scheibe ballert, weil ich ihm nicht genügend Platz zum rechts Überholen gelassen habe. Auf was man so alles im Straßenverkehr achten muss. Der schwingt nun rechts, der schwingt links an allen Autos vorbei, und ich hoffe, dass ihn irgendwann einer überfährt.

Nach kurzem Frühstück schwinge ich links auf die sonnenbeschienene, wenn auch noch kühle Promenade des Anglais am Meer, weil die Damen dahin abbiegen, wo sich diverse Tuchhändler und andere zweifelhafte Unternehmen wie die Galeries Lafayette befinden. Der Blick auf die Stadt, auf das Meer und den alten Hafen haucht etwas Glück in die Seele, aber nicht so ganz, denn Emma ist nicht da. Emma steckt im Stress ihrer Doktorarbeit im Bereich Zellforschung, und manchmal wollen die Zellen nicht so wie sie oder ihr Doktorvater oder die Natur im Allgemeinen. Dazu kommt eine böse, nein, ganz böse Infektion des Fußes, wie man mir ständig versichert. Mit anderen Worten Emma kann nicht kommen, und ich bin sehr, sehr traurig, während ich hier in der Sonne auf der weltberühmten Promenade des Anglais flanieren darf.

Nach reichlich „Spaghetti alle vongole" hänge ich sozusagen siesta-mäßig ab bis zum Wecken durch die Damen mit dem Vorschlag, sich doch noch ein wenig in der Sonne zu ergehen. Treffpunkt Rezeption.

Ich erreiche pünktlich die Rezeption. Nur stehen da drei statt zwei Damen. Ich reibe mir die Augen, aber es bleiben drei. Die Dritte muss fremd sein, kommt mir aber irgendwie, obwohl von hinten, bekannt vor. Dann dreht sie sich grinsend um, und ich gucke so dämlich, dass es für einen Oskar gereicht hätte. „Bonjour, Papa!"

Kein Zweifel, meine drei Ziegen haben mich mal wieder ausgetrickst, und ich bin der glücklichste Familienvater der Welt.

Dann reden wir alle ziemlich viel durcheinander.

Sonne, gleißendes Licht, natürlich die Promenade am Meer bis hin zum « Vieil Port », dem alten Hafen. Dort liegt die Luxusyacht eines russischen Lebensmittelgroßhändlers für 250 Millionen. Wahrscheinlich heißt er Aldijowitsch oder ähnlich. Ich finde die Yacht hässlich, aber das muss der Neid sein.

Zurück zum « Marché des Fleurs », dem berühmten Blumenmarkt, um dort « Socca » zu essen, die « Socca de Nice », ein Teigfladen aus Mais- oder Kichererbsenmehl, ein Arme-Leute-Essen als Alternative zum Brot. Da geht der Aldijowitsch gar nicht erst hin.

Abends lerne ich, wie moderne Menschen essen gehen, eine Art elektronischer Kalorienjagd. Man ortet ein Restaurant in der Altstadt und sucht nach den Bewertungen. Sind die ausgezeichnet und das Restaurant in der Nähe, sucht man es erfreut auf und erfährt (es ist ja Samstag), alles schon reserviert. Ist die Bewertung nicht so gut, aber noch akzeptabel, sitzt da noch keiner, und man will ja nicht der Lockvogel sein. Dann landen wir da, wo wir ohnehin schon reserviert hatten, was im Grunde nicht ganz fair ist, weil das wie potentielles Fremdgehen noch kurz vor der Hochzeit war, aber die Moral geht mit dem Internet ohnehin zum Teufel. Trotzdem werden wir nicht bestraft, im Gegenteil.

Aber dann müssen wir ja noch nächtens über die Promenade des Anglais nach Hause ins Hotel, und ich darf versichern, dass es recht lustig war.

Morgens sind wir wieder bei « Kiss and Fly ». Unsere Christine schwebt gen Norden, Emma nach Paris. Inzwischen haben wir ja schon Erfahrung mit « Kiss and Fly », obwohl die anderen fliegen und wir uns nicht küssen, denn das Wetter hat umgeschlagen, es ist kalt, und wenn es kalt ist, fahren wir nicht weiter wie geplant zu den Cinque Terres in Italien.

Wir fahren nach Hause oder mit anderen Worten, ich habe meinen eigentlichen Geburtstag im Wesentlichen auf der Autobahn verbracht.

Aber von all den lieben Geburtstagswünschen, und nehme mir das bitte nicht übel, lieber Eduard, fand ich doch einen, nun, sagen wir mal etwas inspirierenden, und sehr ansprechend hoffnungsvollen von meinem englischen Freund irischen Ursprungs:

May you die in bed at ninety-five years, shot by a jealous husband!
(Mögest Du mit 95 Jahren im Bett sterben,
erschossen von einem eifersüchtigen Ehemann.)

Jetzt träume ich schlecht, lieber Eduard.

Crottaille, im April 2018

Lieber Eduard,

der Wetterbericht hat Dauerregen vorausgesagt. Deshalb reisen wir, denn bei Dauerregen wird man nicht so durch die Sonne geblendet. Außerdem kann man sehen, ob die alte Rostbeule auch richtig gewachst wurde. Leider erwartet uns ein unerwartet zäher Stau vor Chambéry, denn in Chambéry geht es nach Albertville, und dort läuft der Albert mit seiner Albertine Ski, und nicht nur der Albert wie man sieht. Die kommen doch tatsächlich mit ihren dicken SUVs sogar aus England und den Niederlanden. Die einen können uns Kontinentaleuropäer nicht leiden, wollen aber auf unseren künstlich beschneiten Pisten rutschen, statt zu Hause Darts zu spielen, und die Holländer könnten doch das altfriesische Schlickrutschen bei Ebbe wieder etwas beleben und daheim bleiben.

Im Stau staut sich auch etwas im zentralen Nervensystem, was aber erst später erkennbar wird. Mit zwei Stunden Verspätung erreichen wir unser Hotel mitten in Chambéry. Wir erkunden die Stadt. Inzwischen ist es draußen so dunkel wie in der Hotelgarage, und auch unsere staugeschädigten Nerven lechzen nach Erlösung.

Andere Damen blicken ihren Gatten an und sagen etwas Nettes (Annahme). Meine blickt nicht, sondern kontrolliert. „Du hast nen Fussel am Mund", stellt sie fest und wendet sich widerwillig ab, so als würden mir Spaghetti aus dem Fang hängen. Diesmal ist es ein kleiner, unschuldig weißer Flecken auf meiner Jacke, wahrscheinlich von einem Vögelchen, das den Frühling ahnte und vor Lust etwas fallen ließ. Aber sie tut, als hätte ein diarrhöegeplagter Riesengeier abgeladen. Dabei bedarf ich nach zwei Stunden Stau des Trostes. Doch dieser wird mir verwehrt.

Wieder Stau am nächsten Tag. In Genf ist Autosalon. All die Pilger einer untergehenden Mobilität sind unterwegs. Bald sitzen sie in Dosen und werden mit Drohnen durch die Gegend geschossen. Also vorher nochmals „lugen", wie der Schweizer sagt, was da um und unter der Motorhaube ist. Angesichts einiger ihrer Begleiterinnen hätten sie das bei denen vielleicht auch mal tun sollen.

In der Schweiz haben wir dann eine starke Lazarettwoche. Keiner wird verschont. Die sind viral wahrscheinlich schon weiter als wir. Aber einen trifft es besonders, unseren kleinen Willy nämlich.

Kaum genesen, fliehe ich mit meiner angeschlagenen Madame gen Süden. Bern – 2°C, Montpellier 17°C, da weiß man, was man hat. Gewaltige Lichtspiele am Himmel beim Eintritt ins Roussillon. Eine schwarze Wolke vor dem Canigou, sonnenumstrahlt, die langsam weicht und das gewaltige Massiv erahnen läßt.

Und dann grüßen erwartungsgemäß die ersten Feigensprossen, zwei Wochen später als letztes Jahr, und wir sind auch noch vor dem Tatort gelandet, wobei ich nicht mehr weiß, wo der herkam, und ob der Kommissar den Täter ermordet hat, was auch egal ist, weil ich nachts von meinem kranken Willy träume, der so verdammt blass, klein und traurig war.

Draußen sitzen sie beim Mittagessen am Hafen, ein fast schockierendes Bild nach den grauen Schweizer Wintertagen vor den schwarz-weißen Bergriesen. Aber wir dürfen uns nur kurz freuen. Nachts faucht der Tramontane mit 120 Kmh und bringt Regen, Hagel und wohl auch einige Schneeflöckchen, während die Palmen den Briefkasten küssen. Wintereinbruch in ganz Europa. Putin lässt grüßen.

Den haben sie gerade mit über 80%, glaube ich, wiedergewählt, den Wladimir, ihren Zaren, denn Demokratie ist Einzelherrschaft nach Wahl durch eine vorher manipulierte Mehrheit bei Ignorierung jeder Opposition. Jetzt haben wir im Osten diesen mit freiem Oberkörper auf einem Steppenpferd reitenden Megomanen und im Westen unseren schizophrenen, blonden Muschijäger. Beide sauber demokratisch gewählt, lupenrein, wie unser Ex-Kanzler, der ehevariable Gerhard, sagt. Entweder taugt die Demokratie nicht mehr oder aber das Volk.

Nun pflege ich über eine Woche meine Erkältung, wobei von Pflege keine, aber auch gar keine Rede sein kann, denn eine Erkältung ist unheilbar. Weil sie aber unheilbar ist, verdienen sich Pharmaindustrie, Ärzte und Werbung mit unserer verrotzten Nase eine goldene. Es hilft alles nichts, weder die natürlichen Duftessenzen auf Empfehlung unseres eulenartigen Apothekers (wahrscheinlich hat seine Oma einen Kräutergarten), die du dir auf ein Taschentuch tröpfelst, wie Gretchen kurz vor der Ohnmacht in Faust I (Frau Nachbarin, Euer Fläschchen!), um es dann vor den geschwollenen Riechkolben zu halten, noch die richtigen chemischen Bomben, die du irgendwo mit längst abgelaufenem Verfallsdatum in einer Schublade gefunden hast, wo du schon immer mal aufräumen wolltest.

Nein, du röhrst weiter wie ein läufiger Hirsch und exportierst lavamäßig voluminöses Sputum. Und mit dem Sputum entgiftest du nicht nur deinen Körper, nein, auch ein Teil deiner Seele geht flöten. Genau, du fühlst dich entseelt, teilweise jedenfalls, was wiederum bedeuten würde, bei Erkältungen kann nur der Psychiater helfen. Aber so krank ist man dann ja doch nicht. Außerdem würde das die Pharmaindustrie irritieren. Sie würden in eine neue Studie mit willfährigen Ärzten investieren, und die Werbung haut uns dann um die Ohren, wir wären nicht nur unsere Erkältung los, sondern auch unsere Komplexe. Mein Gott, wer will das denn?

Beim Frühstück bemerkt Madame, dass Gegensätze sich nachweisbar anziehen. Das hat sie aus einer Frauenzeitschrift namens „Freundin", die ich ihr immer, wenn wir drüben in Spanien sind, als kleine Aufmerksamkeit aus meinen immensen Taschengeldreserven finanziere in der Hoffnung, dass sie dann mit mir essen geht, denn das Essen läuft unter Haushalt und ich bin fein raus.

Da wir nun ihrer Meinung nach gegensätzlich sind, müssen wir also anziehend sein, pardon, ziehen wir uns an wie etwa die Adhäsionskräfte in der Chemie, wobei man versucht ist, die These dahingehend zu erweitern, dass höhere Gegensätze, die ohne Zweifel nachweisbar sind, auch eine höhere Anziehungskraft zur Folge haben, was wiederum aber nicht immer der Fall zu sein scheint. Aber lassen wir das.

Irgendwie ist der Frühling nicht so meine Sache. Bis zum Mittagessen bin ich ziemlich fit, danach baue ich ziemlich ab. In einer anderen Zeitschrift von ihr, „Wir" genannt, „das Magazin für die dritte Lebenshälfte", wobei der mathematisch Geschulte sich fragt, wie es denn eine dritte Hälfte geben kann, was aber nichts macht, weil „Wir" uns vor dem Eintritt ins Altersheim noch ein wenig trösten will, und da können einem dritte Hälften scheißegal sein. In „Wir" also schildert ein Professor genau meine Symptome und tippt auf Vitamin-D-Mangel. Mit anderen Worten, ich kriege zu wenig Sonne auf den Ölles. Meine ältliche Haut wird zum Friesennerz und reagiert nur sehr spröde auf das Licht. Deshalb gehe ich morgen zum Arzt.

Der Arzt ist eine Ärztin. Die Ärztin ist noch jung (medizinisch auf dem neuesten Stand, sagt Madame). Sie hat einen bretonischen Vor- und einen spanischen Nachnamen. Den Nachnamen sieht man. Ziemlich oft sagt sie super (französisch „süper", das „ü" langgezogen), was mir gut gefällt. Jedenfalls hat sie nicht diese traurige Sargkastenmiene, wenn dein Blutdruck mal ein bisschen erhöht ist. Dann klopft und hört sie, sagt „bien" und kassiert 25 € für die Untersuchung. Dafür fragt ein deutscher Arzt noch nicht mal, wie es dir geht.

Weil sie „bien" gesagt hat, also die Hauptmotorenteile offensichtlich nicht quietschen, ziehe ich eine kurze Hose an, denn heute ist plötzlich praller Sommer. Deshalb wechsle ich von Rouge auf Rosé.

Es sind noch Osterferien, und die Touristen schwirren wie die gerade ausgebrüteten Moskitos durch die Gegend. Deshalb muss man zeitig aufs Rad, um seine Runde zu drehen, damit man merkt, dass beim Radfahren andere Muskelgruppen in Aktion treten als beim Spaziergang. Im Übrigen tut der Hintern weh, was beim Spaziergehen eher weniger der Fall ist. Dafür schmerzen die Füße nicht, und man ist natürlich schneller.

Nirgends wirst du so vom Wetter verarscht wie in Südfrankreich im April. Gerade habe ich den Bollerofen wegen der Feuchtigkeit angeworfen, da zieht ein kristallblauer Himmel aus Richtung Pyrenäen auf. Fällt vorne mehr zufällig etwas Sonne auf das schüttere Haupthaar, wirst du hinten nass. Das Roussillon ist jetzt so mediterran wie Lappland lieblich. Letztes Jahr hatten wir 27°C um 19:00 Uhr, heute kriecht es nasskalt die Hosenbeine hoch. Aber die Pflanzen freuen sich mächtig, besonders das Unkraut.

Im Briefkasten finde ich eine Karte mit der Aufschrift: SIMONE, VOTRE BEAUTÉ EST UNIQUE… . (Simone, Ihre Schönheit ist einzigartig). Als hätte ich das nicht immer gewusst, vermute aber einen Nebenbuhler. Der heißt Yves Rocher (Créateur de la Cosmétique Végétal depuis 1959). Gegen den habe ich keine Chance. Aber auch hier Bio-Kosmetik. Dabei hatten wir die schon nach dem Krieg, Kernseife und Opas noch leicht warmes Rasierwasser, sonst kalt.

Aber bleiben wir ruhig bei meiner Simone, die glücklicherweise dem Yves Rocher (Créateur de la Cosmétique Végétal depuis 1959) nicht auf den schleimigen Bio-Leim geht. Bei der beobachte ich in letzter Zeit ein mich beunruhigendes Phänomen, das allerdings Michel de Montaigne schon im 16. Jahrhundert in seinen Essays beschrieben hat: „Es liegt den Frauen im Blut, anderer Meinung zu sein als ihre Männer: Sie greifen mit beiden Händen nach jedem Vorwand zum Widerspruch."* Das ist, weiß Gott, nicht neu, nur werden diese Widersprüche in letzter Zeit besonders in Gegenwart anderer, bei Besuch zum Beispiel, forciert: „ Aber das war damals nicht am Samstag, mein Lieber, sondern am Sonntag, und es hat auch nur genieselt und nicht geregnet, und der Rouge war nicht zu kalt, mein Lieber, sondern hatte genau die richtige Temperatur." Faktisch alles reine Schafscheiße, aber es scheint wie ein innerer Zwang zu unterbrechen, zu widersprechen. Aber warum nur?

*Michel de Montaigne: Essays, 337

Ganz einfach, sie sendet eine Botschaft an die Anwesenden, die da lautet: Erstens bin ich eingetragenes Mitglied der Emanzipationsbewegung und zweitens ist der da manchmal zwar ganz nützlich (Steuererklärung), aber keinesfalls der Chef hier im Laden, sondern eher Sous-Chef (das ist der, der dem Chefkoch den Löffel zum Abschmecken reicht). Da ist behutsamen Schweigen angesagt.

Deshalb begebe ich mich schweigend in einen anderen Beziehungsbereich, nämlich dem von Goethe mit einer Christiane, um mal auszuloten, ob das bei denen ähnlich lief, so mit Chef und Sous-Chef.* Doch dort muss ich nun enttäuscht feststellen, dass der sehr verehrte Herr von Goethe immer unter diesem arroganten Genievorwand ein ziemlicher Sausack war, besonders gegenüber den Frauen, wie der Meister Schiller auch.

Zwischen den Absätzen jage ich Tauben von der Terrasse, wobei ich mich nicht des Eindrucks erwehren kann, dass die mich trotz meiner Mordlust im Herzen vielleicht eher als lustigen Spielkameraden wahrnehmen.

Abends ist dann aus mit Spielkamerad. Präsident Trump kündigt wie erwartet das Atomabkommen mit dem Iran, weil Trump alles kündigt, was sein Vorgänger Obama (er mag keine Schwarzen) auf den Weg gebracht hat, und sage nun mal basierend auf meinen nicht vorhandenen seherischen Fähigkeiten einen heftigen Antiamerikanismus in Europa und der Welt voraus, begleitet von einem verstärkten Antisemitismus, der sich als Anti-Israel tarnt.

Auf jeden Fall sollten wir uns das Datum merken: Am 8. Mai 2018, genau 73 Jahre nach Beendigung des Zweiten Weltkrieges, hat ein dubioser, wenn nicht psychisch kranker Mann (hatten wir auch schon mal) namens Donald Trump unsere, wenn auch fragile Weltordnung, über den Haufen geworfen. Nie war der Atlantik für mich breiter. Dabei kennen wir so sympathische Amerikaner. Aber das sagten damals (vor 1939) auch viele Amerikaner über ihre deutschen Freunde.

Dann nehme ich keinen Rouge, sondern einen Whisky, aber aus nachvollziehbaren Gründen keinen Bourbon, sondern einen Scotch, weil die ja in der EU bleiben wollen, und proste dem Wladimir in Moskau zu, natürlich nur in Gedanken, weil ich ja kein so guter Freund bin wie unser Ex-Kanzler, um ihm zu diesem schrägen Typen da in Washington zu gratulieren, der ihm so schön zuarbeitet.

*Damm, Sigrid: Christiane und Goethe – Eine Recherche, Frankfurt am Main und Leipzig 1998.

Nach ziemlich unruhiger Nacht trotz schottischem Schlafmittel und mit wirren Bildern stehe ich aus Versehen eine Stunde zu früh auf, was mir, glaube ich, noch nie passiert ist.

Dabei haben wir heute ganz illustre Gäste, so richtige Gourmets mit internationaler Erfahrung, Riesengaumen sozusagen im Vergleich zu meinen verkapselten, reduzierten Geschmacksknospen mit deutscher Bratkartoffelneigung. Und wenn auch als verschüchterter Teilnehmer des Mahles, darf ich abschließend mit Egon Friedell feststellen:

„Wenn es in der Welt richtig zuginge, müßten alle Menschen einen ebensolchen Weltblick besitzen wie Bismarck, ein ebensolches Gehirn wie Kant, einen ebensolchen Humor wie Busch, ebenso zu leben verstehen wie Goethe und ebensolche Lieder singen können wie Schubert."*

– und ebenso kochen können wie meine Frau, lieber Eduard.

*Egon Friedell: Kulturgeschichte der Neuzeit, Band 2, München 1984 S. 1003

Crottaille, im Juni 2018

Lieber Eduard,

vielleicht sollte ich tatsächlich lieber mit der Eisenbahn fahren.

Rückreise mit dem Auto aus der Schweiz. Bis Nîmes im Dauerregen, der sich dann in heftige Wolkenbrüche verwandelt und wir in ein U-Boot. Das ist kein Aquaplaning mehr, das ist eine Art Tiefseetauchen ohne Brille im Schlick. Halten kann man auch nicht, weil ja keiner was sieht. Deshalb schalten wir die Warnblinkanlage an, falls man uns später sucht.

Hinter Perpignan klart es wieder auf, aber nicht ich, weil Blindflug ermüdet. Jedenfalls verpasse ich die letzte Ausfahrt vor der Grenze, Le Boulou, und lande in La Jonquera, Spanien. Mein Gott, drei Länder an einem Tag. Guinness winkt. Und sie zählt mich auch nicht an, sagt, glaube ich, nur leise Scheiße, als uns das Schild „Willkommen in Spanien" begrüßt, und holt zu Hause Pizza. Das muss ich ihr ganz hoch anrechnen.

Aber nicht lange. Es kommt nämlich zur Dyson-Affäre. Wir haben einen Dyson, nicht Tyson, denn Tyson teilt aus, Dyson nimmt auf. Dyson ist der moderne Staubsauger des arrivierten Bürgers. Deshalb haben wir ihn nicht gekauft, sondern geschenkt bekommen. Ich mag den Dyson. Er ist handlich, immer bereit und macht eine Menge Lärm. Deshalb lasse ich Fenster und Balkontüren auf, damit die Nachbarn das auch mitkriegen, zeige mich auch klar sichtbar als willigen Hausmann. Ich finde den Dyson gut für die kleinen Dinge des Lebens wie im Pullover hängen gebliebene Frühstückskrümel oder Schuppen aus dem schütteren Haar. Diese Teilchenvielfalt bändige ich nun vollen guten Willens mit meinem Dyson, während Madame noch im Morgenmantel vorbeischlappt und mein Werk niederziehend kommentiert mit „Ah, der Herr macht Frühjahrsputz" und Ähnlichem. Da lasse ich meinen Dyson so richtig aufheulen, schon um meine nicht ganz druckreife Gegenrede zu übertönen.

Das hat man nun davon als Saubermann.

Weil es im Norden zu heiß ist, kommen die Touristen zum Abkühlen. Immer wenn Alter und Gewicht im Bevölkerungsdurchschnitt drastisch steigen und der ästhetische Bodyindex dramatisch fällt, sind die Frühlingstouristen da. Man kann sie nur an ihrer Sprache unterscheiden, fleischlich sind sie sich ähnlich und modisch ohnehin.

Natürlich sind sie enttäuscht. Nur etwas Sonne im Mai, viel Regen und Gewitter, ganz wie zu Hause, nur kühler. Da kriegen sie ihr schwächelndes Vitamin D auch nicht in den Griff. Aber ich. Meine bretonisch-spanische Ärztin hat mir Ampullen verschrieben. Regelmäßig eingenommen steigt dann ein Adonis aus den meerschaumbedeckten Fluten.

Jedenfalls bin ich heute trotz Vitamin D Mangels endlich mal wieder aufs Rad gestiegen. Auf der Strandpromenade joggen die Jogger. Ich weiß nicht, ob Joggen die Demenz fördert, aber manche sehen so aus. Auch aus rein ästhetischen Gründen sollten vielleicht einige lieber nachts laufen. Die meisten aber haben diesen mittelalterlichen Flagellatenblick, sodass man sich fragt, was die wohl alles angestellt haben. Gut, einige wenige lächeln auch. Aber die haben was genommen.

Dazwischen wieseln die Hundehalter. Halter ist vielleicht nicht das richtige Wort, obwohl hier strikte Anleinpflicht besteht. Tatsächlich halten die meisten Hundehalter eine Leine in der Hand, aber an deren Ende ist nichts dran. Stattdessen machen die größeren Kaliber wie Schäferhund und Dobermann Jagd auf die Radfahrer, also auf mich. Dann säuselt die Dame „Viens ici!", was ihr Rockerhund ignoriert und mir in die Speichen fährt. Doch Fahrradspeichen sind nichts für zarte Hundeschnauzen. Bei höheren Geschwindigkeiten werden die einfach flach gefräst. Das mag der Hund nicht. Beleidigt kackt er ins Grüne des wunderschönen Pinienwaldes am Nordstrand, genau dort, wo die ersten Touristen etwas später ihr Badehandtuch ausbreiten. Auch eine Art der Bräunung, wenn man nicht aufpasst. Aber Hundekot ist ja organisch, sagen die Hundehalter, und das kommt angeblich wiederum den Pinien zugute. Dann müssten die aber eigentlich wie die Mammutbäume in Kalifornien aussehen.

Aber hier am Nordstrand befindet sich ein altes „Urinoir". Ich liebe dieses „Urinoir". Ein „Urinoir" ist ein Stück altes Frankreich. Es ist ein Pissoir, in dem „Mann" tatsächlich noch stehend pinkeln darf, ganz offiziell, nur geschützt durch eine kleine Schwingtür im Beckenbereich. Damit können die Passanten beiderlei Geschlechts deine kräftigen Waden und deinen schütteren Hinterkopf en passant bewundern, während du dem Rufe Deiner Prostatahyperplasie folgst. Ah, vive la France!

La France en pissant gewissermaßen.

Auf dem Rückweg muss ich über einen Zebrastreifen. Ein Zebrastreifen in Südfrankreich dient der Auflockerung des Stadtbildes und nicht etwa der Verkehrsregelung. Vor Betreten ist optische Kontaktaufnahme mit dem nahenden Fahrzeug zu raten. Verweigert der Fahrer die Kontaktaufnahme unbedingt Stehenbleiben. Weitergehen erst, wenn der Fahrer gnädig ganz leicht eines seiner Augenlider hebt, aber vorsichtig, manchmal ändert er auch seine Meinung. Auf jeden Fall sich beherzt bedanken, weil er einen ja am Leben gelassen hat (deutliches Anheben der Hand und Lächeln). Außerhalb des Stadtgebietes alle Zebrastreifen ignorieren. Es hat keinen Zweck, außer man ist eine grazile Schönheit mit tiefem Dekolleté. Doch auch der kann passieren, dass die neben dem Fahrer etwas übergewichtige sitzende Gattin ruft: „Gib Gas, Menne!" Fazit: Zebrastreifen abschaffen und beten. Was will man auch von Menschen erwarten, die mit ihrem Campomobil, hier charmant „la roulotte" geheißen, im absoluten Halteverbot nächtigen.

Dann ruft Emma an und fragt ziemlich dämlich, wie mir scheint, ob ich gerne Lachs esse und „Kötboller", wobei sie „Kötboller" so komisch ausspricht, vorne mit einem „Sch" nämlich, also „Schötboller", weshalb ich mich höflich erkundige, ob sie vielleicht bei IKEA ist und aus Versehen etwas reichlich schwedischen Aquavit genascht hat. Das weist sie nun empört zurück mit der Gegenfrage, wie ich denn nun darauf komme. Wegen dem „Schötboller", sage ich. Da sieht man, dass du keine Ahnung hast, moniert sie, denn „Kötboller" wird „Schötboller" ausgesprochen auf Schwedisch und da kenne sie sich aus, weil sie nämlich demnächst nach Schweden geht. Da hätte ich gerne von dem schwedischen Aquavit und frage, was zum Teufel sie denn da oben will. Da sagt sie ganz cool, sie habe schon einen Forschungsauftrag im weltberühmten Karolinska Institut in Stockholm. Das macht sich im akademischen Lebenslauf wie Harvard, sagt sie. Dabei hat sie ihren Doktor noch gar nicht. Aber ich bräuchte einen wegen dem plötzlichen Glückshormonschub nämlich, der durch meine Adern brüllt. Mein Gott, Karolinska Stockholm. Davon hat sie doch immer geträumt.

Voll des Glückes, fahre ich erst mal zur Weinkooperative um aufzufüllen. Wenn es heiß wird, braucht der Körper immer ausreichend Rosé. Der kommt im 5 Liter Karton. Sie nennen ihn etwas abfällig „Rosé de piscine", also Schwimmbadrosé, weil er kein Spitzenwein ist. Aber eisgekühlt schmeckt man das nicht, und man kann aus ökonomischen Gründen auch mehr trinken.

Danach fahre ich in das tiefe Tal zum Mühlenklaus in seine Mühle an der Massane, die immer noch herzhaft von den Bergen strömt und sich an den vielen Felsen bricht. Genau dort hat sich der Mühlenklaus inmitten eines Bambushains ein kleines

Plätzchen geschaffen mit kleinem Tisch und zwei Stühlen und einem herrlichen Blick auf die gurgelnde Massane und die dahinterliegende Felsenwand, die im späten Nachmittag wie vergoldet erscheint. Wenn der Mühlenklaus etwas jünger wäre, könnte er hier jede auch nur etwas romantisch veranlagte Dame verführen. Stattdessen diskutieren wir zwei alten Knacker wie wir nach unserem Ableben die Urne mit unserer Asche möglichst legal und kostensparend aus dem Lande schaffen können. Dazu serviert er elegant einen Rosé aus der Flasche, aber von ALDI für 1,99 €. Der vornehme Pinsel trinkt nur Flaschenweine. Da hat er die bessere Kontrolle, sagt er, und seine Urne lässt er einfach mitgehen, so en passant ins Land seiner Väter, jawoll.

Etwas verwirrt zwischen „Schötboller" und Urne fahre ich nach Hause.

Vor dem Haus liegt eine tote Maus. Der Schwanzlänge nach zu urteilen, könnte es auch eine junge Ratte sein, aber ich bin keine Zoologe. Die liegt da schon eine Weile. Ich bin der Ansicht, dass für die Bestattung die Gemeinde zuständig ist, schon wegen der heftigen Taxes Foncières, der Grundsteuer, die ihre Müllabfuhr berechnet als seien das Geldtransporte. Doch die Gemeinde kümmert sich nicht um ihre Opfer. Die Leiche aber genau vor unserem Haus könnte den Eindruck vermitteln, wir seien so arm, dass die Maus bei uns verhungert sei. Also schiebe ich unauffällig den Kadaver in Richtung Nachbarn, fairerweise nur bis in Grenzlage. Da wird sie überfahren. Jetzt ist sie platt, aber immer noch da. Vielleicht braucht der städtische Straßenfeger eine Brille oder er mag keine toten Nager.

Auf jeden Fall werde ich Dich auf dem Laufenden halten, lieber Eduard.

Crottaille, im Juli 2018

Lieber Eduard,

unsere Nachbarin Dominique wird 70, und weil Dominique 70 wird, strahlt die Sonne. Wir sind viele, und Dominique weiß nichts davon. Als sie um die Ecke kommt, schmettern wir „Bon Anniversaire" genauso furchtbar wie „Happy Birthday to you". Dominique ist zu Tränen gerührt. Aber das kann auch an unserem Gesang liegen.

Wie die Bienen summt die Konversation, obwohl man die meisten gar nicht kennt. Die Häppchen sind vom Traiteur und gar nicht schlecht. Natürlich wieder neckisch arrangiert. Modisch kenne ich mich nicht so aus, aber bei den Damen scheint teilweise Verschnürung angesagt. Das ist ein wenig wie Schuhschnüre ohne Schuhe, also nicht ganz, sie haben ja noch was an, aber das ist reduziert, oder anders, die Schnüre sollen andeuten, dass da eigentlich noch Stoff sein sollte. Bei Sonnenbräune macht sich das ganz gut. Dann muss man nicht an den Strand.

Voilà, la douce France am Mittelmeer, könnte man sagen, dieses sanfte, leichte Dahinfließen, das wir so nicht kennen, gelegentlich irritierend, aber immer wieder auffangend in dem, was wir Charme nennen und ehrlicherweise meist nicht haben, weil wir nicht so recht wissen, was es überhaupt ist.

Am nächsten Tag streben wir mit Bekannten in das Fenouillèdes („Fenouille" bedeutet Fenchel), ein wahres Wildkräuterparadies im Norden des Roussillons. Die Bekannten kennen dort einen Winzer. Einen Winzer zu kennen ist besser als einen Psychotherapeuten. Außer Wein und den Wildkräutern scheint hier nichts zu wachsen, denn der Boden ist fast reiner Schiefer. Der Wein aber liebt den Schieferboden und wird rot vor Glück. Sie schmecken alle, aber besonders der Rosé unter der Bezeichnung Rasiguères nach einem kleinen Weindorf. Da landen wir im gepflegten Cellier Trémoine.

Tröstlicherweise wird jetzt verkostet, immerhin schon am Vormittag. Der Winzergehilfe schenkt ein, man lässt den edlen Tropfen kreisen und spuckt den Rest in ein Gefäß. Das bricht einem fast das Herz. Bei dem roten Trémoine für 20,60 € spucke ich überhaupt nicht, sondern schlucke, pardon, verkoste was das Zeug hält.

Dann führt uns der Winzer durch diese urige Gegend, und urig trifft den Kern. Eine sonnige Einsamkeit, Wein und Wildwuchs überall, der Blick auf die Katharerburgen im Norden gerichtet. Plötzlich eine kleine Kapelle, so klein dass man sich beim Eintreten bücken muss, was vielleicht beim Betreten einer Kirche generell empfehlenswert wäre, jedenfalls für die Sünder. Deshalb das generell.

Nur aus Schiefer aufgeschichtet und über Jahrhunderte alt, ein Kunstwerk, wie wir sie einst auf den Skellig Islands in Irland sahen. Da standen sie aber hoch auf einem Felsen über dem Meer, und man konnte runter fallen.

Am nächsten Tag geschieht das Unfassbare. Madame geht zum, ich weiß nicht, wie man das nennt, es ist kein Friseur im eigentlichen Sinne, auch kein chirurgischer Eingriff, es ist mehr, man vergebe mir, so etwas wie das Scheren der Schafe, was aber irgendwie auch nicht passt, weil sie ja kein Schaf ist. Auch der Vergleich mit dem Rasenmähen wäre zu technisch. Nun, sie läßt dort solche Haare entfernen, die nicht ins Bikinihöschen passen. Entfernung von redundantem Haarwuchs, würde der Wissenschaftler sagen. Und warum? Sie will morgen mit ans Meer. Da pumpe ich schon mal ihre schlaffen Fahrradreifen auf, weil sie nie fährt. Aber das Rad hat vorne ein Körbchen, da kann man seine Badesachen rein tun und das Baguette auf dem Rückweg.

Und dann radeln wir, morgens um Sieben. Leider gab es nachts einen Sturm, und das Meer ist aufgewühlt. Da geht sie nicht rein, aber ich und lasse mich durchschaukeln, bis mir wieder alles weh tut. Dann wandeln wir durch die Gischt. Da sinkt man tief ein, zieht die Stelzen wieder raus und weiß, dass man älter geworden ist. Dann Baguette kaufen in dem urigen Laden am Strand, der ganz klein ist und trotzdem alles hat, und rauf aufs Rad. Da vermeldet sie, dass ihr Hintern weh tut und nicht nur der, und ich sage ihr tröstend, dass sei nur so zur Erinnerung, dass alles noch da sei.

Der Canigou hat trotz Hundehitze und Hitzewarnung immer noch einige, wenn auch schüchterne, Schneeadern, die ins Tal strahlen. Ich nehme das als gutes Zeichen morgens kurz vor Acht in Richtung Le Perthus auf der Fahrt zum Zahnarzt in Spanien. Ich sollte mich täuschen.

Aber der Reihe nach. Le Perthus ist noch relativ feindfrei, d.h. nur Vorboten der Konsuminvasion sind um diese Zeit in der Zollenklave eingetroffen. Wie geschmiert läuft es durch La Jonquera nach Figueres, wo ich Madame am Markt absetze und zum Zahnarzttermin nach Empuriabrava weiterfahre. Dort wird mir ein Implantat gesetzt. Ich habe auf Grund meiner Restlaufzeit mit diesem Implantat gehadert, bin aber schließlich vor den mächtigen Argumenten eingeknickt wie dentalmedizinisch indizierte Gefahrenlage (was kann da alles in der Höhle liegenbleiben) durch den

Zahnarzt und natürlich ästhetischer Argumentation durch Madame, obwohl man das Loch bei moderatem Öffnen der Mundhöhle gar nicht sehen kann, weil es unten rechts hinten ein Schattendasein führt. Ich hätte stark bleiben sollen.

Nun wird also das Implantat gesetzt, dieser wahrscheinlich im 3-D-Verfahren entstandene neue Freund. Willkommen an Bord! In diesem Alter noch Zahnen war früher eher unüblich. Aber ich mag die zarte Hand der Zahnarzthelferin. Ihr Chef schraubt. Irgendwie erinnert das etwas an Reifenwechsel.

Mit dem neuen Kumpel, über den ich liebevoll mit der Zunge streife, geht es zurück nach Figueres. Pünktlich um halb Zwölf ist sie da (meine Erziehung, aber reine Annahme) mit Tüten. Ich trage die Tüten und mein Implantat. 37 °C, und sie hatte mir lange Hosen befohlen, weil man in kurzen in meinem Alter nicht zum Zahnarzt geht, als hätte die Hose etwas mit den Gebiss zu tun. Es klebt, es klebt mächtig. Aber so verklebt will man ja auch nicht ins Restaurant. Deshalb landen wir beim exquisiten Schweineschinkenwirt, Pata negra vom noch grunzendem Schwein mit einem Rioja, der jeden Lappländer in Ekstase versetzt. Einfach himmlisch, bis es knackt. Offensichtlich war mein Implantat nicht dem Pata negra gewachsen. Die Restruinen spucke ich in mein Taschentuch.

Zurück zum Implantatmeister nach Empurias. Der Meister ist noch vor Ort. Die nette Spanierin an der Rezeption glaubt es nicht. Schon wieder da, und Zahn „cassée", Bröselzahn also. Aber sie lacht recht fröhlich, ich nicht. Herrn Doktor scheint das etwas sehr peinlich. Er hat eine roten Kopf, aber das kann auch an der Außentemperatur liegen. Nun schraubt er wieder. Aber in die andere Richtung.

Wir aber haben diese verdammte Hundehitze. Ab wann ein Meteorologe diese Hitze exakt als hündisch bezeichnet, weiß ich nicht, aber wenn der Klodeckel warm ist, obwohl gar Keiner darauf gesessen hat und hinterher am Hintern klebt ist irgendwie die Grenze erreicht. Die Schweißdrüsen sind aktiver als die Hirnzellen, weshalb man in der Dusche Heiß und Kalt verwechselt und sich wundert, warum Kalt so brennt.

Zum Trost wird Frankreich, Allez les Bleus, Fußballweltmeister. Aber das ist gar nicht gut, weil man bei der Hitze nachts die Fenster auf lässt, und sie hupen wieder wie verrückt, diese übergewichtigen Proleten in ihren offenen Kisten und lassen mich nicht schlafen.

Die hätten den Ball noch nicht mal mit der Schubkarre ins Tor gekriegt.

Crottaille, im August 2018

Lieber Eduard,

kurz nach sechs Uhr bereits 30 °C und Windstille. Das ist kein Sommer, das ist eine Sauerei. Manche nennen es Klimawandel, nur weil schon wieder Wein auf Rügen, Sylt und in Hamburg angebaut wird. Dabei gab es auch schon mal einen ganz anständigen Weißen aus Ostpreußen als es noch gar kein Deutschland gab.

Flucht vor der Hitze den Bojen entlang, und siehe da, auf einmal bin ich bei Nummer 9, genau da, wo ich schon mal in jüngeren Jahren landete. Aber das erzähle ich nicht, weil ich dann was auf die Nuss kriege. Wenn man die Augen nach Steuerbord dreht und den Tour de Madeloc sieht, dann ist man bei Boje 9. Geradeaus ist irgendwo Rom.

Ich entsteige den Wogen des Mittelmeeres, lasse das Wasser aus den Körperhöhlen rinnen, als ich einen bekannten Pfiff hinter mir höre und erschrecke. Madame nach langer Enthaltsamkeit mit Badekleidung im Fahrradkörbchen, etwas unsicher grinsend, weil sie doch weiß, was da jetzt in meinem gerade gebadeten Hirn abgeht. Erste Frage: Ist etwas passiert? Kann nicht sein bei dem Grinsen. Hat sie vielleicht endlich so eine Art Meeressehnsucht gepackt und hierhin geführt, oder hat die Hitze sie verwirrt? Wahrscheinlich aber ist ihr keine Ausrede mehr eingefallen.

Trotzig begibt sie sich ins Nass und siehe, es gefällt ihr ausnehmend. Sie bereut sogar, was man nicht übermäßig oft bei ihr beobachten kann, weshalb es mich berührt und natürlich höchst erfreut. Jetzt wird sie jeden Morgen kurz vor Sieben mit mir kommen – falls ihr keine Ausrede mehr einfällt. Ich werde das beobachten.

Tatsächlich, auch heute ist sie dabei. Neben uns so ein junger Franzose mit Freundin beim Angeln, der schon äußerlich der Typ ist, den die Engländer „troubleshooter" nennen. Provokativ wirft er die Angel aus ins Meer, wo nun schon einige schwimmen. Dann widmet er sich seiner Freundin. Vielleicht angelt er Badehosen? Aber keiner protestiert. Artig waten sie unter der Angelschnur durch. Nur eine alte Dame sagt vernehmlich: „petit con – kleines Arschloch!"

Endlich 41°C im Schatten um 17:00 Uhr, kraxeln doch schon die Germanen im Norden so bei den Enddreißigern herum, dass man sich fast schämen muss. Das ist so heiß, dass ich gelegentlich Strahlungseffekte im Sonnensystem dafür verantwortlich mache, weil ich dem Kohlendioxyd das gar nicht mehr zutrauen mag. Und dann schafft das Ozonloch oder wer auch immer für die Weltheizung zuständig ist nicht mal die 40°C-Marke. Da fröstelt man ja fast.

Aber es gibt ja auch Belebendes in dieser Welt. Ein psychologischer Gutachter für das Gericht schreibt tatsächlich über seine Probandin: „weiß sich abzugrenzen von den Widrigkeiten der Erwerbsarbeit".* Faule Sau, sagt da Madame spontan, ohne Psychologie studiert zu haben.

Vornehm ausgedrückt haben wir die Chaleuritis, d.h. wir sind geplättet von der Hitze. Man könnte auch sagen ausgekocht, aber das hat eine andere Bedeutung. „Burn-out" wäre auch nicht schlecht, aber den gibt es erst ab einem Monatseinkommen von über 10.000 € nach Steuern. Jedenfalls wechselt der Stoffwechsel die Stoffe nicht mehr. Überall Schlacken. Wir schlurfen unsicher, sind trotz Hitze blass im Gesicht und haben wahrscheinlich gar keinen Blutdruck mehr. Kein Lüftchen von draußen, aber viel Lärm durch das Feuerwerk. Schlaf wird geträumt. Morgens flüstert sie: morgen, Opa!

Derweil reist Emma zu ihrer neuen Wirkungsstätte in Stockholm. Dort nächtigt sie im Knast, weil das gebuchte Hotel ein ehemaliges Gefängnis ist. Deshalb muss sie ihr Bett selber beziehen. Aber dann betritt sie ehrfurchtsvoll das weltberühmte Karolinska Institut, atmet erstmal durch und sagt stilistisch sauber ausformuliert „waugh!". Nach dem „waugh" trifft sie auf ihr Team. Alles Frauen. Da sehe ich schlummerndes Konfliktpotential. Nachmittags meldet sie sich dann vor dem Nobel-Museum, worauf die Mutter fragt: „Gehst Du auch rein?". „Nein", sagt da die Tochter unendlich bescheiden, „erst wenn ich ihn habe."

Statt Nobel haben wir einen „High Noon" der Seifenspender. Wie das? Wir haben Seifenspender, ganz einfache Seifenspender, oben drückt man drauf und unten kommt was raus. Aber nicht immer, weil auch Flüssigseife endlich ist. Das passiert nun nicht abrupt, sondern sozusagen gleitend. Der Seifenspender fängt an zu röcheln und spuckt nicht mehr die volle Dosis aus. Eigentlich müßte man jetzt nachfüllen. Aber das kann ja auch der andere tun. Tut er aber nicht. Jetzt beginnt der Nervenkrieg. Der Seifenspender röchelt stärker und spendet schwächer. Wahrscheinlich ist gar kein Wascheffekt mehr da. Langsam müßte sie doch einknicken und auffüllen. Abends referiere ich nachdrücklich über Keime auf der Hand im Allgemeinen und

*SZ vom 4./5.August 2018, Buch Zwei

deren fürchterliche Wirkung im Besonderen. Da spendet dann der Seifenspender am nächsten Morgen in voller Pracht. Aber ihr Blick, dieser lautlose und doch sehr deutlich sprechende Blick! Ich könnte in Kernseife beißen.

Jetzt muss ich etwas prollig werden. Auch in der etwas gehobenen, maskulinen Umgangssprache fällt gelegentlich bei verstärkter Emotionalisierung der Satz: „Der, die oder das geht mir auf den Sack!" Ich weiß, die Formulierung ist nicht sehr elegant, sie ist weder anatomisch noch psychologisch zutreffend, aber jeder weiß, was gemeint ist. Gut, man kann es auch anders sagen, aber dann hört keiner zu. Es ist eine der letzten sprachlichen Rückzuggebiete in einer emanzipationsbesetzten, immer kleiner werdenden männlichen Welt.

Und was höre ich da? Meine kleine „Granata" äußert sich wütend über eine ihr nicht genehme Person in diesem verletzenden Slang. Ich weiß nicht, woher sie das hat. Ihr Umgang ist doch vorwiegend französisch. Und doch, immer mehr Personen geraten in ihren Sack. Inzwischen muss der so groß sein wie der vom Weihnachtsmann vor der Bescherung.

Mein Gott, die Emanzipation räumt unsere letzten Bastionen.

Aber es kommt noch besser. Unsere Medizintochter kennt eine ehemalige Kommilitonin, die Fachärztin für Chirurgie geworden ist. Diese nun hat sich spezialisiert auf ein für den Normalbürger bisher unbekanntes Fachgebiet, nämlich auf das Sacklifting. Wahrscheinlich bezeichnet sie das medizinisch anders, aber es kommt aufs Gleiche raus.

Ich kenne nun das Heben von Kaffeesäcken in den Fleeten Hamburgs aus den Schuten in die Speicher schon von Jugend auf, eine faszinierende Angelegenheit. Aber da war was drin. Nun aber geht der ältere Herr, in aufrichtiger Liebe verbunden mit der viel jüngeren Dame, zum, nun, wie wollen wir das nennen, zum Sackheber, obwohl der Kaffee in seinem doch schon raus ist. Das Geschäft läuft gut, sagt die Heberin, und wir wundern uns, dass es keine Landärzte gibt.

Ich weiß, etwas schmierig das Thema. Aber warum nicht? Da gibt es Kinder, zum Beispiel im Jemen, die sehen aus Hunger so alt aus wie der alte Sack, der sich denselben liften lässt. Und der alte Hippokrates? Mein Gott, sein heiliger Eid wird pervertiert bis zur Unkenntlichkeit.

Aus lauter Abscheu mache ich es einfach, ganz alleine im Morgengrauen, das, was mir Gattin und Medizintochter verboten haben. Mit ruhigem Beinschlag, das Morgenrot über mir und die rutschende Badehose (Decathlon, entweder eine Nummer zu groß oder ich habe abgenommen) auf Talfahrt. Ich schwimme nämlich zur Boje 11. Boje 11 ist die letzte Boje, bevor es raus auf die offene See geht. Ich herze Boje 11 und denke, wenn ich jetzt einen Herzinfarkt oder Schlaganfall bekomme, ist die Seebestattung umsonst, obwohl ich gar kein Schwabe bin. Stolz wie Bolle entsteige ich den Fluten und weiß, Neptun mag mich.

Wenigstens einer, lieber Eduard.
(obwohl mir Aphrodite lieber wäre)

Crottaille, im November 2018

Lieber Eduard,

unsere neue Nachbarin heißt Marie. Wahrscheinlich kommt der Name aus dem Ägyptischen mry = geliebt. Eine andere Deutung geht vom hebräischen „mra" = mästen aus, also höflich „die Wohlgenährte", das Pummelchen sozusagen. Beide Ableitungen aber treffen bei ihr nicht zu. Sie ist weder noch. Sie ist … Aber davon später.

Sie hat feuerrote Haare. Deshalb kann man sie schon von Weitem sehen. Hören auch. Vier kleine Kinder hat sie und einen Mann. Den nennt Simone Goofy, weil er annähernd so aussieht wie der tragische Held in den Dramen von Walt Disney. Marie und Goofy ziehen ein und stellen sich nicht vor – uns aber vor Probleme, denn ihr letztes erbberechtigtes Produkt, ein kleiner Bube, schreit fast ständig so durchdringend, dass man unfreiwillig an Kindesmisshandlung denken muss. Das tut er in lauer Sommernacht bis weit nach Mitternacht, sodass man höflich über den Zaun nachfragen muss, wie lange er denn noch durchhält.

So was trübt ein wenig die sommerliche Stimmung zu beiden Seiten des Zaunes.

Dann müssen wir zum Enkelhüten in die Schweiz.

Die Eltern reisen ab, und wir haben die Kleinen in Gewahrsam, was ganz schrecklich nach Knast klingt. Die sind recht munter, besonders abends, wenn sie ins Bett sollen. Dann konzertieren sie als Duo infernale.

Da summt das Smartphone, so gefällig als werde im Altersheim zum Abendessen gerufen. Es ist Nachbarin Marie. Vielleicht bedarf sie des Trostes, oder eines der Kinder ist über den Zaun gefallen, und Goofy kann es nicht orten. Aber vielleicht ist auch etwas mit unserem Haus? Deshalb nimmt Simone ab. Das war ein Fehler.

Akustisch bist du sofort in der Geschlossenen. Es schrillt so, dass die Nackenhaare strammstehen. Wir wollten sie und ihre Kinder umbringen, mit Gift, jawohl, vor dem wir ins Ausland geflohen sind.

Da gucken wir zwei potentielle Mörder uns erst mal an und fragen uns, ob man vom Suff rote Haare kriegt. Mörder geht ja noch, aber fliehender Feigling. Tatsächlich haben wir, d.h. der Gärtner eine Substanz gegen die im ganzen Mittelmeerraum grassierende Palmenkrankheit gespritzt, nicht, weil wir so gerne spritzen, sondern per Gesetz dazu gezwungen sind. Das weiß eigentlich jeder, der hier lebt. Außer Goofy und Marie.

Und jetzt auch noch geflüchtet vor der Giftwolke ins Ausland (garantierter Sicherheitsabstand!) wir Feiglinge, während Marie in Goofies Armen mit ihren weinenden Kleinen dem Untergang zuröchelt.

Da muss man doch wohl mitweinen oder – auflegen.

Doch dann greift Goofy ins Geschehen ein. Er schrillt nicht, er gurgelt geheimnisvoll etwas von Tribunal, vor das er uns zu schleppen gedenkt, Tribunal mit angegliederter Guillotine wahrscheinlich. Das verwirrt, denn wir, die doch dem Gesetz gehorchten (Palmen spritzen, sonst Palme ab) sollen uns nun vor Gericht verantworten. Wahrscheinlich handelt es sich hier wieder um diese geheimnisvolle, gallische Clarté, diese für uns Germanen nicht nachvollziehbare Klarheit, die uns mehr an ungeputzte Fenster erinnert. Aber ihr wohnt doch ein schaudernder, schillernder Charme inne, weil man nie weiß wie es ausgeht.

Verwirrt legen wir wieder auf, obwohl wir noch gar nichts gesagt haben, und recken schon mal die Hälse wegen der Guillotine. Wie geht man denn nun mit psychisch Auffälligen um, ohne straffällig zu werden, obwohl wir das nach Marie und Goofy ja schon sind. Sollen wir jetzt in der Schweiz Asyl beantragen? Keine klare Antwort.

Die aber findet Enkel Willy (3 Jahre und etwas). Der hängt sich nach unserem Spaziergang am Thuner See an einen wunderschönen roten, jungen Ahornbaum vor dem Haus und brüllt urplötzlich aus tiefstem Herzen in bestem Hochdeutsch: „Verdammte Scheiße! Leckt mich doch am Arsch!".

Da sind wir zunächst tief beeindruckt von der präzisen Zusammenfassung und prägnanten Formulierung der Situation, der wir voller Überzeugung zustimmen können, um dann aber doch etwas nachdenklich zu werden. Woher hat er nur diese Sprache? Wir sind uns nicht bewusst, Äußerungen dieser Art vor Willy gemacht zu haben, obwohl nach Maries Anruf gelegentlich im Herzen sprießend, aber nicht auf der Zunge tragend. Auf jeden Fall sei seinen Eltern abgeraten, mit ihm demnächst in deutschsprachige Länder zu reisen.

Dann aber die Enttäuschung bei der Heimkehr. Goofy sitzt nicht wie angekündigt auf unserer Türschwelle, um uns vor das Tribunal zu zerren. Also packe ich den Colt wieder ein.

Statt Colt plötzlich Vorladung beim Friedensrichter, dem „Conciliateur" am Montag, den 19.November um 10:30 Uhr. Goofy gibt nicht auf.

Und Goofy redet und redet. Manchmal redet auch die rote Marie dazwischen, während ich aus dem Fenster des Rathauses auf die Zypressen gegenüber blicke, unter denen sie friedlich Boule spielen. Ich würde auch lieber Boule spielen, obwohl ich das gar nicht kann, mit Goofy vielleicht, um dem mal die Kugel auf den Fuss fallen zu lassen. Das ist nicht tödlich, tut aber weh.

Der Friedensrichter „boult" auch so langsam bei Goofy's Marathongelaber, unterbricht ihn etwas barsch und bedeutet ihm, entweder Frieden oder Tribunal, und weil er Katalane ist, fügt er hinzu, Tribunal kostet, kostet satt, der Frieden aber sei umsonst.

Da glotzt Goofy, murmelt noch etwas wie ein verdunstender Bergbach in der Wüste und zieht mit der roten Marie Leine. Kaum ist er um die Ecke, grinst uns der Friedensrichter an und gesteht, er hätte auch zwei Palmen. Leider sei eine schon tot, weil er zu spät gespritzt hätte. Aber die andere werde er um jeden Preis erhalten.

Eben noch Angst vor der Guillotine, jetzt auf einem Mal unter Palmenfreunden. Aber so ist das nun einmal mit dem Frieden und ihren Richtern.

Entspannt beuge ich mich über die Wochenendzeitung und weiß, dass es eine schreckliche Angewohnheit ist, die Sterbeanzeigen beiderlei Geschlechts zu sondieren und dabei zwei herauszupicken, als Vergleichsgröße auf einen selbst bezogen sozusagen. Das ist nun nicht sehr wissenschaftlich, zumal ich zugebe, etwas zu manipulieren. Natürlich bevorzuge ich weibliche Verstorbene, weil die ja im Durchschnitt ohnehin länger leben. Die Gründe dafür erscheinen mir allerdings recht fadenscheinig: gesündere Ernährung, erhöhte seelische Resistenz, ausgeprägte Schmerzunempfindlichkeit (vgl. Männergrippe) und weniger Sportschau. Von seelischer Grausamkeit gar Psychoterror in der Ehe durch dünne Lippen ist da gar keine Rede. Aber gut, sie leben halt länger. Um wissenschaftlicher zu werden, knüpfe ich mir nun die verstorbenen Herren vor. Aber auch da manipuliere ich ein wenig. Ich suche nach alten Namen wie etwa Heribert, Alfons oder Ignatius. Das erhöht die Chancen. Kevin würde mir den ganzen Tag versauen.

Und wenn nun die Geburtstage meiner Vergleichsgrößen deutlich vor den meinigen liegen, dann flüstre ich erleichtert so en passant beim Morgenkaffee „Liege heute aber relativ gut im Schnitt, mein Schatz", was der Schatz in der Regel kommentarlos hinnimmt. Heute nun aber hat der Schatz die Sterbeanzeigen zuerst und flüstert mir durch den Kaffeedunst weniger tröstlich zu: „Ziemlich viele von Deinem Jahrgang heute." Dabei erkenne ich gar keine Anzeichen von etwaiger Traurigkeit in ihren immer noch schönen Augen.

Deshalb werde ich es so machen wie der ältere, englische Gentleman, der morgens die Sterbeanzeigen der Times sorgfältig studierte, und sich, falls er nicht erwähnt worden war, zum Frühstück begab.

Nur werde ich in keiner deutschen Zeitung erwähnt und in der „Times" schon gar nicht.

Also muss ich frühstücken, obwohl ich gestorben bin, lieber Eduard.

Crottaille, im Januar 2019

Lieber Eduard,

wir haben die Gelbwesten, die „Gilets Jaunes" im Land. Die sehen aus wie Du, wenn Du einen Unfall hast. Vielleicht haben sie auch einen und wissen es nur nicht. Aber nicht weitersagen, viele Franzosen mögen ihre „Gilets Jaunes". Sie haben ja auch irgendwo recht. Nur hat jemand immer irgendwo recht. Aber darum geht es nur hintergründig. Es muss mal wieder revolutionärer Schwung ins Land, nämlich denen da oben (die man gerade mehrheitlich gewählt hat) zeigen, wo der Bartel den Most holt, wie man in Franken sagt. Der Bartel ist das Volk, nicht das gesamte, sondern nur die, die meinen, der Bartel zu sein, weil der ja den Most holt. Hast Du nicht geschnallt, Eduard, ich auch nicht.

Weihnachten naht. Wir haben auch schon die Winterreifen für die Schweiz auf den Felgen, und Willy geht es schlecht, hohes Fieber, keine Reaktion auf Antibiotika. Ihm geht es wirklich schlecht. Wir müssen los, nicht wegen Weihnachtsbaum und Weihnachtsgans, sondern wegen Willy.

Aber wir können nicht. Die Gelbwesten sperren die Autobahn – einfach so. Und auf Landstraßen schaffen wir das nicht in die Schweiz. Statt Sturm auf die Bastille, Sturm auf die Autobahn, statt Verhandlungen Terror. Anmaßung von Staatsgewalt, denn ich bin ja der Bartel, der den Most holt. Also macht man die Autobahnauffahrt dicht. Polizei nicht in Sicht oder nur fein dosiert. Man muss ja Flagge zeigen. Die Medien informieren sporadisch. Auffahrt 42 von der Gendarmerie geräumt. Bis man da ist, haben die Gelbwesten wieder übernommen und lassen dich nicht durch.

Aber dann geht Simone zum Coiffeur, pardon, Frisör. Frisör ist oft besser als manche Medien. Und da erfährt sie aus der Haube neben ihr, dass man in den Morgenstunden bei Le Boulou an der spanischen Grenze noch durchwischen kann, weil die „Gelbwesten" dann pennen. Deshalb verifiziert, wie man sagt, Simone abends diese Information bei der Gendarmerie, und tatsächlich empfiehlt ihr ein netter Gendarm, könne man, wenn man Glück hat, kurz vor sechs Uhr noch so durchrauschen, weil die „Gelbwesten" dann vielleicht nicht ausgeschlafen sind, denn illegale Autobahnabsperrungen sind anstrengend und der Rouge muss sich ja auch erst mal legen. Das sagt ein französischer Gendarm ganz offiziell, ohne rot zu werden. Nun gut, das kann man am Telefon nicht sehen, aber seinem Ton entnehmen. Die Gendarmerie berät wie der Verkehrsfunk statt draufzuhauen. Aber da bricht wieder mein unsäglicher, deutscher Untertanengeist durch. Egal, aber wir müssen doch zu Willy.

Kurz nach vier Uhr Wecken in dunkler Nacht. Schläfrig schlurft der Reisende durchs Haus und hat den Eindruck alles wäre wohl organisiert und voll unter Kontrolle, weshalb er nach Abfahrt ständig überlegt, was er alles vergessen hat. Aber das kennt man ja. Nur wird es heute etwas von der Anspannung verdrängt, ob die Gelbwesten schon aufgewacht sind. Erwartungsvoll nähern wir uns kurz nach sechs Uhr der Mautstation in Le Boulou, wo ein Wachfeuer lodert, gefüttert mit Holzpaletten von nur einer verschlafenen Gelbweste. Da gebe ich begeistert Gas und rausche ungehindert auf die Autobahn. Keine Gelbwesten. Bei Montpellier wird es hell, auch in unseren Herzen. Keine Blockaden entlang unserer Strecke, und so landen wir schon gegen 13:00 Uhr in Chambéry. Schneidender Bergwind, aber etwas Sonne. Im „Vivaldi" verpflichtend eine ausgezeichnete Pizza, die natürlich „Quattro Stagioni" heißt. Kurze Siesta. Willy, wir kommen!

Willy wartet schon. Willy scheint stark gealtert, hat zwar nur noch leichtes Fieber, aber hustet stark. Vor allem direkt. Ausweichen nicht möglich. Und er ist erfolgreich. Sogenannte Direktübertragung auf mich. Natürlich ist das in Anlehnung an die Männergrippe nur ein Männerhusten, denn bei den Weibern werden Viren zu Hyänen, hat schon Schiller etwas abweichend gesagt, während sie bei Männern eher symbiotische Neigungen zeigen. Mit meinem duze ich mich schon. Auf jeden Fall geht mir das alles heftig auf meine zarten Bronchialverästelungen, die mich ein wenig enttäuschen.

Das neue Jahr schleicht sich recht schüchtern an über den Thuner See. Die Berge in grauen Wolken verhüllt, ab und zu ein lichter Fleck in diesem unendlichen Grau. Dazu ein kalter Wind aus Norden. Da kann man gut abhusten. Am Schloss Oberhofen dringt dann, wenn auch schüchtern, endlich die Sonne durch. Ich nehme das einfach mal als tröstendes Symbol für das neue Jahr.

Nachts hat es geschneit und leider auch gefroren, was in diesen Breiten nicht ungewöhnlich ist. Trotzdem springt mein guter, alter Golf im zehnten Jahr mit der ersten Batterie sofort an und stinkt wie ein räudiger Tiger in der klaren Bergluft, obwohl es sich doch um einen Benziner handelt. Aber er rollt. Nur will das Gefrorene nicht so recht auftauen. Und ich habe doch keinen Kratzer, weil man den bei uns da unten nicht kennt. Die Sicht ist etwas begrenzt. Aber darunter leiden viele.

Dann rollen wir ins Land der „Gilets Jaunes", der ruchlosen Gelbwesten, diese selbsternannten Wächter der revolutionären, französischen Gene. Die halten uns an, weil sie brüderlich sind (Fraternité), und wir ja alle gleich, weshalb ich nicht fahren darf, wenn sie das nicht wollen (Egalité), aber das ist ihnen wegen der Egalité vollkommen egal, weil wir ja alle frei sind (Liberté) und selbst entscheiden können, nur nicht, wenn die Gelbwesten anderer Meinung sind.

Mein Gott, ist das kompliziert. Deshalb gebe ich Gas.

Der Tramontane tobt durch das Land und geht einem furchtbar auf den Wecker. Immer dieses Rauschen ums Haus und die Frage, was demnächst draußen umfällt. Gelegentlich aber wirft er die typischen Tramontanewolken an den Himmel, großartige Gebilde, die aussehen wie Schweine ohne Beine oder sagen wir gefälliger wie weiße Wale ohne Schwanz vor hellblauem Himmel. Langsam könnte man auf diese Schweinewolken verzichten.

Ich bleibe zu Hause, und was finde ich da, wo ich schon immer mal aufräumen wollte:

Henriette Amalie Tancrée, Tochter des Seifensiedermeisters Tancrée, heiratet 1829 den Bürger und Sattlermeister Georg Friedrich Brocks in Schwedt an der Oder. Eine Hugenottin also, aus der Gegend um Montpellier, gar nicht weit von hier, die einen, heute würde man sagen, Bio-Deutschen ehelicht, obwohl es die damals noch gar nicht gab. Habe ich aus unserer leicht vergilbten Familienchronik, und jeder weiß, die Hugenotten waren ein beträchtlicher Bestandteil preußischer Kultur. Die waren sogar so preußisch, dass sie gegen Napoleon bei der Besetzung Berlins Kante gezeigt haben als viele „Bio-Preußen" schon eingeknickt waren.

Nun vermutest Du, lieber Eduard, sehr einfühlend, dass ich mit Verweis auf meine nun nachgewiesene hugenottische Herkunft aus der Gegend um das südfranzösische Montpellier nur meine Vorliebe für kräftige französische Landweine pseudogenetisch entschuldigen will. Genau!

Aber wenn wir schon mal bei der Genetik sind.

Pete McCarthy, ein Engländer mit irischen Wurzeln, fragte sich anlässlich seiner Reise nach Irland, das er vorher nie gesehen hatte, ob es nicht vielleicht schon in den Genen angelegt ist, ein Land mit seinen Menschen gerne zu mögen, das Gefühl zu haben, schon mal dagewesen zu sein, wenn auch in einer fernen, fernen Zeit.*

---

*McCarthy, Pete: McCarthy's Bar, London 2001

Und warum nun diese vielleicht durch den Tramontane aufgewirbelten Gedanken? Eduard, heute sind wir 25 Jahre hier unten, fern der Heimat. Da wird es einem ganz schwindelig, ein Vierteljahrhundert, obwohl der 30-jährige Krieg noch länger gedauert hat. Aber der war da oben in Deutschland. Und was hatten wir da, wie der Kulturfahrplan berichtet, ein Jahr danach, nämlich 1649 „unmäßige deutsche Trinksitten in allen Bevölkerungsschichten".* Zum letzten Mal, dass alle Deutschen wirklich vereint waren. Prosit – es möge nützen! Hat es aber nicht.

Aber ich schweife ab.

In 25 Jahren bin ich zu einem französisch angehauchten Germanen mutiert, eine Art Neu-Europäer. Gut, wie die alten Römer sagten; „ubi bene, ibi patria", wo es gut ist, ist mein Zuhause, gilt, wenn man patria nicht mit Vaterland übersetzt, sondern den Ort meint, an dem man sich wohl fühlt, auch für mich. Ich fühle mich wohl hier. Ich liebe diese Leichtigkeit des Seins, diese uns unbekannte Höflichkeit, dieses tolerante Zusammenleben („Convivencia"), das diesen Landstrich immer ausgezeichnet hat, dieses Wissen um die „passage", das Erkennen, dass wir in dieser Welt nur auf der Durchreise sind. Aber wenn sie unpünktlich sind, geht mir das auf den Sack. Wenn sie „au revoir" sagen und noch eine halbe Stunde weiterquasseln, klappen meine Ohren zu. Wenn sie vor, während und nach dem Essen ständig verbal ihre Geschmacksknospen stimulieren, schlafen meine ein, und wenn ich eine Gelbweste sehe, kriege ich die Krätze.

Eduard, ich bin immer noch deutsch durchwirkt. Ich kann es einfach nicht lassen. Womit wir wieder bei den Genen wären, teilt mir doch meine gerade als Dozentin für Molekularbiologie zugelassene Dr. Emma mit, dass wir über 80% der Gene mit der Banane teilen, was bei Männern ja irgendwie nachvollziehbar ist. Aber es gilt für beide Geschlechter, woraus wiederum der Verdacht entsteht, dass wir vielleicht deshalb so krumme Typen sind. Sagte nicht schon der alte Kant, dass „aus so krummem Holze, als woraus der Mensch gemacht ist, nichts Gerades gezimmert werden kann"**, obwohl er wahrscheinlich keine Bananen kannte.

*Stein, Werner: Kulturfahrplan, Berlin-Grunewald 1946

**Immanuel Kant (1724–1804), „hühnerbrüstiger Wikinger im Reich des Geistes", (Schneider Wolf: Die Sieger, München 1996, S.10) und deutscher Philosoph: Idee zu einer allgemeinen Geschichte in weltbürgerlicher Absicht, 1784. Sechster Satz

In Anbetracht der gegenwärtigen Weltlage allerdings scheint mir in letzter Zeit die Krümmung wieder zuzunehmen. Deshalb wollen wir, lieber Eduard, trotz Banane und trotz Weltlage versuchen, wieder etwas aufrechter zu gehen, auch wenn es im Rücken zieht.

Kaum habe ich meine guten Vorsätze verinnerlicht, soll ein ganz neuer, klitzekleiner Akteur die Weltbühne betreten, Corona geheißen, Deckname Covid-19.

Aber das ist eine ganz andere Geschichte...